DAS VERSPRECHEN AUF SCHMERZ

DAS VERSPRECHEN AUF SCHMERZ

DAVID PENNY

Übersetzt von

NATHALIE HOPPER

RIVERTREE PRINT

20220330.1358

DIE THOMAS-BERRINGTON-REIHE
HISTORISCHER KRIMIS

1 Der Rote Hügel

2 Knochenbrecher

3 Der Sündenfresser

4 Der Inkubus

5 Der Inquisitor

6 Die Glücklichen Toten

7 Das Versprechen auf Schmerz

8 Die Botschaft des Blutes

9 Eine Träne für die Toten

Vorläufer

1 Ein Unschuldiger Tod

SPANIEN 1488

DIE REGION ALPUJARRA, ANDALUSIEN

KAPITEL EINS

Als Thomas Berrington erwachte, waren seine Augen von Tränen zugefroren. Es war nicht das erste Mal, dass dies passiert war, seit er den hohen Sholayr erklommen hatte, und er war sicher, dass es nicht das letzte Mal sein würde. Er hob seine Hände und legte die Handflächen auf seine Augen, wartete darauf, dass ihre spärliche Wärme das Eis zum Schmelzen brachte, und Tränen liefen ihm über das Gesicht, als das Eis sich nur widerstrebend aufzulösen begann. Er war aufgewacht, was bedeutete, dass er noch lebte, und war sich nicht sicher, ob das etwas Gutes war.

Die halb verfallene Hütte, in der er in den letzten zehn Tagen Unterschlupf gesucht hatte, bot kaum Schutz. Das Dach war nur noch an einem Ende intakt. Ein bröckelnder Schornstein am anderen Ende bot eine Feuerstelle, solange es einem nichts ausmachte, nass zu werden, wenn es regnete oder schneite. Thomas überlegte, heute ein Feuer zu machen, was er weder am Tag zuvor noch an einem der anderen Tage, seit er sich hier aufhielt, getan hatte. Vielleicht würde er heute jagen gehen, denn am Vortag hatte er sich auch dazu nicht durchringen können. Stattdessen war er hungrig zu Bett gegangen, die Schmerzen in seinem Bauch vertraute Begleiter. Kälte und Hunger und Schmerzen hatten aufgehört, ihn zu beunruhigen. Vielmehr begrüßte er sie nun schon fast, da sie eine Taubheit mit sich brachten, die jede Erinnerung unterdrückte.

Während er darauf wartete, dass seine Sicht klar wurde, schoss ihm vor seinem inneren Auge ein Bild durch den Kopf – von seiner Frau Lubna, die in einem Innenhof lag – und er fuhr mit dem Kopf herum, als könnte er den Anblick mit einer ruckartigen Bewegung vertreiben. Die letzten Eissplitter lösten sich von seinen Lidern und er öffnete die Augen, um in ein zögerliches Grau zu starren, das einen bevorstehenden Sonnenaufgang erahnen ließ. Er setzte sich in einer der Ecken der Hütte auf und versuchte, an nichts zu denken. Doch es gelang ihm nicht und die Erinnerungen überkamen ihn auch jetzt, quälten ihn in den wachen Stunden ebenso wie in seinen Träumen. Wie weit er auch rannte, wie hoch er auch kletterte, er wusste, dass es kein Entkommen gab. Lubna war tot, … war ihm geraubt worden. Nein, nicht geraubt. Er hatte sie im Stich gelassen, als sie ihn am meisten gebraucht hatte. Ihr Tod war das Resultat seines Versagens.

Mit einem Ruck stand er auf, wütend auf sich selbst, und ging nach draußen, den Blick gewissenhaft von dem abgewandt, was von dem dicksten Dachsparren hing.

Kiefern flüsterten ein leises Lied, als der Wind durch ihre Äste fuhr. Schnee und Eis knisterten und knackten unter seinen bloßen Füßen. Weit drüben im Osten brach sich das erste Versprechen des anbrechenden Tages an den schneebedeckten Gipfeln der Gebirgskette und färbte sie blutrot. Als Thomas den Hang hinabsah, vorbei an zertrümmerten Felsen, sah er eine Gestalt in seine Richtung klettern. Er wusste, wer es war. Er hatte immer gewusst, wer es war, denn der Mann war ihm seit Tagen gefolgt.

Thomas hockte sich auf einen runden Felsen und wartete.

Er hatte jeden Versuch aufgegeben, seinem Verfolger zu entkommen, obwohl er wusste, dass er ihn hätte abhängen können, wenn er es nur gewollt hätte. Seine Entscheidung, sich finden zu lassen, verwirrte ihn. Sie verhieß Erlösung, doch er war sicher, dass Erlösung nicht das war, was er suchte. Er nahm jeden Schmerz an als sein Los, als das Einzige, was er verdient hatte. Nun wartete er und beobachtete die Gestalt dabei, wie sie den steinigen Abhang hinaufstieg. Er würde ihn kommen lassen. Würde der Welt jenseits dieser kalten Gipfel gestatten, ihn zu finden. Wofür auch immer es gut sein mochte.

Jorge Olmos betrat schwer atmend den Felsvorsprung vor der Hütte. „Bei allen Göttern, Thomas, dich zu finden ist nicht einfach."

Thomas starrte ihn an und sagte nichts.

„Es ist auch schön, dich zu sehen, Jorge. Danke, dass du gekommen bist, um mich zu retten."

Thomas wandte seinen Blick ab. Schatten zogen sich langsam durch die Täler und über die Bergrücken bis ans Meer zurück, das noch in schwaches graues Licht und Nebel getaucht war. Er betrachtete das Spiel von Licht und Dunkelheit und behielt die Worte, die er sagen wollte, für sich. Er versuchte wieder, seinen Kopf gedankenfrei zu halten, versuchte, nicht an Liebe und Verlust und Freundschaft zu denken, auch wenn er wusste, dass es für Jorge keinen Unterschied machen würde. Das hatte es nie.

„Hast du etwas zu essen? Ich bin am Verhungern. Ich bin vor Stunden aufgebrochen und habe seit gestern Morgen nichts mehr gegessen." Er ließ den Sack fallen, den er auf dem Rücken trug, ein selbstgemachtes Ungetüm aus Segeltuch und Tau, das schwer aussah. „Ich habe ein bisschen Brot. Es ist altbacken, aber du siehst nicht so aus, als würde dich das stören." Jorge legte den Kopf schief. „Hast du in den letzten sechs Monaten überhaupt etwas gegessen?"

„Ich bin noch hier, nicht wahr?" Thomas hatte eigentlich nicht reden wollen, aber Jorge schaffte es immer wieder, sich an seinen inneren Mauern vorbeizuschleichen. Einst hatte er diesen Mann geliebt. Hatte ihn geliebt wie seinen eigenen Bruder ... Aber nein, er würde seine Gedanken nicht dorthin wandern lassen. Jede Liebe, die er einst empfunden haben mochte, war aus seiner Seele gegeißelt worden.

„Ich werde uns ein Feuer machen, ja? Bist du sicher, dass du nichts zu essen hast?"

Thomas schüttelte den Kopf und rührte sich nicht vom Fleck. Er sah zu, wie Jorge den Rucksack in das Innere der Hütte schleppte – obwohl *innen* wohl kaum etwas war, was die Überreste der Hütte adäquat beschrieb – und das Tau entknotete und auseinanderzog, bis er hineingreifen konnte.

„Mir gefällt, was du aus dem Haus gemacht hast." Jorge zerrte an der Schlinge, die an dem dicken Dachsparren hing, und brachte sie zum Schwingen. „Hast du vor, die zu benutzen?" Er sah nach oben, wo anstelle des Daches der Himmel zu sehen war. „Es ist vielleicht keine so gute Idee, weißt du. Vermutlich bricht dann das ganze Haus über dir zusammen." Er lächelte halbherzig. „Zweifellos würdest du dich auf die eine oder andere Weise umbringen.

Übrigens lässt Belia dich grüßen. Will auch. Amal würde es tun, wenn sie sprechen könnte."

„Du sorgst für sie, wie ich sehe", sagte Thomas. „Wie du es immer tust. Warum bist du gekommen?" Er starrte auf die Schlinge, die weiter sanft hin und her schwang und seinen Namen rief. Das tat sie schon seit über einem Monat, seit er immer höher an den Flanken des mächtigen Sholayr-Gebirges aufwärts gewandert war. Wann immer er eine Pause eingelegt hatte, hatte er die Schlinge, sofern es möglich gewesen war, aufgehängt als Erinnerung daran, dass es einen Ausweg aus seinem Schmerz gab, sollte das Leben zu viel für ihn werden. Bisher hatte er es geschafft, ihren Ruf zu ignorieren, doch er fragte sich, wie lange er noch damit weitermachen konnte.

„Was glaubst du denn, warum ich gekommen bin?", fragte Jorge. Er hatte den Stapel mit Holz entdeckt, der neben der Feuerstelle aufgeschichtet war, und kniete nun nieder, um Zweige über einer Handvoll trockenem Gras und Spänen zu arrangieren. Er sah sich um, stand auf und suchte an den wenigen Stellen, die von der Hütte noch übrig waren, bis er einen Feuerstein fand. Dann kniete er sich wieder hin, entzündete die Späne mit einem Funken und pustete, bis sich eine Flamme entfachte. Er wartete und fügte größere Holzstücke hinzu, als das Feuer um sich zu greifen begann. Einst war hier ein Schornstein gewesen, aber jetzt war nur noch der obere Teil davon übrig. Der aufsteigende Rauch wurde von einer aufkommenden Brise zerstreut, während der Tag um sie herum erwachte.

„Wenn ich wüsste, warum du hier bist, hätte ich nicht fragen müssen", sagte Thomas.

„Dann bist du in der Zwischenzeit also verblödet, ja?

Eines Tages musste es wohl so weit kommen. Das viele Denken hat dein Gehirn kaputt gemacht. Ich habe dir doch gesagt, dass das gefährlich ist."

Thomas wand sich ein wenig unter Jorges Worten. Er beobachtete, wie der Mann einen Viertel Laib dunklen spanischen Brotes herausholte und es auf einen flachen Stein neben der Feuerstelle legte. Trotz des kaputten Daches und der eingefallenen Wände hatte Thomas die Ruine in eine Art Zuhause verwandelt. Er fragte sich überrascht, wie ihm das gelungen war.

Jorge warf mehr Holz in das Feuer, bevor er Brocken von dem Brot brach und sie auf dünnen Stöcken aufspießte, um sie so lange zu rösten, bis sie genießbar wurden.

Thomas musste beinahe über diese häusliche Selbstverständlichkeit lächeln, mit der Jorge Öl und Kräuter auf dem Brot verteilte. Der Duft ließ ihm das Wasser im Mund zusammenlaufen, bevor er es schaffte, seine Gedanken zu unterbinden und einen ernsten Gesichtsausdruck aufzulegen. Er wusste, dass es ein Fehler gewesen war, Jorge zu erlauben ihn einzuholen, aber er hatte angefangen zu glauben, dass es entweder das war oder die Schlinge.

Thomas fragte sich, wann er die Entscheidung getroffen hatte, das Leben dem Tod vorzuziehen, oder ob er das überhaupt schon getan hatte. Seit er Malaka den Rücken gekehrt hatte, war fast jeder Moment eines jeden Tages von einer schmerzhaften Leere erfüllt gewesen. Sein Schlaf, sofern er überhaupt damit gesegnet war, wurde von Träumen unterbrochen, die seinen Schmerz nur noch verschlimmerten. Er hatte schon zuvor Menschen verloren. Menschen, die ihm nahestanden. Aber diese Verluste waren nichts im

Vergleich zu der Leere, die Lubnas Tod in ihm hinterlassen hatte. Nicht einmal der Verlust von Eleanor, die ihm entrissen worden war, als sie beide gerade einmal siebzehn Jahre alt gewesen waren, hatte ihn so schwer getroffen, obwohl er damals geglaubt hatte, dass er niemals darüber hinwegkommen würde. Nun hatte er seit Jahren nicht mehr an Eleanor gedacht und die Erinnerung an sie war nur noch blass im Vergleich.

Lubna war seine Ehefrau gewesen. Sie hatte ihr Kind unter ihrem Herzen getragen, als ihr das Leben geraubt wurde, und Thomas war nicht da gewesen, um sie zu retten.

Er fragte sich, wo Jorge das Kochen gelernt hatte. Hatte er es überhaupt gelernt? Es wirkte zumindest so, als wüsste er, was er tat, und dieser Anblick war noch seltsamer als die Gedanken, die Thomas durch den Kopf gingen. Die Brise wehte jetzt den Duft von warmem Brot in seine Nase und brachte seinen Magen dazu, sich schmerzhaft zu verkrampfen, da er seit ... Er versuchte, sich daran zu erinnern, wann er zuletzt etwas gegessen hatte, erfolglos.

„Wie geht es Belia?"

Jorge sah auf, als wäre er überrascht, dass er doch nicht allein war.

„Gut geht es ihr."

„Und ..." Thomas' Stimme schweifte ab, wie auch seine Gedanken. Er stellte sich Will vor, wie er vertrauensvoll neben Lubna lag, und sein Brustkorb zog sich zusammen. Er wischte sich Tränen aus den Augen und atmete tief durch. „Und Will?"

„Er vermisst dich natürlich. Wie auch Amal."

„Amal weiß nicht einmal, wer ich bin."

„Will erzählt ihr von dir. Nicht alles, was er sagt, ist wahr, aber das meiste schon."

„Sie ist zu jung, um es zu verstehen."

„Wie können wir das mit Sicherheit wissen? Sie lächelt, wenn er ihr seine Geschichten erzählt, also denke ich, sie versteht. Sie ist stolz auf ihren Vater. Du musst nach Hause kommen, Thomas."

„Warum? Nichts hält mich mehr dort."

„Dort ist Will, dort ist Amal. Und da sind noch andere, die dich lieben. Belia und ich, und auch Olaf."

„Nur, dass du jetzt hier bist. Warum hast du sie zurückgelassen?"

„Usaden passt auf sie auf. Er bietet ihnen mehr Sicherheit, als ich es je könnte."

„Er ist bei ihnen und Lubna ist es nicht. Es war deine Aufgabe, Lubna in Sicherheit zu bringen, und Usaden sollte sie beschützen."

Wieder warf Jorge ein paar Stücke Holz in das Feuer, obwohl es nichts mehr gab, was er in den Flammen hätte zubereiten können. Thomas beobachtete, wie sein Atem schwer wurde, sein Körper sich vor Wut anspannte, und er wusste, dass er zu weit gegangen war. Er wusste auch, dass er denselben Fehler zweifellos wieder begehen würde. Nicht Usaden hatte Lubnas Tod verschuldet und auch nicht Jorge. Er selbst war dafür verantwortlich.

„Ist Olaf wieder auf dem Hügel?"

Jorge nickte. Er tat demonstrativ so, als würde er das Brot begutachten, als wäre es ein feines Festmahl, das er da zubereitet hatte.

Thomas wandte sich von ihm ab und hin zu der schier endlosen Aussicht auf die Berge, und auch der Himmel war weit und wolkenlos, während der Tag unerbittlich Einzug hielt. Er vergaß Jorge, während er wieder in sein eigenes Elend verfiel. Auf der einen Seite funkelten die Gipfel des Sholayr-Gebirges weiß, wo sie mit Schnee bedeckt waren. Vor ein paar Tagen hatte es hier geschneit und Thomas hatte sich gefragt, ob die Kälte ihm das letzte Fünkchen Leben rauben würde, das noch in ihm steckte. Aber er hatte Pech gehabt und war am nächsten Tag wieder erwacht. Ein Morgen folgte dem anderen, eine nicht enden wollende Flut von Schmerz, die nichts anderes zu bieten hatte als immer dasselbe.

Er konnte nicht sagen, wie viele Tage oder Wochen oder Monate vergangen waren, seit Malaka gefallen war und es Lubnas Leben mit sich genommen hatte. Er erinnerte sich, dass es Sommer gewesen war, als Abt Mandana und sein Sohn Pedro Guerrero – ein Geheimnis, von dem er bis zu jenem Tag nichts gewusst hatte – die Alkhazabah gestürmt hatten. Jetzt war es später Winter, also war kein ganzes Jahr vergangen, aber ein knappes halbes. Und noch immer wollte die dicke Eisschicht, die sich um sein Herz gelegt hatte, nicht schmelzen. Er glaubte nicht, dass sie es jemals tun würde. Der Schmerz war seine Bestrafung. Und er verdiente sie. Es war nicht Jorges Schuld gewesen oder Usadens, oder Olafs oder die eines anderen. Es war Thomas gewesen, der sie umgebracht hatte. Thomas, der Lubna zurückgelassen hatte, um einem Streben nach Gerechtigkeit zu folgen, das einst so hell in ihm gebrannt hatte. Doch es war ein fruchtloses Unterfangen gewesen. Er hatte ein Komplott vereitelt, dessen Ziel es gewesen war, Malakas Gold zu stehlen, doch im selben Zug hatte er die eine Person verloren, die ihm am wichtigsten war. Und dennoch hatte Fernando, König von Spanien, mehr als die Hälfte der Reichtümer der reichsten Stadt des Landes gestohlen. Jetzt würde es dazu benutzt werden, um den Kampf gegen Thomas' geliebtes al-Andalus fortzusetzen – den Kampf gegen eine Lebensweise, die er sich zu eigen gemacht hatte. Nur war sein Leben jetzt verwirkt, denn es gab nichts mehr, wofür es sich für ihn noch zu leben lohnte.

Außer Will. Und Amal.

Jorge hatte recht. Thomas' Kinder brauchten einen Vater. Aber war Thomas der richtige Mann für diese Aufgabe oder wäre Jorge nicht ein viel besserer Ersatz?

Der Mann kam nun zu ihm, begleitet vom Duft von geröstetem Brot. Er drängte Thomas zur Seite, um sich auf denselben Felsen setzen zu können, obwohl noch andere herumlagen. Dann reichte er Thomas ein Stück von dem warmen Brot und sagte: „Iss."

Thomas starrte auf das Brot und sein Magen krampfte sich zusammen. Vielleicht würde er gleich etwas davon kosten.

„Wie kann ich essen? Ich habe die Freude in mein Leben gelassen und sie dann zerstört. Besser, ich esse nie wieder."

„Benimm dich nicht wie ein Idiot." Jorge sprach mit vollem Mund. „Oder ein Opfer."

„Was bin ich, wenn nicht ein Opfer? Ich hatte eine Frau, einen Sohn und eine Tochter, die kurz davor war, geboren zu werden. Stattdessen musste man sie dem Bauch ihrer toten Mutter entreißen. Ich habe die Fesseln um mein Herzen gelockert und dem Glück erlaubt, Einzug zu halten, nur, damit es mir kurz darauf geraubt wird." Er schaute wieder auf das Brot und wusste, dass Jorge recht hatte, doch er war noch nicht bereit, seinem Selbstmitleid ein Ende zu setzen. Er nahm einen Bissen, das Wasser lief ihm dabei im Mund zusammen, und er war sich sicher, dass er stöhnte.

„Will und Amal brauchen dich."

War das genug? Thomas riss ein weiteres Stück von dem Brot ab. Es war zäh, geschmacklos, aber er konnte sich an keine bessere Mahlzeit erinnern, seit er vor einem halben Jahr Malaka verlassen hatte. An jenem Tag hatte ein Sturm der Wut in seiner Brust getobt, aber irgendwann zwischen damals und heute hatte sich dieser Sturm gelegt. Er hatte nicht den Wunsch, diesen inneren Aufruhr wieder aufleben zu lassen, denn die Wut von einst schien zu einem anderen Menschen zu gehören, zu jemandem, der er einmal gewesen war und den er heute nicht mehr kannte.

„Wer hat sie getötet?", fragte Thomas.

„Denk nicht darüber nach."

„Ich kann an nichts anderes denken. Ich muss es wissen. Wer hat den Stoß ausgeführt? Und Yusuf – al-Andalus' letzte Hoffnung –, wer hat ihn niedergestreckt?" Er blickte Jorge an, überrascht über sein ruhiges Gesicht, überrascht, dass er nicht auch wütend war. „Usaden war dabei. Vielleicht hat er es mir erzählt, aber wenn, dann habe ich es vergessen."

„Es war nicht Mandana", sagte Jorge.

„Sprecht ihr darüber?"

„Ab und zu, natürlich tun wir das. Usaden fühlt sich ein Stück weit verantwortlich. Er ist ein guter Mann."

Thomas nickte, sagte aber nichts, sondern wartete.

„Mandana ignorierte die kleine Gruppe von Menschen in dem Innenhof und machte sich auf die Suche nach den Reichtümern. Das allein war der Grund, warum er dort war. Eine weitere Gruppe von Soldaten kam, angeführt von jemandem, den Usaden nicht kannte, zumindest nicht damals. Aber du hättest sie gekannt."

„Ich weiß nicht, was du damit sagen willst." Thomas aß

mehr von dem Brot und mit jedem Bissen breitete sich schleichend Wärme in seinem Körper aus.

„Usaden sagte, die Gruppe wurde von einem jungen Mann angeführt. Groß und gutaussehend. Er sagte, es war sein gutes Aussehen, das ihn verwirrte. Erst später, als er genauer darüber nachdachte, verstand er. Er sagte, nicht Mandana habe Lubna den tödlichen Stoß versetzt, sondern dieser andere Mann."

Thomas rüstete sich dafür, an seine Zeit in Malaka zurückzudenken: an den Tag, an dem ein großer, gut aussehender Mann in das Krankenhaus gekommen und seine bereits tote Frau in den Armen getragen hatte. Wie er gewütet und Thomas und Lubna die Schuld dafür gegeben hatte, dass sie sie nicht hatten retten können. Und an jenen Tag, an dem Chaos geherrscht hatte. An den Tag, an dem Lubna gestorben war. Er hatte sich bemüht, diesen Tag aus seinem Gedächtnis zu löschen, aber er hatte versagt. Natürlich hatte er versagt. Diesen Tag zu vergessen, hieße, Lubna zu vergessen.

Mandana war mit Soldaten in die Alkhazabah gekommen, aber war er ihr Anführer gewesen? Es war lange her und viele Ereignisse dieses Tages hatte Thomas bereits vergessen – doch dieser andere Mann war bei Mandana gewesen, in seiner Nähe außerhalb der Festungsmauern.

„Du denkst", sagte Jorge. „Ich kann es in deinem Gesicht erkennen. Was denkst du?"

„Ja, ich kenne den Mann. Sein Name ist Pedro Guerrero." Thomas' Brust bebte, als er einatmete. „Er hasst mich, hasste Lubna, weil er uns beide für den Tod seiner Frau verantwortlich machte."

„Jetzt weiß ich nicht, was du sagen willst."

„Einer von uns muss es dir erzählt haben. Es war,

bevor die Spanier kamen, bevor wir in die Stadt zogen. Guerrero behauptete, er sei auf einem kleinen Boot gewesen, während seine schwangere Frau am Strand gewartet hatte. Dabei wurde sie von einigen Männern angegriffen. Geschändet. Zum Sterben zurückgelassen. Er hatte alles mit angesehen, sagte er, wollte aber keine Schuld auf sich nehmen, obwohl er sie dort allein zurückgelassen hatte." Thomas schüttelte den Kopf. „Ich glaube, er spionierte für die Spanier die Verteidigungsanlagen der Stadt aus."

„Ich glaube, ich erinnere mich daran, dass du uns davon erzählt hast", sagte Jorge.

„Wir schafften es, das Kind zu retten", sagte Thomas, „aber er gab uns auch dafür die Schuld. Er hätte mich töten sollen, denn es war hauptsächlich ich, der sich um seine Frau gekümmert hat, aber er war ein Feigling und nahm stattdessen das Leben der Frau, die ich liebte. Und das Kind, das sie im Leib trug, wollte er genauso töten." Thomas sah auf. „Ich bin hierhergekommen, um ihn zu suchen, aber ich stattdessen habe ich mich von meinem eigenen Elend überwältigen lassen. Das endet mit dem heutigen Tag."

„Er könnte überall in Spanien sein", sagte Jorge.

„Es ist mir egal, wo er ist – kein Ort ist abgelegen genug, um meiner Gerechtigkeit zu entkommen."

KAPITEL ZWEI

Es war nicht Jorge, sondern sein geschmackloses Brot, das Thomas dazu brachte, in seine Stiefel zu schlüpfen und sie von dem zerstörten Haus wegzuführen. Ungestillt war sein Hunger ruhig geworden. Jetzt, durch das kleinste Stückchen Essen entfacht, bäumte er sich auf wie ein wildes Tier und verlangte nach mehr.

„Wohin gehen wir?" Jorge musste laufen, um zu ihm aufzuholen. „Meine ganzen Sachen sind noch da hinten. Wir gehen nicht nach Hause, oder?"

„Deine ganzen Sachen?", fragte Thomas. „Ist irgendetwas dabei, das du nicht zurücklassen kannst?"

„Nur dich."

Thomas schüttelte den Kopf. „Ich will, dass du mir zeigst, woher du das Brot hast. Ich nehme an, dort gibt es noch mehr zu essen?"

„Hast du Geld?", fragte Jorge.

„Nein, aber du doch bestimmt, oder?"

Thomas wusste, dass er irgendwann gegessen haben musste, da er noch am Leben war, aber er konnte sich beim besten Willen nicht mehr daran erinnern.

Andererseits konnte er sich an Vieles nicht mehr erinnern, seit er Malaka mit Feuer im Herzen verlassen hatte – ein Feuer, das abgekühlt und dann erloschen war und sein Herz tot zurückgelassen hatte. Hass war, wie die Liebe, ein Gefühl, das er nicht länger aufbringen konnte, da ihm die Energie dazu fehlte. Die Verzweiflung war sein Freund geworden. Tag für Tag war er enttäuscht aufgewacht und hatte feststellen müssen, dass sein geschwächter Körper sich erneut geweigert hatte, ihm den Dienst zu versagen, doch er war noch nicht bereit gewesen, sein Leben selbst zu beenden.

„Das Dorf liegt einen Tag entfernt", sagte Jorge. „Ich denke, ich kann dir genug leihen, damit wir dorthin gehen können und eine warme Mahlzeit zu uns nehmen und in weichen Betten mit schönen Frauen schlafen können." Damit marschierte er den Abhang hinunter und wählte einen Pfad, der nach Südwesten führte – ein Pfad, von der Thomas nicht einmal wusste, dass er existierte.

„Du hast bereits eine schöne Frau", sagte er.

„Ein Mann kann nie zu viele schöne Frauen haben."

„Nicht einmal ein Mann ohne Eier?" Die Bemerkung war unfair, aber Thomas wusste, dass er jegliche soziale Anmut verloren hatte, die er einst besessen haben mochte, und von Anfang an war sie spärlich gesät gewesen.

Jorge grinste. „Oh, die meisten Frauen halten das für einen Vorteil, sobald sie sich erst einmal an den Gedanken gewöhnt haben. Es gibt viele Frauen, sowohl junge als auch alte, die mich für gutaussehend halten."

„Blinde Frauen?"

„Möglicherweise." Jorge lächelte und seine Gesichtszüge schienen zu glühen. „Ach, Thomas, die Frauen des Harems. Ich dachte, ich hätte schon vor ihnen wahre Schönheiten gesehen, aber ich lag falsch." Er drehte sich um und sah Thomas an. „Du bist es, dem ich für mein gesegnetes Leben danken muss." Er streckte die Hand aus und berührte Thomas' Arm – eine flüchtige Berührung, die nicht länger als einen Augenblick andauerte.

Die Berührung von Jorges Finger löste eine Wärme aus, die sich in Thomas ausbreitete. „Ich habe dich entmannt – das ist nichts, wofür du mir danken müsstest."

„Oh, das ist es doch. Du hast mich gerettet. Was für ein Leben hätte ein Junge in den Straßen von Qurtuba schon führen können? Ich hätte am Ende Männer vergnügt, wäre der Armee beigetreten oder der Kirche, und du weißt, dass ich kein Kämpfer bin und schon gar nicht an Gott glaube. Ich wäre jung gestorben. Du hast mir nicht nur das Leben gerettet, sondern mir auch zu einem ehrenvollen Beruf verholfen, für den meine Fähigkeiten – die wenigen, die ich besitze – perfekt geeignet sind."

„Wieso bist du dann hier und verfolgst mich?"

Jorge lächelte. „Aus Liebe, natürlich."

Thomas wollte einen abweisenden Laut von sich geben, doch gerade in diesem Moment überquerten sie einen niedrigen Bergkamm und weit in der Ferne entdeckte er das Dorf, zu dem Jorge sie führte. Es war zwar noch weit weg, aber immerhin ein Ziel, und Thomas hatte seit Monaten kein Ziel mehr gehabt. Er fragte sich, ob es eine gute Idee war, jetzt eines anzusteuern.

Gute Idee oder nicht, während der Tag verging, kam das Dorf immer näher. Der Ziegenpfad, dem sie folgten, wurde breiter. Zu ihren beiden Seiten tauchten bewirtschaftete Felder auf, fast vertikal angelegt, jedes kleine Fleckchen sorgfältig gepflegten Bodens kaum einen Fuß breit, aber immer noch ausreichend, um die eine oder andere Feldfrucht anzubauen. Thomas sah Erbsen und Bohnen, Rüben, Oliven, Mandeln,

Maulbeeren und Zuckerrohr. Der Weg war hier ausgeprägter und führte zu einem abgelegenen Bauernhaus, wo Ziegen auf dem Hügel dahinter weideten. Zu sehen war niemand, aber Rauch stieg aus dem Schornstein auf. Der Pfad führte dicht an der Tür vorbei und als sie sich näherten, kam ein schwarz-grauer Hund herausgerannt und bellte wild.

Jorge machte einen Satz rückwärts, aber Thomas blieb, wo er war. Er betrachtete das Tier und streckte eine Hand aus.

„Töte ihn!", sagte Jorge.

„Er wird uns nichts tun."

„Dir vielleicht nicht. Hunde hassen mich."

„Ich frage mich, woran das liegt." Thomas kniete sich auf ein Knie. Der Hund bellte weiter, aber sein Schwanz begann von einer Seite zur anderen zu wedeln. „Er hat mehr Angst vor uns als wir vor ihm."

„Wenn du das sagst", sagte Jorge.

Thomas stand auf und ging zur Seite, aber der Hund blieb, wo er war, nämlich vor der Tür.

„Er beschützt das Haus", sagte Thomas.

„Das soll er gerne machen."

Thomas blickte in den Himmel. Langsam wurde es spät. „Vielleicht können wir bei demjenigen, der hier wohnt, etwas zu essen kaufen."

„Ich kann etwas zu essen kaufen, meinst du", sagte Jorge.

Als Thomas sich ihm wieder näherte, wurde das Knurren des Hundes immer lauter, aber als er in Reichweite kam, ging das Geräusch eher in ein Grummeln über. Thomas streckte die Hand aus und berührte den Kopf des Hundes, da er wusste, dass er ihn nicht beißen würde, auch wenn er nicht sagen konnte, woher er das wusste. Er hatte Hunde besessen, als er ein Junge in Lemster war, aber seitdem nie wieder, und er fragte sich, warum. Er mochte sie. Und es schien, dass sie ihn auch mochten, denn der Hund drehte seinen Kopf und leckte seine Hand.

„Kin!", rief eine Stimme von drinnen und im Nu drehte sich der Hund um und trottete hinein. Etwas, das wie ein Gespräch klang, war zu hören, und dann erschien ein Mann in der Tür, eine Mistgabel in der Hand. „Was wollt ihr hier? Hier sind nur meine Frau und ich, niemand, der euch interessiert."

Thomas fragte sich, für wen der Mann sie hielt. „Wir wollen Ihnen etwas zu essen abkaufen, wenn Sie etwas übrig haben."

„Essen?" Der Mann musterte Thomas von oben bis unten, bevor er dasselbe mit Jorge tat. „Sie sehen hungrig aus, ja. Ihr Begleiter nicht so sehr."

„Aber ich habe das Geld", sagte Jorge. Er lächelte und Thomas sah, wie die Gesichtszüge des Bauern weicher wurden. Der Hund, den er Kin genannt hatte, kam und stellte sich wartend neben ihn.

Der Bauer schaute über Thomas und Jorge hinweg, auf der Suche nach etwas.

„Ihr gehört nicht zu ihnen, oder?"

„Nicht zu wem?"

„Egal, solange ihr nicht dazugehört." Er drehte sich um und rief jemandem drinnen etwas zu. „Sag Luis, dass er aus dem Keller kommen kann, und dann sieh nach, ob noch genug Essen für zwei mehr da ist." Er drehte sich wieder um und wandte sich an Jorge. „Keine Bezahlung nötig. Wir helfen uns in dieser Gegend gegenseitig." Er betrachtete sie noch eine Weile, bevor er zu dem Entschluss kam, dass Jorge derjenige war, mit dem er reden musste. „Habt ihr euch verirrt?“ Er warf einen Blick auf Thomas. „Ihr Freund sieht krank aus.“

„Es ging ihm schon besser“, sagte Jorge. „Er trauert um seine Frau.“

„Tut mir leid, das zu hören.“ Die Worte waren immer noch an Jorge gerichtet, als ob Thomas nicht anwesend wäre. „Unlängst?“

Thomas wandte sich ab und ging zum Rand des kleinen Plateaus, auf dem das Haus thronte. Von dort starrte er auf das entfernte Dorf hinunter und fragte sich, ob sie es vor Einbruch der Nacht erreichen würden können. Der Boden war holprig, aber er entdeckte einen gewundenen Pfad, der zu einem breiteren Weg weiter unten führte. Hätte er ein wenig mehr Enthusiasmus besessen, wäre er losmarschiert. Stattdessen stand er da und wartete darauf, dass man ihm sagte, was er tun sollte. Das Gespräch zwischen dem Bauern und Jorge ging an ihm vorüber. Er dachte wieder an Lubna, als hätte Jorges Anwesenheit den Damm in seinem Kopf gebrochen und eine Flutwelle ausgelöst. Nun kämpfte Thomas darum, sich nicht von ihr mitreißen zu lassen.

Er zuckte zusammen, als eine Hand seine Schulter berührte, und drehte sich überrascht um, als er zwei weitere Personen neben dem Bauern stehen sah. Die erste war eine Frau im gleichen Alter, nicht viel jünger als Thomas selbst. Beide waren sie dünn und er befürchtete, dass sie ihnen etwas wegessen würden. Die dritte Gestalt war ein Mann von fast knapp zwanzig Jahren, größer als sein Vater – falls er das war –, und mit dem Glück gesegnet, das Aussehen seiner Mutter geerbt zu haben. Ein hübscher junger Mann, breitschultrig, mit intelligenten Augen.

„Das sind Pedro und Elvira", sagte Jorge und stellte sie vor. „Und ihr Sohn Luis."

„Was hast du im Keller gemacht?" Thomas richtete die Frage an Luis und sah, wie sich seine Mutter anspannte.

„Sie sagen, dass wir gerne mit ihnen essen können", sagte Jorge, als ob Thomas nicht gerade eine Frage gestellt hätte. „Und wir können in der Scheune schlafen. Über den Ziegen ist ein trockenes Plätzchen, dort ist es wärmer als draußen auf dem Hang."

Thomas nickte abwesend, verlor das Interesse – er versuchte herauszufinden, warum er sich so losgelöst von den Ereignissen um ihn herum fühlte, und vermutete, dass er menschliche Gesellschaft zu lange gemieden hatte und sich nun nicht einmal mehr zu den geringsten Höflichkeiten durchringen konnte. Also holte er tief Luft und versuchte, Interesse zu zeigen, aber er vermutete, dass seine Bemühung erfolglos war.

Erst nachdem sie Brühe, einen Ziegeneintopf und irgendein grünes Gemüse gegessen hatten, schaffte Thomas es langsam, seine Manieren wiederzufinden. Er erkundigte sich nach der Bewirtschaftung des Landes und war neugierig darauf zu erfahren, wie man unter so ungünstigen Bedingungen leben konnte. Pedro schien erfreut über die Fragen und beantwortete sie mit einer langen und detaillierten Erklärung über den Umgang mit Wasser – der sich hier, anders als im Rest Spaniens, darum drehte, wie man einen Überschuss an Wasser ableitete, anstatt einen Mangel daran zu beheben. Dann stürzte er sich in eine Theorie über Terrassierung, die Thomas über sich ergehen ließ. Jorge lehnte sich zu Elvira, wie immer mehr zu Frauen als zu Männern hingezogen, und sie reagierte, wie es Frauen immer taten, wenn Jorge seinen Charme auf sie wirken ließ. Thomas war sich bewusst, dass Luis ihn beobachtete, aber der junge Mann sagte wenig und fügte nur Informationen hinzu, wenn er von seinem Vater dazu aufgefordert wurde.

Süßer, dunkler Wein wurde an den Tisch gebracht und getrunken.

Nach draußen zu gehen war ein Schock nach der Wärme im Haus, und Thomas zog seinen Mantel eng um sich. Pedro und Elvira blieben drinnen, während Luis ihnen die Schlafstätte in der Scheune zeigte. Die eingezäunten Ziegen darunter erfüllten die Luft mit ihrem Gestank. Jorge kletterte an der Leiter empor, aber Thomas ging nach draußen, um reinere Luft zu atmen, und stand an demselben Fleck, an dem er schon zuvor gestanden hatte. Dort starrte er hinunter in die Dunkelheit, in der der gelegentliche gelbe Schein einer Lampe erkennen ließ, wo das Dorf lag. Er hörte, wie Luis sich zu ihm gesellte, und lächelte.

„Sie schicken mich in den Keller, wenn Fremde kommen", sagte Luis und beantwortete damit endlich die Frage, die Thomas gestellt hatte.

„Sie mögen keine Fremden, oder?"

„Nicht in dieser Gegend, nicht im letzten halben Jahr. Ich sage ihnen immer, dass wir kämpfen müssen, aber sie schicken mich in den Keller. Jedes Mal sagen sie, ich soll mich zu verstecken."

„Vor den Fremden?"

„Haben Sie gekämpft?", fragte Luis. „Ihr Freund ist groß, aber sanftmütig. Sie sind nicht sanftmütig, oder? Sie haben gekämpft. Sie waren eine Art von Soldat."

„Eine Art, ja."

„Dachte ich mir. Sie würden sich nicht in einem Keller verstecken."

„Manchmal ist es die vernünftigste Entscheidung, sich zu verstecken. Man kann nicht gegen jeden kämpfen, nicht wenn es zu viele sind.“ Er warf Luis einen Blick zu. „Was sind das für Männer?“

„Sie haben recht, es sind zu viele. Ein Dutzend beim letzten Mal, als sie kamen. Soldaten.“

„Warum verstecken deine Eltern dich, aber nicht sich selbst?“

„Sie sind alt.“

Thomas hätte fast gelacht, wenn das Gefühl nicht so ungewohnt gewesen wäre. „Dein Vater ist jünger als ich und deine Mutter ist nochmal jünger als er, nicht wahr?“

„Sie mag Ihren Freund“, sagte Luis.

„Jeder mag Jorge. Vor allem die Frauen.“

„Die Soldaten nehmen nur Männer im kampffähigen Alter mit, alle über vierzehn und unter vierzig – außer, wenn sie nicht stark sind. Sie wollen Männer, die kämpfen können.“

„Warum?“

„Woher soll ich das wissen? Ich verstecke mich, wenn sie kommen.“

Der Hund, Kin, kam heraus und stellte sich zwischen sie. Thomas wollte seinen Kopf streicheln, tat es aber nicht, weil es Luis’ Hund war, aber als er keine Anstalten machte, legte Thomas seine Hand auf dem harten Schädel mit der Furche in der Mitte ab. Der Hund war groß, also musste er sich nicht bücken.

„Er mag Sie“, sagte Luis.

„Hunde verstehen Menschen besser als andere Menschen. Er weiß, dass ich ihn mag. Ich hatte Hunde wie Kin, als ich ein Junge war. Jagdhunde. Ich wette, er kann einen Hasen fangen.“

Luis gluckste. „Oh, das kann er. Woher kommen Sie? Nicht von hier."

„Gharnatah."

Diesmal lachte Luis. „Nein, tun Sie nicht."

„Jetzt schon. Davor habe ich lange Zeit in England gelebt."

„Wo ist England?"

„Hoch oben im Norden. Kalt. Nass. Kein Ort, den du besuchen willst."

„Wohin gehen Sie und Jorge?", fragte Luis. „Zurück nach Gharnatah? Kann ich mitkommen?" Er bewegte den Kopf, aber wenn er auf das Land schauen wollte, das seinem Vater gehörte, war die Nacht zu dunkel. „Es gibt zwei Menschen, die ich nicht zurücklassen möchte, aber sie würden mitkommen – das weiß ich."

„Dein Vater würde dieses Land nicht verlassen."

„Die beiden meine ich nicht", sagte Luis.

Thomas lächelte und fragte sich, warum – der Anflug von Vergnügen machte ihn misstrauisch. „Ein Mädchen?"

„Ja, ein Mädchen, und noch ein weiteres. Dana trägt –", unterbrach Luis sich selbst. Thomas wusste, was er sagen wollte, ging aber nicht darauf ein.

„Ich gehe ins Bett", sagte er stattdessen.

„Ich hoffe, die Ziegen lassen Sie schlafen."

„Ich schlafe nicht mehr viel."

KAPITEL DREI

Thomas ließ seine Augen über die Hänge wandern, die im Licht der Morgendämmerung farblos erschienen. Nebelfetzen hingen dort in der Luft, wo ein Bach die Schneeschmelze von den Gipfeln des Sholayr ins Tal beförderte. Das Dorf lag dort, wo zwei Bäche ineinander flossen. Sie bildeten zwar keinen vollwertigen Fluss, aber allzu viel fehlte nicht. Das flache Land um die Häuser herum war bestellt worden, um Getreide anzubauen, ein Prozess, über den Thomas jetzt mehr wusste, als ihm lieb war, nachdem Pedro ihn beim Essen darüber ausgiebig unterrichtet hatte. An den Hängen wuchsen Oliven, Mandeln, Orangen, Zitronen und Limonen. Es war ein guter Ort zum Leben, abgeschottet von dem Krieg, der Thomas' geliebtes al-Andalus zerstörte – isoliert für manche, aber einladend für andere. Die Bewohner würden Fremden gegenüber misstrauisch sein.

Kin tapste aus der Scheune, in der er geschlafen hatte – in der er wahrscheinlich jede Nacht schlief –, und kam zu Thomas, der sich fragte, ob Will gerne einen Hund hätte. Und weil er an Will gedacht hatte, versuchte er auch an Amal zu denken, aber vor seinem inneren Auge tat sich kein Bild von ihr auf – nur eines von Lubna, als sie jünger gewesen und als Dienerin in sein Haus gekommen war. Schon damals hatte er sie gemocht, sie kurz darauf geliebt, erst zwei Jahre, nachdem sie bei ihm eingezogen war, hatte sie sein Bett geteilt. Damals hatte er mit ihrer Schwester geschlafen, der schönen Helena, die jetzt von Muhammed, dem Sultan von Gharnatah, gefangen gehalten wurde.

Thomas schüttelte den Kopf und versuchte, die Erinnerungen zu verdrängen, was ihm nicht gelingen wollte. Das Geräusch eines trockenen Hustens von hinten war eine willkommene Ablenkung, und er drehte sich um, um zu sehen, wie Pedro einen beeindruckenden Schleimpfropfen hochwürgte und seitlich ausspuckte. Der Bauer hob eine Hand zum Gruß, drehte sich dann um und ging um die Seite des Hauses herum, um mit seiner Arbeit zu beginnen. Es sah so aus, als würde ihnen keine weitere Mahlzeit angeboten werden, also machte sich Thomas auf, um Jorge zu wecken. Dieser schlief immer noch, auf dem Rücken und mit einem Arm über dem Gesicht. Thomas sah ihn an und spürte einen Anflug von Emotionen, den er sofort aus seinem Geist verdrängte. Er kannte diesen Mann besser als jeden anderen auf der Welt, mochte ihn auch mehr als jeden anderen, jetzt, da Lubna fort war. Und ja, er liebte ihn, wenn auch nicht auf die Art, von der er wusste, dass Jorge gelegentlich andere Männer geliebt hatte. Der Mann war unfähig, sich zurückzuhalten, unfähig zu begreifen, dass so etwas wie Zurückhaltung in einer Welt, die im Chaos versank, durchaus ihre Berechtigung hatte. Mit ziemlicher Sicherheit hatte er recht, dachte Thomas. Vielleicht musste ein Mann allen Vergnügungen nachgehen, die sich ihm boten, musste sein Glück suchen, wo und wann immer er es in der ihm verbleibenden Zeit finden konnte. Nur wollte Thomas nicht daran glauben, dass er jemals wieder Vergnügen empfinden würde. Und was war ohne Vergnügen, ohne Freundschaft und Liebe, überhaupt der Sinn des Lebens? Niemals könnte er sein wie die unglücklichen Priester, die Gott für ausreichend hielten.

Thomas kniete sich hin und schüttelte Jorge, schüttelte ihn weiter, als er sich mit einem Fluch umdrehte.

„Geh weg, es ist mitten in der Nacht."

„Ist es nicht. Es ist Zeit, diese guten Leute zu verlassen und uns um uns selbst zu kümmern."

„Ich habe mich um mich selbst gekümmert, im Gegensatz zu dir." Jorge setzte sich auf und kratzte sich am Kopf, wo feine Haare wuchsen. „Herrgott, ich muss pissen." Er ging zum Rand der Plattform und kletterte die Leiter hinunter.

Thomas ließ ihn allein, obwohl es Jorge nichts ausgemacht hätte, wenn er zugesehen hätte.

„Müssen wir wirklich schon los? Ich mag Elvira."

„Sie ist verheiratet und ihr Mann sieht aus, als könnte er dich mühelos in Stücke reißen."

Jorge lächelte. „Ich hatte nicht vor, es ihm zu sagen. Aber sei's drum, im Dorf wird es schon Frauen geben."

„Gibt es eine Frau in diesem Leben, die dir nicht gefällt?", fragte Thomas.

Jorge sah ihn an. „Gute Frage. Ich glaube nicht, und das macht mein Leben um nichts schlechter."

„Was hält eigentlich Belia von deiner Untreue?"

„Wir haben eine Vereinbarung. Sie weiß, dass sie tun kann, was sie will, und erlaubt mir dasselbe. Wir wissen, dass wir füreinander bestimmt sind."

„Und schläft sie mit anderen Männern?"

„Nein. Aber sie kann." Jorge lächelte. „Sie hat mir gesagt, dass sie mit dir schlafen würde. Offenbar hast du etwas, was ich ihr nicht bieten kann."

Thomas wartete, aber Jorge hatte offensichtlich nicht vor auszusprechen, was es war, das er besaß, das Belia attraktiv finden könnte. Doch Thomas wusste es. Jorge hatte das Thema bereits angesprochen, Belia jedoch nicht. Thomas besaß immer noch seine Eier. Er war fähig, einen Samen in den Unterleib einer Frau zu pflanzen. Er wusste, dass Belia Will und jetzt auch Amal so sehr liebte, als wären sie ihre eigenen Kinder. Nur waren sie es eben nicht. Jorge hatte ihm erzählt, dass sie sich ein eigenes Kind wünschte.

„Wenn sie mich darum bittet, werde ich es tun", sagte Thomas und Jorge runzelte die Stirn, unwissend, welche Gedanken Thomas durch den Kopf gingen, doch dann schien es ihm zu dämmern.

„Woher der Sinneswandel?"

„Ich habe niemanden mehr, dem ich treu sein müsste."

„Nicht einmal deiner hübschen Königin?"

„Du weißt, dass meine Beziehung zu Isabel nicht darauf basiert."

„Aber so hätte sie es gerne, nicht wahr? Genau wie du."

„Beurteile nicht alle Männer nach deinen eigenen Maßstäben." Thomas sagte es emotionslos. Er machte Jorge keine Vorwürfe – tatsächlich dachte oder fühlte er einfach gar nichts mehr. Alles, was ihm noch blieb, war der Schmerz, der seinen Geist und seinen Körper quälte, ein Schmerz, den er als etwas begrüßte, das den noch viel größeren Schmerz überdeckte, der ihn zu verschlingen drohte.

„Ich bin hungrig", sagte Jorge.

„Wir sind beide hungrig, aber wir werden früh genug essen, wenn wir jetzt aufbrechen."

Doch es dauerte noch eine Stunde, bis sie sich auf den Weg über den gewundenen Pfad hinunter machten. Elvira hatte Brot und Käse für sie herausgelegt, sehr zur Freude von Jorge, und Luis wollte mit ihnen kommen, aber ihm wurde gesagt, dass er arbeiten müsse.

„Jetzt brauchen wir nicht ins Dorf zu gehen", sagte Jorge. Er klopfte sich auf den Bauch, als wäre er satt.

„Ich dachte, du wärst es, der dorthin wollte. Um diese schönen Frauen zu finden. Außerdem bin ich neugierig auf die Soldaten, von denen Luis mir erzählt hat."

„Komm mit mir zurück nach Gharnatah und vergiss alles über dieses Dorf. Du gehörst nicht hierher."

„Ich gehöre nirgendwo hin", sagte Thomas. „Es wäre eine Ablenkung. Etwas, um die Zeit zu überbrücken, bis ich herausfinde, was ich mit dem Rest meines Lebens anfangen will." Schon während er es sagte, brachte die Aussicht, noch mehr von dem Schmerz zu ertragen, der jeden Augenblick seines Lebens beherrschte, ein Gefühl der Verzweiflung mit sich, und er fragte sich, ob er jemals davon geheilt werden könnte oder ob er es überhaupt wollte.

Sie kamen an einem alten Mann vorbei, der mit einer Azada ein Feld bearbeitete. Seine Bewegungen waren rhythmisch, kraftsparend. Er sah auf und stützte sich auf den langen Holzstiel, während er beobachtete, wie sie vorbeigingen. Er sagte nichts und begann, als sie vorbeigegangen waren, wieder zu arbeiten. Thomas fand, dass er wie jemand aussah, der den ganzen Tag arbeiten konnte.

Das Dorf war keine halbe Meile mehr entfernt, als sie einen Weg passierten, der nach links wegführte. Thomas wurde langsamer und wandte sich zur Seite, noch nicht bereit, auf weitere Fremde zu treffen. Der Weg führte zu einer Lichtung, die von den Klippen eines kleinen Steinbruchs umgeben war. Eine Holzhütte stand am Wegesrand, aber der Steinbruch schien nicht mehr bearbeitet zu werden. Die zerklüftete Felswand war verwittert und hatte eine bräunliche Färbung angenommen.

„Warum sind wir hier?", fragte Jorge.

„Neugierde."

Jorge schüttelte den Kopf und Thomas wusste, dass er recht hatte. Hier gab es nicht viel, was ihn interessierte, doch dennoch ging er zu der Hütte und sah nach, ob er die Tür öffnen konnte. Sie war mit einem Vorhängeschloss verschlossen, das sehr leicht zu knacken gewesen wäre, hätte er sich die Mühe gemacht. Stattdessen spähte er durch einen Spalt in den Planken, doch dahinter gab es nicht viel zu sehen. Fässer, die übereinander gestapelt waren, ein paar Spitzhacken und Eisenstangen und schwere Hämmer – das Handwerkszeug eines Steinbrucharbeiters. Er wandte sich ab und folgte Jorge, der auf den Hauptweg zurückgekehrt war. Thomas hatte die Hälfte der Strecke zurückgelegt, als Jorge sich umdrehte und ihm entgegenrannte.

„Die Männer kommen!" Jorge zerrte an Thomas' Ärmel. „Versteck dich!"

„Überall sind Männer, warum sollten wir uns deswegen verstecken?"

„Nein, sind sie nicht. Ich wollte es dir sagen, aber es schien nicht der richtige Zeitpunkt zu sein." Jorge zerrte Thomas hinter die Hütte und lehnte sich im Sitzen mit dem Rücken an die Holzwand, die unter seinem Gewicht knarrte.

Thomas hingegen blieb stehen und starrte ihn entgeistert an. Dann ging er an die Seite der Hütte und schaute in den Steinbruch. Jetzt konnte er Pferde hören, mehr als eine Handvoll, aber nicht mehr als zwanzig, schätzte er. Dann Stimmen. Er machte einen Schritt zurück, sodass er fast von der Hütte verdeckt war, gerade noch rechtzeitig, bevor zwei Männer in den Steinbruch ritten und anhielten. Sie wandten die Köpfe, suchten die leere Fläche ab, zerrten dann an den Zügeln und trabten wieder davon.

Thomas setzte sich neben Jorge. „Was wolltest du mir sagen?"

„In den letzten zwei Wochen, während ich dir gefolgt bin, war jede Stadt und jedes Dorf, durch das ich kam, voller Frauen, aber nirgendwo sah ich Männer."

„Der Himmel auf Erden für dich, nehme ich an."

Jorge ignorierte die Bemerkung. „Ich fragte, wo ihre Männer seien, aber sie wollten es mir nicht sagen. Sie hatten Angst vor mir. Vor mir. Frauen, die Angst vor mir haben!" Er schüttelte den Kopf über die Unberechenbarkeit dieser Welt. „Mancherorts verjagten sie mich sogar."

„Eine seltsame Gegend ist das hier. Es ist wie nirgendwo sonst, wo ich in Spanien oder al-Andalus bisher gewesen bin. Ich weiß nicht einmal, wer hier regiert."

„Ich kann dir sagen, wer", sagte Jorge. „Niemand."

Sie erreichten den Hauptweg und hielten an. Die

Reiter, die sie gehört hatten, waren nun im Dorf. Eine Gruppe von Frauen stellte sich ihnen in den Weg, aber die Soldaten ritten einfach vorbei und stießen zwei der Frauen zu Boden. Thomas beobachtete das Handgemenge und es juckte ihn in den fingern, etwas zu tun. Aber was? Er wusste, dass er nicht mehr die Kraft besaß, die er einst gehabt hatte, … aber besaß er noch sein Können? Es könnte ausreichen.

Noch bevor er eine Entscheidung treffen konnte, tauchten die Männer wieder auf. Sie blieben stehen und ihr Anführer diskutierte mit einer der Frauen. Einen Moment lang dachte Thomas, er würde vom Pferd steigen und sie schlagen, aber stattdessen drehte er sich um und ritt in Richtung Steinbruch davon.

Thomas packte Jorge, zerrte ihn zurück zur Hütte und kauerte sich neben ihn, aber niemand betrat den Steinbruch erneut, und als das Geräusch der Pferdehufe verklungen war, kamen sie aus ihrem Versteck. Alle Dorfbewohnerinnen waren verschwunden – bis auf eine. Sie stand in der Sonne und nutzte ihre Hände als Schutz vor der Sonne. Thomas drehte sich um und schaute in dieselbe Richtung, den Hügel hinauf. Die Gruppe von Soldaten – er zählte sie und kam auf sechzehn – hatte das Bauernhaus erreicht. Das Geräusch von klirrendem Stahl hallte deutlich durch die Luft, aber die Entfernung war zu groß, um zu erkennen, was genau sich dort abspielte.

Thomas marschierte los in die Richtung, aus der sie gekommen waren.

„Es sind zu viele“, sagte Jorge.

„Pedro und seine Frau haben uns Gastfreundschaft entgegengebracht. Ich werde sie nicht der Gnade dieser Männer überlassen.“

Jorge blickte in Richtung des Dorfes. „Ich werde in

diese Richtung gehen und sehen, ob ich jemanden finde, der helfen kann. Vielleicht finde ich zumindest ein paar Waffen."

Thomas sah ihn einen langen Moment lang an, bevor er nickte. „In Ordnung, aber ich gehe zurück zu dem Bauernhaus." Er ließ Jorge am Eingang des Steinbruchs stehen und machte sich im Laufschritt auf den Weg, aber bevor er weit gekommen war, brannten seine Lungen und seine Beine wurden weich. Also wurde er langsamer, stapfte den Hang hinauf und wusste, dass er zu spät kommen würde.

KAPITEL VIER

Thomas konnte nichts unternehmen, da er noch zu weit weg war, als sich die Soldaten am Rande des Plateaus versammelten und zum Aufbruch bereit machten. Einer der Männer erhob sich in seinem Sattel und starrte hinunter in Richtung des Dorfes. Thomas warf sich auf die Seite und versuchte, sich auf dem Boden unsichtbar zu machen. Dabei empfand er Angst, eine völlig neue Emotion für ihn, und eine, die er nicht begrüßte. Sie war mit dem Schmerz gekommen und beide wollte er nicht haben.

Die Soldaten wandten sich nach Osten und ritten in aller Ruhe davon. Thomas versuchte zu erkennen, ob Pedro oder Luis bei ihnen waren, aber wenn sie es waren, konnte er keinen der beiden ausmachen. Als er das schmale Plateau erreichte, wurde ihm der Grund dafür klar. Pedro lag auf dem Rücken, die Arme ausgebreitet, die Augen weit aufgerissen. Sie starrten leer in den wolkenlosen Himmel.

Thomas kniete sich neben ihn, obwohl er eindeutig tot war, und tastete nach einem Puls an seinem Hals. Nichts.

Er sah sich um, hatte von Elvira fast schon erwartet, dass sie sie vergewaltigt hatten, denn wie Jorge richtig bemerkt hatte, war sie eine schöne Frau, doch ihre Kleidung war intakt, ihre Gliedmaßen ordentlicher angeordnet als die ihres Mannes, und eine kleine Einstichwunde über dem Herzen war der einzige Schaden, der ihr zugefügt worden war. Aber er hatte ausgereicht. Thomas schloss ihre Augen, wie er es bei Pedro getan hatte, und begann, den kleinen Raum abzusuchen. Jemand hatte einen Keller erwähnt, und er brauchte eine Weile, um ihn zu finden. Als er es tat, befand er das Wort *Keller* für eine Übertreibung. Was er sah, war eine Nische hinter einer kleinen Holztür, die gerade breit genug war, dass Thomas seinen Kopf und seine Schultern hindurchschieben konnte. Dahinter war gerade genug Platz, dass ein einzelner Mann sich verstecken konnte, sofern er gelenkig genug war, um seine Beine an seine Brust zu ziehen. Doch nur war die Nische leer, ohne jedes Anzeichen dafür, dass sich dort jemand versteckt hatte oder entdeckt und herausgezerrt worden war. Thomas erkundete die anderen Räume. In einem kleinen Schlafzimmer stand ein Ehebett, das nie wieder benutzt werden würde. In einem weiteren, kleineren Zimmer lag eine Rosshaarmatratze auf dem Boden und daneben stand ein kleiner Tisch. Über dem Tisch befand sich ein schmales Regal mit Skizzenbüchern und Zeichenmaterial. Der Tisch war dem einzigen Fenster zugewandt, sodass Licht auf ihn fiel. Ein Blatt Papier lag auf der Tischplatte, darauf eine halb fertige Skizze. Thomas drehte das Blatt um und eine Vertrautheit überkam ihn, als er feststellte, dass er in sein eigenes Gesicht starrte. Nur war das Gesicht, das er da sah, hager und ohne jede Spur von Menschlichkeit. Er griff nach einem der anderen

Skizzenbücher, denn er war sich sicher, dass es Luis, der die Skizze angefertigt haben musste, an Können mangelte und dies eine seiner schlechteren Arbeiten war. Doch was er sah, ließ ihn erkennen, wie sehr er sich verändert hatte, denn tatsächlich Luis konnte gut zeichnen.

Das erste Buch enthielt Zeichnungen von Pedro und Elvira sowie von einem Mädchen und einem Jungen, beide in verschiedenen Altersstufen festgehalten, während sie heranwuchsen. Thomas blätterte durch die Seiten und entdeckte Skizzen von anderen Menschen, von Tieren, Vögeln und Bäumen. Jede beeindruckte ihn durch eine bemerkenswerte Klarheit und Thomas wurde klar, dass Luis sein wahres Wesen eingefangen hatte.

Er hielt inne und blätterte zurück, denn eine Skizzenserie unterschied sich von den anderen. Diese zeigte den Jungen, jetzt älter, in Luis' Alter oder zumindest nah dran. Er war gutaussehend und lächelte. Weiter hinten hatte er die junge Frau festgehalten und Thomas ließ seinen Atem in einem Seufzer entweichen und setzte sich. Es gab sechs Skizzen von ihr. Die erste zeigte sie, wie sie ihn von dem Blatt aus herausfordernd ansah. Drei Blätter später war ihr Blick noch derselbe, aber jetzt offenbarte sich Thomas der Grund für diesen Ausdruck. Sie posierte nackt, die Hände in ihrem Schoß, um ihr Geschlecht zu bedecken, ihre perfekten Brüste zur Schau gestellt. Wer auch immer das Mädchen war, sie war wunderschön und ein Inbegriff der Lust.

Thomas warf einen Blick auf die Regale. Darauf standen noch weitere Skizzenbücher, aber er zögerte, sie herunterzunehmen. Er schloss jenes, das er in der Hand hielt, und empfand ein gewisses Unbehagen, jetzt, da er die Bilder gesehen hatte. Das Buch hatte offen dagelegen, jederzeit für Luis' Eltern einsehbar, hätten sie darin blättern wollen. Und Thomas war sich sicher, dass sie das getan hatten – so ziemlich alle Eltern hätten es getan. Hatten sie es gutgeheißen, dass ihr Sohn ein nacktes Mädchen skizzierte? Kannten sie das Mädchen? Mit ziemlicher Sicherheit.

Thomas stand auf und verließ das Zimmer. Es ging ihn nichts an und es war irrelevant für die Aufgabe, die er zu erfüllen hatte.

Er ging nach draußen und suchte nach dem, von dem er wusste, dass es dort sein würde, fand eine Azada und ging damit zu dem Gemüsebeet neben dem Haus, wo der Boden bereits aufgelockert war. Als Jorge auftauchte, hatte Thomas bereits sein Hemd ausgezogen und der Schweiß lief ihm über Brust und den Bauch, aber das Loch war fast tief genug.

„Wo sind Elvira und Luis?", fragte Jorge, der Pedro gesehen haben musste. Er hielt sich neben dem Haus im Schatten, als wolle er dem Grab nicht zu nahe kommen oder Pedros Leiche noch einmal sehen.

„Elvira ist drinnen", sagte Thomas. „Von Luis fehlt jede Spur. Ich bin hier fast fertig, aber ich werde Hilfe mit den Leichen brauchen. Ich habe keine Ahnung, an welchen Gott sie geglaubt haben, aber wenn sie bis Sonnenuntergang begraben sind, sollte das reichen."

Jorge wandte seinen Blick ab, sah Thomas nicht in die Augen. „Ich kann nicht. Ich würde dir helfen, wenn ich es könnte, aber ich kann nicht. Es tut mir leid, Thomas."

„Warum bist du dann hierhergekommen? Was hast du gedacht, was wir hier vorfinden würden?" Thomas begann wieder zu graben. Der Boden wurde jetzt härter und er begann zu glauben, dass vier Fuß würden reichen müssen.

„Was ist mit dem Hund?"

„Weglaufen, nehme ich an. Oder bei Luis, der sich irgendwo versteckt."

„Luis versteckt sich nicht", sagte Jorge. „Sie haben ihn mitgenommen."

Thomas hörte wieder auf zu graben. Er sah sich das Loch an und entschied, dass es reichen würde. Er warf die Azada hinaus und kletterte hinterher.

„Und woher weißt du das?"

„Jamila hat es mir erzählt."

„Wer ist Jamila?"

„Die Frau im Dorf", sagte Jorge. „Sie ist ihre Anführerin. Nur bis die Männer zurückkehren, sagte sie, aber mein Gefühl sagt mir, dass sie nicht erwartet, dass das passiert."

„Was hat sie dir erzählt?"

Jorge stieß sich von der Wand ab und blickte in das frisch ausgehobene Grab. Er zog die Luft tief in seine Lungen und stieß sie wieder aus. „Na gut, ich helfe dir, und danach gehen wir ins Dorf und Jamila kann dir alles erzählen, was sie weiß." Jorge starrte Thomas an. „Ich denke, du wirst hören wollen, was sie zu sagen hat."

Thomas ignorierte Jorge und ging ins Haus. Elvira konnte er ohne Weiteres alleine hochheben und er trug sie in seinen Armen nach draußen und zu dem frisch ausgehobenen Grab. Er kniete nieder und legte sie sanft neben dem Loch auf den Boden. Pedro war schwerer. Thomas nahm ihn an den Schultern, Jorge an den Füßen. Er stolperte, als er versuchte zu helfen, ohne den toten Körper anzusehen.

Thomas stieg in das Grab und legte Pedro auf den Boden. Dann schob er ihn zur Seite, griff nach Elvira und wiederholte den Vorgang, bis sie nebeneinander lagen, die

Gesichter einander zugewandt. Es erschien ihm angemessen.

„Fällt dir ein Gebet ein?“, fragte er, nachdem er herausgeklettert war.

„Viele, aber keines, das uns hier weiterhelfen würde. Ich habe der Religion nie viel Aufmerksamkeit gewidmet, als ich noch ein Junge war, und danach gar nicht mehr. Ich mag die Priester beider Religionen nicht.“

Thomas nickte zustimmend, doch es fühlte sich nicht richtig an, einfach die Erde über die beiden zu schieben, ohne ein paar Worte zu sprechen. Also kramte er in den Tiefen seines Gedächtnisses und begann zu sprechen. Es dauerte nicht lange.

„Was war das?“, fragte Jorge.

„Englisch“, sagte Thomas.

„Das ist aber eine hässliche Sprache.“

„Wahrscheinlich liegt es an der Art, wie ich sie ausgesprochen habe. Es ist schon eine Weile her.“ Er sah sich um, halb in der Erwartung, Luis den Hang hinunterkommen zu sehen, von wo aus er vielleicht die Beisetzung seiner Eltern beobachtet hatte, aber nichts geschah. Thomas griff nach der Azada und begann, Erde über die Leichen zu schütten und schließlich zu einem kleinen Hügel zu formen, als noch etwas übrig blieb.

„Könnte diese Jamila wissen, an welchen Gott sie geglaubt haben?“, fragte er Jorge, als sie fertig waren.

„Vielleicht. Sie sagte, sie waren ab und zu runter ins Dorf gekommen, um Vorräte zu kaufen oder Tiere zu verkaufen. Sie erzählte mir, dass Luis öfter kam. Er hatte ein Auge auf eines der Mädchen geworfen.“

Thomas dachte an die Skizze, sagte aber nichts. Es ging weder ihn etwas an noch Jorge, obwohl dieser zweifellos besser verstehen würde als er selbst, was zwischen den beiden gewesen war. Mit einem sauren Geschmack im Mund wandte er sich ab.

Als sie das Dorf betraten, hatte der Tag bereits begonnen, in den Abend überzugehen. Eine kleine Gruppe kam auf sie zu, um sie zu begrüßen oder zu verjagen. Sechs Frauen, drei mit Schwertern, die zu schwer für sie waren, die anderen mit Sicheln und Speeren. Ein Rudel fast schon wilder Hunde bellte und knurrte und hüpfte auf den Vorderbeinen.

„Wir sind nicht gekommen, um gegen euch zu kämpfen." Thomas blieb in einem sicheren Abstand stehen. „Und ihr kennt Jorge."

Eine der Frauen trat vor. Ihr Schwert schleppte sie neben sich her, die Spitze grub sich in den Schmutz.

„Das ist gut. Dann könnt ihr weiterziehen und uns in Ruhe lassen."

„Ich bringe Neuigkeiten."

„Wir wollen hier keine Neuigkeiten. Wann immer sie uns erreichen, sind sie schlecht für uns." Sie winkte mit der Hand ab, die nicht das Schwert umklammerte. Sie war jünger als die meisten der anderen und Thomas vermutete, dass Jorge sie attraktiv fand. Er nahm an, dass dies Jamila war, die Anführerin.

„Wir kommen von dem Bauernhaus." Thomas drehte sich halb um und zeigte in die Richtung. „Pedro und Elvira wurden ermordet."

Er sah, wie die Frau zusammenzuckte, vermutete aber, dass sie es bereits gewusst haben musste. Die Soldaten mussten von hier aus zu sehen gewesen sein.

„Ich habe sie begraben, aber ich weiß nicht, welchen Gott sie verehrt haben, wenn sie überhaupt einen verehrt haben. Ich habe ein paar Worte gesprochen, aber es könnten die falschen gewesen sein."

„Sie werden gut genug gewesen sein. Sind Sie ein Priester? Sie sehen nicht wie ein Priester aus. Sind Sie sicher, dass Sie sie nicht selbst getötet haben?"

„Wo ist Luis?" Eine junge Frau trat aus der kleinen Gruppe heraus und Thomas durchfuhr es wie der Blitz, als er sie erkannte. Sie war das Mädchen, das Luis gezeichnet hatte. Trotz der Kunstfertigkeit der Skizze war sie in Wirklichkeit noch schöner. Papier und Kohle hatten das Leuchten ihrer Haut und den Schalk in ihren Augen nicht einfangen können.

„Er war nicht da", sagte Thomas.

„Und Kin?"

„Auch weg. Vielleicht verstecken sie sich."

Das Mädchen schüttelte den Kopf. „Nein – er wurde mitgenommen. Zweifellos haben sie Kin getötet und er liegt tot irgendwo da oben."

„Wer?", fragte Thomas, seine Frage an Jamila gerichtet, die in diesem Moment Jorge ansah.

„Sie haben ihm also nichts erzählt", sagte sie.

„Ich habe gedacht, es wäre besser, wenn es von Ihnen kommt."

„Natürlich haben Sie das."

Thomas mochte sie. Sie war standfest, entschlossen, und im Gegensatz zu den meisten Frauen nicht auf Jorges Charme hereingefallen, da sie mehr sah als nur das, was sich an der Oberfläche zeigte. Oh, Jorge hatte Tiefgang, das wusste Thomas, aber den offenbarte er immer nur jenen, die er wirklich liebte. Alles andere waren oberflächliche Eitelkeit und Vergnügen.

„Sie haben recht – Sie sind keine Gefahr für uns, noch weniger, wenn Sie sich jetzt umdrehen und gehen." Die Frau machte keine Anstalten, sich zu bewegen, als

Thomas den Abstand zwischen ihnen schloss, doch dann zog sie ihr Schwert vor sich. „Das ist nah genug."

Die Hunde kreisten ihn knurrend ein, aber Thomas ignorierte sie.

„Wer waren die Männer, die hier waren, die Soldaten? Sie haben sie getötet, nicht wahr?"

Jamila nickte. Sie musterte Thomas und er wusste, was sie sah – einen großen Mann, zu dünn, das Haar lang und verfilzt, der Bart ebenso. Gekleidet in Lumpen, die schon zu lange nicht gewaschen worden waren. Viel zu lange.

Thomas wartete, während sie sich ihre Antwort überlegte, da er wusste, dass sie ihn abweisen würde, wenn er sie zu sehr drängte, auch wenn er diese Option vorziehen würde.

Schließlich machte sie einen Schritt rückwärts. „Sie sehen nicht aus, als würden Sie uns Ärger machen. Und wenn Sie sie christlich beerdigt haben, dann verdienen Sie zumindest ein paar Antworten." Sie begann, sich abzuwenden, und hielt dann inne. „Sind Sie hungrig?"

„Jorge mit Sicherheit."

„Sie sind es, der aussieht, als bräuchte er Essen. Wir können euch etwas zu essen und einen Platz zum Schlafen für heute Nacht anbieten, wenn ihr wollt. Wir haben genügend freie Schlafplätze." Damit drehte sie sich um und ging los. Das Schwert, das ihr zu schwer war, schleifte sie hinter sich her. Thomas verspürte das Bedürfnis, ihr die Last abzunehmen, schaffte es aber, sich zurückzuhalten, da er wusste, dass sie keine Hilfe wollen würde.

Die anderen Frauen fielen zurück, nun, da ihre schützende Anwesenheit nicht mehr erforderlich war. Stattdessen trat ein junger Mann zwischen zwei Häusern hervor, ein Schwert in seiner starken Hand. Thomas erkannte ihn aus Luis' Skizzenbuch.

„Schick sie weg“, sagte er zu Jamila. „Wir brauchen keine Fremden hier. Woher wollen wir wissen, dass sie keine Späher sind?“

„Sie sind nicht die, die du fürchtest. Warum kommst du heraus? Wenn sie die sind, für die du sie hältst, dann beobachten uns vielleicht noch andere und warten nur darauf, dass du auftauchst.“ Sie verpasste dem jungen Mann eine Ohrfeige, aber er war noch nicht fertig.

Er kam auf Thomas zu und ignorierte Jorge, den er als ungefährlich einzuschätzen schien. Er hob sein Schwert an.

„Du bist hier nicht willkommen. Dreh dich um oder stirb dort, wo du stehst.“

Thomas starrte auf ihn und die Zurschaustellung seiner Tapferkeit, doch das Schwert, das nun durch die Luft schnitt, stellte keine Gefahr dar – außer für den Jungen selbst.

Er machte einen Schritt auf ihn zu und sah, dass der junge Mann zurückweichen wollte, jedoch sein Gesicht wahren musste. Stattdessen machte er den Fehler, Thomas für einen schwachen Gegner zu halten, und griff an. Es war kein tödlicher Schlag und Thomas vermutete, dass der Jugendliche im letzten Moment gezögert hätte, aber für den Fall, dass er es nicht tat, streckte er die Hand aus und fing die Klinge in der Luft ab. Eine Drehung, ein Schwung, und das Schwert lag in seiner eigenen Hand.

Nun trat er Junge doch zurück.

Thomas warf das Schwert in die Luft, fing die Klinge auf und hielt ihm den Griff entgegen.

„Jamila hat recht, wir sind nicht die, die du fürchtest. Hier, nimm.“

Der Junge zögerte, hielt das Angebot vielleicht für eine Falle, konnte aber keine erkennen und streckte nach einer Weile die Hand nach dem Griff aus.

„Steck es weg", sagte Thomas und der Junge gehorchte. „Ist sie deine Mutter?" Er deutete mit dem Kopf in die Richtung, in der Jamila stand und den Ausgang der Konfrontation beobachtete, und der Bursche nickte. Thomas ging auf sie zu, als sie sich umdrehte und zwischen zwei Häusern hindurchging. Was auch immer hier vor sich ging, es ging ihn nichts an. Aber seine Neugier war geweckt worden, und er würde ein paar Antworten brauchen, bevor er mit der Sache abschließen konnte. Jemand war tot und er würde den Grund dafür erfahren.

KAPITEL FÜNF

Das Dorf war klein und die Häuser wahllos verstreut, sodass es keine Straßen gab, nur Flächen, über die sich die Menschen bewegten. Abgesehen von dem jungen Mann mit dem Schwert waren die einzigen anderen männlichen Personen Kinder, die im Staub spielten. Der Bursche folgte ihnen in einigem Abstand und versuchte, gefährlich auszusehen, was ihm aber nur teilweise gelang. Obwohl das Dorf nicht strukturiert angelegt war, gab es etwas, das als zentraler Platz durchging, nur dass er oval war. Handel wurde hier keiner getrieben, aber Jamila führte sie zu einem Haus und forderte sie auf, draußen zu warten. Der junge Mann ging mit ihr hinein. Nach einem Moment kam er mit einem niedrigen Tisch zurück und stellte ihn ab. Die Frau kam mit Kissen heraus und ließ sie auf den Boden fallen.

„Setzt euch."

Thomas beobachtete, wie der junge Mann zurückkehrte und sich in die Türöffnung stellte, wohl in dem Glauben, dass die Schatten ihn vor jemandem mit weniger scharfem Sehvermögen und noch weniger scharfen Instinkten verbergen konnten.

Jamila verschränkte ihre Beine und setzte sich auf ein Kissen auf der anderen Seite des Tisches, und nach einem Moment tat Thomas es ihr gleich. Jorge hatte sich bereits über zwei Kissen ausgestreckt, als ob er dort hingehörte.

„Als ich euch den Hang hinunterkommen sah, dachte ich, ihr könntet Späher sein, die zurückgelassen wurden", sagte Jamila. „Das haben sie schon öfter gemacht, das Dorf überfallen, um dann ein paar Stunden später zurückzukehren. Aban wurde mehr als einmal fast erwischt."

„Aban ist der Junge?", fragte Thomas, und als sie nickte, sagte er: „Dein Sohn?"

Ein weiteres Nicken.

„Und das Mädchen ist deine Tochter?"

Diesmal gab es ein Kopfschütteln. „Dana ist die Tochter einer Freundin von mir. Sie ist gestorben, also ist Dana jetzt wohl so etwas wie meine Tochter, auch wenn sie weiterhin im Haus ihrer Mutter lebt. Sie und Luis sollten heiraten. Zumindest dachte Dana das. Aber ich bin mir nicht so sicher, was Luis dachte."

„Könnte er weggelaufen sein, um diesem Arrangement zu entkommen, wenn das, was du sagst, wahr ist?"

„Nein – er wurde mitgenommen. Das ist es, was sie tun, diese Soldaten. Sie durchkämmen das Land nach Männern in einem bestimmten Alter, nach Männern wie Luis und Aban, die sie zu ihren Kämpfern machen können."

„Und das weißt du ganz sicher?" Thomas blickte auf, als Dana mit einem Tontopf und Bechern aus dem Haus kam. Aban folgte mit einer Platte mit Früchten, Nüssen und Fleisch. Er stellte sie in die Mitte, sodass sie alle sie erreichen konnten, und dann setzten sich die beiden dicht nebeneinander. Thomas machte sich im Geiste eine Notiz, Jorge später zu fragen, was er von ihrer Beziehung hielt, denn Dana schien Luis' Schicksal viel zu leicht hinzunehmen.

Jamila streckte die Hand aus, goss dunklen Wein in zwei Becher und stellte sie vor Thomas und Jorge. „Bitte greift zu, auch wenn wir nicht viel anzubieten haben. Ich entschuldige mich für unseren unwirschen Empfang, aber ihr kennt nun den Grund dafür." Dann schenkte sie sich selbst Wein ein und leerte ihren Becher, bevor sie ihn wieder auffüllte.

„Hast du wirklich gedacht, wir wären die Späher der Soldaten?", fragte Thomas.

„Das seid ihr nicht, das weiß ich jetzt, und alle werden euch dankbar sein für das, was ihr für Pedro und Elvira getan habt. Aber ihr seid trotzdem Fremde. Woher kommt ihr?"

Thomas zeigte in eine willkürliche Richtung, ohne zu wissen, ob es die richtige war oder nicht.

„Da ist nichts", sagte sie.

„Dann ist das der Ort, von dem ich komme. Von nirgendwo."

Die Lippen der Frau verzogen sich zu der Andeutung eines Lächelns. „Ein Mann voller Geheimnisse. Wo warst du mein ganzes Leben lang?"

„Auch das ist ein Geheimnis." Thomas wurde mit einem breiten Lächeln belohnt. Er fragte sich, warum er sich bei dieser Frau so verhielt, wie er es tat, aber sie entfachte eine ungewohnte Freude in ihm, die er für immer verloren geglaubt hatte. „Warum hältst du deinen Sohn vor Fremden versteckt? Aus demselben Grund, warum Luis ein Versteck hatte?"

„Ich brauche keinen Schutz, Mutter", sagte Aban.

„Oh, er ist so tapfer. Bis zum nächsten Mal, wenn sie kommen." Jamila richtete ihren Blick wieder auf Thomas und ignorierte Jorge weiterhin. „Luis ist jung und stark. Ein Bauer, also ist er natürlich stark. Sie werden ihn mitgenommen haben, daran besteht kein Zweifel."

„Dieselben Männer, die Pedro und Elvira getötet haben? Wenn ich sie rächen soll, musst du mir erklären, was hier vor sich geht. Diese Männer waren zuvor im Dorf und sind erst dann den Hügel hinaufgeritten. Haben sie hier jemanden getötet?"

„Natürlich nicht."

„Und doch haben sie Pedro und Elvira getötet und Luis entführt."

„Sie müssen sich gewehrt haben. Wie dumm von ihnen. Die Soldaten bestrafen jedes noch so kleine Zeichen von Widerstand. Wir haben vor langer Zeit gelernt zu tun, was sie sagen."

Thomas starrte sie an. Eine hübsche Frau. Nicht jung, aber auch nicht alt. Dann sah er Dana an – sie war jung, schön, eine Versuchung für jeden Mann.

„Warum lassen sie die Frauen in Ruhe? Ich weiß, wie Soldaten sind. Sie nehmen sich, was sie wollen und wen sie wollen."

„Nicht hier. Sie stehlen Essen, aber niemand rührt uns an. Ich glaube, ihnen wurde befohlen, es nicht zu tun. Sie nehmen die Männer mit und lassen die Frauen zurück. Wenn du versuchst, Pedro und Elvira zu rächen, werden sie dich auch mitnehmen." Sie neigte ihren Kopf zur Seite und musterte Thomas. „Wenn du kämpfst, werden sie dich töten. Diese Männer sind eisern."

„Warum haben sie Luis mitgenommen? Ist es das, was mit deinem Mann passiert ist?"

Jamila senkte ihren Blick und Thomas erkannte, dass die Erinnerung sie immer noch schmerzte.

„Wurden alle eure Männer mitgenommen?“

„Alle bis auf die, die gekämpft haben und gestorben sind, und jene, die zu alt zum Kämpfen sind. Jetzt ist nur noch einer übrig und Ibrahim ist krank. Bald wird keiner übrig sein.“ Sie hob ihren Blick noch einmal. „Es sei denn, ihr beschließt zu bleiben. Ihr werdet euch mit Aban verstecken müssen, wenn die Soldaten kommen, aber wir könnten euch entschädigen.“

„Ich will kämpfen“, sagte Aban und wandte seine Aufmerksamkeit endlich von Dana ab.

„Nein.“ Jamila löste ihren Blick nicht von Thomas, während sie sprach. „Du siehst aus wie ein Mann, der gekämpft hat. Rede mit meinem Sohn, sag ihm, dass es nicht ausreicht, tapfer zu sein. Sag ihm, wie die Männer schreien, wenn sie sterben. Er hat keine Ahnung. Überhaupt keine Ahnung.“

„Warum sollte er auf mich hören?“, fragte Thomas.

„Auf mich hört er nicht, also wird er es wohl auch bei dir nicht tun.“

„Ich verstecke mich, wenn du es sagst, nicht wahr?“, sagte Aban.

„Und die ganze Zeit diskutierst du mit mir darüber. Rede mit ihm.“ Jamila schnaubte auf und erhob sich. „Ich muss Ibrahim etwas zu essen bringen. Bleib hier und erkläre meinem Sohn, warum er nicht gegen diese Männer kämpfen kann.“ Sie schüttelte den Kopf. „Er sollte es besser wissen, jetzt, wo Luis fort ist, aber die Jugend ist eigensinnig und hört nicht auf die Vernunft.“

Nachdem sie weg war, wandte sich Thomas an Aban.

„Du denkst, deine Mutter hat unrecht, nicht wahr?“

Aban wollte Thomas nicht in die Augen sehen.

Stattdessen schaute er zu Jorge, vielleicht ahnend, dass er von ihm ein weniger strenges Urteil zu erwarten hatte.

„Sag mir, was glaubst du, würde passieren, wenn diese Männer ins Dorf kämen und du versuchen würdest, gegen sie zu kämpfen? Bist du in der Lage, gegen ein Dutzend ausgebildeter Soldaten zu kämpfen? Ist es das, was du denkst?"

Aban schüttelte den Kopf. Er streckte eine Hand aus und Dana nahm sie, woraufhin Thomas die Stirn runzelte. Irgendetwas Seltsames ging hier vor sich, etwas, das er nicht einordnen konnte. Luis war entführt worden, und das Mädchen, das er nackt gezeichnet hatte, schien kaum davon betroffen zu sein, und jetzt hielt sie Abans Hand.

„Irgendjemand muss etwas tun", sagte Aban.

„Aber nicht du. Wenn hier zwanzig kampfbereite Männer wären, dann würde ich dich vielleicht ermutigen. Aber ein Mann? Ein untrainierter Junge?"

„Ich bin kein Junge." Aban wandte seinen Blick von Dana ab. „Und ich kann kämpfen. Ich kann hier und jetzt gegen dich kämpfen, wenn du willst. Und dich töten."

Thomas erwiderte Abans Blick und die Herausforderung, die darin lag. Er mochte den Jungen nicht besonders, aber er würde es vorziehen, ihn nicht ohne besonderen Grund töten zu müssen.

„Dann holt zwei Schwerter und tötet mich", sagte er. „Wir werden hier auf dem Platz kämpfen, bevor deine Mutter zurückkommt. Du kannst ihr meinen toten Körper zeigen, als Zeichen für deinen Wert."

„Nein", sagte Dana. Sie rückte näher an Aban heran, aber er ließ ihre Hand los und ging ins Haus.

„Tu ihm nicht weh", sagte Jorge. „Er ist stolz, nichts weiter."

„Ich werde ihm nicht wehtun", sagte Thomas.

Aban tauchte mit zwei Schwertern wieder auf, keines davon gut verarbeitet, keines davon besonders scharf, was Thomas als Glücksfall wertete. Aban schritt in die Mitte des Platzes und drehte sich zum Tisch um. Thomas wusste, was er zu tun hatte. Er schüttelte den Kopf und erhob sich. Er war sich bewusst, wie schwach sein Körper war, und hoffte, dass seine Instinkte noch so gut waren wie einst.

Aban holte aus, sobald er nah genug war, und Thomas schickte das Schwert des Jungen zu Boden.

„Heb es auf", befahl er. „Das nächste Mal schau nicht auf meine Waffe. Sieh mir in die Augen – sie werden dir alles verraten, was du wissen musst."

Aban griff wieder an und wieder. Jedes Mal entwaffnete Thomas ihn beim ersten Stoß. Nach dem zehnten Mal stoppte eine scharfe Stimme Aban mitten in der Bewegung.

„Was tust du denn da! Er ist unser Gast."

Thomas war froh über die Unterbrechung. Aban zu entwaffnen war einfach gewesen, aber ihm war schmerzlich bewusst geworden, wie schwach er sich selbst hatte werden lassen.

„Ich unterrichte ihn", sagte er. „Ein Mann muss wissen, wie man ein Schwert führt, für den Fall, dass er diese Fähigkeit jemals braucht."

„Ich habe gesagt, du sollst mit ihm reden, nicht ihn töten." Jamila stand mit geballten Fäusten in den Hüften da, ihr Gesicht war ernst. „Ich wollte euch eigentlich ein Bett zum Übernachten anbieten, aber jetzt …" Sie schüttelte den Kopf. „Ich halte es für besser, wenn ihr jetzt geht."

„Sie können in meinem Haus übernachten", sagte Dana

und stellte sich zu ihnen. Dann nahm sie Abans freie Hand und stellte sich neben ihn.

„Dein Haus steht leer“, sagte Jamila.

„Dann haben sie dort ausreichend Platz. Sie können jeder ein eigenes Bett haben, wenn sie wollen. Lass sie bleiben. Thomas kann Aban morgen weiter darin unterrichten, wie man kämpft.“

„Ich will nicht, dass er kämpft“, sagte Jamila.

„Manchmal hat man keine Wahl“, sagte Thomas. „Besser man weiß, wie man kämpft, und muss es nie tun, als zum Kampf gezwungen zu sein und nicht zu wissen, wie. Ich kann ihm in der Zeit, die wir haben, nicht genug beibringen, aber ich kann ihm zeigen, wie er lernen kann.“

Jamila schüttelte den Kopf und sah weg. „Mir wäre es lieber, er wüsste es nicht.“

„Ich muss es lernen, Mutter“, sagte Aban. „Thomas hat recht. Ich dachte …“ Aban suchte nach irgendeiner Wahrheit, „Ich dachte, ich könnte gegen ihn kämpfen und gewinnen.“ Er blickte Thomas an. „Ich hätte dich nicht getötet.“

„Ich bin froh, das zu hören.“

„Wie lange wird es dauern, ihm alles beizubringen?“, fragte Jamila. Sie standen auf dem trockenen Boden, während Jorge immer noch neben dem Tisch saß. Thomas fiel es schwer zu glauben, dass sonst noch jemand im Dorf lebte, auch wenn er sie gesehen hatte. Er fragte sich, ob die anderen Frauen sie gerade beobachteten.

„Zu lang. Ich kann ihm zeigen, wie man lernt, aber ich habe nicht die Zeit, ihm alles beizubringen, was er wissen muss.“ Thomas dachte an Usaden, den Gomeres-Söldner, der seinen Sohn ausbildete und weitaus bessere Arbeit darin leistete, als er selbst es je zustande gebracht hatte. Es gab Zeiten, in denen er sich fragte, ob eine zu große Nähe zu jemandem bedeutete, dass man ihm nicht so gut helfen konnte wie einem Fremden. Beziehungen, und Liebe, kamen einem dabei in die Quere. Er wusste, dass es das war, was gerade zwischen Jamila und Aban passierte. Sie liebte ihn zu sehr, um ihn in Gefahr zu bringen, aber indem sie ihn beschützte, hatte sie es dem Jungen verwehrt, genug zu lernen, um sich selbst am Leben zu erhalten. Thomas wusste, dass es nicht seine Verantwortung war, und verfluchte das Pflichtgefühl, das er selbst gegenüber Menschen empfand, die ihm fremd waren.

„Wie lange kannst du bleiben?", fragte Jamila und Thomas schüttelte den Kopf über den Hoffnungsblick in ihren Augen.

„Ein paar Tage vielleicht. Ich war auf der Suche nach etwas und habe mir erlaubt, mein Ziel aus den Augen zu verlieren." Er drehte sich um und ging weg, bedeutete jedoch Aban mit einer Handbewegung, ihm zu folgen. Am besten fing er jetzt gleich mit dem Training an, dachte er. Bevor noch mehr Soldaten auftauchten.

KAPITEL SECHS

„Meinst du, sie erwartet, dass ich zu ihr gehe?“, fragte Jorge. Er und Thomas teilten sich ein Bett, das kaum groß genug für sie beide war. Sie waren in Danas Haus, das eigentlich leer stehen sollte, aber auch Dana war hier irgendwo, vermutlich in dem Zimmer, in dem sie zu schlafen gepflegt hatte, bevor sie bei Jamila eingezogen war.

„Sie ist noch sehr jung. Warum sollte sie wollen, dass du zu ihr gehst?“

„Frauen tun das“, sagte Jorge, als wäre es das Natürlichste der Welt, und vielleicht war es das für ihn auch. Es gab Zeiten, in denen Thomas sich fragte, wie es wohl sein musste, Jorge zu sein, aber er konnte es sich kaum vorstellen.

„Aban ist in sie verliebt“, sagte Thomas.

„Und sie in ihn, soweit ich das beurteilen kann.“

„Was ist mit der Zeichnung, die Luis von ihr gemacht hat?“, fragte Thomas in die Schatten der Dunkelheit hinein.

Jorge rollte sich auf die Seite und sah Thomas an. „Welche Zeichnung?“

„Ah. Ich dachte, ich hätte dir von dem Buch erzählt.“

„Von welchem Buch? Welche Zeichnung?“

„Da war ein Skizzenbuch in Luis’ Zimmer. Er ist ein talentierter Künstler.“

„*Welche* Zeichnung?“

Ein Licht zeigte sich vor der geöffneten Tür ab und Dana tauchte mit einer Kerze auf, die sie vor sich hielt. Sie hatte sich ein Nachthemd angezogen, unter dem sich die Form ihres Körpers deutlich durch die dünne Baumwolle abzeichnete. Auch eine kleine Wölbung an ihrem Bauch war dort erkennbar, die auf der Skizze nicht zu sehen gewesen war.

„Ich habe euch reden gehört. Braucht ihr etwas?“

„Nichts, danke“, sagte Thomas.

„Ich bin gleich nebenan, wenn doch.“ Sie lächelte, zögerte einen Moment und entfernte sich dann.

Thomas wartete, bis er hörte, wie sich ihre Zimmertür schloss.

„Da war eine Zeichnung von Dana in Luis’ Skizzenbuch“, sagte Thomas. „Sie war nackt, als er dabei war. An der Zeichnung, meine ich. Sie war gut. Realistisch.“

„Wann wolltest du mir das sagen?“ Jorges Stimme war leise, damit er Dana nicht wieder störte.

„Warum hätte ich dir überhaupt davon erzählen sollen? Es war intim. Privat. Es geht dich nichts an, und mich auch nicht.“

„Nur, dass du mir jetzt doch davon erzählst, du das Bild gesehen hast und ich nicht.“

„Du hast das Gleiche wie auf dem Bild gerade eben selbst gesehen. Das Nachthemd hat nichts verborgen.“

Thomas schaute Jorge an. „Meinst du, das war eine Einladung? Vielleicht solltest du zu ihr gehen."

„Ich bin es nicht, den sie will. Die Einladung galt dir. Und ja, es war eine Einladung. Vertrau mir, ich weiß solche Dinge."

„Warum?"

„Warum solltest du mir vertrauen? Du kennst die Antwort darauf. Weil ich in Angelegenheiten des Herzens und der Lenden ein Experte bin."

„Warum sollte sie mich wollen? Ich bin alt genug, um ihr Vater zu sein. Sogar ihr Großvater."

„Sie sieht dich als einen Mann, der ihr Schutz bieten kann."

„Und Aban und Luis?"

„Ah, ja. Aban und Luis. Selbst wenn du mir nicht von der Zeichnung erzählt hättest, hätte ich es schon gewusst."

„Ich bin froh, dass wenigstens irgendjemand es versteht. Also, was weißt du?"

„Sie sind alle drei jung, aber nicht so jung, dass sie nicht ihren Verlangen nachgehen könnten. Und es scheint mir, dass es Danas Wunsch war, mit ihnen beiden zusammen zu sein."

„Den einen gegen den anderen ausspielen?"

„Nein. Mit ihnen beiden zu spielen. Zu dritt. Dana ist manipulativ und ich vermute, dass das Arrangement auf ihre Initiative hin seinen Anfang nahm."

Thomas machte ein Geräusch und Jorge lachte leise.

„Sag mir nicht, dass dir so etwas noch nie in den Sinn gekommen ist?"

Thomas sagte nichts. Er drehte sich auf die Seite, sodass er von Jorge abgewandt lag, und dachte über das nach, was er gerade gehört hatte.

„Das würde zum Teil erklären, warum sie sich nicht so

aufgebracht über Luis' Entführung ist, wie man erwarten würde."

„Oh, sie ist aufgebracht", sagte Jorge, „aber sie versteckt es. Ich bin überrascht, dass Aban nicht gerade bei ihr im Bett liegt, es sei denn sie hat gehofft, dass du es tun würdest. Die beiden werden sich näher kommen, jetzt, wo Luis weg ist."

„Ich frage mich, wer von den beiden der Vater ist?", sagte Thomas.

„Vater?"

„Hast du die Anzeichen nicht bemerkt? Sie ist im dritten oder vierten Monat, würde ich sagen. Dana ist schwanger … Aber wer von den beiden ist der Vater?"

Thomas wachte mitten in der Nacht auf und wusste, dass er nicht mehr würde einschlafen können. Er glitt aus dem schmalen Bett und machte sich auf den Weg nach draußen. Der Wind, der den ganzen Tag durch die Straßen gepfiffen hatte, hatte sich gelegt. Er ging an den Rand des Dorfes, wo das Land zu einem Fluss hin abfiel, der versteckt war, aber nicht still. Frösche quakten und Thomas erwog, ein paar von ihnen zu fangen. Die richtigen schmeckten gut und er dachte an die Vorträge, die er Jorge im Laufe der Jahre darüber gehalten hatte, wie ein Mann von der Natur leben konnte, wenn er nur wusste, wie – ein Mann, der frei umherziehen konnte, wie er wollte, an nichts gebunden. Einst war er selbst dieser Mann gewesen, als er noch gar nicht wirklich ein Mann gewesen war. Es war eine öde Art zu leben gewesen.

Ist es das, was ich wieder will?, fragte er sich. Er war mit einem wild lodernden Feuer in sich in diese hohen Berge geflohen, hatte die Flammen jedoch zu einer Glut verkommen und schließlich so kalt werden lassen, wie der Schnee es war, der die Gipfel des Sholayr-Gebirges weiß färbte. Er hatte versucht, nicht mehr an Lubna zu denken, aber er wusste, dass es keinen einzigen Moment geben würde, in dem er es nicht tat.

„Ich vermisse dich, Lubna", sagte er in die Nacht hinein. „Ich liebe dich immer noch."

Ein Schauer durchfuhr ihn und er spürte etwas in seiner Nähe, ohne es sehen zu können.

„Bist du das, mein Liebling?" Er sah sich um. Es war nichts erkennbar, aber Thomas nahm eine Präsenz wahr. „Bist du noch bei mir? Bist du hier?"

Etwas schien sich in ihm zu bewegen, durch ihn hindurchzuwandern, und die Kälte wandelte sich in eine Wärme.

Thomas schüttelte den Kopf. Er glaubte weder an Gott noch an ein Leben nach dem Tod. Wenn man tot war, war man tot. Es gab nichts jenseits dieses letzten Moments. Deshalb hatte er einst geglaubt, ein Mann müsse sein Leben so gut leben, wie er nur konnte. Um etwas zu bewirken, damit, wenn er nicht mehr da war, die Erinnerungen von anderen gepflegt werden konnten.

Wieder einmal spürte er eine Präsenz, eine Vertrautheit, die er für immer verloren geglaubt hatte.

Ja, Thomas … Bewirke etwas …

Thomas zuckte heftig zusammen und drehte sich einmal um sich selbst, doch er war allein. Er hatte die Stimme deutlich gehört, als ob Lubna an seiner Seite stünde. Es war *ihre* Stimme. Es konnte keine andere sein. Und er fragte sich, ob ihm sein Verstand nun endgültig entglitten war, sein letzter Halt an der Realität sich gelöst hatte. Aber die Stimme war so real gewesen.

„Nein, ich glaube das nicht!“ Thomas schrie die Worte in die Nacht, auf die das Bellen der Dorfhunde die einzige Antwort war. Er wartete, halb in Erwartung einer Antwort aus dem Jenseits, aber es kam nichts. Lediglich eine Präsenz hatte sich in ihm eingenistet, die zuvor nicht da gewesen war.

Als er in das Zimmer zurückkehrte, lag Jorge quer über das Bett ausgestreckt, schnarchte leise, und Thomas wandte sich ab. Er fragte sich, was Dana tun würde, wenn er ihr Zimmer betrat. Würde sie Platz für ihn machen? Ihn willkommen heißen? Er schüttelte den Kopf, weil er wusste, dass das nie passieren würde. Er würde nie wieder mit einer anderen Frau schlafen. Er hatte es geschworen.

„Glaubst du an Geister?“

Thomas und Jorge saßen an einem Tisch, aßen das Brot des Vorabends und tranken Wasser, das aus dem Stadtbrunnen geschöpft worden war. Dana hatte das Essen, wenn man es so nennen konnte, für sie auf dem Tisch angerichtet und war dann verschwunden, zweifellos zurück zu Jamilas Haus und Aban.

„Geister?“, sagte Jorge.

„Ja, Geister. Glaubst du, dass solche Dinge existieren?“

„Was, hast du den Bauern und seine Frau gesehen?“

„Natürlich nicht.“

„Es ist nur so, dass die Frage nicht zu dir passt. Aber andererseits bist du auch nicht mehr du selbst, oder?“

„Nein, ich nehme an, da hast du recht. Kriege ich eine Antwort?"

Jorge schwieg für einen Moment. Für einen langen Moment, was unüblich für ihn war, und Thomas nutzte die Zeit, um darüber nachzudenken, was er den Menschen dieses Dorfes anbieten könnte, fragte sich, ob er sich an irgendeine der Fähigkeiten erinnern konnte, die er einst besessen hatte.

„Lubna?", fragte Jorge schließlich.

Diesmal war es Thomas, der schwieg.

„Hast du sie gesehen?", fragte Jorge.

„Gehört."

„Sie war immer eine Stimme der Vernunft."

„Mehr als wahrscheinlich, auch wenn es nur ein Hirngespinst meiner eigenen Fantasie war."

„Sie war immer die Vernünftigere. War es ein guter Rat?"

Thomas nickte.

„Also", sagte Jorge, „diese Stimme, die du gehört hast, glaubst du, das war sie?"

„Wie sollte es so sein? Sie ist tot. Wir haben ihren Körper verbrannt. Wenn es so etwas wie eine Seele gibt, wird ihre bei ihrem Gott sein."

„Wen hat sie mehr geliebt", sagte Jorge, „ihren Gott oder dich?"

Thomas ruckte mit dem Kopf, denn er hörte die Stimme wieder, so klar und deutlich, als säße Lubna direkt neben ihm. Zwei Worte, aber sie waren alles, was nötig war.

Dich, natürlich.

Lubna war immer sparsam mit ihren Ratschlägen gewesen, als ob sie geahnt hatte, dass Thomas sie selten befolgen würde.

Jorge musste etwas in Thomas' Gesicht gesehen haben, denn er sah sich in dem Raum um, auf der Suche nach etwas, das nicht da war. „Was hast du vor?"

„Was immer sich richtig anfühlt."

Als sie den kleinen Platz betraten, stritten sich Jamila und Aban, hörten aber auf, als Jamila Thomas erblickte. Sie tippte Aban auf die Schulter und schob ihn in Richtung des Hauses. Einen Moment lang wirkte es, als wolle er den Streit fortsetzen, doch dann erschien Dana in der Tür und er ging auf sie zu.

„Weiß er, dass sie das Kind von Luis austrägt?", fragte Thomas.

„Oder seines. Sie hat mir gesagt, dass sie nicht weiß, von wem es ist." Jamila lächelte, was Thomas überraschte. „Sie behauptet, es gehöre ihnen beiden." Das Lächeln verblasste. „Nun, jetzt nur noch einem der beiden."

„Luis ist vielleicht noch am Leben. Ich werde versuchen, es herauszufinden, wenn ich kann."

„Warum?"

„Weil es meinem Zweck, hierherzukommen, genauso dient wie alles andere."

„Du redest von deiner Frau, nicht wahr?", sagte Jamila. „Jorge hat es mir erzählt. Hat mir erzählt, wie sie gestorben ist. Es tut mir leid, dass du so leiden musstest."

Thomas schüttelte den Kopf, nicht bereit, darüber zu sprechen.

„Jorge sagte mir auch, dass du Arzt bist. Würdest du Dana untersuchen? Es gibt hier auch noch andere, die von deinen Fähigkeiten profitieren könnten."

„Ihr müsst doch hier Frauen haben, die sich um solche

Dinge kümmern können. Es ist nicht angemessen für einen Mann meines Alters, ein Mädchen wie Dana zu untersuchen."

„Ich werde dabei sein. Außerdem gelten für einen Arzt doch andere Regeln, nicht wahr?"

„Wer sind die anderen?"

„Ibrahim ist ein alter Mann. Ich vermute, dass du für ihn wenig tun kannst, aber da ist auch noch eine Freundin von mir, die einen Schmerz in der Seite hat, der nicht heilen will."

„Ich habe nichts bei mir. Keine Instrumente, keine Medizin oder Kräuter."

„Du bist immer noch besser als alles andere, was wir haben. Siehst du sie dir an oder nicht?"

Thomas starrte über den trockenen Platz. Es wurde bereits heiß und Staubwirbel stiegen in Spiralen auf, wo der Wind um die Hausecken blies.

„Ich sehe sie mir an, kann aber nichts versprechen."

„Das reicht mir schon. Mit wem willst du anfangen? Dana?"

„Nein, mit der Frau mit den Schmerzen in der Seite."

Thomas fühlte sich nackt, als Jamila ihn zu einem Haus am Rande des Dorfes führte. Er vermisste seine Ledertasche, seine Kräuter, die Werkzeuge seines Handwerks. Aber er hatte seine Finger, seine Augen und seine Ohren sowie all das Wissen, das er sich über die letzten dreißig Jahre angeeignet hatte.

Die Frau war in den Vierzigern, schmalgesichtig mit verkniffenem Mund, aber das kam womöglich von den Schmerzen, unter denen sie litt. Ihr Haus lag oberhalb eines steilen Hangs, der zu einer entfernten Talsohle abfiel, in der ein Fluss plätscherte, der zwischen den dichten Bäumen nur teilweise sichtbar war. Thomas erkannte, dass er in der Nacht nicht unweit dieses Hauses gestanden haben musste, als Lubna zu ihm gesprochen hatte.

„Sie wird ihr Oberteil anheben müssen“, sagte Thomas. „Vielleicht hilfst du ihr.“

Es dauerte einen Moment, bis Jamila die Frau überreden konnte, und als sie es tat, legte sie ihre Hände über ihre kleinen Brüste. Thomas blieb, wo er war, aber seine Augen wanderten über ihre Flanke. Ohne ihre Kleidung war sie noch dünner und daran erkannte er, dass das Leben hier hart sein musste. Ein mehrfarbiger Bluterguss zierte ihre Seite und es war ihm klar, was passiert war.

„Wie haben Sie sich verletzt? Hat Ihr Mann Sie geschlagen?“

„Mein Mann wurde mitgenommen wie alle anderen Männer auch – bis auf ihren Sohn.“ In ihrer Stimme lag eine gewisse Schärfe und Thomas fragte sich, wie viele andere auch so darüber dachten, dass Aban noch hier im Dorf war.

„Ein Sturz also?“ Er rückte näher. „Ich muss Ihre Seite abtasten.“

Die Frau wich aus und Thomas richtete sich auf.

„Er ist hier, um dir zu helfen“, sagte Jamila. „Du musst es zulassen.“

„Er ist ein Fremder.“

„Dann kann er dich umso besser untersuchen. Er wird bald fort sein und niemand wird je davon erfahren.“

Die Frau drehte ihren Kopf zur Seite, als ob die ganze Sache nicht real wäre, solange sie Thomas nicht sah.

Er berührte sie, zuerst ganz leicht, tastete nach dem, was er vermutete, und fand schließlich eine scharfe Kante unter der Oberfläche. Als er fester darauf drückte, schrie die Frau auf.

„Sie haben sich eine Rippe gebrochen. Wann sind Sie gestürzt?“

„Ich bin vor einer Weile gestolpert, als ich meine Felder bestellte“, sagte sie. „Ich dachte mir nichts dabei, aber dann wurden die Schmerzen immer schlimmer. ”

„Ich werde sehen, ob ich etwas dafür finde, aber ich muss Sie fest bandagieren. Sie müssen den Verband mindestens eine Woche lang tragen, zwei, wenn Sie es aushalten. Am Anfang werden Sie Schmerzen haben, aber dann wird es besser werden.“

Sie konnte ihn immer noch nicht ansehen. „Tun Sie, was Sie tun müssen. Schmerzen kann ich ertragen. Das ganze Leben ist ein Schmerz, nicht wahr?“

Als er fertig war und Jamila ihn auf dem Weg zu dem alten Mann aus dem Haus führte, fragte Thomas: „Wo kann ich hier Mohn finden? Und Hanf, wenn er in der Nähe wächst.“

„Wir sind zu hoch, als dass sie hier wachsen könnten. Vielleicht findest du an den Hängen jenseits des Flusses ein wenig Mohn, aber wahrscheinlicher ist es, dass du dafür bis nach Pampaneira gehen musst.“

„Dieses Pampaneira ist eine Stadt? Wie weit ist es dahin?“

„Es ist groß genug für das, was du brauchst. Die Reise dauert einen halben Tag, nicht länger, und ich komme mit, um dir den Weg zu zeigen.“

KAPITEL SIEBEN

Thomas konnte nichts für den alten Mann, Ibrahim, tun. Er war einfach alt, hatte schlechte Augen und ein Herz, das am Rande des Versagens dahinstotterte. Außerdem hatte er eine Art harter Beule an der Flanke neben seiner Leber. Seine Hände waren von der Arbeit im Steinbruch dauerhaft verfärbt und diesen Teil seiner Lebensgeschichte erzählte er während seiner Untersuchung. Thomas vermutete, dass der ständige Kontakt mit Schwarzpulver Ibrahims Gesundheit beeinträchtigt hatte. Er hatte es schon einmal gesehen, es war eine Kontamination, die langsam und heimtückisch voranschritt. Nur wenige Männer, die mit dem Pulver arbeiteten, lebten so lange wie Ibrahim.

„Wie alt sind Sie?" Thomas setzte sich auf einen Hocker neben den Mann, sich in der Ecke seines Hauses auf Kissen ruhte.

„Siebenundsiebzig." Der Mann lachte, als wäre es ein Scherz auf Kosten des Schicksals. „Nicht so schlecht, was? Mehr, als für mich vorgesehen war und noch ein wenig mehr." Er sah auf und begegnete Thomas' Blick. „Ich erwarte allerdings, dass ich nicht mehr achtundsiebzig werde. Sagen Sie mir die Wahrheit, Doktor."

Thomas war noch nie jemand gewesen, der solche Nachrichten beschönigt hatte, jetzt sogar noch weniger, und er nickte. „Nein, werden Sie nicht. Sie haben noch ein paar Monate, vielleicht nur noch Wochen."

„Es ist, wie ich dachte."

„Ich kann etwas gegen die Schmerzen zubereiten. Sie haben doch Schmerzen, nicht wahr?"

„Unentwegt."

„Und etwas, mit dem Sie vielleicht noch ein wenig länger durchhalten."

„Ich habe keine Angst vor dem Tod. Mein Leben war gut und Allah wird einen Platz für mich finden, an dem ich wieder laufen kann, wie ich es als Jugendlicher tat." Der Mann versuchte aufzustehen, aber Thomas legte ihm eine Hand auf die Brust, um ihn niederzudrücken.

„Bleiben Sie, wo Sie sind."

„Es gibt da etwas, das ich Ihnen sagen muss." Ibrahim versuchte erneut, sich zu erheben, und diesmal half Thomas ihm, bis er schwankend auf seinen wackligen Beinen stand. „Es liegt außerhalb der Stadt, aber vielleicht finden Sie eine Verwendung für das, was dort gelagert wird."

„Wie weit außerhalb?"

„Da ist eine Hütte in dem Steinbruch, in dem ich früher gearbeitet habe. Ich habe sie mit meinen eigenen Händen gebaut, die Hütte und den Steinbruch auch. Benutzen Sie das, was dort aufbewahrt wird, wenn Sie es wollen, aber wenn nicht, muss es auf sichere Weise entsorgt werden." Er musterte Thomas von oben bis unten. „Sie scheinen mir ein Mann zu sein, der dazu imstande ist."

„Ich weiß, wovon Sie sprechen. Ist die Hütte verschlossen?“

Ibrahim gab ein Lachen von sich, das sich in ein Husten verwandelte, die einzige Antwort, die Thomas brauchte.

„Ruhen Sie sich aus, ich sehe es mir an.“

„Kannst du etwas für ihn tun?“ Jamila ging neben Thomas her, als sie den kleinen Platz überquerten, ihre Anwesenheit beinahe schon vertraut.

„Wenn ich die richtigen Kräuter auftreiben kann. Vielleicht finde ich etwas in dieser Stadt, die du erwähnt hast – ich breche auf, nachdem ich Dana untersucht habe.“

Sie hatten gerade Jamilas Haus erreicht, als Aban von jenseits des Dorfes angerannt kam. „Sie sind zurück!“

Jamila reagierte sofort und schob ihn vor sich her. „Du weißt, wo du hinmusst. Versteck dich, sofort.“

„Ich will kämpfen.“

„Tu, was ich sage!“

Thomas drehte sich um und schritt zügig auf das letzte der Häuser zu. Auf dem Bergrücken sah er sechs Männer zu Pferd. Sie hielten einen Moment lang inne, um das Dorf zu beobachten, bevor sie ganz ohne Eile den Hang hinunterritten. Thomas machte sich in einem Schatten unsichtbar und sah ihnen dabei zu. Soldaten mit Lederwamsen und starren Gesichtern. Er bewegte sich rückwärts außer Sichtweite und rannte dann zu dem kleinen Platz. Aban war verschwunden, aber Jamila war im Freien geblieben.

„Jorge und ich brauchen Waffen.“ Er überlegte, ob er versuchen sollte, zu der Hütte zu gelangen, von der Ibrahim ihm erzählt hatte, aber er wusste, dass nicht genug Zeit war, um einen Hinterhalt vorzubereiten.

„Geh zu Aban“, sagte Jamila. „Sie werden die Frauen nicht mitnehmen, aber sie werden euch beide töten, wenn ihr versucht, Widerstand zu leisten.“

„Oder uns mitnehmen“, sagte Thomas.

„Nein, du bist zu alt und siehst krank aus. Jorge vielleicht, aber nicht dich. Sie nehmen nur die Jungen. Dich werden sie töten.“

„Wo sind eure Waffen?“, fragte Thomas ein zweites Mal.

Jamila nahm ihn am Arm und führte ihn in einen kleinen Raum an der Rückseite des Hauses. Sie blieb an einer Türschwelle stehen, als ob sie zögerte, einzutreten. Thomas betrat den Raum. Vier Schwerter hingen an der Wand gestützt von ein paar Nägeln, die in den losen Putz geschlagen worden waren, und er erkannte die beiden, die Aban zu ihrem Kampf mitgebracht hatte. Außerdem hing dort ein Schild mit einem verschnörkelten Wappen, das ihm nichts sagte, und eine Axt, die er als die eines Nordmannes erkannte und die in ihm eine Erinnerung an Olaf Torvaldsson auslöste, wie er eben solch eine Axt schwang, um den Spaniern Tod und Verwüstung zu bringen. Thomas wusste, dass die Axt nicht das Richtige für ihn war, aber eines der Schwerter war fein gearbeitet, ausgewogen und leicht, also nahm er es. Ein weiteres wählte er für Jorge aus, in der Hoffnung, dass er sich daran erinnern würde, wie man es benutzte, und den Schild nahm er auch für ihn von der Wand.

Jamila wartete in dem schmalen Korridor.

„Die gehörten deinem Mann?“

Sie nickte. „Er hat tapfer gekämpft, aber sie waren zu viele.“

„Dann hast du also zugesehen, als sie ihn mitgenommen haben?“

Jamila nickte erneut, sagte aber nichts. Thomas fragte sich, wie es für sie gewesen sein musste, zuzusehen, wie ihr Mann davongeschleppt wurde.

„Ich verstehe nicht, warum sie starke Männer nehmen, die rebellieren könnten. Was würde solche Männer davon abhalten, ihre Entführer zu töten und nach Hause zurückzukehren?“

„Die Bedrohung der Familien, die sie zurücklassen. Besonders der Söhne.“ Jamila drehte sich um und ging in den vorderen Bereich des Hauses. „Sie nehmen die kleinen Jungen, um die Männer in Schach zu halten. Sie haben zwei meiner Söhne mitgenommen, beide jünger als Aban. Biorn hätte sie niemals in Gefahr gebracht.“

„Biorn ist dein Mann?“

Jamila nickte. „Ein guter Ehemann und ein guter Vater, auch ein guter Bauer. Nicht alle Nordmänner sind Krieger, ungeachtet dessen, was die Leute denken.“

Als sie aus dem Haus traten, stand Jorge in der Sonne und wartete auf sie.

„Sie sind fast da.“ Er blickte auf die Waffen in Thomas’ Händen, den Schild, und schüttelte den Kopf. „Sie sind zu sechst.“

Thomas zuckte mit den Schultern und hielt ihm den Schild hin. „Bleib mit Aban im Haus, wenn du willst, aber ich hätte dich lieber an meiner Seite. Du musst nicht kämpfen, das werde alles ich erledigen. Sieh einfach bedrohlich aus, wenn du kannst.“

Jorge seufzte und nahm den Schild. Er schob seinen Arm durch die Riemen und prüfte das Gewicht, dann streckte er die Hand nach einem Schwert aus.

Jamila packte Thomas’ Arm. „Sie werden dich töten. Ich will nicht zusehen, wie noch ein Mann stirbt.“

„Sie können es versuchen. Frag Jorge, ob ich leicht

umzubringen bin." Er schüttelte ihre Hand ab, unsicher, ob seine Prahlerei noch den Tatsachen entsprach. Denn er wusste, dass er in den Monaten, in denen er in den Bergen gelebt hatte, schwach geworden war.

Jorge folgte ihm und stellte sich neben ihn. „Hast du irgendeinen Plan?"

„Natürlich habe ich einen Plan."

„Ist es einer, den du mir mitzuteilen gedenkst?"

„Wir warten hier, bis sie kommen, und bitten sie dann zu gehen."

„Das ist ein Plan?"

„Der Anfang davon. Wenn sie sich weigern und uns angreifen, töte ich sie."

Jorge lachte. „Wenn ich dich nicht so gut kennen würde, würde ich denken, du hättest einen besseren Plan und erzählst ihn mir nur nicht. Was soll ich tun?"

„Versuch einfach, dich nicht umbringen zu lassen. Das sollte reichen."

Ein junges Mädchen kam so schnell angerannt, wie ihre dünnen Beine es zuließen. Sie kam vor Thomas zum Stehen, als wüsste sie, wer er war und warum er hier war.

„Sie sind am Stadtrand", sagte sie, dann war sie weg.

Thomas wartete.

Die Männer ritten auf den Platz, erwarteten keinen Ärger, die Schwerter hingen an ihren Seiten. Sie unterhielten sich und lachten. Eigentlich mussten sie wissen, dass es hier keine Männer mehr gab, aber trotzdem waren sie gekommen.

Eine Bewegung in seinem Augenwinkel erregte Thomas' Aufmerksamkeit und er warf einen kurzen Blick in die Richtung. Aban kniete auf dem Dachfirst seines Hauses, mit einem bespannten maurischen Bogen, den er bereits halb anspannte. Thomas fragte sich, ob er wusste, wie man ihn benutzte, aber er hatte Verständnis. In Abans Alter wäre er auch nicht in der Lage gewesen, untätig dabei zuzusehen, wie Männer seine Familie bedrohten.

Die Soldaten hörten auf zu lachen und wurden langsamer. Es schien keinen Anführer zu geben, nur einen, der ein wenig mutiger – oder aggressiver – war als die anderen. Er sagte etwas zu seinen Kameraden, bevor er sein Pferd in den Galopp trieb. Er zog sein Schwert aus der Scheide und beugte sich nach vorne, um zum Schlag anzusetzen.

Thomas wartete bis zum letzten Moment, bevor er zur Seite auswich. Dann hob er sein eigenes Schwert an und ließ das Tempo des Mannes die Arbeit für ihn erledigen. Seine Klinge glitt geschmeidig durch das lederne Wams und in das darunter liegende Fleisch. Das Schwert wurde ihm dabei aus dem Griff gerissen, aber damit hatte er gerechnet, sodass er nun einen Schritt rückwärts machte und das von Jorge nahm, als zwei weitere Soldaten auf ihn zukamen. Sie gingen langsamer vor, behutsamer.

„Stell dich besser vor das Haus", sagte er zu Jorge, bevor er sich umdrehte, um sich dem nächsten Angriff zu stellen.

Die Männer hielten ihren Abstand, aber sie wären besser abgestiegen. Um Thomas zu erreichen, mussten sie sich fast vollständig aus dem Sattel beugen, also stellte er dem ersten Pferd ein Bein, das daraufhin stolperte und seinen Reiter abwarf. Thomas erledigte ihn mit einem einzigen Stoß. Als er sich umdrehte, war der andere Mann bereits zur Vernunft gekommen und ritt am äußeren Rand des Platzes zurück zu seinen Gefährten. Abans Pfeil traf ihn in die Schulter. Der Mann schaffte es zwar, sich im Sattel zu halten, aber sein Schwertarm hing jetzt nutzlos an seiner Seite herunter.

Noch vier Männer.

Thomas ging auf sie zu.

Er runzelte die Stirn, als er merkte, dass etwas anders war, und es dauerte einen Moment, bis er erkannte, was es war. Er war es gewohnt zu kämpfen, zu töten. Seit er im Alter von dreizehn Jahren das Chaos in der Schlacht von Castillon miterlebt hatte, in der sein Vater gestorben war. Das Kämpfen hatte ihn schon immer auf eine bestimmte Weise berührt. Es ließ seine Menschlichkeit verstummen und erfüllte ihn mit einer eisernen Kälte, die keinen Raum für Furcht oder Gnade ließ. Jetzt aber stand er auf einem sonnendurchfluteten Platz in einem Dorf, das diese Bezeichnung kaum verdiente, und war überrascht, dass diese Kälte nicht mehr vorhanden war. Stattdessen glühten seine Fingerspitzen und ein inneres Feuer begann sich in seiner Brust und seinem Bauch zu regen. Er schüttelte den Kopf. Anders war es, sonst nichts, und er hatte ein paar Männer zu töten.

Nur drei von ihnen waren noch in der Lage, auf irgendeine Weise anzugreifen, und Thomas vermutete, dass es vielleicht nicht dazu kommen würde, während sie untereinander ihren nächsten Schachzug diskutierten. Er sah, dass einer fliehen wollte, die anderen beiden waren unschlüssig. Was sie sahen, war ein einzelner Mann. Zweifellos hatten sie schon zuvor einzelne Männer konfrontiert und triumphiert – aber Thomas war sich sicher, dass sie noch nie einem Mann wie ihm begegnet waren. Er fragte sich, ob er immer noch dieser Mann war.

Kurz überlegte er, ob er sie davonreiten lassen sollte, entschied dann aber, dass er Antworten auf seine vielen Fragen brauchte, und so rannte er auf jenen Soldaten zu, der am dringendsten das Weite suchen wollte. Der Mann kommandierte sein Pferd ruckartig zur Seite und die

Hufe schlitterten auf dem trockenen Staub dahin, doch es war zu spät. Thomas setzte zum Sprung an, verpasste ihm einen kräftigen Stoß in die Seite und stürzte Reiter und Pferd zu Boden. Im Nu war er wieder auf den Beinen, sah den überraschten Soldaten an und rüstete sich für einen neuen Angriff, doch es kam keiner. Stattdessen schoss Aban weitere Pfeile ab, einen nach dem anderen. Keiner traf sein Ziel, aber die übrigen Männer drehten sich um und flohen. Thomas sah zu, wie der atemlose Mann sich auf ein Knie stützte, und verpasste ihm dann einen festen Schlag an die Seite seines Kopfes. Bis er das Haus erreichte, den Mann zerrte er hinter sich her, hatte das Feuer seinen Körper verlassen. Er war selbst außer Atem und merkte, wie schwach er geworden war.

„Ich muss ihn irgendwo festbinden, damit ich ihn verhören kann", sagte er zu Jamila, die vor das Haus gekommen war, um zuzusehen.

„Ich bringe dich zu einem leeren Haus. Tötest du ihn, wenn du bekommen hast, was du willst?"

„Das hängt davon ab, ob ich ihm glaube oder nicht."

Sie starrte den Mann an, der langsam wieder zu sich kam. Thomas wusste, er hätte ihn härter schlagen sollen, ein weiteres Zeichen seiner Schwäche.

„Wenn du ihn nicht tötest", sagte Jamila, „darf ich dann?"

KAPITEL ACHT

Thomas warf einen Blick in die Richtung, in der Jorge stand, so weit weg, wie er nur konnte, ohne dabei den Raum zu verlassen.

„Du musst nicht bleiben, wenn du das nicht miterleben willst."

Aban hatte den Mann gefesselt und hatte sichtlich seinen Spaß dabei. Die Arme des Soldaten waren über seinem Kopf ausgestreckt, ein Seil, das seine Handgelenke fesselte, über einen Balken gespannt. Seine Füße hatte er frei gelassen, aber er musste auf Zehenspitzen stehen, um die Schmerzen in seinen Armen zu lindern. Ein Sonnenstrahl fiel durch ein Fenster und direkt auf ihn. Schweiß perlte auf seinem Gesicht, jedoch mehr vom Schmerz und der Angst als von der Hitze.

„Vor einem Jahr hättest du einen Mann niemals so behandelt", sagte Jorge.

„Vor einem Jahr war ich verheiratet und meine Frau erwartete unser erstes Kind. Männer verändern sich."

„Das ist mehr als offensichtlich. Ich werde bleiben. Jemand muss hier für zivilisierten Einfluss sorgen."

Thomas sah die Sorge im Gesicht seines Freundes und fragte sich, ob er sich wirklich so sehr verändert hatte. Er nahm an, dass es so war, aber ihm selbst war es nicht aufgefallen. Ja, er hatte sich verändert, natürlich hatte er das, aber nicht so wie Jorge dachte. Er hatte seine Emotionen vollständig unterdrückt, denn ihnen freien Lauf zu lassen, hätte ihn in den Wahnsinn getrieben, aber dennoch hielt er sich immer noch für einen guten Menschen. In diesem Moment brauchte er allerdings ein paar Antworten, und Geduld war nicht sein Begleiter.

Er trat näher an den Gefangenen heran. Ein Mann von mittlerer Größe, so dünn, dass er schon ausgemergelt wirkte, die Wangenknochen kantig in einem Gesicht, das auf maurisches Blut schließen ließ.

„Du kannst es dir leicht oder schwer machen. Das liegt ganz bei dir."

„Ich habe nichts getan." Der Mann sprach Arabisch, denn diese Sprache hatte Thomas benutzt, aber es war ein Dialekt, der in diesen Bergen heimisch war.

„Du bist gekommen, um zu plündern. Und auf der Suche nach kampffähigen Männern." Thomas streckte die Hand aus und zerrte an dem Seil, das über den Balken gespannt war. Der Mann schrie auf, als seine Füße den Halt verloren.

„Machen Sie es mir leicht! Ich habe nur Befehle befolgt, nichts weiter. Ich werde Ihnen alles sagen, was Sie wissen wollen."

„Hol einen Stuhl", sagte Thomas zu Aban, der in der Ecke stand und zusah mit teilnahmslosem Gesicht, aber einem manischen Leuchten in den Augen. Der Junge zögerte, drehte sich dann aber um und verließ den kleinen Raum, weitere gab es hier nicht. Es stank nach Tieren und ihr getrockneter Mist übersäte den Boden.

Thomas stellte sich vor den Mann. Er sagte nichts, wartete einfach und starrte ihm in die Augen, als ob er in seine Seele blicken könnte. Er warf einen flüchtigen Blick zur Seite, wo Jorge an der Wand lehnte, scheinbar entspannt, aber Thomas wusste, dass er beobachten und lernen würde.

Der Mann atmete schwer und Thomas fragte sich, warum er geschickt worden war. Körperlich war er kein beeindruckendes Exemplar, vielleicht waren seine Begleiter versierter im Kampf gewesen, obwohl er kaum Anzeichen dafür bemerkt hatte. Wenn dieser Mann Richtmaß für die Art von Männern war, die die Städte und Dörfer der Region überfiel, war es überraschend, dass sie es geschafft hatten, überhaupt jemanden gefangen zu nehmen.

Aban kehrte mit einem dreibeinigen Hocker zurück und stellte ihn neben Thomas, der das Seil von einem Haken in der Wand löste. Die Arme des Mannes fielen herunter, immer noch an den Handgelenken zusammengebunden. Thomas trat den Hocker in seine Richtung.

„Hol mir auch einen", sagte er, ohne seinen Blick von dem Mann abzuwenden, der nach dem Hocker griff und sich daraufsetzte. Er zog an dem Seil, das ihn fesselte, zerrte an dem festen Knoten.

„Lass ihn, wie er ist", sagte Thomas.

Aban kam mit einem Stuhl zurück und Thomas setzte sich. Er starrte ihn eine Zeit lang angestrengt an, bis der Mann wegsah, dann beugte er sich vor.

„Warum seid ihr gekommen? In diesem Dorf sind keine Männer im kampffähigen Alter mehr übrig."

„Immerhin ist er hier, oder etwa nicht?" Der Mann

nickte in die Richtung von Aban, der an seinen Platz in der Ecke des Raumes zurückgekehrt war. „Noch."

„Aber das wusstet ihr nicht."

Der Mann lächelte. „Oh, wir wussten es, wir wussten nur nicht, wie wir ihn fangen sollten."

„Warum tut ihr es?"

„Was tun?"

„Zwing mich nicht, dich wieder aufzuhängen."

„Weil es uns befohlen wurde, natürlich. Niemand stellt Befehle infrage."

Thomas studierte den Mann einen Moment lang. „Wann wurdest du mitgenommen?"

„Mitgenommen?" Der Mann sah weg, nicht zu Jorge oder Aban, sondern zu einer leeren Stelle auf der Wand.

„Ich bin nicht dumm", sagte Thomas. „Und du auch nicht, nehme ich an. Also, wann?"

„Vor vier Monaten."

„Von wo?"

„Pampaneira."

„Wurden noch andere entführt?"

Der Mann nickte. „Wir waren damals zu sechst, später mehr. Ich hatte Pech – jetzt nehmen sie dort keine Männer mehr mit."

Ein Gedanke kam Thomas in den Sinn. „Wie viele sind es insgesamt?"

Wieder wanderten die Augen des Mannes an eine leere Stelle und er presste die Lippen aufeinander.

„Sag die Wahrheit und du bist ein freier Mann und kannst nach Pampaneira zurückzukehren."

„Sie verstehen nicht. Keiner von uns ist frei, niemand kann nach Hause zurückkehren. Wir können nicht weglaufen oder über das Meer fliehen. Unsere Familien halten uns davon ab zu fliehen. Sie und die Bestrafungen."

Thomas blickte zu Jorge, der ihm mit einem Nicken zu verstehen gab, dass er verstand, womit er Thomas etwas voraus hatte.

„Erklär mir das mit euren Familien."

Der Mann lehnte sich näher heran, nun weniger ängstlich, als ob er langsam anfing zu glauben, dass er vielleicht doch aus der Situation, in der er sich befand, entkommen könnte.

„Unsere Frauen und Kinder, die Mädchen und die kleinen Jungen, bis sie älter werden, dürfen ihr Leben in Freiheit weiterleben, aber ohne uns. Sollten einer oder mehrere von uns versuchen zu fliehen, werden unsere Familien genauso bestraft wie wir. Zu fliehen und gefangen zu werden, besiegelt ein schreckliches Schicksal."

„Du weißt also, dass die Familien bestraft werden? Wie?"

„Ich habe …" Der Körper des Mannes spannte sich an und er sah weg.

„Du hast selbst bei diesen Bestrafungen mitgeholfen, nicht wahr?", fragte Jorge. „Ist es das, was du sagen wolltest?" Er blieb so entspannt wie bisher, aber der Mann wurde immer unruhiger. Er senkte seinen Blick zu Boden, als ob er den Dreck dort bevorzugte.

„Ich tue, was man mir sagt. Ich muss tun, was mir gesagt wird. Tue ich es nicht, ist es meine Familie, die für meinen Ungehorsam bestraft wird. Die meisten von uns sind gleich, aber nicht alle. Manche Männer sind *seine* Lieblinge."

„Es gibt immer Männer, die bereit sind zu töten", sagte Thomas. „Oft genug ohne jeglichen Grund. Was ist es, das dich zu dem gemacht hat, der du heute bist? Vier Monate sind keine lange Zeit, um einen Mann zu verderben."

„Sie verstehen nicht, wie es im Lager zugeht. Wir sind keine Männer mehr. Wir sind Tiere. Er hat seine eigenen Soldaten und die werden gut behandelt, aber der Rest von uns muss gehorchen. Das fordert einen Tribut. Macht uns zu etwas Geringerem als Männern."

„Dieser Mann, von dem du sprichst, der Anführer, beschreib ihn mir."

Thomas vermutete bereits zu wissen, wer es war, wollte aber eine Bestätigung.

„Er ist groß. Gutaussehend. Anders als sein Vater."

„Es gibt viele große, gut aussehende Männer – einer von ihnen steht dort drüben. Hat dieser eine einen Namen?"

Der Mann schüttelte den Kopf. „Ich kenne keinen Namen, aber er nennt sich selbst *Der Krieger*."

Thomas richtete sich auf. *„Der Krieger*?"

„Das habe ich doch gesagt, oder?" Es war das erste Zeichen des Trotzes von dem Mann.

Jamila betrat den Raum und Thomas drehte sich um. „Ich habe dir gesagt, du sollst draußen bleiben."

Sie warf einen Blick auf den Mann, der auf dem Hocker kauerte, ihr Gesicht ausdruckslos. „Es gibt etwas, das du sehen solltest."

„Ich bin hier beschäftigt."

Jamila schüttelte den Kopf, und Thomas wusste, dass er zu starrsinnig war. Sie hätte ihn nicht gestört, wenn es nicht wichtig gewesen wäre.

„Zieh ihn wieder hoch", sagte er zu Aban, während er aufstand. „Vielleicht hilft es ihm, etwas gesprächiger zu sein, wenn ich zurückkomme. Stell seine Füße auf den Schemel, mal sehen, wie lange er darauf balancieren kann."

Jorge folgte ihm mit einem Ausdruck von Abscheu im Gesicht.

„Was ist?“, fragte Thomas.

„Es gibt keinen Grund, ihn weiter zu foltern. Er beantwortet doch deine Fragen.“

„Hast du es nicht bemerkt, als ich seinen Herrn erwähnte? Es hat ihn aufsässig gemacht. Er braucht eine Lektion in Demut und dann werde ich ihm zu essen geben – vielleicht erlaube ich ihm sogar, ein Bad zu nehmen. Das hat er sicherlich nötig. Aber zuerst muss ich mit dir sprechen, bevor Aban sich uns anschließt. Was ist das spanische Wort für Krieger?“

Thomas beobachtete, wie es Jorge langsam dämmerte, bevor er den Kopf schüttelte. „Das kann nicht sein, das wäre zu offensichtlich.“

„Nur wenn man Spanisch spricht. Er wird sich auf Arabisch *muharib* nennen.“

„Aber er spricht kein Arabisch.“

„Oder er hat letztes Jahr nur behauptet, es nicht zu tun, aber seitdem ist genug Zeit vergangen. Er könnte die Sprache gelernt haben, wird sie gelernt haben müssen, wenn er eine Bande widerwilliger Männern anführen will, die alle einen Dialekt dieser Sprache sprechen. Aber ich vermute, er konnte es bereits damals. Was hier vor sich geht, ist nicht spontan passiert – es wurde über Jahre geplant.“

„Wie lange willst du ihn da drin hängen lassen?“

Jamila wartete an der Seite, die Arme vor der Brust verschränkt, mit einem Ausdruck von Ungeduld im Gesicht.

Thomas blickte in den Himmel. „Bis nach Mittag, bis der Tag beginnt, sich abzukühlen.“ Allerdings brauchte der Tag so hoch an den Flanken des Sholayr länger, um sich aufzuheizen, kühlte sich aber auch schneller wieder ab.

„Und wenn er stirbt?"

„Wieso sollte er sterben?"

Jorge schüttelte den Kopf. „Er ist weder ein junger Mann noch körperlich gut in Schuss."

„Er wird nicht sterben", sagte Thomas. „Und wenn wir zurückkommen, wird er jede Frage beantworten, die ich ihm stelle."

„Und danach? Was wird dann aus ihm?"

„Darüber habe ich noch nicht nachgedacht, aber ich werde es tun, wenn es dir so wichtig ist."

Jorge starrte ihn so eindringlich an, dass Thomas sich abwandte, bevor er noch etwas sagen konnte, und zu der Stelle ging, an der Jamila wartete. „Dann zeig mir, was so wichtig ist."

Sie ging voran in Richtung der letzten Häuser am nördlichen Rand des Dorfes. Im Schatten einer Mauer blieb sie stehen und packte Thomas am Handgelenk, damit er nicht weitergehen konnte.

Er sah sie an, dann drehte er sich zur Seite und ließ seinen Blick über den Berghang schweifen, denn das war offensichtlich der Grund, warum sie ihn aufgehalten hatte. Jamila umklammerte weiterhin sein Handgelenk, ihr Griff war fest, und Thomas erkannte, weswegen sie ihn hier hergebracht hatte. Die Soldaten, die geflohen waren, waren nicht allzu weit geritten. Zwei saßen auf ihren Pferden, der dritte war nirgendwo zu sehen, und in Thomas spürte, wie sich ein beengendes Gefühl in seiner Brust festsetzte.

„Hast du gesehen, wo der andere hin ist?", fragte er.

Jamila ließ sein Handgelenk los, als wäre sie sich

sicher, dass er sich nun nicht umdrehen und zurückgehen würde.

„Sie saßen zu dritt eine lange Zeit da, als ob sie entscheiden wollten, ob sie wieder angreifen sollten oder nicht, dann stritten sie sich und einer ritt nordwärts davon. Daraufhin kam ich dich holen."

Thomas fragte sich, wie weit die Verstärkung entfernt sein mochte. Es konnte eine Stunde sein oder ein Tag, aber er vermutete eher Ersteres.

„Gibt es einen Ort, an den ihr gehen könntet? Eine größere Stadt?"

„Pampaneira liegt eine Stunde südlich", sagte Jamila. „Es ist keine echte Stadt, aber die größte in der Gegend, und sie ist sicher. Der Gouverneur dort hat sich vor Kurzem mit den Plünderern arrangiert, oder vielleicht halten sie sie für zu groß, um sie anzugreifen."

„Trommle alle zusammen und macht euch auf den Weg. Ich komme später nach."

„Was hast du vor?"

„Ich muss den Mann zu Ende befragen, dann kümmere ich mich um die Soldaten auf dem Hügel. Das hätte ich schon vorhin tun sollen. Ich war schwach."

„Du kümmerst dich um sie?"

„Tu einfach, was ich sage."

Thomas erkannte Wut in Jamilas Zügen. Er wartete darauf, dass sie die Logik hinter seinem Vorschlag erkannte. Ihm war bewusst, dass er seit Lubnas Tod etwas verloren hatte. Sie hatte ihn erweicht, ihn dazu gebracht, die Meinung anderer zumindest in Betracht zu ziehen. Jetzt übte sie keinen Einfluss mehr auf ihn aus und er konnte der Wut, die er zu lange unterdrückt hatte, freien Lauf lassen. Thomas wusste, dass er jede Geduld verloren hatte, die Lubna ihm jemals eingeflößt hatte. Er starrte

Jamila an und wartete ausdruckslos, bis sie begriff, dass sie keine andere Wahl hatte, als zu tun, was er sagte.

Thomas sah ihr nach, als sie ging, die Schultern angespannt, und wusste, dass sich noch etwas anderes in ihm verändert hatte. Vor Lubna hatte er sich Frauen genommen, wenn er sie gebraucht hatte, und meistens hatte er sogar für ihre Dienste bezahlt. Als junger Mann war er härter gewesen und hatte sich einfach genommen, was er wollte – oft war es nicht einmal nötig gewesen, denn er war sich dessen bewusst gewesen, dass er etwas besaß, das Frauen anlockte, und er hatte sich die Macht zunutze gemacht, die es ihm verlieh. Im Laufe der Jahre hatte er sich verändert, war weicher geworden, nahm mehr Rücksicht auf die Bedürfnisse und Meinungen anderer. Solange er mit Lubna zusammen gewesen war, hatte er niemals eine andere gewollt. Und jetzt, das wusste er, wollte er Jamila. Er wusste auch, dass der alte Thomas, der mitfühlende Thomas, niemals einem solchen Impuls gefolgt wäre, selbst wenn, wie er vermutete, Jamila seine Annäherungsversuche nicht zurückweisen würde.

Vielleicht würde der Umgang mit den Männern auf dem Hügel ihn von diesem Gedanken ablenken.

Vielleicht sollte er seine Gefühle mit Jorge besprechen, einem Mann, der Sinnlichkeit besser verstand als jeder andere auf der Welt. Nur würde Jorge ihm sagen, dass er mit Jamila schlafen sollte, da es auch eine Sünde war, sich der Lust zu enthalten. Aber zuerst hatte er einen Mann zu befragen und eine Entscheidung zu treffen.

KAPITEL NEUN

„Du hättest nicht so hart zu ihm sein müssen“, sagte Jorge, als er und Thomas am Rande des Dorfes standen und einer kleinen Karawane von Menschen, Eseln und Karren nachsahen, die sich auf einem holprigen Weg entfernte, der sie schließlich nach Pampaneira führen würde. Jamila hatte Thomas beschrieben, wie er die Stadt finden würde, wenn er bereit war, und dass sie eine Unterkunft für ihn und Jorge auftreiben würde.

„Er hat uns alles erzählt, was er wusste“, sagte Thomas. „Einiges davon war sogar nützlich. Und ich habe ihn doch gehen lassen, nicht wahr? Wir brauchten die Antworten sofort, nicht erst morgen, auch nicht später heute.“

„Ja, du hast ihn gehen lassen, aber er konnte kaum laufen.“

„Dann hätte er meine Fragen eben schneller beantworten müssen.“

„Du hast ihm kaum Zeit gelassen.“

Thomas fragte sich, ob er Jorge mit den anderen hätte vorausschicken sollen. Er konnte das, was getan werden musste, genauso gut allein erledigen. Es war noch nicht zu spät, aber etwas sagte ihm, dass Jorge lange brauchen würde, um ihm zu verzeihen, wenn er es tat. Waren sie nicht Partner? Der einzige Partner, den Thomas auf der ganzen Welt hatte? Er blickte zum Himmel und schätzte, dass der Nachmittag schon halb verstrichen war. Zeit genug, alles geschehen zu lassen, wie es geschehen musste.

„Bleib hier, ich bin gleich zurück."

Jamila hatte ihm erzählt, dass Ibrahim beschlossen hatte, lieber zu bleiben, als sich von Frauen meilenweit tragen zu lassen, und dass er Thomas sehen wollte. Er ging schnellen Schrittes zu dem kleinen Häuschen am Rande des Platzes, von dem er wusste, dass der alte Mann dort zurückgeblieben war, der Mann, dem er eigentlich helfen sollte, der Mann, dem nicht mehr zu helfen war.

Er saß auf einem Stuhl, das Gesicht blass.

„Jamila sagt mir, dass zwei der Männer auf dem Hügel warten", sagte Ibrahim.

Thomas nickte und setzte sich auf die Kante des schmalen Feldbetts. Er überlegte, ob er versuchen sollte, den alten Mann zum Gehen zu überreden, aber er wusste, dass es keinen Zweck hatte. Er würde sowieso bald sterben. Soll er doch dort sterben, wo er gelebt hatte.

„Sie warten darauf, dass weitere Soldaten kommen, nicht wahr?", fragte Ibrahim.

„Es wäre nachvollziehbar. Wozu sonst sollten sie noch hier bleiben. Sind Sie sicher, dass Sie bleiben wollen?" Thomas stellte die Frage, obwohl er die Antwort bereits kannte.

„Ich bleibe hier, wo ich hingehöre. Ich weiß, dass ich sterbe, und ich habe mich entschieden, hier zu sterben. Es wird sehr schmerzhaft sein, nicht wahr?"

Der alte Thomas hätte seine Antwort vielleicht milder

formuliert, aber der neue Thomas hatte keine Zeit für so etwas. Früher hatte man ihn den Metzger genannt, jetzt war er über einen solchen Titel erhaben.

„Sie haben höchstens noch einen Monat leben."

„Sie werden nicht versuchen, mich umzustimmen?"

„Ich kann das alles jetzt beenden, wenn Sie es möchten." Thomas sah Ibrahim in die Augen. „Ich werde es schnell machen und so schmerzlos wie möglich."

„Ich werde die Sonne heute nicht untergehen sehen, aber nicht durch Ihre Hand. Es gibt etwas, was Sie für mich tun sollen, wenn auch nicht das."

Thomas ahnte, was Ibrahim vorschlagen würde, und war damit einverstanden.

„Sagen Sie es mir."

„Du willst ihn sich selbst opfern lassen?" Jorges Gesicht war schweißgebadet, ebenso wie das von Thomas. Ihre Hände waren schmutzig von dem Schwarzpulver, das sie auf einem kleinen Karren transportiert hatten, den sie aus der Hütte im Steinbruch geschleppt hatten, wo Ibrahim sein ganzes Leben lang seine Arbeit getan hatte.

Auf Thomas wirkte es stimmig, dass er sein Leben auf die gleiche Weise beenden wollte, in dem Dorf, das er sein Zuhause nannte.

Er rollte das letzte Fass Schwarzpulver von dem Karren und stellte es neben die zwei anderen. Weitere vier standen bereits auf der anderen Seite der Tür zu Ibrahims Haus. Noch einige mehr hatten sie zwischen den umliegenden Häusern verteilt, sodass die Steinmauern die Kraft der Explosion in die Mitte des Platzes leiten würden. Pulverspuren verliefen dunkel über die trockene Erde, alle führten sie zu einem Stuhl, der für den Moment leer war. Was länger gedauert hatte, als das die Fässer zu holen, war das Einsammeln umherliegender Felsbrocken aus dem Steinbruch gewesen, die sie auf den Karren hatten stapeln müssen, um sie hierher zu transportieren. Ihr Vorhaben hatte sie sogar noch mehr Zeit gekostet, weil sie den Karren über einen Weg ziehen mussten, der für die beiden Männer oberhalb des Dorfes nicht einsehbar war. Jetzt lagen die Felsbrocken um die Pulverfässer herum aufgeschichtet und verbargen sie teilweise vor neugierigen Blicken.

„Was, wenn ich dir sagen würde, dass er mich gebeten hat, seinen Schmerzen ein Ende zu setzen?", fragte Thomas. „Schmerzen, die niemals nachlassen, sondern nur von Tag zu Tag schlimmer werden. Du würdest mir sagen, dass ich es tun soll, nicht wahr?"

Jorge starrte ihn schweigend an.

Thomas seufzte. „Ich danke dir für deine Hilfe, aber wenn du ein sturer Esel sein willst, wäre es mir lieber, du würdest den anderen folgen. Ich kann das, was zu tun ist, auch allein zu Ende bringen."

„Du würdest mich tatsächlich wegschicken?"

„Anstatt mir die ganze Zeit über deine Nörgeleien anzuhören?" Thomas stieß Jorge gegen die Brust, was ihn zwei Schritte zurücktaumeln ließ. „Geh ihnen nach. Ich brauche dich hier nicht und sie brauchen deinen Schutz."

„Du weißt, dass ich nicht kämpfen kann", sagte Jorge. „Usaden hat versucht, es mir beizubringen, als er Will trainierte, aber er sagte, mir fehle der Instinkt zu töten. Damit hat er sicher recht, worüber ich sogar froh bin. Ich will niemanden töten."

„Aber du bist groß und du kannst einen bösen Blick

aufsetzen. Das hast du schon öfter gemacht. Geh. Jetzt. Bevor wir uns deswegen noch streiten."

Jorge schüttelte den Kopf. „*Bevor* wir uns streiten?" Er drehte sich um und schlich mit hängenden Schultern davon, und während Thomas ihm nachsah, fragte er sich, warum er so hart zu ihm gewesen war und woher sein eigener Zorn gekommen war. Zweifellos würde Jorge es wissen, aber dafür war es zu spät.

Ein Ruf kam aus dem Inneren des kleinen Hauses und Thomas wandte sich von Jorges immer kleiner werdenden Silhouette ab und ging hinein, wo Ibrahim gerade versuchte aufzustehen. Thomas ging zu ihm, nahm seinen Arm und dann, als er die Zerbrechlichkeit des Mannes spürte, hob er ihn wie ein Kind hoch und hielt ihn vor seiner Brust.

Ibrahim lächelte. „Ich weiß noch, wie ich meine Frau auf diese Weise tragen konnte. Wo ist Ihr Freund?"

„Auf dem Weg zu den anderen." Thomas drehte sich zur Seite, um Ibrahim durch die Tür zu tragen, dann setzte er ihn auf den Stuhl draußen, ging zurück hinein und holte ein paar Kissen, mit denen er ihm den Rücken stützte.

„Ich danke Ihnen für Ihre Freundlichkeit, mich diese letzte Aufgabe erfüllen zu lassen."

„Haben Sie alles, was Sie brauchen? Es muss nicht so enden, wissen Sie? Es ist noch nicht zu spät, dass Jorge Sie zu den anderen bringt. Ich kann eine Pulverspur legen und die Lunte aus sicherer Entfernung zünden."

Ibrahim tätschelte den kleinen Tisch neben sich, auf dem ein Feuerstein und eine Öllampe standen.

„Soll ich einen Monat lang unter Qualen dahinvegetieren? Da ziehe ich es vor, dieses Leben in einem Feuerwerk aus Glanz und Gloria zu verlassen, mein Freund."

Thomas starrte Ibrahim an, ein unbekanntes Gefühl in der Brust, und es dauerte einen Moment, bis er verstand, dass es Bewunderung war. Er wünschte, er hätte mehr Zeit mit dem alten Mann verbringen können.

„Und Sie sind sich sicher, dass Sie nicht wollen, dass ich die Lampe anzünde, bevor ich gehe?", fragte er.

Ibrahim lächelte. „Besser nicht. Ein verirrter Funke und wir werden beide in die Luft gesprengt, bevor es an der Zeit ist. Ich schaffe das schon – und wenn nicht, werden mich die Männer fast genauso schnell töten wie das Pulver."

Thomas stand einen Moment lang da, wollte etwas sagen oder tun, wusste aber nicht, was.

Vielleicht erkannte Ibrahim seine innere Verunsicherung, denn er lachte. „Gehen Sie, tun Sie, was Sie tun müssen. Und noch einmal, danke." Er blickte in den wolkenlosen Himmel, von dem aus die Sonne den Nachmittag erwärmte. „Besser ich sterbe so, als dass ich Stunde um Stunde lebendig aufgefressen werde. Und jetzt gehen Sie, Thomas Berrington. Gehen Sie und tun Sie Gutes."

KAPITEL ZEHN

Die beiden Männer hörten Thomas nicht kommen.

Er hatte einen weiten Bogen um den Hang gemacht und hockte nun hinter ihnen, nah genug, um ihr Gespräch zu belauschen. Sie beobachteten, wie Jorge auf dem Pferd ihres Begleiters den Hang hinunterritt, machten aber keine Anstalten, ihm zu folgen, was bestätigte, dass sie auf die Ankunft weiterer Soldaten warteten.

„Es wird niemand mehr übrig sein, den wir töten können, wenn sie nicht bald kommen“, sagte der eine.

„Wir wissen, in welche Richtung sie gehen. Wir können sie auch später töten, wenn er es will.“

Thomas hatte eigentlich erwartet, dass der Mann, den er befragt und freigelassen hatte, sich zu seinen beiden Kameraden gesellen würde, aber er war weit und breit nicht zu sehen. Wenn er einen Funken Verstand besaß, war er auf dem Heimweg zu seiner Familie und brachte sie weit weg aus dieser Gegend.

Thomas stand auf und schüttelte seine Arme, um die Muskeln darin zu lockern. Er hatte keine Waffen bei sich, doch die brauchte er auch nicht. Der Gedanke an eine Niederlage kam ihm kaum in den Sinn, als er sich zu erkennen gab.

„Vielleicht wollt ihr stattdessen mich töten."

Einer der Männer drehte sich so schnell, dass er fast aus dem Sattel fiel. Der andere, ein besserer Soldat, reagierte langsamer und wendete sein Pferd so, dass er seitlich neben Thomas stand. Seine Hand wanderte zu einer Scheide, die an seinem Sattel festgeschnallt war, und er zog ein Schwert daraus. Thomas wusste, dass er ihn zuerst außer Gefecht setzen musste, also trat er näher heran.

Der Mann lächelte. Alles, was er sah, war ein unbewaffneter Gegner, einer, der zu dumm war, um zu fliehen.

„Du bist keine Geisel, nicht wahr?", sagte Thomas und verwirrte den Mann damit sichtlich. „Ich sehe es in deinen Augen. Du genießt diese Arbeit. Umso besser für mein Gewissen."

Der andere Soldat war nun endlich kampfbereit, aber Thomas ignorierte ihn. Er trat noch einen Schritt näher und wich zur Seite aus, als der erste Mann sein Schwert schwang. Er kam nahe an ihn heran, aber Thomas' Geist hatte völligen Gelassenheit erlangt und konnte sich auf das Wesentliche konzentrieren. Er packte die Zügel des Pferdes und zog ruckartig daran. Das Pferd schreckte zurück, er ruckte erneut an den Lederriemen. Das Tier riss den Kopf herum, begann zu taumeln und verlor schließlich das Gleichgewicht. Der Soldat wollte zu einem weiteren Schlag ausholen, aber auch er hatte seine Balance verloren, und als Thomas ihn am Handgelenk packte, stürzte er aus dem Sattel. Sein Kopf schlug auf einen Felsen auf und prallte davon ab. Er lag reglos da.

Thomas war enttäuscht. Dieser Kampf war viel zu einfach gewesen.

Er beugte sich hinunter und löste das Schwert aus den Fingern des Mannes, die sich noch ein paar Mal auf dem trockenen Boden krümmten. Dann drehte er sich um, als der zweite Soldat endlich angriff. Thomas' Schwert glitt durch seine Tunika und trat aus seinem Rücken wieder hervor. Es war kein tödlicher Stoß, aber er war auch nicht als solcher gedacht gewesen. Thomas hatte für die beiden noch eine Verwendung.

Ohne Eile durchsuchte er die Satteltaschen des ersten Pferdes, bis er fand, was er dort mit ziemlicher Sicherheit vermutet hatte. Er wickelte ein Stück Hanfseil ab und schlang es um die Taille des verletzten Mannes, bevor er sein Pferd an eine Stelle zog, wo zusammengewürfelte Felsbrocken ihm erlaubten, das zu bewerkstelligen, was er vorhatte. Den toten Mann hievte er auf seine Schulter – er war leichter als erwartet, was sein Vorhaben erleichterte.

Thomas kletterte ungeschickt über die Felsen, bis er hoch genug war. Dann ließ er seine Last fallen, sodass der Mann dem anderen gegenübersaß, der seine Flanke umklammerte, wo Blut aus der Wunde floss. Thomas wickelte das Seil um die beiden und zog ihre Körper eng zusammen, bis sie wie ein Liebespaar aussahen. Es war eine absichtliche Zurschaustellung, eine Beschämung der beiden, und er sah, wie sich Abscheu im Gesicht des verletzten Mannes zeigte, doch er ignorierte ihn. Der Mann würde innerhalb einer Stunde tot sein, aber nicht bevor er Thomas' Nachricht überbracht hatte.

Als er fertig war, setzte sich Thomas auf das Pferd des toten Mannes und führte das andere und dessen menschliche Last hinunter zum Dorfplatz. Die Zügel des

Pferdes, das die beiden Männer trug, band er an einen Pfosten und ließ die drei dort zurück. Ibrahim beobachtete das Geschehen von seinem Stuhl aus, ein breitkrempiger Hut schirmte sein Gesicht vor der Sonne ab. Er sagte nichts, aber ein Lächeln umspielte seine Mundwinkel.

Als Thomas davon ritt, hörte er den Mann, dessen Körper er durchbohrt hatte, um Hilfe, um Gnade flehen. Zweifellos hatte er die Fässer entdeckt und die dunklen Pulverspuren, die von jedem einzelnen zu Ibrahims Füßen führten, und hatte ihren Zweck erraten.

Thomas ritt auf die Anhöhe, auf der die beiden gewartet hatten, und starrte in das weite Tal hinaus, auf der Suche nach den Männern, von denen er wusste, dass sie kommen würden. Lange musste er nicht warten, was ihm zwei Dinge sagte – die anderen Männer waren nicht weit weg gewesen, und sie waren als Reaktion auf den gezeigten Widerstand schnell gekommen.

Dass er zwanzig Mann zählte, sagte ihm eine dritte Sache. Sie kamen mit einer Absicht. Mit mehr als genug Männern, um sich um ein halbes Dutzend Feinde zu kümmern, wenn es nötig war. Thomas lächelte bei der Vorstellung von sich, Jorge, Olaf und Usaden, wie sie diesen zwanzig Soldaten gegenüberstanden. An den Söldner Usaden hatte er schon lange nicht mehr gedacht, aber jetzt vermisste er ihn. Als Mitglied der gefürchteten Gomeres war der Mann ein Derwisch im Kampf und hätte diesen Moment genossen. Ein Derwisch auch, wenn er Thomas' Sohn, Will, trainierte, aber sanft, wenn sie zusammensaßen und über die Welt redeten.

Heute benötigte Thomas die Hilfe der anderen nicht. Es würde keinen Kampf geben, nur den Tod. Er trieb sein Pferd ganz nach oben auf den Bergkamm, um besser gesehen zu werden, ritt auf und ab, bis er sicher war, dass die Männer ihn entdeckt hatten, wendete dann und machte sich auf den Weg zurück ins Dorf. Jenseits der äußersten Häuserreihe hielt er an. Die Gebäude waren absichtlich aneinander gereiht worden war, um zumindest eine Andeutung von Widerstand zu signalisieren, doch die offene Straße, die zwischen zwei der Häuser hindurchführte, machte den Effekt zunichte.

Thomas hatte Hunger und Durst. Er erwog, nach Essen und Wasser zu suchen, entschied sich aber dagegen. Er wollte, dass die Männer ihn hier sahen, also blieb er im Sattel, das Schwert in der Hand, als ob er vorhätte, gegen sie alle zu kämpfen. Er wünschte, er hätte daran gedacht, Ibrahim zu fragen, ob er noch einen zweiten Hut hätte, den er benutzen könnte, denn die Sonne brannte gnadenlos auf seinen Kopf herunter. Glücklicherweise brauchte er nicht lange zu warten.

Sie ritten in Zweierreihen über den Kamm, ihre Pferde bahnten sich den Weg zwischen den Felsen hindurch. Selbst auf diese Entfernung war klar, dass es sich um hartgesottene Männer handelte, die es gewohnt waren zu kämpfen und zu gewinnen. Thomas schätzte, wie viele es waren, aber ein offensichtlicher Anführer stach ihm nicht ins Auge. Wie enttäuschend. Irgendwie hatte er einen Anführer erwartet. Hatte sich einen Anführer gewünscht. Jemanden, an dem er ein Exempel statuieren konnte. Vielleicht beim nächsten Mal, wenn sich die Nachricht erst verbreitet hatte, was in diesem Dorf, das bald kein Dorf mehr sein würde, geschehen war. Thomas war sich sicher, dass zumindest einige der Häuser stehen bleiben würden, aber die Leute würden nicht mehr zurückkehren wollen nach dem, was sich in Kürze hier zutragen würde.

Als die Männer bis auf dreihundert Schritt an ihn

herankamen, zog Thomas an den Zügeln des Pferdes und ritt gemächlich zwischen den Häusern hindurch.

Er hielt vor Ibrahim an, stieg ab und kniete neben ihm nieder.

„Letzte Chance, alter Mann."

Ibrahim grinste und zeigte dabei mehr Zahnfleisch als Zähne. „Die letzte Chance, etwas Gutes zu tun." Er lachte. „Wissen Sie, ich freue mich auf das hier. Mein letzter Schachzug. Was glauben Sie, wie viele ich töten kann?"

„Zumindest zwei." Thomas nickte in Richtung der auf dem Pferd gefesselten Männer und freute sich, als Ibrahim wieder auflachte. Er fragte sich, ob seine gute Laune Prahlerei war, glaubte es aber nicht. Wenn er die Wahl gehabt hätte, hätte er dasselbe tun wollen wie Ibrahim. Er stand auf, beugte sich hinunter und hob den Hut des Mannes an, küsste seine Stirn und setzte ihm den Hut vorsichtig wieder auf. „Wie viele Jungfrauen wird es für Sie im Himmel geben?", fragte er.

„Oh, ich bete, dass es zumindest eine mehr gibt, als ich verkraften kann."

Thomas stieg auf das Pferd und ritt davon, ohne zurückzublicken. Er hatte den Fluss erreicht, als er das Dröhnen einer Explosion hörte, eine Kakofonie von einstürzenden Felsen und fallendem Mauerwerk. Er ritt weiter und trieb das Pferd zur Seite, wo Bäume sie beide verbargen. Dann stieg er ab und ließ es an einem Fleckchen Süßgras grasen, bevor er sich auf den Weg zurück machte bis zu einer Stelle, von der aus er den Weg sehen konnte, der vom Dorf in seine Richtung führte. Es dauerte eine Weile, aber schließlich ritt eine Gruppe von Männern außen um die Häuser herum und bahnte sich ihren Weg den Hang hinunter. Sie bewegten sich langsam vorwärts, auf der Hut vor einem weiteren Hinterhalt. Es waren ein Dutzend Männer. Mehr als Thomas erwartet hatte, und er war enttäuscht, obwohl mehrere von ihnen Verletzungen aufwiesen und blutige Gesichter von herumfliegendem Mauerwerk hatten. Es waren zu viele, um sie zu konfrontieren, also marschierte er zurück durch die Bäume und stieg wieder auf das gestohlene Pferd. Dann ritt er nach Westen, bis er sicher war, dass der Abstand zu seinen Verfolgern groß genug war, wandte sich nach Süden und suchte sich seinen Weg über die rauen Hänge. Jamila hatte ihm erklärt, wo die Stadt Pampaneira lag, und er war sicher, dass er sie finden konnte.

Als Thomas sich der Stadt näherte, brachte der späte Nachmittag Erlösung von der Hitze. Die massive Breitseite des Sholayr-Gebirges warf lange Schatten, die die Erhebungen in der Landschaft hervorhoben. Pampaneira lag am niedrigsten von den drei Städtchen, die sich an die Hänge der Gebirgskette schmiegten, und als er durch die ersten beiden ritt, drehten sich Kinder, Frauen und alte Männer nach ihm um. Ihm fiel auf, dass er keine jungen Männer sah, ein Anblick, der ihm immer vertrauter wurde, aber als er Pampaneira erreichte, änderte sich das. Er kam an hageren alten Männern vorbei, die schmale, in Terrassen angelegte Beete bearbeiteten, die wie die Stufen einer Treppe den Hang hinunterführten – die meisten kaum breit genug, dass ein Mann darauf stehen konnte, jede einzelne jedoch perfekt gepflegt. Als er in die steilen, gepflasterten Straßen ritt, lehnten jüngere Männer im kampffähigen Alter an den

Wänden und sahen ihm mit ausdruckslosen Gesichtern hinterher.

Er fand ein Gasthaus an einer der Ecken des Stadtplatzes und stieg ab. Ein Jugendlicher kam angelaufen, um ihm sein Pferd abzunehmen, und Thomas legte ihm eine kleine Münze in die Hand. Er beobachtete, wie der Junge das Tier wegführte. Er war jünger als Aban, aber nicht viel. Irgendetwas war hier anders, und er wollte wissen, was.

Jamila hatte sie im Haus eines Verwandten unterbringen können und Jorge zum Stadtplatz geschickt, um auf Thomas zu warten und ihn durch die beinahe schon halsbrecherisch steilen Straßen dorthin zu führen.

„Wo sind die übrigen Dorfbewohner?", fragte Thomas, während er sich auf ein Bett setzte, das zu schmal für sie beide wirkte.

„Einige verließen die Stadt, als wir auf dem Weg hierher waren." Jorge stand mit zur Seite geneigtem Kopf da, um ihn sich nicht an der niedrigen Decke zu stoßen. „Sie haben Verwandte in anderen Städten, teilweise weiter entfernt, von denen sie hoffen, dass sie sie aufnehmen. Andere haben Familie hier oder in einer der beiden anderen Städte, die höher oben liegen. Im Moment sind wir nur zu fünft in diesem Haus."

„Und die Männer auf der Straße? Ich nehme an, du hast sie bemerkt." Thomas rieb sich die Füße. Sie schmerzten davon, dass er den ganzen Tag Stiefel getragen hatte, und vom Reiten spürte er einen pochenden Schmerz am unteren Ende seiner Wirbelsäule.

„Ich habe Jamila gefragt, aber sie sagte, sie würde es uns erklären, wenn wir beide hier sind."

Thomas stand auf und ging dorthin, wo eine kleine Schüssel stand und daneben ein Krug mit kaltem Wasser.

„Wo wird Aban schlafen? Hat er hier auch Verwandte?“

„Er wollte bei seiner Mutter im Zimmer schlafen, aber sie sagte ihm, er müsse hier bei uns schlafen.“

Thomas sah sich um. „Wo genau?“

„Es waren nur die beiden Zimmer frei, also ja, hier bei uns. Jemand wird ein Feldbett bringen, aber wo wir es hinstellen, ist mir ein Rätsel.“

„Vielleicht können sie es an die Wand lehnen und Aban kann im Stehen schlafen.“

„Mehr als wahrscheinlich.“ Jetzt, wo Thomas stand, setzte sich Jorge auf das Bett und streckte seine langen Beine aus, fühlte sich sofort wie zu Hause, entspannte sich unmittelbar. „Was ist in dem Dorf passiert?“

„Du weißt, was passiert ist. Hast du es nicht gehört?“

„Wir haben nichts gehört. Ibrahim ist ein tapferer Mann.“

„War ein tapferer Mann“, sagte Thomas.

„Wie viele?“

„Acht oder zehn. Ein Dutzend kam mir hinterher, aber ich habe sie abgehängt.“

„Du hast nicht versucht zu kämpfen?“

„Mit zunehmendem Alter werde ich wohl vernünftiger. Das, oder ich bin einfach zu alt.“

„Glaubst du, dass Ibrahim sein Opfer für den Tod von acht Männern als wertvoll erachtet hat?“

Thomas unterdrückte einen Anflug von Verärgerung. „Er wusste, dass er stirbt, und am Ende war er glücklich. Fast so, als würde er auf eine Feier gehen.“

„Wohl eher auf seine eigene Beerdigung.“

„Hätte ich ihn mitschleppen sollen, ihn unsäglichen Schmerzen aussetzen, damit er hier sterben kann, fernab des Ortes, an dem er sein ganzes Leben verbracht hat?" Thomas starrte Jorge an. „Hätte ich das tun sollen?"

Jorge sah weg. „Das sage ich ja gar nicht. Es ist nur … Es erscheint mir gefühllos, ihn so auszunutzen, wie du es getan hast."

„Es war seine Idee."

„Du hättest ihn umstimmen können."

„Was willst du eigentlich von mir? Du bist es, der mich aufgesucht hat, und alles, was du seitdem getan hast, ist, mich zu kritisieren. Du solltest zurück nach Gharnatah reiten und mich in Ruhe lassen." Thomas drehte sich um und verließ das Zimmer, aus Angst, er würde Jorge am Ende noch schlagen, wenn er bliebe. Auf der Treppe traf er auf einen Mann, der mit einem Feldbett kämpfte, und musste denselben Weg zurückgehen, den er gekommen war, war aber entschlossen, keine Hilfe zu leisten. Stattdessen trat er zur Seite, als der Mann versuchte, das Bett durch die enge Tür zu manövrieren.

Bevor er an dem Mann vorbeigehen konnte, öffnete sich eine weitere Tür, diesmal hinter ihm, und Jamila sagte: „Was stehst du denn hier herum? Bist du zu schüchtern, um anzuklopfen?"

Thomas machte sich nicht die Mühe, sich umzudrehen. Er begann, sich an dem Mann vorbeizudrängen, dem es weiterhin unmöglich war, das zusätzliche Bett durch die Tür zu bekommen. Zweifellos versuchte Jorge zu helfen, was die Situation nur schlimmer machte. Thomas erreichte den Treppenansatz, bevor Jamila ihn einholte und ihn am Handgelenk packte.

„Wir müssen reden."

„Worüber?" Thomas wusste, dass er sich aus ihrem Griff lösen konnte, wenn er wollte, leistete jedoch nur einen symbolischen Widerstand.

„Du wirst die Männer gesehen haben, da bin ich mir sicher. Du bist nicht dumm."

„Frag mal Jorge nach seiner Meinung dazu."

Jamila verzog das Gesicht und schüttelte den Kopf. „Habt ihr zwei euch gestritten?" Sie lächelte. „Vielleicht können wir die Bettenaufteilung neu arrangieren. Dana ist sehr angetan von dir."

„Dana ist kaum eine Frau und schwanger obendrein."

Jamila lachte. „Ich ziehe dich doch nur auf. Du bist so leicht zu ärgern, Thomas Berrington, dass ich nicht widerstehen kann. Ich weiß, dass Dana zu jung für dich ist." Sie ließ sein Handgelenk los, aber ihre Finger verweilten auf seinem Handrücken. Dana mochte zu jung für ihn sein, aber sie machte deutlich, dass sie es nicht war. Dann veränderte sich ihr Gesichtsausdruck und sie wurde ernst. „Hat Ibrahim gelitten?"

„Er war sofort tot. Genauso wie acht der Soldaten."

Jamila nickte ruckartig. „Nicht genug, aber immerhin. Es war eine gute Tat von dir, ihm zu helfen. Wir werden heute Abend in unseren Gebeten bei ihm sein." Jamila hob ihre Hand und berührte damit seine Brust, ließ sie dort verweilen. „Es gibt etwas, das ich dir zeigen muss. Unter vier Augen. Du kannst Jorge später davon erzählen, wenn du willst, aber für den Moment darfst nur du es sehen."

Jamila zog ihre Hand zurück und ging an ihm vorbei die Treppe hinunter. Thomas sah ihr hinterher und spürte, dass sich Gefühle in ihm regten, wie sie es seit Monaten nicht mehr getan hatten, spürte, wie sie sich durch seinen Körper schlängelten und, was noch schlimmer war, durch seinen Verstand.

KAPITEL ELF

In einer Ecke des Stadtplatzes stand eine imposante Moschee, deren Türen geöffnet waren, um die Menschen zum Abendgebet einzulassen. Thomas fiel auf, dass viele jener, die er bei seinem Einritt in die Stadt beobachtet hatte, sich nicht auf den Weg machten, um Allah anzubeten, sondern blieben, wo sie waren, um die anderen zu beobachten. Als Jamila sie an einer solchen Gruppe vorbeiführte, riefen ihr die Männer ungehobelt zu, und einer von ihnen kam sogar nahe genug heran, um sie am Arm zu packen und mit einem beherzten Ruck in seine Richtung zu ziehen.

Thomas bewegte sich schnell und traf den Mann seitlich am Kopf, sodass er schreiend rückwärts taumelte. Er wandte sich den Begleitern des Mannes zu, in Erwartung ihrer Vergeltung, doch stattdessen lachten sie nur über die Schmerzen ihres Freundes und nannten ihn einen Narren und einen schlechten Kämpfer, weil er den Schlag hätte kommen sehen müssen.

„Alles in Ordnung?" Thomas nahm Jamilas Handgelenk, zog ihren Ärmel hoch und enthüllte eine rote Strieme, wo der Mann sie gepackt hatte. Das würde bald einen Bluterguss geben.

„Ich bin eine solche Behandlung gewohnt, wenn ich hierherkomme. Mach dir keine Sorgen, aber danke. Es ist einige Zeit her, dass mir ein Mann zu Hilfe gekommen ist. Das hat sich gut angefühlt."

Thomas erkannte, dass er einen Fehler gemacht hatte, aber es war zu spät, um sein Handeln rückgängig zu machen – und außerdem hätte er niemals zugelassen, dass ihr etwas zustieß, egal welchen Preis er dafür zahlen musste.

„Was wolltest du mir zeigen?"

„Einen Teil davon hast du gerade gesehen", sagte Jamila. „Die Männer. Männer, die kämpfen können. Dies ist die einzige Stadt, dic ich kenne, in der sie ihrem Zuhause nicht entrissen werden."

„Das war nicht immer so, oder?", sagte Thomas. „Der Mann, den ich verhört habe, sagte mir, er sei aus Pampaneira und gewaltsam verschleppt worden. Was hat sich geändert, dass die Überfälle hier aufhörten, aber nirgendwo sonst?"

„Das weiß ich nicht."

Als sie in eine Gasse einbogen, die steil bergab führte, hielt Thomas kurz inne und blickte zurück auf den Platz. Um die fünfzig Männer standen in kleinen Gruppen beisammen oder saßen vor den Gaststätten. Sie tranken Alkohol und rauchten Haschisch, dessen Duft süßlich in der Luft lag.

„Wie viele sind es?"

Jamila blieb stehen und drehte sich zu ihm um, hielt dicht vor ihm inne. „Ungefähr doppelt so viele, wie du siehst. Aber insgesamt weniger als hundert. Sie treffen sich gern abends und schüchtern die Leute ein.

Hauptsächlich Frauen, wie du gesehen hast."

„Sind das alles einheimische Männer?"

Jamila schüttelte den Kopf. „Die, die sich so verhalten, sind Soldaten. Die einheimischen Männer werden in Ruhe gelassen. Sie arbeiten auf ihren Feldern und verhalten sich unauffällig. Es ist weithin bekannt, dass die Soldaten sie aus keinem anderen Grund angreifen als weil sie Spaß daran haben, Unruhe zu stiften und anderen Schmerzen zuzufügen."

Thomas wandte sich ab und sie gingen weiter bergab. Der Weg war steil und seine Zehen drückten sich in die Vorderseiten seiner Stiefel, als sie hinabgingen.

„Warum hast du uns hierher gebracht, wenn Pampaneira ein Stützpunkt für die Truppen ist, die Männer aus den Städten und Dörfern entführen?"

Jamila lachte verhalten auf. „Nein, ihr Hauptquartier liegt woanders, nicht hier. Hierher bringen sie die Frauen und Kinder der Männer, die sie mitnehmen. Hier werden sie als Geiseln gehalten, damit ihre Männer sich gut benehmen."

„Sind diese Männer deshalb hier, als Kerkermeister? Hundert Mann scheinen viel zu sein in einem Städtchen dieser Größe, aber es sind nicht genug, um eine einmarschierende Armee aufzuhalten. Sind sie hier, um aufzupassen, dass die Leute nicht fliehen?"

„Diesen Zweck erfüllen die Frauen und Kinder, das habe ich dir doch schon gesagt", sagte Jamila.

„Warum gerade hier?"

„Es gibt ein paar kleine Dörfer wie meines nördlich von Pampaneira, sogar ein paar noch kleinere. Isolierte Bauernhäuser. Isolierte Menschen. Es wäre unmöglich, in jedem einzelnen von ihnen Soldaten zu platzieren, deshalb bringen sie die Frauen und Kinder hierher."

„Aber euch haben sie in eurem Dorf zurückgelassen."

„Sie kamen einmal in der Woche oder alle zwei Wochen und wussten, wo wir waren, falls einer unserer Männer versuchte zu rebellieren."

„Du weißt nicht, was aus ihnen geworden ist, oder?", fragte Thomas und Jamila schüttelte den Kopf, ihre Miene nun ernst und ganz anders als vorhin, als sie ihm schöne Augen gemacht hatte.

Thomas ging weiter, ohne auf die Straße zu achten, und dachte darüber nach, was der Gefangene ihm erzählt hatte. Das meiste war nutzloses Gebrabbel gewesen, so verzweifelt war er gewesen zu antworten, aber nicht alles, und was er gesagt hatte, passte zu dem, was Jamila ihm nun erzählte. Sie erreichten eine Kreuzung und die schmale Gasse fiel weiter steil ab. Von dort, wo sie standen, konnte Thomas über die Stadtmauer in Richtung Süden sehen. Er beobachtete das Spiel von Licht und Schatten, das jeden Bergkamm und jedes Tal klar voneinander abgrenzte. Weit in der Ferne veränderte sich das Licht und zeigte an, wo das Mittelmeer lag, wo sich auftürmende Wolken die Küstenlinie markierten. Thomas fiel es schwer zu glauben, dass er heute Morgen noch in Jamilas kleinem Dorf aufgewacht war. In einem Dorf, das nun nicht mehr existierte.

„Wie viele Städte liegen zwischen hier und dem Meer?"

„Keine nennenswerten. Manche sind größer als diese, aber die meisten sind kleiner. Allerdings leben dort eine Menge Leute. Hauptsächlich Bauern. Al-Marilla liegt im Osten und Malaka im Westen. Kennst du sie?"

Thomas nickte. „Ja, das tue ich." Er blickte sich um, zurück auf das Land, das im Begriff war zu fallen. „Warum gehen die Leute nicht einfach? Malaka ist jetzt in spanischer Hand, aber al-Marilla ist immer noch maurisch, soweit ich weiß." Er hielt inne und schaute Jamila an, angetan von ihrer Stärke, beängstigt von der Anziehung, die er für sie empfand.

„Denn so wie wir den Gehorsam unserer Männer gewährleisten, so gewährleisten sie den unseren. Jede Andeutung von Widerstand und jeder Fluchtversuch führen dazu, dass sie bestraft werden."

„Woher weißt du das?"

Jamila schaute weg, ihr Körper wirkte angespannt. „Manchmal werden Frauen geholt, um der Bestrafung beizuwohnen. Prügel sind dabei das Mindeste. Andere werden gekreuzigt, bis sie ihren letzten Atemzug tun. Diese Soldaten machen keine leeren Drohungen."

„Der Mann, den ich verhörte, sagte, er könne nicht fliehen, denn wenn er erwischt würde, würde er hingerichtet und seine Familie bestraft. Stell dir einmal vor, wie es wäre, in dem Wissen zu sterben, dass dasselbe oder ein noch schlimmeres Schicksal auf deine Angehörigen wartet. Was, wenn diese Armee in jeder Stadt und jedem Dorf Männer rekrutiert hätte, die dort Wache halten? Das könnte erklären, wohin Luis verschwunden ist, wenn er einer von ihnen war."

Jamila machte ein Geräusch und verschränkte die Arme unter ihren Brüsten.

Sie schüttelte den Kopf. „Nein."

„Der Mann hat mir auch erzählt, dass ihr Anführer sich *Der Krieger* nennt. Er sagte es, als wäre es eine Art Titel."

„Ich nehme an, der Mann, den du verhört hast, ist tot?"

„Nein. Ich habe ihn laufen lassen." Thomas sah sie an. „Was, denkst du, ich hätte ihn kaltblütig ermordet? Er hat mir gesagt, was ich wissen wollte, und so habe ich ihn gehen lassen. Er ist vielleicht dumm genug, zu seinem Meister zurückzukehren, aber mit etwas Glück geht er zu seiner Familie. Wenn es stimmt, was du sagst, hat er vielleicht einen Tag, höchstens zwei, um sie zu finden und mit ihnen zu fliehen."

Jamila lächelte. „Du bist nicht so hart, wie du vorgibst zu sein, oder?"

Thomas verstand nicht, wie sie das meinte, und ging weiter die Gasse hinunter. Sie waren jetzt fast am Fuße der Stadt angekommen, wo es eben war, bevor das Land noch einmal abfiel. Irgendwo in der Nähe hörte Thomas fließendes Wasser. Zu ihrer Linken verlief auf der anderen Seite der ebenen Straße ein hohes und langes Gebäude. Dampf strömte aus kunstvoll gestalteten Löchern in den Wänden, einige in Form von Mondsicheln, andere geformt wie Sterne und Kreise.

„Hast du mich deshalb den ganzen Weg hierher gebracht?", fragte Thomas. „Ich weiß, dass ich stinken muss, aber ich habe wichtigere Dinge zu tun, als mich um meine Sauberkeit zu kümmern." Er blickte in die Richtung, aus der sie gekommen waren. „Und außerdem muss ich jetzt auch noch den ganzen Weg zurück dort hinauf."

„Ein Bad zu nehmen dauert nicht lange." Jamila lächelte. „Noch schneller geht es, wenn ich dir dabei helfe."

Thomas lachte und es fühlte sich seltsam an, doch die Emotionen, die es in ihm auslöste, waren ihm noch viel unangenehmer. „Oh, ich glaube, wenn du mir dabei hilfst, dauert es vielleicht eher länger."

„Zumindest wärst du dann überall sauber." Jamila sah ihn an, ihr Ausdruck ernst. „Ich spaße nicht, Thomas. Sie haben private Kammern da drin und es ist lange her, dass ich einen Mann befriedigt habe – und ich mag dich."

„Du magst mich."

„Stell dich nicht dumm. Selbst du musst doch bemerkt haben, dass ich das tue."

„Du solltest Jorge fragen, nicht mich, denn er weiß es mit Sicherheit. Er ist ein viel besserer Liebhaber, als ich es je sein könnte."

„Es sind nicht die Fähigkeiten, sondern der Mann, auf den es ankommt."

„Nicht, wenn es nach Jorge geht. Und der Mann vor dir sagt Nein."

Jamila stieß einen tiefen Seufzer aus, schien aber nicht verärgert über seine Ablehnung zu sein. „Dann kann ich dir genauso gut den wahren Grund zeigen, warum ich dich den ganzen Weg hierher gebracht habe." Sie wandte sich ab.

Thomas beobachtete sie, als sie weiterging – ihren geschmeidigen Körper, das Funkeln des Abendlichts in ihrem Haar. Er verspürte eine unwillkommene Erregung und fragte sich, wie lange er ihr noch würde widerstehen können. Und ob er es überhaupt wollte.

Die Erinnerung an Lubna kam ihm in den Sinn. Seine Hände erinnerten sich an das Gefühl ihrer Haut unter ihnen, doch diese Gedanken machten es eher schwieriger, Jamila zu widerstehen, als leichter.

Er fragte sich, was Lubna sagen würde, wenn sie jetzt hier wäre. Wäre sie es, wäre jedoch jedes Wort hinfällig.

Er wartete einen Moment lang auf ihre Stimme, doch sie sprach nicht zu ihm.

Stattdessen spürte Thomas, wie eine Welle des Verlustes über ihn hereinbrach. Er taumelte und ein

Stöhnen entwich seinen Lippen. Jamila war zu weit weg, um es zu hören und ging weiter.

„Nein“, sagte Thomas zu sich selbst, doch offenbar laut genug, um Jamilas Aufmerksamkeit zu erregen. Sie drehte sich um und lief zu ihm zurück. Thomas hob eine Hand und ließ seinen Kopf hängen, damit er sie nicht sehen konnte.

„Nein“, sagte er erneut und dieses Mal verschwanden die Dämonen, die seine Gedanken belagerten. Er schüttelte den Kopf. „Ich werde noch verrückt.“ Der Gedanke überraschte ihn nicht. Lubna zu verlieren hatte ihn über den Abgrund gestoßen, das wusste er. Er war in die Berge gekommen, um seinem Leben ein Ende zu setzen, aber irgendetwas hatte ihn davon abgehalten. Und jetzt … jetzt regte sich das Leben wieder in ihm und er war sich nicht sicher, ob er mitspielen sollte. Er brauchte eine Ablenkung, eine, die nicht darauf hinauslief, Jamila die Kleider vom Leib zu reißen.

„Was willst du mir zeigen?“, fragte er.

Jamila lächelte und wandte sich ab.

Das Haus befand sich direkt am Ende der Straße. Breite Stufen führten zu einer von Arkaden eingefassten Terrasse.

„Das ist ein schönes Haus“, sagte Thomas. „Aber ich habe schon viele schöne Häuser gesehen. Warum gerade dieses?“

„Hier wohnt der Gouverneur.“

„Das musst du mir ein wenig genauer erklären.“

„Ich glaube, er hat einen Pakt mit den Soldaten geschlossen, aufgrund dessen die Dinge in dieser Stadt so sind, wie sie sind. Warum die Soldaten glauben, dass sie mit allem durchkommen."

„Die Männer, die ich auf den Feldern gesehen habe, waren allesamt nicht jung. Auch nicht die, die zum Gebet gegangen sind."

Jamila drehte ihren Kopf, den Blick scharf auf ihn gerichtet. „Jorge sagte mir, dass du jemanden suchst. Den Mann, der deine Frau getötet hat."

„Willst du damit sagen, dass der Mann, den ich suche, in diesem Haus lebt?" Es kam ihm halbwegs schlüssig vor. Entweder Mandana oder Guerrero. Oder beide.

Jamila schüttelte den Kopf. „Nein, natürlich nicht. Aber ich glaube, der Mann, der tatsächlich hier wohnt, weiß, wen du suchst. Ich glaube, er arbeitet entweder mit ihm zusammen oder ist gezwungen, für ihn zu arbeiten. Wahrscheinlich eher Letzteres. Willst du diesen Mann nicht schnappen und bestrafen?"

„Dafür bin ich ursprünglich in die Berge gekommen, aber seither bin ich von meinem Weg abgekommen. Und jetzt … jetzt weiß ich nicht mehr, warum ich eigentlich hier bin. Ich denke, ich bin auf der Flucht, aber wovor, das weiß ich nicht."

„Nur, dass du nicht fliehen kannst, nicht wahr? Diejenige, die du verloren hast, wird immer bei dir sein, und das ist auch gut so."

Thomas verengte seine Augen. Jamila konnte nicht wissen, wie tief ihn die Vision von Lubna erfüllt hatte, aber ihre Worte boten ihm eine gewisse Bestätigung dafür, dass er doch nicht verrückt wurde.

„Es ist zu früh, um diesen Gouverneur zu konfrontieren", sagte Thomas. „Besser, wir warten bis zum Abend. Erzähl mir mehr über ihn, während wir etwas essen. Ich habe mir erlaubt, schwach zu werden. Damit ist heute Schluss."

Jamila ging nahe neben ihm, als sie die steile Gasse zurück zum Stadtplatz hinaufstiegen. Thomas versuchte, sich nicht anmerken zu lassen, wie sehr ihn der Aufstieg ermüdete. Sie entdeckten Jorge auf dem Platz, Aban auf seiner einen Seite, Dana auf der anderen. Er sah düster drein.

„Diese Männer sind unmenschlich. Warum habt ihr uns hier warten lassen?"

„Es war deine Entscheidung", sagte Thomas. „Außerdem bist du groß und siehst stark aus. Ich nehme an, sie haben dich gemieden."

„Nicht ganz. Und Aban sagte, wir würden uns hier treffen und dann essen gehen. Ich kann mich nicht erinnern, wann ich das letzte Mal eine ordentliche Mahlzeit zwischen die Zähne bekommen habe."

„Es wird gerade Essen für uns zubereitet", sagte Jamila. Sie führte sie zurück zu dem Haus, in dem sie wohnten, versteckt in den Gassen hinter der Moschee, und wieder ging es steil bergauf. Am Ende kamen sie an einem kleinen Platz heraus. Auf der gegenüberliegenden Seite standen Tische auf der Straße, aber nur einer davon war besetzt von einer Gruppe von fünf Männern. Jamila betrat das Gebäude und nach einem Moment folgte Thomas ihr.

Er blieb direkt hinter der Tür stehen und atmete den intensiven Geruch von Gewürzen ein, den er nicht mehr in der Nase gehabt hatte, seit Jorges Geliebte Belia gemeinsam mit Lubna in der Küche gezaubert hatte. Jamila umarmte eine Frau, die etwas älter war als sie selbst. Es gab keine Ähnlichkeit zwischen ihnen außer der Art, wie sie auf Thomas wirkten – selbstbewusst, sich ihrer Stärke sicher, und er fragte sich, ob es das Haus dieser Frau war, in dem sie nun wohnten.

Nach einem kurzen Gespräch drehte sich Jamila um und bedeutete Thomas, ihr zu folgen. Sie ging voran in einen kleinen Innenhof, wo ein Tisch gedeckt war. Lampen hingen von Holzbalken, die von dem Rauch der Flammen geschwärzt waren. Ein kleiner Bach floss an einer Seite entlang und die Wände waren mit maurischen Fliesen verziert worden. Thomas sah sich um und fühlte sich an sein eigenes Haus in Gharnatah erinnert.

Er setzte sich als Letzter und nahm den einzigen noch freien Platz am Kopfende des Tisches ein. Trotz des maurischen Ambientes standen zwei Krüge mit Wein auf dem Tisch und gläserne Kelche warteten darauf, gefüllt zu werden. Jorge zögerte nicht lange, bevor er als Erster von dem Wein kostete. Er lächelte und nickte zustimmend, bevor er über den Tisch griff, um ihnen allen einzuschenken. Zwei Mädchen erschienen mit Tabletts und stellten Fleisch, Reis, Soßen, Fladenbrot, gebratene Vögel und sogar eine Platte mit kleinen gebratenen Fischen auf den Tisch, höchstwahrscheinlich die flinken Forellen, die Thomas in den Wildbächen gesehen hatte, die an den Südhängen der Berge in die Tiefe stürzten. Einen Moment lang verspürte er einen Anflug von Nostalgie und schwelgte in einer Erinnerung an die Felder Englands, das klare Wasser der Lugge, die Fische vor seinen Augen, die ihn an die Forellen erinnerten, die dort schwammen, die breiten Rücken der Lachse, die sich im Herbst zum Laichen stromaufwärts kämpften. Er hatte keine Ahnung, woher diese Gedanken plötzlich kamen. Er vermisste dieses Land nicht im Geringsten. Seine Heimat war jetzt hier, unter der Sonne von al-Andalus.

„Sag mir, was du über diesen Gouverneur weißt", sagte Thomas, während er eine dicke Soße auf seinen Teller löffelte und Fladenbrot hineintauchte. Das würzige Aroma füllte seinen Mund und Tränen schossen ihm in die Augen. Er lächelte und nahm einen weiteren Bissen. „Ich nehme an, du hast uns nicht nur wegen des hervorragenden Essens hierher gebracht. Hier können wir ungestört reden, oder?"

„Das ist der Grund, warum wir hier sitzen und nicht draußen auf der Straße. Man wird uns nicht stören, es sei denn, wir bitten um mehr Essen." Jamila lächelte. „Jorge, denke ich, wird mehr wollen."

„Jorge will immer mehr, von allem. Also, sag mir, was du weißt. Hat dieser Gouverneur einen Namen? Ist er ein Maure, ein Spanier, ein Jude?"

„Er ist ein Maure", sagte Jamila, „obwohl er den lokalen Dialekt spricht und auch gut Spanisch kann. Aber man sagt, dass der Mann, für den er arbeitet, ein Spanier ist."

„Ich vermute, dass ich weiß, wer das sein könnte", sagte Thomas. „Der Mann, der meine Frau ermordet hat. Der Mann, den ich im Gegenzug zu töten gedenke."

Ein Schweigen machte sich an dem Tisch breit.

Thomas sah Jorge an. „Das wusstest du doch schon, nicht wahr?"

„Natürlich, … aber nicht deine Absicht. Willst du ihn immer noch vernichten?"

„Und seine Armee."

„Dann wirst du Hilfe brauchen, und zwar mehr als nur meine."

„Vielleicht. Jamila, erzähl mir mehr. Dieser Gouverneur ist eine Verbindung, die erste, auf die ich gestoßen bin." Thomas schüttelte den Kopf. „Ich hatte meinen Weg aus den Augen verloren, das erkenne ich jetzt, aber dank dir habe ich ihn wiedergefunden."

„Ich werde dir helfen, gegen sie zu kämpfen", sagte Aban und erntete dafür einen besorgten Blick von seiner Mutter.

KAPITEL ZWÖLF

Als Thomas wieder die steile Gasse zum Badehaus hinunterging, trug er in einer Hand einen groben Sack mit sauberer Kleidung. Die Sachen waren nicht neu, denn das hätte eine Wartezeit von mehreren Tagen erfordert, aber sie waren kaum getragen. Er versuchte, sich daran zu erinnern, wann er das letzte Mal seine Kleidung gewechselt hatte, und scheiterte. Vielleicht war es sogar an dem Tag gewesen, an dem er Lubnas Scheiterhaufen angezündet hatte, und er fragte sich, wie Jorge und die anderen es mit ihm ausgehalten hatten.

„Stinke ich?", fragte er Jorge, der neben ihm herging. Seine Kleidung war sauber, wenn auch abgetragen für Jorge.

„Du stinkst wie etwas, das seit einer Woche tot ist."

„Das habe ich vermutet. Ich entschuldige mich."

„Nicht nötig. Wenigstens bist du dabei, etwas dagegen zu unternehmen."

Eine letzte Kurve und das Badehaus lag vor ihnen. Es war früher Abend und das Gebäude wurde in lange Schatten der umliegenden Berge getaucht. Rauch stieg aus einem hohen Schornstein an der Rückseite auf und Dampf trat aus geschnitzten Öffnungen entlang der Oberseite der Wände aus. Einige Männer standen vor dem Gebäude und unterhielten sich über Belanglosigkeiten, wie alle Männer nach einem langen Arbeitstag. Zwei von ihnen sahen aus wie Soldaten, sie standen etwas abseits und beobachteten das Geschehen.

Thomas fragte nach einer privaten Kammer und ignorierte den wissenden Blick des Besitzers, der zwischen ihm und Jorge hin und her schaute. In der Mitte des Raumes, in den sie geführt wurden, befand sich ein kleines Wasserbecken und ein einzelner steinerner Auslass ragte aus der Wand. Der Junge, der sie hier hergeführt hatte, zeigte Thomas, wie man ihn benutzte, spritzte sich dabei Wasser auf die Füße und ging.

Jorge zog sich aus und legte seine Kleidung auf ein erhöhtes Regal, dann stellte er sich unter den Auslass und ließ sich heißes Wasser über den Kopf strömen. Es gab Seifen und Öle und er schäumte sein Haar ein, bevor er jeden Zentimeter seines Körpers wusch. Thomas zog seine alten Kleider aus und stapelte sie auf dem Boden. Wenn sie fertig waren, würde er den Jungen bitten, sie wegzubringen und zu verbrennen. Der Sack mit seinen neu erstandenen Sachen kam auf das Regal neben denen von Jorge.

Er setzte sich auf eine Bank aus Stein, um das Wasser in dem Becken noch nicht zu verunreinigen, und beobachtete Jorge mit distanziertem Interesse. Er hatte den Mann schon lange nicht mehr nackt gesehen und ihm fiel auf, dass er an Gewicht verloren hatte und seine Muskeln deutlicher zu erkennen waren. Sein Körper, einst peinlich genau von sämtlichen Haaren befreit, wies nun hier und da einen Flaum auf, aber seine Behaarung war bei Weitem nicht mit der eines intakten Mannes zu vergleichen.

„Gefällt dir, was du siehst?“, fragte Jorge.

„Du bist dünner.“

„Zweifellos, weil ich mich um dich gesorgt habe.“ Jorge zog an dem Griff und ließ das restliche Wasser über seinen Körper fließen, bevor er zur Seite trat. „Der Rest ist für dich. Ich hoffe nur, es ist noch genügend heißes Wasser übrig. Herrje, du siehst schrecklich aus.“

Thomas stand auf. „Besten Dank.“ Er wusste, dass er viel zu dünn war und seine Haut verdreckt, aber noch schlimmer war seine Schwäche. Ihm war bewusst, dass das Alter ihm etwas von der Kraft genommen hatte, die er einst besessen hatte, aber die Monate seit Lubnas Tod hatten einen weitaus größeren Tribut gefordert. Zu wenig Essen und zu viel Zeit, die er in einer verfallenen Hütte damit verbracht hatte, auf eine Schlinge zu starren, die von einem Balken gehangen und ihr heimtückisches Versprechen auf Vergessen geflüstert hatte.

Jorge glitt in das warme Wasser in dem Becken und streckte seine Arme aus. Seine Beine schwebten halb, sodass er fast den ganzen Platz beanspruchte.

„Jamila wird sicher wollen, dass du sie beglückst, sobald du nicht mehr stinkst wie der Arsch eines Esels.“

„Vielleicht sollte ich mich in diesem Fall besser doch nicht waschen.“

„Dann tu es für mich“, sagte Jorge. „Bitte, tu es für mich. Ich würde ihr an deiner Stelle Vergnügen bereiten, aber sie hat kein Interesse an mir. Tja, ich nehme an, dass es für alles ein erstes Mal geben muss. Es sind in der Tat seltsame Zeiten, in denen wir leben.“

Thomas benetzte seinen Körper mit ein wenig Wasser, dann benutzte er die Seife und schrubbte sich kräftig, immer und immer wieder, bis seine Haut beinahe wund war. Er wusch sich ab und seifte sich erneut ein, arbeitete mehr Seife in sein Haar und fragte sich, ob er jemanden rufen sollte, der es auf Läuse untersuchte. Er wusste, dass es in den Bädern jemanden dafür geben würde, und bei dieser Gelegenheit sollte er es schneiden lassen, seinen Bart auch. Er spülte sich noch einmal ab, bis er sich fast wieder wie ein Mensch fühlte, dann glitt er auf der gegenüberliegenden Seite zu Jorge in das Wasser. Sie hatten schon öfter auf diese Weise zusammen im Wasser gelegen, als er sich erinnern konnte, und jedes Mal hatte Jorge ihn aufgezogen, doch heute nicht. Heute war er ernst.

„Bist du dir sicher, dass Mandana in die Sache involviert ist?"

„Und sein Sohn. Sein Sohn vielleicht sogar mehr als er. Du hast gehört, wie der Mann ihn nannte. *Der Krieger*. Guerrero auf Spanisch."

„Warum er?"

„Warum Guerrero und nicht Mandana? Weil er der Jüngere ist, der Stärkere, womöglich sogar noch barbarischer als sein Vater."

„Das schon, aber warum bist du dir so sicher, dass sie es sind? *Der Krieger* ist ein passender Name für jemanden, der Männer anführt. Er hat etwas Starkes an sich. Die beiden arbeiteten, solange wir mit ihnen zu tun hatten, für Fernando."

„Vielleicht tun sie das immer noch", sagte Thomas. Sein Körper war träge, entspannt, und er hatte Mühe, sich zu konzentrieren. Er wusste, dass er bald ganz bei der Sache sein müsste. Daher ließ er sich nun treiben, schwebte fast im Wasser. „Das ganze Gebiet, der gesamte al-Basharāt, liegt im Schatten von Gharnatah, aber es ist keine Region, die von Muhammed kontrolliert wird. Sie wird von niemandem kontrolliert. Wer über diese Region herrscht, macht Gharnatah verwundbar. Nun, da Malaka gefallen ist, gibt es kein Entkommen nach Süden. Spanien kontrolliert den gesamten Norden. Eine Armee hier, im Osten, eine weitere im Westen. Das ist es, was Fernando will."

Jorge schüttelte den Kopf und ließ seine Hand durch das warme Wasser gleiten. „Wenn deine Theorie stimmt, dann kannst du diese Armee nicht allein bekämpfen. Nicht einmal du, Thomas."

„Ich frage mich, wie groß der Anteil gefangener Männer in dieser Armee ist – ein Viertel, die Hälfte, mehr als die Hälfte? Kämpfen gefangene Männer genauso verbissen für die, die sie gefangen halten?"

„Es wäre vielleicht klug, ein wenig mehr herauszufinden, bevor du einen törichten Angriff startest."

„Ja, das wäre es vielleicht. Aber ich kann nicht einfach vergessen, dass es Guerrero war, der Lubna getötet hat." Thomas setzte sich auf und lehnte sich vor. „Er hat sie aufgespürt und ermordet wegen etwas, das ich getan habe. Er gab mir die Schuld am Tod seiner Frau, obwohl er selbst ihn verschuldet hatte. Er hat Lubna getötet, weil ich seine Pläne, Malakas Gold zu stehlen, aufgedeckt habe. Soll ich das ignorieren, wie der christliche Gott es von mir verlangt? Auch noch die andere Wange hinhalten? Nein."

„Ich stimme zu, er muss sterben. Mandana auch, wie der Vater, so der Sohn. Aber um sie zu töten, musst du am Leben bleiben. Wir brauchen einen besseren Plan. Oder zumindest irgendeinen Plan."

„Wir?", fragte Thomas.

„Ja, wir. Dachtest du, ich würde dich das alleine machen lassen? Lubna war zwar deine Frau, aber habe ich sie nicht auch geliebt?“

Thomas sank zurück ins Wasser, ließ sich wieder treiben und versuchte, das wilde Pochen seines Herzens zu beruhigen, das winzige Wellen an der Oberfläche verursachte.

„Ist Usaden noch in Gharnatah?“

„Natürlich. Du hast ihn gebeten, sich um deine Familie zu kümmern, und das tut er. Er ist jetzt dein Mann. Aber du wirst mehr brauchen als nur Usaden, so gut er auch ist.“

„Es gibt keinen besseren“, sagte Thomas.

„Stimmt. Aber du sprichst davon, eine vollwertige Armee anzugreifen.“

„Ich werde mir etwas einfallen lassen.“

„Etwas Vernünftiges, hoffe ich.“

Als der Junge kam, um zu fragen, ob sie noch lange brauchen würden, weil andere Gäste auf eine freie Badekammer warteten, sagte Thomas ihm, dass sie fertig seien, und erhob sich aus dem Wasser. Er wusste, dass er eine Entscheidung getroffen hatte, und mit der Handlung an sich ging eine neue Zuversicht einher. Er trug dem Jungen auf, seine alten Kleider mitzunehmen und zu verbrennen, und jemanden aufzutreiben, der ihm Haare und Bart stutzen konnte. Kurz darauf war er kaum wiederzuerkennen und kleidete seinen frisch geschrubbten Körper in frische Baumwolle und Leinen. Es fühlte sich an, als würde er eine Rüstung anziehen.

Zu baden und sich neue Kleider anzuziehen, war nur der

erste Schritt des Plans, wenn man es überhaupt als Plan bezeichnen konnte. Für den Moment war es kaum mehr als ein Warten und Beobachten. Thomas hatte mehrere Stellen ausfindig gemacht, von denen aus man das Haus des Gouverneurs beobachten konnte, ohne Aufmerksamkeit zu erregen, und führte sie nun zu einer solchen, einem kleinen Gasthaus mit rustikalen Tischen im Freien. Ein junges Mädchen stellte sich in die Tür und Thomas fragte, ob sie Wein hätten. Das Mädchen nickte und ging hinein, ohne zu fragen, welche Sorte sie wollten.

„Werden wir die ganze Nacht hier sein?" Jorge ließ seinen Blick demonstrativ schweifen und machte seine Meinung über diese Ecke der Stadt damit deutlich.

„Wir hätten noch andere Möglichkeiten, aber hier ist es praktisch und gleich gut wie anderswo."

„Was erwartest du zu sehen? Oder vielleicht sollte ich eher fragen, wen."

„Mandana oder seinen Sohn. Vielleicht sogar beide. Dass ich seine Männer getötet habe, wird ihn verärgert haben. Ich rechne damit, dass er nachsehen will, ob wir hierher geflohen sind."

„Es wäre hilfreich zu wissen, wer dieser Gouverneur ist", sagte Jorge, „und ob man ihm trauen kann."

„Warum? Laut Jamila ist er in die Sache verwickelt. Du hast die Stadt gesehen. Sie ist ein einziger Kerker. Also sitzen wir hier und warten, bis der Kerkermeister kommt."

„Wie lange?" Jorge lehnte sich zur Seite, als das Mädchen einen Krug mit Wein und zwei Becher brachte.

„So lange, wie es dauert."

„Was ist, wenn er erst in zwei Wochen oder einem Monat kommt? Wir können nicht ewig hier bleiben."

Thomas sah sich um. „Warum nicht?" Er wandte seine

Aufmerksamkeit wieder dem Haus am Ende der Straße zu. Menschen bewegten sich über das Kopfsteinpflaster, die meisten von ihnen kamen aus dem höher gelegenen Teil der Stadt, um zu baden. Niemand sonst setzte sich an einen der Tische um sie herum, und Thomas wurde klar, dass das ein Zeichen hätte sein müssen. Anstatt aufzustehen, blieb er jedoch, wo er war, und beobachtete weiterhin das Haus. Nichts geschah, aber er war geduldig.

„Ich bleibe nicht hier und beobachte ein leeres Haus", sagte Jorge. „Mach du, was du willst, ich gehe jedenfalls zurück zu den anderen."

Thomas nickte, ließ dabei aber das Gebäude nicht aus den Augen.

Nach einer Weile stand Jorge auf und ging.

Das Mädchen kam heraus und hob den beinahe vollen Weinkrug vom Tisch.

„Wollen Sie etwas essen?", fragte sie.

Thomas schüttelte den Kopf.

„Wenn Sie nichts essen und nichts trinken, es warten noch andere Kunden."

Thomas warf einen Blick auf die leeren Tische, sagte aber nichts. Nach einer Weile ging das Mädchen. Er fragte sich, was er tun würde, wenn Jorge recht hatte, aber er wusste, dass er Guerrero und Mandana niemals finden würde, wenn er auf der Suche nach ihnen durch die Gegend streifte. Das Gebiet war einfach zu groß und zu unübersichtlich. Er würde warten, bis sie zu ihm kamen. Vielleicht kamen sie nicht heute Nacht oder morgen, aber irgendwann würden sie kommen.

Der Himmel wurde langsam dunkler und erste Sterne begannen zu funkeln wie die Köpfe kleiner silberner Stecknadeln, die in schwarzen Samt gesteckt wurden. Im Inneren des Hauses bewegte sich plötzlich ein kleines

Licht hinter der breiten Eingangstür, als jemand darauf zuging. Die Tür öffnete sich und ein großer Mann trat auf die Terrasse. Thomas richtete sich auf. Er erkannte ihn.

Er stand auf, starrte in Richtung des Hauses und versuchte zu entscheiden, ob er näher herangehen sollte oder nicht. Er hatte Don Domingo Alkhabaz seit mehreren Jahren nicht mehr gesehen. Das letzte Mal in dem Palast, der auf der *al-Hamra* stand, und damals war er in der Gesellschaft von Faris al-Rashid und anderen gewesen, die den Sturz eines Sultans geplant hatten. Nicht jenes Sultans, der nun dort regierte, sondern den seines Vaters. Nun saß sein Sohn auf dem Thron, nachdem er ihn erst eingenommen, dann seine Macht eingebüßt und zuletzt seine Position wiedererlangt hatte. Dieses Hin und Her war charakteristisch für das Chaos, in dem al-Andalus versunken war, und schlichtweg unbegreiflich.

Einst hatte Thomas Don Domingo als Freund betrachtet. Nicht als engen Freund, aber auch nicht als Feind wie seinen Meister, Faris al-Rashid. Aber das war fast sechs Jahre her und seitdem war auf der Welt viel geschehen.

Thomas sagte sich, dass er die ganze Nacht dort sitzen bleiben könnte, wo er war, nur würde ihm das keine Erleuchtung bringen. Er beobachtete Don Domingo, der oben auf der Treppe stand. Er wartete auf jemanden, und bei diesem Gedanken verspürte Thomas eine innere Aufregung. Er wünschte sich, Jorge wäre noch bei ihm, um ihm Mut zuzusprechen, doch dann schüttelte er den Kopf darüber, dass er so etwas überhaupt in Betracht zog. Wo war sein eigener Mut geblieben?

Er ließ ein paar Münzen auf den Tisch fallen und ging um ihn herum, gerade als eine weitere Gestalt am Ende der Straße auftauchte. Don Domingo Alkhabaz begann sich zu bewegen und stieg die breiten Stufen zur Straße hinunter. Eindeutig war dies derjenige, auf den er gewartet hatte, und Thomas bewegte sich rückwärts, bis er von den Schatten einer engen Gasse verschluckt wurde.

Die andere Gestalt ging langsam auf das Haus des Gouverneurs zu. Diesen Mann hatte Thomas erst unlängst gesehen, das letzte Mal nur eine Stunde, bevor Lubna das Leben genommen worden war. Abt Mandana hielt einen Stab in seiner rechten Hand. Seine linke fehlte. Thomas blickte die Straße entlang, entdeckte aber keine Begleiter. Nur mit Mühe schaffte er es, nicht aus den Schatten zu treten, als der Mann dicht an ihm vorbeiging. Er wusste, dass der alte Thomas, der furchtlose Thomas, dies ungeachtet der Konsequenzen getan hätte, und fragte sich, ob er sich wirklich so sehr verändert hatte. Er vermisste diesen Mann, den, der wusste, was er wollte, der niemals zweifelte.

Er sah zu, wie Mandana Don Domingo erreichte. Es gab keine Umarmung, kein Händeschütteln. Mandana sagte etwas, dann drehte sich Don Domingo um und ging voran in sein Haus. Die Tür schloss sich, nur wenige Minuten, nachdem sie sich geöffnet und alles verändert hatte. Thomas blieb in der Gasse stehen und versuchte, die Auswirkungen dessen, was er gerade mitangesehen hatte, zu verarbeiten.

Thomas erinnerte sich an Usadens Worte, als er in den Hof mit den Eiben zurückgekehrt war, in dem Lubna gestorben war. Er sagte, er habe Mandanas Sohn verfolgt, bis er ihn aus den Augen verlor, und dass Mandana selbst nicht an dem Angriff auf Lubna und die anderen beteiligt gewesen war. Will hatte die Geschichte bestätigt, obwohl er selbst unter Schock gestanden hatte. Und doch war der

Mann nun hier, in einer Stadt, in der die Familien gefangener Männer festgehalten wurden. Das war kein Zufall und Thomas fragte sich, ob sein Sohn in der Nähe war – denn mehr noch als Mandana war es sein Sohn, Pedro Guerrero, den er suchte. Der Mann, der seine Frau getötet hatte. Der Mann, dessen Name auf Spanisch *Der Krieger* bedeutete.

KAPITEL DREIZEHN

Als Thomas in ihre gemeinsame Bleibe zurückkehrte, flirtete Jorge gerade völlig unverfroren sowohl mit Jamila als auch mit Dana, von denen keine die übliche Reaktion auf seine Bemühungen zeigte. Thomas zog ihn ohne eine Erklärung beiseite und ging mit ihm in das Zimmer, das sie sich mit Aban teilten, der unten bei den beiden Frauen blieb.

„Ich hatte gerade Spaß", sagte Jorge und versuchte, empört zu wirken, was ihm jedoch nicht gelang.

„Offensichtlich. Ich habe gerade gesehen, wie Mandana das Haus des Gouverneurs betrat."

„Jetzt schon? Du bist wirklich ein Glückspilz, Thomas. Aber so überraschend ist es eigentlich nicht, denn es bestätigt deine Theorie."

„Erinnerst du dich an Don Domingo Alkhabaz?"

„Natürlich. Einer der zivilisierteren Gefährten von Muhammed und seinen Freunden, wenn man sie so nennen kann." Jorge setzte sich auf die Bettkante und starrte Thomas an. „Hat die Tatsache, dass es sich um Don

Domingo handelt, eine besondere Bedeutung? Geht hier mehr vor, als du dachtest?"

Thomas zog einen klapprigen Hocker heran und setzte sich darauf, denn das Dach war zu niedrig, als dass er hätte stehen können, ohne sich zu bücken, und sein Nacken begann zu schmerzen. „Mandana ist aus einem bestimmten Grund hier, entweder hat es etwas mit den Gefangenen zu tun oder mit etwas anderem – er könnte durchaus vermuten, dass wir hierher geflohen sind. Was auch immer es ist, Don Domingo ist involviert."

„Und wenn der Mann, den du gefoltert hast, die Wahrheit gesagt hat, kann Guerrero auch nicht weit sein." Jorge starrte Thomas an. „Es sei denn, Vater und Sohn haben sich wegen der Ereignisse in Malaka überworfen. Ich hatte wirklich geglaubt, dass Mandana Lubna mochte – dass er sich geändert hatte. Aber wenn das stimmt, was uns gesagt wurde, und Guerrero tatsächlich Mandanas Sohn ist – obwohl ich keine Ahnung habe, wie so etwas möglich sein könnte –, dann arbeiten sie jetzt vielleicht zusammen."

„Mandana konnte man noch nie trauen. Er ist wieder zu dem geworden, was er immer war – ein Wolf, ein Killer. Sein vermeintlicher Sinneswandel war nicht mehr als eine Maske, hinter der er sich versteckt hat. Ich wünschte nur, ich wüsste den Grund für das, was er hier tut. Es ergibt keinen Sinn. Er sollte bei Fernando sein und dessen Befehle ausführen."

„Vielleicht tut er das auch." Jorge lächelte. „Können wir ihn einfach töten?"

„Noch nicht. Wenn es ruhiger wird in der Stadt, gehe ich zurück und beobachte das Haus. Wenn er geht, folge ich ihm, um herauszufinden, wo er sein Versteck hat.

Diese Stadt ist anders als die anderen, also glaube ich nicht, dass er weit weg sein wird."

„Und können wir ihn dann töten?"

Thomas starrte Jorge an und versuchte zu entscheiden, ob er seine Drohung ernst meinte oder nicht. Dann wurde ihm schmerzlich bewusst, dass Lubnas Tod auch ihn hart getroffen haben musste. Die beiden waren Freunde gewesen. Gute Freunde. Lubna war zu Jorge gegangen, um sich die Ängste von der Seele zu reden, die sie Thomas gegenüber nicht hatte eingestehen können. Sie hatte Geheimnisse mit ihm geteilt, in die er selbst nicht eingeweiht gewesen war.

„Mandana kann leben oder sterben, es ist sein Sohn, den ich will. Den Mann, der Lubna das Leben genommen hat."

„Vater und Sohn", sagte Jorge. „Wenn sie unter einer Decke stecken, musst du sie beide töten." Er neigte den Kopf zur Seite. „Würdest Don Domingo noch als Freund betrachten?"

Es war eine gute Frage – eine relevante Frage –, aber eine, auf die Thomas keine Antwort hatte.

„Ich habe seit Jahren nicht mit ihm gesprochen. Es ist mir ein Rätsel, warum er hier ist, noch dazu in dieser Position. Als ich ihn kannte, war er ein reicher Mann."

„Wir leben in schwierigen Zeiten. Selbst reiche Männer sind nicht vor Problemen gefeit." Jorge lächelte. „Wir sind reiche Männer, nicht wahr? Obwohl man uns das im Moment kaum ansieht."

Thomas dachte an den Reichtum, den sie im Laufe der Jahre befreit hatten. Nicht gestohlen, nicht wirklich – *befreit* war das Wort, das er bevorzugte.

„Sind wir noch immer reiche Männer?", fragte er.

„Das waren wir, als ich Gharnatah verließ, dessen habe ich mich vergewissert. Ob Muhammed inzwischen unsere Truhen entdeckt und gestohlen hat, bezweifle ich, aber bei diesem Mann kann man nie wissen. Er hat dir Helena gestohlen und hält sie gefangen. Du hättest mit mir nach Gharnatah zurückkehren und sie befreien sollen, wie wir es vorhatten. Das wäre ein besserer Tribut an Lubna gewesen, als sich in diesen Bergen zu verstecken."

„Er hat sie mir nicht gestohlen", sagte Thomas. „Sie hat nie mir gehört. Aber du hast recht, ich hätte sie befreien sollen, bevor ich hierherkam. Wie gut kennst du Don Domingo?"

„Ich bezweifle, dass er sich überhaupt daran erinnert, wer ich bin. Warum?"

„Ich hatte gehofft, du könntest mit ihm reden, herausfinden, wie er hier gelandet ist und in welcher Beziehung er zu Mandana steht."

„Und was wirst du tun?"

„Ich verfolge natürlich Mandana, um herauszufinden, wohin er geht."

„Er wird ein Pferd haben und du nicht. Außerdem wird Don Domingo mir nichts erzählen."

„Ein Pferd kann ich auftreiben, aber es hat wenig Sinn, wenn Don Domingo nicht mit dir reden will."

„Er kennt mich als Palast-Eunuchen, nichts weiter – als eine Kreatur, die er niemals anerkennen würde. Ich sollte stattdessen Mandana folgen."

Thomas starrte Jorge nur an.

Am Ende hatte Jorge mit ihm kommen wollen, obwohl Thomas keine Verwendung für ihn hatte. Wenn Jorge

Don Domingo nicht befragen konnte, würde er es selbst tun müssen und Mandana ziehen lassen. Er hatte Jorge gesagt, dass die Frauen seinen Schutz brauchten, und doch stand er nun hier neben ihm auf der dunklen Straße und überwachte das Haus des Gouverneurs. Das Gasthaus, vor dem sie zuvor gesessen waren, war geschlossen, und in allen Häusern war es dunkel, bis auf das eine, in dem Lampen hinter teuren Glasfenstern flackerten. Selbst die Hunde der Stadt hatten ihr endloses Bellen eingestellt und waren verstummt. Thomas fragte sich, was wohl aus Kin geworden war, und beschloss, Jamila am Morgen nach ihm zu fragen.

„Und wenn er über Nacht bleibt?", fragte Jorge.

„Das wird er nicht. Seine Männer werden jenseits der Stadtmauern auf ihn warten, aber ich muss zugeben, dass er schon länger da drin ist, als ich erwartet habe."

„Was ist, wenn er gegangen ist, während du zu unserer Unterkunft zurückgegangen bist?"

„Dann wäre Don Domingo im Bett es würde kein Licht mehr brennen. Mandana ist noch da."

„Also warten wir?", sagte Jorge.

„Schweigend", sagte Thomas.

Eine halbe Stunde verging, ehe sich am Ende der Straße etwas rührte, aber anstatt Mandanas Männern tauchte ein Wildschwein auf der Straße auf und bewegte sich, als sei dies sein natürlicher Lebensraum. Es wühlte in ein paar Müllhaufen. Als es zu der Stelle kam, wo Thomas und Jorge standen, blieb es stehen und schnupperte in der Luft. Thomas legte eine Hand um den Griff des Messers an seiner Hüfte. Er hatte schon Angriffe von Wildschweinen miterlebt – sowohl in Frankreich als auch in England und später hier in Spanien – und kannte daher die Gefahr, die von ihnen ausging, aber dieses schien sie nicht als Bedrohung zu empfinden und setzte seinen Weg fort. Thomas lächelte, als es keine zehn Schritte von ihnen völlig unbeeindruckt an ihnen vorbeiging. Kurz, nachdem es sie passiert hatte, blieb es stehen und sah sich um, bevor es die Straße entlangzulaufen begann.

Die Tür zum Haus des Gouverneurs öffnete sich und Mandana kam heraus. Er war allein. In der offenen Tür bewegte sich eine Lampe, doch wer auch immer sie hielt, gab sich nicht zu erkennen. Mandana schaute nach links und rechts, hinauf in den dunklen Himmel, dann schritt er langsam die Stufen hinunter und ging die Straße entlang auf sie zu. Thomas packte Jorge am Ärmel und zog ihn tiefer in die Gasse, die ihnen Schutz bot. Jorges Fuß verfing sich in einem Sack voller weggeworfener Innereien und er fiel seitlich in einen Holzstapel, der klappernd zu Boden fiel.

Mandana blieb stehen, nur vierzig Schritte vor ihnen. Er warf einen Blick zurück zum Haus des Gouverneurs, dann direkt auf den Eingang zu der finsteren Gasse. Thomas war sicher, dass er sie nicht sehen konnte, aber das Geräusch hatte gereicht, um ihn wissen zu lassen, dass jemand in den Schatten lauern musste. Thomas wollte den Mann nicht konfrontieren, noch nicht jetzt, und er wollte auch nicht, dass Mandana wusste, dass er ihm auf der Spur war. Also packte er Jorge am Arm und zog ihn tiefer in die Gasse, betend, dass sie sie am anderen Ende verlassen würden können. Er sah, wie Mandana ein paar Schritte auf sie zukam und dann plötzlich zusammenzuckte. Ein Geräusch ertönte, das Klappern von Hufen, und das Wildschwein kam die Straße entlang gerannt, direkt an Mandana vorbei, ohne ihn wahrzunehmen, und weiter in die Richtung, aus der es kurz zuvor gekommen war. Die Hunde, die in der Stadt leben, begannen wild zu kläffen. Mandana sah dem Wildschwein nach, bis es verschwand, dann schüttelte er den Kopf und setzte seinen Weg fort.

„Knapp", sagte Jorge.

Thomas hielt einen Finger an seine Lippen. Er wartete, bis das Geräusch von Mandanas Schritten verklungen war. „Folg ihm. Sag mir, wie viele ihn begleiten und in welche Richtung er geht, aber folge ihnen *nicht*."

Jorge starrte ihn an und es war fast nur das Weiß in seinen Augen zu sehen. „Ich bin mir doch nicht sicher, ob ich die richtige Person dafür bin. Vielleicht sollte ich lieber versuchen, mit Don Domingo zu reden."

„Folge Mandana – halte deinen Abstand, aber finde heraus, wohin er geht und wie viele Männer er bei sich hat. Das schaffst du doch, oder?"

„Im Reden bin ich besser."

„Du hast gesagt, er hält dich für einen Palastdiener. Es wird nicht gefährlich sein, solange du nicht über noch mehr Müll stolperst." Thomas stieß Jorge an, der einen Moment zögerte und sich dann abwandte. Am Ende der Gasse blieb er stehen und warf einen Blick zurück, obwohl Thomas in den Schatten verborgen war, und ging dann weiter.

Thomas wartete darauf, dass es wieder ruhig wurde in der Stadt, bevor er sich auf den Weg zu Don Domingos Haus machte. Er versuchte es an der breiten Tür auf der Terrasse, doch sie war von innen verriegelt. Er hatte nicht erwartet, dass es einfach sein würde, in das Innere des Hauses zu gelangen, also betrat er eine der schmäleren Gassen, die an der Seite des Gebäudes entlang führten. Er wählte die Richtung, aus der das Wildschwein aufgetaucht war, und zwar aus keinem anderen Grund als dem, dass er Gefallen daran fand. Noch mehr gefiel es ihm, als er zu einer Mauer kam, die doppelt so hoch war wie er selbst und eine Fläche hinter dem Haus einfassen musste. Er griff hinauf, suchte mit den Fingerspitzen nach Halt. Der Mörtel in den Fugen war weich, bröckelte an einigen Stellen sogar ab. Er zog sich hoch, bis er rittlings auf der Mauer saß und einen Blick auf das werfen konnte, was dahinter lag.

Er erkannte Gärten, die vielleicht einmal beeindruckend gewesen sein mochten, nun aber verwildert waren. Der erwartete Bachlauf, der durch die Mitte der Anlage verlief, war ausgetrocknet und mit Unkraut überwuchert. Auf der Rückseite des Hauses befand sich eine Terrasse mit einem Dach aus Terrakottaziegeln. Die Steinplatten auf dem Boden waren kürzlich gefegt worden, aber warum jemand hier draußen sitzen sollte, war ihm ein Rätsel. Thomas schwang sein zweites Bein über die Mauer, glitt daran hinab und ließ sich das letzte Stück auf den Boden fallen, das Geräusch brechender Halme laut in der Nacht. Er wartete, aber nichts deutete darauf hin, dass jemand ihn gehört hatte, und machte sich auf den Weg zur Terrasse. Hier wurde er mit einer Tür belohnt, die sich mit Leichtigkeit öffnen ließ und in einen schmalen Flur führte, an dessen Ende eine Lampe brannte. Thomas wartete, lauschte, hörte aber nichts. Er schloss die Tür und ging den Korridor entlang, während er überlegte, wo sich Don Domingos Zimmer befinden würde. Im oberen Stockwerk, zweifellos, und als Thomas eine Treppe entdeckte, stieg er sie hinauf und war dankbar für die Lampen, die hier und da brannten und ihm genügend Licht spendeten, um sich vorzuarbeiten, ohne gegen herumstehende Möbelstücke zu stoßen. Die Dienerschaft würde ihre Zimmer zweifellos unten im Kellergeschoss haben, aber es war durchaus möglich, dass sich im oberen Stockwerk noch weitere Personen aufhielten – weibliche Gesellschaft vielleicht, denn Thomas erinnerte sich, dass Don Domingo von schönen Frauen sehr angetan gewesen war.

Oben an der Treppe blieb Thomas stehen, um sich eine Strategie zu überlegen. Don Domingo hatte sich erst vor Kurzem mit Mandana unterhalten. Die Nacht war zur Hälfte vorbei, also war es wahrscheinlich, dass er ins Bett gegangen, aber unwahrscheinlich, dass er schon eingeschlafen war.

Thomas schlüpfte aus seinen Schuhen und ließ sie am Treppenabsatz stehen. Dann ging er barfuß den oberen Flur entlang. Wo Türen angelehnt waren, spähte er hinein, erkannte mehrere Arbeitszimmer, ein Speisezimmer, ein weiteres, in dem der süße Duft von Haschisch in der Luft hing. Die Türen, die geschlossen waren, ignorierte er vorerst, denn er wusste, dass er früher oder später einen Blick in die dahinter liegenden Zimmern würde werfen müssen, sofern er Don Domingo nicht fand.

Vor ihm, auf der rechten Seite, hörte er eine leise weibliche Stimme, die ermutigende Worte sprachen. Dann eine männliche Stimme, die die Frau aufforderte, sich mehr anzustrengen.

Thomas drehte sich um und betrat einen der Räume, an denen er vorbeigekommen war, ein Lesezimmer, wo Bücher auf Regalen standen und weiche Kissen zum Verweilen einluden. Er setzte sich im Schneidersitz auf eines davon und wartete, während er gegen den Dran ankämpfte, einzuschlafen. Er lauschte, während Don Domingo und die Frau sich abmühten, zu einer Art von

Abschluss zu kommen. Grunzende Laute der Leidenschaft und vergnügtes Stöhnen. Er versuchte herauszufinden, ob die Geräusche echte Leidenschaft ausdrückten oder alles nur dem Schein diente. Er schreckte aus einem Traum hoch, in dem Lubna auf ihm lag, ihre Haut seidig weich und warm unter seinen Fingern, und er schrie fast auf bei dem Schmerz des Verlustes, der ihn dabei quälte.

Nackte Füße tappten über den Boden, zarte Füße, und er erhaschte einen Blick auf sie, als eine Frau an seiner Tür vorbeikam. Er wartete und lauschte, während sie die Treppe hinunterging. Kurz darauf schloss sich unten eine Tür und Thomas rappelte sich auf.

Don Domingos Tür stand einen Spalt breit offen, doch Thomas ignorierte sie und ging bis zum Ende des Flurs, wo ein Fenster ihm einen Blick über den vernachlässigten Garten ermöglichte. Er setzte sich auf das Fensterbrett und wartete. Es dauerte nicht lange, bis er lautes Schnarchen hörte, aber er wartete weiter. Erst als er sich sicher war, dass Don Domingo tief und fest schlief, betrat er das Zimmer und näherte sich dem breiten Bett. Er sah auf den Mann hinunter, den er einst gut genug gekannt hatte, um ihn als Freund zu bezeichnen, unabhängig von der Gesellschaft, in der er verkehrt hatte, und fragte sich, was ihn in diesen abgelegenen Winkel des maurischen Königreichs von al-Andalus geführt hatte. Innerlich musste er grinsen. Zeit, es herauszufinden.

Er zückte sein Messer, nicht, weil er erwartete, dass er es brauchen würde, sondern weil die Ermutigung, die es bieten könnte, nützlich sein würde. Dann kniete er sich auf das Bett und legte seine Hand über den von starkem Bartwuchs umgebenen Mund von Don Domingo Alkhabaz.

Der Mann riss die Augen auf und er begann sich zu wehren. Thomas zeigte ihm das Messer und ließ es im Schein der Lampe glitzern, bis Don Domingo ruhig wurde.

„Ich will dir nichts Böses. Erinnerst du dich an mich?"

Er beobachtete, wie Don Domingos Augen über sein Gesicht wanderten, und stellte fest, dass er ihn nicht wiedererkannte. Das überraschte ihn nicht. Thomas wusste, dass er sich in den letzten Monaten verändert hatte, so sehr, dass selbst enge Freunde ihn nicht mehr erkennen würden.

„Thomas Berrington", sagte er und sah, wie Don Domingo die Stirn runzelte, spürte, wie er versuchte, den Kopf zu schütteln. „Wenn ich meine Hand hebe, wirst du still bleiben. Es gab eine Zeit, als ich dir vertraut habe, aber jetzt bin ich ein Mann in Not und werde nicht zögern, dir wehzutun. Hast du mich verstanden?"

Don Domingo versuchte zu nicken. Thomas hob seine Hand und ließ nun die Klinge am Hals des Mannes ruhen.

„Ich hörte, du wärst tot. Du bist in die Wildnis verschwunden und man hat nie wieder von dir gehört."

„Stimmt, zumindest ein Teil davon. Aber wie du sehen kannst, bin ich noch am Leben. Was führt dich an einen Ort wie diesen?" Thomas zog das Messer zurück, steckte es aber noch nicht in die Scheide.

Don Domingo setzte sich auf und schob sich ein paar Kissen zu viel in den Rücken.

„Das sollte ich besser dich fragen, Thomas Berrington. Was machst du in meinem Haus und wie hast du mich gefunden?"

„Nicht gefunden", sagte Thomas. „Ich habe nicht nach dir gesucht, sondern nach dem Mann, der vorhin hier war."

„Ah … Ich verstehe." Don Domingo schwang die Beine aus dem Bett, ohne sich um seine Nacktheit zu kümmern. „Wir sollten diese Unterhaltung besser woanders führen."

Thomas sah zu, wie Don Domingo zu einem Kleiderschrank ging und einen Gehrock herauszog. Er legte ihn sich um die Schultern und band ihn an der Vorderseite zusammen. Seide fiel ihm zu Füßen und glitt hinter ihm her, als er zur Tür ging. Dort blieb er stehen und sah zurück.

„Du kannst natürlich hier bleiben, wenn du willst. Ich kann dir sogar jemanden schicken, der dich unterhält, aber ich vermute, du bist auf der Suche nach Wissen gekommen, es sei denn, du hast dich seit unserer letzten Begegnung grundlegend verändert."

Thomas stand auf und folgte Don Domingo, der sie zu einem großen Zimmer am Ende des Korridors führte. Als sie eintraten, brannte eine einzelne Lampe, aber Don Domingo ging durch das Zimmer und zündete weitere an, bevor er auf einen Stuhl im spanischen Stil deutete. Vor den großen Fenstern war es dunkelte und sie spiegelten sich darin, als sie Platz nahmen.

„Es scheint, als wären wir beide in Not geraten, Thomas. Sag mir, was dich zu mir führt, dann kann ich dir vielleicht im Gegenzug ein paar Informationen geben."

„Ich suche den Mann, der heute Abend bei dir war. Abt Mandana."

„Warum?"

„Ich habe vor, ihn zu töten. Und seinen Sohn auch."

„Ah … Du weißt also von dem Sohn, ja? Dann werden wir Kaffee brauchen." Don Domingo erhob sich und verließ das Zimmer.

Thomas blieb, wo er war, und fragte sich, ob er naiv war, dem Mann zu vertrauen. Er könnte genauso gut losgegangen sein, um einen der Diener wecken. Zweifellos hätte er Wachen. Er wischte sich mit einer Hand über das Gesicht, klatschte sich auf die Wangen und fragte sich, wann er begonnen hatte, wieder leben zu wollen.

KAPITEL VIERZEHN

Thomas stand am Fenster und blickte hinaus in die Nacht. Alles, was er sah, war sein eigenes verzerrtes Spiegelbild, das zurückstarrte, und er fragte sich, seit wann er so alt aussah. Sein Gesicht war abgemagert, das eines Mannes, der sich dem Ende seines Lebens näherte. *Ist es das?*, fragte er sich. *Bin ich hier hinauf in die Berge gekommen, um zu sterben?* Als Don Domingo zurückkehrte, begrüßte er die Ablenkung von seinen eigenen Gedanken, die so dunkel wie die Nacht geworden waren.

„Das Mädchen wird uns Kaffee bringen. Sie hat geschlafen, es kann also eine Weile dauern." Er deutete auf den Stuhl, auf dem Thomas vorhin schon gesessen hatte, und setzte sich dann selbst. „Es gibt nur wenige Leute, die wissen, dass Mandana einen Sohn hat. Ich bin überrascht, dass du einer davon bist."

„Es war Pedro Guerrero, der Lubna umgebracht hat", sagte Thomas.

Don Domingo starrte ihn an, doch er ließ sich nichts anmerken. „Ich habe gehört, dass sie gestorben ist. Es hat mir leidgetan, auch für dich. Ich weiß, wie sehr ihr euch geliebt habt."

„Woher?"

Don Domingo runzelte die Stirn. „Woher ich es erfahren habe? Die Leute reden über dich, Thomas, denn du scheinst immer in Ereignisse verwickelt zu sein, die dich nichts angehen. Deshalb erfahre ich solche Dinge. Genau wie mein Meister." Er hob eine Hand, als er Thomas' Ausdruck sah. „Nein, nicht Mandana. Ich spreche von Muhammed, denn er war es, der mich hierher schickte, nachdem das Leben mir selbst übel mitgespielt hatte. Ich war eigentlich dankbar darüber, bis dieser Mann hier aufgetaucht ist und mir das Leben schwer gemacht hat."

„Wie lange hast du schon mit Mandana zu tun?"

Don Domingo hob eine Schulter. „Ein halbes Jahr, vielleicht ein bisschen weniger."

„Wie lange bist du schon hier in Pampaneira?"

„Zwei Jahre. Es war ein gutes Leben, ein einfaches Leben, bis Mandana auftauchte. Er brachte Guerrero zu mir. Er ist gutaussehend, sonst auch nichts. Ich vermute, er kam, um mir Angst einzujagen, damit ich tue, was sie verlangen, und es hat funktioniert."

„Du bist reich, du hättest die Stadt verlassen können."

„Ich war reich, aber jetzt bin ich es nicht mehr. Muhammed hat andere Männer, denen er vertraut oder auf die er Einfluss hat, in den Städten östlich und nördlich von Gharnatah positioniert. Du weißt ja, wie er ist. Diese Männer haben sich Land genommen, das anderen gehörte, ein Teil davon gehörte rechtmäßig mir. Aber Muhammed bestraft sie nicht, also werden sie immer dreister. Er hat viele Sorgen. Sorgen, dass die Spanier sowohl aus dem Westen als auch aus dem Osten einfallen werden. Dann macht er sich Sorgen, dass sie vom Süden her kommen, dann vom Norden. Gerüchten zufolge wollte Yusuf ihn vor seinem Tod vom Thron stoßen."

„Er war ein tapferer Mann, ein guter Mann", sagte Thomas.

Don Domingo lächelte sanft. „Er hat dich verehrt, als er jünger war. Jeder sah es, die Art, wie er dir folgte, wann immer du in den Palast kamst. Es war, als ob ihr durch einen Faden verbunden gewesen wärt. Wie ist er gestorben? Warst du dabei?"

„Nicht als er niedergestreckt wurde, aber er starb, um andere zu schützen, wie man es von ihm erwartet hätte."

„Er hätte einen guten Sultan abgegeben."

„Das hätte weitere Kämpfe bedeutet."

„Muhammed ist ein Feigling. Die Kämpfe hätten nicht lange gedauert." Don Domingo seufzte. „Und ich wäre immer noch ein reicher Mann."

Die Frau, die Thomas zuletzt beim Verlassen von Don Domingos Schlafzimmer gesehen hatte, tappte nun auf nackten Füßen in das Zimmer. Sie stellte ein Tablett mit feinen Porzellantassen und einer dampfenden Kanne Kaffee auf den niedrigen Tisch zwischen ihnen, dann drehte sie sich um und ging. Thomas sah ihr hinterher.

„Sie gehört für den Rest der Nacht dir, wenn du es wünschst", sagte Don Domingo.

Thomas lächelte. „Ich danke dir, aber seit dem Tod meiner Frau will ich keine mehr."

„Es war die Nachricht der Stunde in Gharnatah, als Olaf Torvaldsson zurückkehrte."

„Dient er jetzt Muhammed?", fragte Thomas.

Don Domingo nickte, beugte sich vor und goss dickflüssigen, dunklen Kaffee in ihre Tassen.

„Warum willst du Mandana so dringend töten? Ist er es wert?"

„Ich werde sie beide töten", sagte Thomas. „Guerrero hat Lubna ermordet."

„Wie kannst du dir so sicher sein? Ich hörte, sie starb im Durcheinander der Schlacht."

„Ist es das, was Olaf erzählt?"

„Nein, er erzählt es auf dieselbe Weise wie du – aber andere erzählen es eben anders." Don Domingo griff nach seiner Tasse und nippte daran.

„Die anderen waren nicht dabei. Ich schon. Was machen sie hier, Don Domingo?"

„Das solltest du deinen anderen Freund fragen, nicht mich."

„Jorge weiß nichts darüber."

Don Domingo lächelte. „Der Eunuch? Nein, ich meinte den spanischen König. Mandana ist in seinem Auftrag hier – obwohl ich bezweifle, dass sein Meister genau weiß, was der Mann tut."

„Stehst du auch bei Fernando in Lohn?"

„Ich werde von niemandem bezahlt. Ich kratze mir meinen Lebensunterhalt zusammen, wo ich kann. Ein paar Steuereinnahmen hier und da, ein kleines Einkommen aus den Eisenminen auf der anderen Seite des Berges."

„Und leerstehende Häuser? Güter, die keinen Besitzer mehr haben, wenn die Männer mitgenommen werden?"

Don Domingo sagte nichts.

Thomas griff nach seinem Kaffee und leerte die kleine Tasse.

„Keine Lügen mehr. Erzähl mir alles, was du weißt."

„Kannst du ihm vertrauen?", fragte Jorge.

Thomas war im ersten grauen Licht der Morgendämmerung zu ihrer Unterkunft zurückgekehrt. Die Gipfel des Sholayr waren bereits rosa gefärbt, aber die tiefen Täler hielten die Nacht fest wie eine eisige Geliebte, die sie nur widerwillig gehen lassen wollten. Aban lag zusammengerollt schlafend auf dem schmalen, an die Wand geschobenen Feldbett. Jorge hatte über das andere Bett ausgestreckt dagelegen, als Thomas ihn weckte. Sie waren die Treppe hinuntergekommen, um sich an den Tisch zu setzen.

„Er hat keinen Grund zu lügen, und ich glaube, ich habe ihm genug Angst eingejagt, um am Ende die Wahrheit aus ihm herauszukitzeln."

„Du scheinst dich darauf zu spezialisieren, Leuten Angst einzujagen", sagte Jorge. „Obwohl das schon immer einer deiner Tricks war."

Thomas ignorierte die Bemerkung. „Er sagt, Mandana kam mit einem Angebot zu ihm, auf das es nur eine Antwort gab. Pampaneira ist die größte Stadt im Umkreis von vierzig Meilen und hier stehen einige Häuser leer."

„Warum sich die Mühe machen? Es mag die größte Ortschaft sein, aber das macht sie nicht zu einer Stadt. Mandana könnte sich einfach alle Männer nehmen, die er will, gewaltsam, wie er es auch anderswo getan hat. Ich bezweifle, dass die, die er entführt, überhaupt wissen, dass ihre Familien hier festgehalten werden. Was für eine Bedrohung soll das denn sein?"

„Don Domingo behauptet, die Gefangenen wüssten es sehr wohl. Mandana und Guerrero sind Spanier und die Spanier sind in erster Linie effizient – deshalb werden sie diesen Krieg auch gewinnen. Frauen und Kinder werden ab und zu hier hergebracht und ihren Männern vorgeführt. Mandana hat Don Domingo angewiesen, genaue Aufzeichnungen darüber zu führen, wo jeder Mann herkommt, und weitere Aufzeichnung darüber, wer zu ihrer Familie gehört. Mit diesen Unterlagen ist es ein Leichtes, den Überblick über die Zugehörigkeiten zu bewahren. Er hat mir noch mehr erzählt, obwohl er es gar nicht wollte."

„Nämlich?"

„Auf diese Weise kontrollieren sie hunderte entführte Männer. Es müssen nur ein oder zwei Exempel statuiert zu werden, und ich wette, eines reicht für gewöhnlich aus. Wenn ein Mann versucht, sich aufzulehnen oder zu fliehen, wird er eingesperrt und seine Familie, falls er eine hat, zu ihm gebracht. Die Ehefrauen sehen ihre Männer in Ketten, die Ehemänner sehen ihre schutzlosen Frauen und Kinder." Thomas atmete schwer, es fiel ihm schwer, all das wiederzugeben, doch die Vorgehensweise überraschte ihn nicht, da Mandana und Guerrero daran beteiligt waren. „Der Mann weiß, dass sein eigenes Leben verwirkt ist, aber nicht, dass ein Mitglied seiner Familie ebenfalls hingerichtet wird. Einer wird ausgewählt – Sohn, Tochter, Frau, Vater, Mutter. Es spielt keine Rolle, wer. Sie werden vor den Augen des Rebellen getötet, dann werden die übrigen Familienmitglieder dazu gezwungen, sein eigenes Schicksal mitanzusehen. Das ist dämonisch."

Jorge schwieg eine Weile, er starrte ins Leere, und Thomas gab ihm Zeit, um diese Neuigkeiten zu verdauen. Wenn er es konnte. Thomas wusste, dass er es selbst noch nicht ganz geschafft hatte.

Irgendwann sah Jorge auf, sein Gesichtsausdruck wie versteinert. „Hat Don Domingo dir gesagt, wie viele Männer Mandana hat?"

„Fast tausend, vielleicht mehr."

„Mein Gott, so viele? Weiß er, warum sie eine Armee hierher gebracht haben?"

„Mandana hat es ihm nicht gesagt – zumindest behauptet er das, und ich sehe keinen Grund, warum Don Domingo mich anlügen sollte, denn schließlich hat er mir auch alles andere erzählt. Er glaubt, dass Mandana weiterhin für Fernando arbeitet, aber ich bin mir da nicht so sicher. Ich glaube, er kocht mittlerweile sein eigenes Süppchen. Und ich bin sicher, Fernando würde das, was ich gehört habe, nicht gutheißen."

„Und diese Stadt – sie ist also kaum mehr als ein Gefängnis?"

„Ehefrauen, Kinder, ganze Familien werden hierher gebracht, damit sie zusammen festgehalten werden können. Kontrolliert werden können. Der Mann, den wir befragt haben, sagte, er gehorche, um seine Familie zu schützen. Ich habe keinen Zweifel daran, dass auch sie sich irgendwo innerhalb der Stadtmauern von Pampaneira befinden." Thomas schüttelte den Kopf und konnte die Geschichte kaum glauben, die er da erzählte. „Don Domingo hat mir Aufzeichnungen gezeigt, detaillierte Aufzeichnungen über jede Frau und jedes Kind, das hierher gebracht wurde. Ihre Namen, die ihrer entführten Ehemänner und Väter und wo in der Stadt sie untergebracht sind. Wenn ich es nicht schon wüsste, würde das allein ausreichen, um Mandana und Guerrero zu belasten. Mandana war an der Inquisition in Ixbilya beteiligt, und sie haben es geliebt, jede noch so kleine Information aufzuzeichnen – genau wie sie es auch hier tun."

Jamila kam, um den Tisch mit einem feuchten Lappen abzuwischen. Thomas hatte nicht bemerkt, dass sie den

Raum betreten hatte, so sehr war er in die Erzählung dessen, was er erfahren hatte, vertieft gewesen, aber sie hatte offensichtlich viel von dem, was er Jorge erzählt hatte, mitbekommen.

„Männer kamen in unser Dorf", sagte sie. „Sie zwangen uns, ihnen unsere Namen zu nennen, und schrieben sie in ein Buch. Sie kamen etwa einmal im Monat wieder und glichen die Namen ab, um sicherzugehen, dass niemand fehlte." Sie stützte ihre Fingerknöchel auf die Tischplatte und sah Thomas an, Jorge ignorierte sie dabei. „Wir waren im Grunde genommen Gefangene. Geiseln für unsere Männer, aber auch Gefangene für sie. Du hast recht, Thomas, es ist genial. Böse, aber genial."

„Mandana ist nicht so schlau", sagte Jorge, als Jamila sich ein wenig zurückzog.

„Nein, das würde ich auch sagen. Aber ich weiß kaum etwas über Guerrero. Dieses Vorgehen ist nicht Fernandos Art, es muss also einer der beiden gewesen sein, der auf die Idee gekommen ist."

„Wer von ihnen hat das Sagen?", fragte Jorge. „Eine Armee kann nur einen Anführer haben, einen Mann, zu dem sie aufschauen kann. Ist es Guerrero oder Mandana?"

Dieser Gedanke war Thomas noch gar nicht in den Sinn gekommen und er musste sich eingestehen, dass Jorge dieser Tage besser darin war, die Hinweise zu kombinieren. Er griff nach Jorges Arm und zog ihn näher. „Du hast recht. Natürlich hast du recht."

„Noch etwas, das ich von dir zum ersten Mal höre."

„Es muss Guerrero sein. Mandana ist zu alt, zu krank, aber sein Sohn steht in der Blüte seines Lebens und tötet ohne zu zögern – das weiß ich aus eigener Erfahrung. Der

Mann, den wir verhört haben, sprach von ihm mit tiefer Ehrfurcht und blanker Angst zugleich."

„Warum ist es dann Mandana und nicht Guerrero, der mit Don Domingo spricht?"

„Weil Mandana, so seltsam es auch klingen mag, der Rationalere der beiden ist, zugänglicher für Vernunft." Thomas dachte an seine erste Begegnung mit Guerrero ein Jahr zuvor zurück, als er seine sterbende Frau in das Krankenhaus in Malaka getragen hatte. Wie unvernünftig der Mann gewesen war, irrational. Wie er Thomas und Lubna die Schuld am Tod seiner Frau gegeben hatte.

„Auf dem Weg hierher sind wir durch andere Dörfer gekommen – überall dasselbe Bild, keine Männer weit und breit. Wir sahen auch verlassene Dörfer, deren Bewohner zweifellos hierher gebracht wurden. Was auch immer vor sich geht, es muss in unmittelbarer Nähe geschehen. Wenn Mandana tausend Männer hat, müssen sie ein Lager haben, und ich werde es finden."

Jorge lachte. „Willst du alleine gegen tausend Männer kämpfen?"

„Hältst du mich für dumm?" Thomas streckte seine Arme aus, um zu demonstrieren, wie abgemagert er inzwischen war. „Sieh mich an. Ich mache den Leuten keine Angst mehr. Ich kann kaum gegen einen einzelnen Mann kämpfen." Thomas war sich bewusst, dass etwas in ihm zerbrochen war, und er fürchtete, dass es vielleicht niemals heilen würde. Es war nichts Körperliches, auch wenn er spindeldürr war. Die Kraft, die er eingebüßt hatte, konnte er sich mit Zeit und Mühe wieder aufbauen, aber da war eine Leere in seinem Innersten, in der Gestalt von Lubna, die kein anderer Mensch jemals würde füllen können. Das wollte er auch nicht, denn die Leere zu füllen würde bedeuten, sie zu vergessen. Selbst Pedro Guerrero, dem Mann, der ihr Leben gestohlen hatte, zu töten, würde nicht helfen. Aufhalten würde ihn das allerdings nicht. Die Stunden des Mannes waren gezählt, Mandanas ebenso. Thomas würde die gesamte Familie auslöschen. Er wusste, dass er das schon viel früher hätte tun sollen. Denn dann wäre Lubna noch am Leben. Mandanas vermeintliche Sühne hatte ihn in die Irre geführt, hatte seine Entschlossenheit ins Wanken gebracht.

Jorge lächelte, da er keine Ahnung von den finsteren Gedanken in Thomas' Kopf hatte. „Es stimmt, du bist nicht mehr der Mann, der du einmal warst, aber nach ein oder zwei Wochen mit gutem Essen und etwas Bewegung wirst du wieder ganz der Alte sein." Jorge warf einen Blick zu Jamila, die damit beschäftigt war, ihnen etwas zu essen zuzubereiten, und senkte seine Stimme. „Stürz dich mit ihr ins Bett. Sex ist sowohl für den Körper als auch für den Geist gut. Aber selbst danach wirst du Hilfe brauchen."

„Ich bin ein Narr gewesen", sagte Thomas und wusste, dass Jorge zustimmen würde, was er auch tat. „Als Mandana und Guerrero zum ersten Mal hierherkamen, konnten sie nicht mehr als die hundert Männer gehabt haben, die wir in Malaka gesehen haben. Meine Trauer hat mich geblendet. Wenn ich sie sofort verfolgt hätte, mit Olaf und Usaden und einem Dutzend anderer, hätte ich sie beide vernichten können. Jetzt ist es zu spät."

„Du brauchst einfach mehr Männer, das ist alles", sagte Jorge.

„Genug, um gegen tausend zu kämpfen? Dazu bräuchte es eine Armee."

„Olaf hat eine Armee."

Thomas schüttelte den Kopf. „Olaf führt die Armee des Sultans an. Hältst du es für wahrscheinlich, dass

Muhammed ihm gestattet, seine Truppen in diese Berge zu führen, um einen Geist aufzuspüren? Mandana und Guerrero sind keine Bedrohung für Muhammed."

„Aber sie sind eine Bedrohung für uns", sagte Jorge.

„Weshalb ich sie aufspüren und töten muss."

„Du verstehst es noch nicht, oder? Du hast recht, diese Stadt ist ein Gefängnis. Es gibt nichts, was die Leute davon abhält zu fliehen, außer die Angst und das Wissen, was ihre Strafe wäre. Und jetzt sind wir auch hier. Zweifellos stehen unsere Namen auf Don Domingos Liste und Mandana wird von unserer Anwesenheit erfahren. Vielleicht hat er ihm eine Liste der Neuankömmlinge gegeben, als er letzte Nacht bei ihm war. Was, wenn er sie schon hat?"

Thomas starrte ins Leere, prüfte die Logik hinter Jorges Argumentation, und ärgerte sich darüber, dass sie ihm nicht selbst in den Sinn gekommen war.

„Dann ist es umso wichtiger, dass wir sie zur Strecke bringen, bevor sie sich auf die Suche nach uns machen."

„Ich habe es dir schon gesagt – es gibt nichts, was wir tun können. Wir beide allein?" Jorge schüttelte den Kopf. „Wir sollten fliehen, da stimme ich zu, aber an einen sicheren Ort."

„Wo ist es noch sicher?"

„Gharnatah, fast überall in Spanien. Du kannst dich der Gnade Ihrer Königin anvertrauen. Isabel wird dir Schutz bieten."

„Ich habe hier noch etwas zu erledigen", sagte Thomas. „Und jetzt habe ich auch einen Plan."

„Der da wäre?"

„Wenn ich dir das verrate, willst du mitkommen, aber ich muss das alleine machen."

Jorge setzte sich auf. Er starrte Thomas sehr lange an, bevor er wieder sprach.

„Das ist genau die Einstellung, die dich überhaupt erst in diese Schwierigkeiten gebracht hat. Anstatt deinen Freunden zu vertrauen, ziehst du auf eigene Faust los. Du kannst von Glück reden, dass du so lange überlebt hast."

„Oder von Pech", sagte Thomas.

„Sei nicht dumm. Dachtest du, ich würde dir nicht an jeden Ort dieser Welt folgen? Oder bist du wirklich hierhergekommen, um zu sterben?" Jorge schüttelte den Kopf. „Nein, natürlich nicht, sonst hättest du die Schlinge benutzt, anstatt sie wie ein sinnloses Versprechen dort baumeln zu lassen. Und jetzt, wo ich hier bin, werde ich nicht zulassen, dass du wieder ohne mich losmarschierst."

„Ich auch nicht."

Thomas und Jorge wandten ihre Köpfe und entdeckten Aban, der im Türrahmen stand.

„Dachtet ihr, ich würde euren Streit nicht hören? Diese Männer haben meinen Vater und meine Freunde entführt. Wenn ihr loszieht, um zu kämpfen, dann komme ich mit."

„Es wird keinen Kampf geben", sagte Thomas. „Selbst zu dritt sind wir immer noch immer in der Unterzahl." Noch während er es sagte, wusste er, dass es in der Vergangenheit Zeiten gegeben hatte, in denen ihm solche Gedanken niemals in den Sinn gekommen wären. Das war noch etwas, was Lubnas Tod ihm genommen hatte; die Gewissheit, nicht getötet werden zu können

„Und was wolltest du allein machen, was wir nicht genauso gut zu dritt erledigen könnten?", fragte Jorge.

„Sie verfolgen. Ihr Versteck aufspüren."

„Und dann?"

„So weit habe ich noch nicht gedacht, aber mir wird schon etwas einfallen."

„Ich habe es dir schon gesagt. Du brauchst Olafs Armee."

„Noch nicht. Nicht, bevor ich mir ganz sicher bin."

KAPITEL FÜNFZEHN

Jamila weigerte sich, Aban zu erlauben, mit ihnen zu kommen. Der Junge flehte, argumentierte, verlor die Beherrschung, aber am Ende konnte er seine Mutter nicht umstimmen. So war es nur Jorge, der mit Thomas kurz vor Mittag Pampaneira verließ. Sie machten sich zu Fuß auf den Weg, denn mit Pferden wären sie zu auffällig gewesen, und in diesem Land der Steilhänge und Schluchten waren zwei Füße so gut wie vier Hufe. Sie waren seit einer Stunde unterwegs, als eine dunkle Gestalt über einen Hang auf sie zugelaufen kam. Es war Kin, der nun neben hechelnd Thomas hertrottete, das Gesicht ihm zugewandt.

„Ich hatte vergessen, dass du dir einen Hund angeschafft hast“, sagte Jorge.

„Hatte ich gar nicht. Wo ist er die ganze Zeit gewesen?“ In Wahrheit hatte Thomas in der Hektik, Jamilas Dorf zu verlassen, den Soldaten eine Falle zu stellen und Ibrahim seinen letzten Wunsch zu erfüllen, den Hund ganz vergessen. „Außerdem gehört er mir nicht. Hätte ich darüber nachgedacht, wäre ich wohl davon ausgegangen, dass er mit jemand anderem mitgegangen ist. Mit jemandem, den er bereits kannte."

„Er muss dich mögen. Gott weiß, warum. Vielleicht rettet er dir noch das Leben und jemand kann eine Geschichte über deinen tapferen, toten Hund schreiben."

„Mir wäre es lieber, er würde sich das sparen und überleben."

„Auch gut."

Kin hatte es inzwischen aufgegeben, darauf zu warten, dass einer der beiden ihm etwas zu essen gab, und lief voran.

„Er wird ein Problem sein, wenn wir nicht auffallen wollen", sagte Thomas.

„Niemand achtet auf einen Hund", sagte Jorge. „Außerdem gehen wir wahrscheinlich sowieso in die falsche Richtung."

„Wenn wir bis zum Einbruch der Dunkelheit nichts von ihnen sehen, werde ich darüber nachdenken, wo sie sonst noch sein könnten. Aber du hast gesagt, dass dies die Richtung ist, in die Mandana gegangen ist, und ich wüsste nicht, warum er verbergen sollte, wohin er geht."

„Abgesehen davon, dass er Mandana ist."

„Ja, abgesehen davon. Er hatte keine Ahnung, dass ihn jemand beobachtet, und er glaubt wahrscheinlich, dass ich tot bin, so wie alle anderen es auch zu tun scheinen."

Jorge sah sich demonstrativ in der trostlosen Gegend um. Sie waren langsam an den Hängen emporgestiegen und nutzten schmale, von Tieren angelegte Pfade. „Ich bin froh, dass du so sicher bist, dass wir auf dem richtigen Weg sind."

„Nicht ich, Kin. Sieh doch." Thomas zeigte auf die Stelle, wo der Hund in den Überresten eines Lagerfeuers stöberte. Thomas begann zu rennen, war fast sofort außer Atem. „Kin, nein!"

Aber der Hund ignorierte sein Kommando und schnappte nach etwas, das er aus der noch warmen Glut zu ziehen versuchte – einem gut bemessenen Stück Fleisch, das fast verkohlt war. Kin zerrte mit seinen scharfen Zähnen daran und schluckte seine Beute beherzt hinunter, bevor er aufsah und mit dem Schwanz wedelte. Thomas kniete sich nieder und hielt eine Hand über die Glut. Sie war noch warm. Er sah sich um, während Jorge langsamer auf die Feuerstelle zukam. Der Boden war aufgewühlt, aber er konnte erkennen, wo die Männer geschlafen hatten. Er stand auf und ging den Boden ab, studierte ihn. Vier Männer, aber als er sich von der Feuerstelle entfernte, entdeckte er einen verwelkten Mandelbusch, an dem fünf Pferde angebunden gewesen waren.

„Hast du vor, dich wieder von dem zu ernähren, was das Land hergibt?", fragte Jorge, als er sich zu ihm gesellte.

„Mandana war hier, zusammen mit vier seiner Männer. Das Feuer ist noch warm, also können sie nicht weit sein." Thomas sah zu Kin, der im Zickzack hin und her lief, seine Nase nur knapp über der trockenen Erde. „Er hat ihre Fährte aufgenommen." Er sah Jorge an. „Bereit, ein wenig zu laufen?"

Jorge öffnete den Mund, um zu widersprechen, als Kin in einen gleichmäßigen Galopp in Richtung Norden verfiel. Thomas lief dem Hund hinterher, den er sonst bald aus den Augen verlieren würde, und wusste, dass Jorge ihm folgen würde. Was sollte er schon sonst tun?

Kin wartete auf der anderen Seite eines Hügels auf sie, als Thomas ihn überquerte, die Luft brannte mit jedem Atemzug in seinen Lungen. Jorge hatte ihn eingeholt, blieb aber an seiner Seite, konnte viel besser Schritt halten, und Thomas wusste, dass er sich in Zukunft mehr um sich selbst kümmern musste. In dem Zustand, in dem er war, war er für niemanden von Nutzen.

„Hat er die Fährte verloren?", fragte Jorge.

„Nein, nur faul." Thomas lächelte fast, bevor er nach Luft schnappte. „Er wartet auf uns."

„Sind Hunde klug?"

„Einige scheinen es zu sein, andere sind so dumm wie Brot."

„Welche Art ist Kin?"

„Einer von der cleveren Sorte, glaube ich. Hattest du als Junge jemals einen Hund?"

Jorge lachte. „Wenn ich einen gehabt hätte, hätte mein Vater ihn gekocht. Nein, ich hatte damals keinen Hund und später auch nicht. Ich hatte nie das Gefühl, dass ich etwas verpasse, wenn ich keinen habe."

„Wir hatten immer Hunde", sagte Thomas.

„In England?"

„Ja, auch danach. Ich hatte einen Hund in Frankreich, und eine Zeit lang passte ich auf einen auf, der weiter oben in den Bergen lebte, aber danach nicht mehr. Meinen ersten eigenen Hund bekam ich mit vier Jahren, als mein Vater mich für alt genug hielt, um einen Hund zu versorgen und zu trainieren. Ein unausgebildeter Hund ist gefährlich und für niemanden von Nutzen, daher weiß ich, dass Kin sowohl zum Jagen als auch für die Fährtenarbeit ausgebildet wurde." Ein Gedanke kam Thomas in den Sinn. „Wenn Kin von Luis großgezogen wurde, könnte er in der Lage sein, ihn aufzuspüren. So etwas habe ich schon öfters erlebt. Ihre Sinne sind viel schärfer als unsere und ganz besonders stark reagieren sie auf den Geruch ihres Herrn."

„Und wie genau soll uns das helfen?"

Thomas wandte sich an Jorge. „Tu einen Moment lang so, als hättest du ein Gehirn in diesem hübschen Schädel."

„Findest du wirklich, dass ich hübsch bin?"

„Natürlich bist du das, aber du weißt ja, dass ich Bildung der Schönheit vorziehe."

„Tja, dein Pech. Aber ja, ich verstehe, was du meinst. Wenn der Hund Luis' Geruch erkennt, könnte er uns zu ihrem Lager führen." Jorge schüttelte den Kopf. „Nein, eigentlich verstehe ich es doch nicht. Wenn Mandanas Armee tausend Männer zählt, wie könnte ein Hund einen einzigen Mann unter ihnen am Geruch erkennen?"

„Vermutlich gar nicht, aber ich denke, er wird Mandana und seine Männer aufspüren, und sie werden uns an unser Ziel führen."

Kin machte sich wieder auf den Weg, diesmal etwas langsamer, sodass Thomas nicht mehr rennen musste, wofür er dankbar war.

„Und wenn wir da sind", sagte Jorge, „machen wir nichts anderes als sie zu beobachten, einverstanden?"

„Einverstanden."

„Gut. Ich bin schließlich zu hübsch, um einen grausamen Tod zu sterben. Oder irgendeine Art von Tod. Was, wenn der Hund versucht, zu Luis zu laufen? Dann töten sie das Tier, nicht wahr?"

Thomas wurde langsamer. Der Gedanke war ihm nicht in den Sinn gekommen, doch er wusste, dass er das hätte sollen. Es lag auf der Hand. Kin war nicht sein Hund. Laut Aban gehörte er Luis, dem Sohn des toten Bauern und seiner Frau. Dem möglichen Vater des Kindes, das Dana in sich trug. Familie, Beziehungen, Liebe und Loyalität. Thomas dachte, dass er solche Dinge oben auf der Anhöhe zurückgelassen hatte, als sie Lubnas

Asche in den Himmel aufstiegen ließen, aber vielleicht konnte man solchen Dingen niemals entkommen. Er dachte an all die Menschen, die er im Laufe der Jahre geliebt hatte, an all die, die er gehasst hatte, an die, die ihn geliebt hatten, und an die, die ihn gehasst hatten. Viele, viele Menschen waren es und er spürte es in seinem Inneren, als diese Erinnerungen ihn durchfuhren. Da war ein Mädchen in Lemster gewesen, zwei Jahre älter als er, das es auf Thomas abgesehen hatte, weil er der Sohn eines wichtigen Mannes gewesen war. Und Eleanor, ein Mädchen im gleichen Alter wie er, in Südfrankreich. Außerdem viele Frauen dazwischen und seitdem, und er fragte sich, wann er das Verlangen, nur mit ihnen zu schlafen, verloren und das Bedürfnis nach Liebe gefunden hatte. Nur hatte die Liebe sein Vertrauen missbraucht. Sowohl Eleanor als auch Lubna waren ihm entrissen worden und so schwor er sich, sich nicht ein drittes Mal von der Liebe verführen zu lassen. Es schien, dass große Freude und großer Schmerz die beiden Hauptpfeiler der Liebe waren.

„Kin ist nicht mein Hund", sagte Thomas. „Ich habe keinen Einfluss auf ihn."

„Und wenn sein Herr tot ist? Du weißt, dass das ziemlich wahrscheinlich ist, oder?"

„Darum kümmere ich mich, falls es sich als wahr herausstellt." Er blickte dorthin, wo der Hund zweihundert Schritte vor ihnen entlanglief und einen weitläufigen Hang hinaufsetzte, wobei seine Vorder- und Hinterbeine manchmal zusammenarbeiteten, andere Male fast völlig unabhängig agierten. Ab und zu senkte Kin seine Nase zu Boden, aber der Geruch seiner Beute lag unverkennbar in der Luft und er verfolgte ihn mühelos. Das war es, wofür er geboren war, das war die

Welt des Hundes, der Gerüche, Geräusche und Instinkte, und Thomas wusste, dass sie ziellos umhergeirrt wären, wenn Kin sie nicht begleitet hätte. In seinem Inneren spürte er einen Funken von etwas, das sich verdächtig nach Hoffnung anfühlte, aber dieses Gefühl war so ungewohnt, dass er es als falsches Versprechen abtat und ignorierte.

Sie folgten Kin über zerklüftete Abhänge, bis sie langsam einen Kamm zu erreichen schienen. Dahinter fiel das Land langsam ab und ein tiefes Tal breitete sich unter ihnen aus, hinter dem die schneebedeckten Gipfel der Sholayr hoch aufragten, majestätisch in ihrer kalten Abgeschiedenheit. Der Tag schwand langsam dahin, das Licht sammelte sich in Bergseen zwischen den Gipfeln.

„Was machen wir heute Abend?“, fragte Jorge.

„Auf dem Boden schlafen, es sei denn, wir stoßen auf eine Ruine oder ein Dorf. Wir sind an keiner Behausung vorbeigekommen, seit wir aufgebrochen sind.“

„Ist das signifikant oder nur eine Beobachtung?“

„Es sagt mir zwei Dinge“, sagte Thomas. Er wartete darauf, dass Jorge ungeduldig wurde, bevor er ihm sagte, was er dachte, und schämte sich halb für das ansatzweise Vergnügen, das es in ihm auslöste. „Mandana und Guerrero wollen nicht beobachtet werden, und dieses Land ist keines, das ihre Männer überfallen.“

„Waren das schon beide Dinge?“ Jorge schien unbeeindruckt.

„Nein, nur eines. Das andere ist, dass er zurück in sein Versteck kehrt.“

Jorge blieb stehen und Thomas brauchte einen Moment, um es zu bemerken. Als er es tat, drehte er sich um.

„Ich bin mir nicht sicher, ob ich in die Nähe seines

Verstecks kommen will", sagte Jorge. „Mir gefällt nicht, wie du es gerade gesagt hast."

„Keine Sorge, wir halten uns im Hintergrund und niemand wird uns bemerken. Wir tun nichts anderes, als sie zu beobachten und Pläne zu schmieden."

„Haben wir nicht schon einen Plan?"

„Noch nicht, aber das kommt noch."

Thomas ging wieder los und wusste, dass Jorge ihm folgen würde.

Sie kamen an keinen verfallenen Häusern vorbei, nicht einmal an einer halb eingestürzten Hütte wie der, in der Thomas einen Monat lang gehaust hatte, sein einziger Begleiter ein Seil, das in dem fast unablässigen Wind geschwankt hatte. Aber er fand eine geschützte Nische, die ihnen Unterschlupf bot, wenn auch nur spärlich. Kin verschwand und war sogar so lange weg, dass Thomas befürchtete, er wäre weitergezogen, der Geruch seines Meisters wäre zu stark, um ihn zu ignorieren. Stattdessen kehrte er eine Stunde später mit einem gut genährten Hasen im Maul zurück. Zu diesem Zeitpunkt hatten Thomas und Jorge das wenige Holz, das sie gefunden hatten, zusammengetragen und ein kleines Feuer gemacht. Thomas kletterte aus der Nische und ging so weit den Hang hinunter, bis er zufrieden war, dass kein Licht von ihrem Lagerfeuer zu sehen war. Das Tageslicht war beinahe verschwunden, sodass nun auch der Rauch unsichtbar sein würde. Er häutete den Hasen und warf Kin die Innereien zu, der sie kurzerhand verschlang, dann spießte er den Hasen auf und hielt ihn über das Feuer. Das bisschen Fett darin ließ er in die Flammen tropfen, wo es zischte. Nach einer Weile schnitt er den Braten in vier Teile, gab das größte Stück Jorge, das kleinste Kin und biss dann in seine eigene Portion. Den Rest hob er für das

Fastenbrechen am nächsten Morgen auf. Sein Magen krampfte sich begierig zusammen und er musste sich zwingen, das Gefühl zu ignorieren und dennoch zu schlucken. Später, als sein Bauch zumindest teilweise gefüllt war, lagen er und Jorge zusammen, ihre Gewänder eng um sie gehüllt, während ihre Körper sich gegenseitig wärmten. Kin lag auf Thomas' anderer Seite, sein langer Kopf ruhte auf seinem Schoß. Thomas legte seine Hand auf die tiefe Brust des Hundes und starrte auf die vielen Sterne, die das tiefe Schwarz des Himmels durchschnitten, zählte sie und verfolgte ihre Muster, bis der Schlaf ihn einholte.

Thomas erwachte durch Kins Knurren, es war ein tiefer Laut, und als er die Hand ausstreckte, spürte er eine Vibration in der Brust des Hundes. Er streichelte ihn, bis er sich beruhigte, und lauschte dann nach dem, was ihn gestört hatte. Zuerst dachte er, es seien nichts weiter als die Träume, die Hunde scheinbar immer haben und in denen sie immer rennen, aber dann hörte er, was Kin irritiert hatte. Die Stimme eines Mannes, eine Antwort darauf und das leise Klappern von Geschirren und Pferdehufen auf hartem Fels. Wer auch immer vorbeiritt, würde sie nicht sehen, denn das Feuer war völlig erloschen und ihr Unterschlupf lag gut versteckt. Thomas lauschte, als die Männer vorüberzogen, wartete, bis nichts mehr von ihnen zu hören war. Kin war wieder eingeschlafen, beschwichtigt durch Thomas' Berührung, und bald tat Thomas es ihm gleich und seine unterschwellige Hoffnung verwandelte sich in Träume von Vergeltung. Es waren weitere Männer gewesen, die sich auf den Weg zurück ins Lager machten, was bedeutete, dass sie kurz davor waren herauszufinden, wo das Hauptquartier von Mandana und Guerrero lag. Was geschah, wenn es dazu kam, war weniger klar, aber Thomas wusste, dass es nur einen Weg gab, wie die Sache enden würde. Entweder würde er sterben oder sie. Er wusste auch, dass Jorge recht hatte und er es nicht alleine schaffen konnte, und der Beginn einer Idee bahnte sich seinen Weg durch seine Träume.

KAPITEL SECHZEHN

Thomas wachte allein auf dem kalten, harten Boden auf. Er konnte sich nicht daran erinnern, wann er und Jorge das letzte Mal nebeneinander geschlafen hatten und er es gewesen war, der zuerst aufgestanden war. Kin war auch weg und für einen kurzen Moment befürchtete Thomas, dass sie in der Nacht entführt worden waren, bis ihm klar wurde, dass so etwas unmöglich war, denn warum nicht auch ihn mitnehmen? Er stand auf, ging die kleine Anhöhe hinauf und wusch sich mit den Händen über das Gesicht, um die letzten Spuren des Schlafes zu vertreiben.

Er sah Jorge und den Hund Seite an Seite auf einem Grat eine Viertelmeile entfernt sitzen. Als er sie erreichte, erkannte er, dass sie das Lager von Mandana beobachteten, das sich über das Tal darunter ausbreitete und nun zum Leben erwachte. Thomas ließ sich neben ihnen nieder, nahm das Stück gebratenes Fleisch der letzten Nacht von Jorge, als er ihm hinüberreichte, riss ein wenig davon ab und verfütterte es an Kin. Dann aß er die Reste.

„Dieser Hund hat mehr Fleisch gegessen als wir beide."

Thomas lächelte. „Nun, er hat gestern die meiste Arbeit gemacht, und er war es, der den Hasen gefangen hat. Was war bisher da unten los?“

„Es gefällt mir nicht“, sagte Jorge. „Sieh zu, dann wirst du sehen, warum.“

Thomas legte seine Hand auf Kins Flanke und schöpfte Trost aus der Berührung, ohne sich dessen überhaupt bewusst zu sein. Unten stieg der Rauch von Feuern auf, doch er fing sich in dem windstillen Tal. Ein großes Zelt stand am oberen Ende des Hangs, ein paar weitere waren ringsherum verstreut, aber die meisten Männer schienen die Nacht wie Thomas und Jorge verbracht zu haben, auf dem harten Boden, zusammengekauert um behelfsmäßige Feuerstellen.

„Irgendein Zeichen von Mandana oder Guerrero?“

„Warte“, sagte Jorge.

Thomas verengte seine Augen, als etwas seine Aufmerksamkeit erregte. Nahe am Fuße einer niedrigen Klippe waren grobe Holzkreuze errichtet worden – vier an der Zahl. An zweien hingen Männer, die Arme an das Holz gebunden, die Beine hingen in der Luft. Einer war schon seit einiger Zeit tot – Vögel hatten ihm die Augen ausgehackt und Öffnungen in seinen Brustkorb gepickt, um an die Leckereien darin zu gelangen. Der andere war erst vor Kurzem gestorben, in den letzten ein oder zwei Tagen.

„Er erteilt ihnen eine Lektion“, sagte Thomas, seine Stimme so leise, dass er sich nicht sicher war, ob Jorge ihn gehört hatte, aber das hatte er.

„Und er ist im Begriff, einem anderen eine weitere zu erteilen.“ Jorge neigte den Kopf in Richtung des großen Zeltes. Männer hatten sich darum versammelt, eine Menge Männer, gut und gerne ein Viertel des Lagers. Die

Menge schien gut gekleidet zu sein, stand aufrecht und scherzte unter sich, während sie auf das wartete, von dem sie offensichtlich wusste, dass es gleich passieren würde.

Fünf Männer tauchten aus einem der kleineren Zelte auf, aber keiner war der, den Thomas suchte. Vier von ihnen zerrten den fünften in ihrer Mitte durch die versammelten Soldaten, die den Weg freigaben, um ihnen den Durchgang zu ermöglichen. Die Hand- und Fußgelenke des Gefangenen waren gefesselt, und jedes Mal, wenn er zögerte, wurde kräftig an dem Seil gezerrt, sodass er zu stürzen drohte. Die kleine Gruppe erreichte das größte Zelt und blieb stehen. Der Gefangene stand mit gesenktem Kopf da, zweifellos war er sich seines Schicksals bewusst, aber unfähig, etwas dagegen zu tun.

Eine Zeltklappe wurde zur Seite gezogen und Abt Mandana trat heraus. Seine ausgebleichten Gewänder, seine Größe und Haltung machten ihn unverkennbar. Er bewegte sich langsam und stützte sich mit seiner verbleibenden Hand auf einen Stock. Eine zweite Gestalt, gleich gekleidet, kam zum Vorschein, ebenso groß, aber viel jünger. Pedro Guerrero, Mandanas Sohn. Thomas hatte ihn erst zweimal gesehen, aber der Mann, der Lubna getötet hatte, würde er niemals verwechseln. Neben Thomas winselte Kin, vielleicht spürte er seine Wut und seinen Kummer.

Thomas beobachtete, wie sich zwei Männer dem Gefangenen näherte, der sich zu winden begann. Zwischen sich hielten sie eine Frau. Thomas suchte die Menge ab, bis er fand, wonach er suchte. Auf der einen Seite stand eine Gruppe von Kindern, keines älter als etwa vierzehn. Hinter jedem stand ein Mann, der den Kopf des Kindes fixierte, sodass es nicht wegsehen konnte von dem, was gleich passieren würde.

Guerrero trat vor und begann zu sprechen. Seine Worte erreichten sie hier oben auf dem Kamm nicht, aber seine Anweisungen waren auch so klar.

Die Frau sollte zuerst sterben, ihr Mann gezwungen, zuzusehen. Es war gleichzeitig eine Lektion für jeden anderen Mann, der gefangen genommen und hierher gebracht worden war. Es war die Strafe für Rebellion oder einen Fluchtversuch.

Guerrero ging zu der Frau und packte sie um die Taille, ihren Körper fest an seinen eigenen gepresst. Er drehte sie so, dass sie ihrem Mann ins Gesicht sehen musste, bevor er ein Messer aus der Scheide zog und es ihr an die Kehle setzte. Diesmal reichten die Schreie des Mannes bis zu Thomas und Jorge.

Guerrero hielt die Frau fest, bis ihr Körper reglos wurde, dann ließ er sie fallen. Er ging zu dem Mann, der immer noch zwischen festgehalten wurde, und Thomas erwartete, dass er das Messer ein zweites Mal benutzen würde, aber das tat er nicht. Stattdessen sprach er wieder und versprach mit ziemlicher Sicherheit, was mit jedem anderen passieren würde, der zu fliehen versuchte.

„Ich frage mich, was er getan hat, um das zu verdienen", sagte Jorge.

„Möglicherweise gar nichts. Vielleicht wird er einfach bestraft, um andere abzuschrecken. Hast du die Kinder gesehen?"

Jorge nickte.

„Sie sind hier, um mitanzusehen, was hier passiert, bevor sie nach Pampaneira zurückkehren."

Weit unten baute sich Guerrero über dem Mann auf, der auf die Knie gedrückt worden war. Die zwei Soldaten banden Seile fest um seine Arme, sodass sie sie zu beiden Seiten ziehen konnten.

„Eine Auspeitschung oder etwas Schlimmeres?“, fragte Jorge.

Unten zeichnete sich das Ende der Ereignisse ab. Die etwa zweihundert Männer, die zusahen, begannen sich zu zerstreuen, aber anstatt auf ihre Plätze zurückzukehren, bewegten sie sich unter die gefangenen Männern und trieben sie an, aufzustehen. Nach einer Viertelstunde war die Mehrheit der Männer in zwei Reihen aufgestellt, standen sich gegenüber, mit einem breiten Abstand zwischen den beiden Reihen. Sie waren hergebracht worden, um das Ereignis mitanzusehen. Die freiwilligen Soldaten standen hinter den Reihen, unbewaffnet, aber die Bedrohung offensichtlich, die von ihnen ausging.

„Nein, keine Auspeitschung“, sagte Thomas.

Er wollte nicht zusehen, zwang sich aber, denn er wusste, dass das, was er gleich sehen würde, seine Entschlossenheit verstärken würde. Er hatte sich von Mandana blenden lassen. Doch seine Täuschung hatte mit Lubnas Tod ein Ende gefunden.

Die Strafe war schlimmer, als er befürchtet hatte. Der Mann wurde schreiend hinter einen großen Hengst gezerrt. Die Seile an seinen Hand- und Fußgelenken, wurden an den Sattelknauf gebunden und dann wurde das Pferd fest gepeitscht. Diesmal drang das Geräusch schreiender Männer zu ihnen herauf, ein misstönendes Gebrüll des Hasses, aber ob es an den Mann gerichtet war oder an diejenigen, die ihn bestraften, konnte Thomas nicht sagen und er bezweifelte, dass es eine Rolle spielte. Der Körper des Mannes wurde gnadenlos über den Boden geschleift und prallte von jedem Felsbrocken ab, bevor er gnädigerweise schnell erschlaffte.

Thomas hörte, wie Jorge sich zur Seite drehte und das Bisschen Fleisch, das er gegessen hatte, wieder hochwürgte. Thomas fühlte gar nichts, nicht einmal Wut. Jetzt wusste er mit Sicherheit, dass Mandana der Teufel war, der er immer gewesen war, und Guerrero war noch schlimmer.

Unten kam der Hengst zum Stillstand und Männer banden die gebrochenen Überreste des Deserteurs los. Sie alle wurden dazu gezwungen, diese Aufgabe zu erledigen und dann die Überreste zu fortzutragen und die beiden Körper zu entsorgen. Es würde kein Begräbnis für sie geben, man würde ihre sterblichen Überreste lediglich über irgendeine Klippe werden, wo sie von Geiern und Würmern zerfressen würden. Es war nicht nötig, das, was vom Körper des Mannes übrig war, an einem Kreuz zur Schau zu stellen, denn jeder da unten miterlebt, wie er sein Leben eingebüßt hatte. Eine Lektion für sie alle.

„Wir brauchen eine Armee“, sagte Jorge und Thomas nickte.

„Wenn wir mehr wissen, werden wir Hilfe holen.“ Er ließ seinen Blick in die Richtung wandern, in der das Tal nach Osten hin abfiel. „Gharnatah ist weniger als einen halben Tagesmarsch entfernt. Wenn Muhammed auch nur einen Funken Verstand besitzt, wird er in allen Himmelsrichtungen Wachen postiert haben, auch hier.“

„Das ist doch Olafs Aufgabe, oder?“

„Er würde es vorschlagen, da bin ich mir sicher, aber die letzte Entscheidung liegt beim Sultan. Es macht mich nachdenklich –“ Thomas unterbrach sich, als er spürte, wie Kin sich neben ihm versteifte und leise aufheulte. „Nein“, sagte Thomas. Er fuhr mit seinen Fingern durch das lange Haar im Nacken des Hundes, als er spürte, wie er versuchte, aufzustehen.

„Was macht er?“

„Er erkennt einen dieser Männer“, sagte Thomas.

Vier von ihnen trugen die Überreste des toten Mannes und seiner Frau den Hang hinauf, und Thomas verstand, dass sie die Leichen an einen höher gelegenen Ort tragen sollten, wo die Vögel sie leichter finden würden. Er erhob sich, zerrte Kin hinter sich her und drückte Jorges Schulter, aber der Hund wirbelte herum und schnappte knurrend nach Thomas' Hand, die sofort losließ. Das Tier war frei und hastete den Abhang hinunter.

Thomas sah, wie einer der Männer aufschaute, als würde er das Tier erkennen, und Thomas wiederum erkannte Luis, der den Arm, den er festhielt, losließ, woraufhin die Leiche aus dem Gleichgewicht geriet und auf den steinigen Boden fiel. Kin sprintete auf ihn zu, sprang um seine Beine und bellte wild.

„Nein", sagte Thomas, seine Stimme leise, denn er wusste, dass er nichts tun konnte. Er stieß Jorge erneut an. „Na los, wir müssen uns verstecken. Der Hund ist verloren." Er warf einen Blick nach unten. Luis versuchte, einen der anderen aufzuhalten, der ein Messer gezogen hatte und versuchte, den Hund zu fangen. Aber Kin war zu schnell und bellte weiter, immer und immer wieder, und dachte, es sei alles ein schönes Spiel.

Thomas ging voran über zerbrochene Felsen und kletterte immer höher, bis sie zu einer steilen Felswand kamen, an der Jorge die Führung übernahm. Er war schon immer der bessere Kletterer gewesen und Thomas erinnerte sich daran, wie sie die dreihundert Fuß hohe Klippe in Ronda erklommen hatten, mit nichts als dem Licht des Mondes, um ihnen den Weg zu zeigen, und fühlte eine törichte Hoffnung in sich aufsteigen, dass sie es wieder schaffen würden, sie beide. Nur dass Lubna, als sie das Kunststück damals vollbracht hatten, am Fuße der Klippe gestanden hatte, um sie zu ermutigen, etwas, das sie nie wieder würde tun können.

Jorge kam zu einem großzügigen Vorsprung und drehte sich um, um Thomas eine Hand anzubieten, der sie ergriff und die erstaunliche Kraft des Mannes spürte, als er ihn über die Kante zog. Keuchend plumpste er auf den Felsen und versuchte, dem Drang zu lachen zu widerstehen, weil es nichts zu lachen gab, aber doch fühlte er, wie seine Brust bebte. Er setzte sich auf die Knie und sah über die Kante. Weit unten hatten die vier Männer ihr Ziel erreicht und legten die Leichen von Mann und Frau auf dem Boden ab. Von Kin war nichts mehr zu sehen, und jetzt, aus der Entfernung, konnte Thomas nicht sagen, welcher der Männer sein Herr war. Er fragte sich, ob einer der anderen Kin erstochen hatte und empfand ein Gefühl des Verlustes, obwohl das Tier nie sein eigenes gewesen war.

„Glaubst du, Luis weiß, dass wir hier sind?", fragte Jorge, der sich neben Thomas hinkniete und seine Schulter gegen seine drückte, wie er es immer tat.

„Mehr als wahrscheinlich. Er muss wissen, dass Kin ihn nicht zufällig gefunden hat."

„Ich kann den Hund nirgendwo sehen. Haben sie ihn getötet?"

„Ich denke schon." Thomas veränderte seine Position, als eine Ungeduld sich in ihm rührte – er wollte handeln, doch auch, wenn er das Gefühl ignorierte, wusste er, dass er scheitern würde.

„Vier Männer", sagte er.

„Du kannst gut zählen. Was ist mit ihnen?"

„Luis wurde erst kürzlich entführt. Sie werden ihn noch nicht korrumpiert haben."

„Und?"

Thomas sah Jorge an und erhob sich. „Du kannst hier bleiben, wenn du willst, die anderen drei schaffe ich wahrscheinlich auch allein." Als er begann, die Klippe wieder hinunterzuklettern, hörte er, wie Jorge hinter ihm einen Laut von sich gab und dann begann, ihm zu folgen.

Die Männer waren umgekehrt, waren aber vom Lager aus noch nicht zu sehen, als Thomas hinter einem Felsen hervortrat und sich ihnen entgegenstellte. Er hielt ein Messer in einer Hand, weil er kein Schwert bei sich hatte. Er bemerkte, dass auch keiner der vier eines trug.

Die Männer blieben stehen und starrten ihn an.

„Hallo, Luis", sagte Thomas und starrte den jungen Mann an. „Wer von diesen Männern hat deinen Hund getötet? Er wird der Erste sein, der stirbt."

Thomas sah, wie einer der Männer wegschaute, und fragte sich, ob er es gewesen war.

„Wir sollten zurückgehen", sagte einer der anderen. „Er wird uns bestrafen, wenn er denkt, dass wir versuchen zu fliehen." Der Mann rieb seine Handflächen aneinander, als wolle er sie von der Aufgabe reinigen, zu der er gezwungen worden war.

Thomas fragte sich, auf wen er sich mit seinen Worten bezog, Mandana oder Guerrero, obwohl er glaubte, die Antwort zu kennen. Mandanas Männer nannten ihn immer den Wolf. Den Anführer hier nannten sie Krieger, also war es Guerrero, der sie anführte. Ein altes Übel wich einem neuen.

„Ist es das, was er getan hat? Einen Fluchtversuch unternommen?"

Luis nickte. „Was macht ihr hier?" Er drehte sich zu seinen Begleitern um. „Geht zurück, ihr alle. Sagt ihm, dass ich die Leichen ausweide, damit die Tiere sie schneller wittern. Ich hole euch ein."

Die anderen drei sahen erst Luis an, dann einander. Einer von ihnen zuckte mit den Schultern und marschierte los. Einen Moment später folgten die anderen beiden.

„Erzählt ihnen nichts über diese Männer“, rief Luis ihnen nach. Einer von ihnen hob die Hand, aber Thomas war sich nicht sicher, wie viel Zeit sie haben würden, bevor jemand nach ihnen suchen würde.

„Sie werden nichts sagen“, sagte Luis, der zweifellos seinen Gesichtsausdruck las. „Wir beschützen einander, so gut wir können.“

„Bist du dir da sicher? Einer von ihnen hat deinen Hund getötet.“

„Nein, Kin ist abgehauen.“

„Wurdest du entführt, bevor oder nachdem sie deine Eltern getötet haben?“

„Danach. Ich habe gegen sie gekämpft, war aber zu wertvoll, um getötet zu werden. Sie fesselten mich an Händen und Füßen und spannten mich auf den Rücken eines Maultiers, um mich hierherzubringen. Seitdem haben sie mich jeden Tag geschlagen. Ich will mich wehren, traue mich aber nicht.“

„Du hast niemanden mehr zu verlieren, nicht wie einige der anderen Männer hier“, sagte Thomas.

„Dana und Aban“, sagte Luis. „Jamila und ein paar andere. Sie sind meine Familie, genauso wie meine eigenen Eltern es waren. Es wurde mir vom ersten Tag an klargemacht, dass sie es sind, mit denen sie meinen Gehorsam erzwingen wollen.“

„Woher wussten sie von ihnen? Schließlich seid ihr nicht verwandt.“

„Sie wissen alles.“ Luis blickte auf den Boden und seine Schultern versteiften sich. „Ich habe versucht, zu kämpfen, aber sie haben …" Er wandte sein Gesicht ab, als hätte er Angst, seine Gefühle zu zeigen. „Sie haben sie beide getötet und dann haben sie mich mitgenommen. Ich konnte nichts tun. Ich musste sie verblutend am Boden liegen lassen …"

„Wir haben sie begraben", sagte Thomas.

Luis' Lippen wurden schmaler. „Danke." Er blickte sich um, legte zwei Finger an seinen Mund und pfiff laut. Einen Moment später erschien Kin und kam langsam auf ihn zu. „Ich habe ihn verscheucht. Entweder das oder die anderen töten und abhauen, und das konnte ich nicht. Ich habe gesehen, was sie tun, wenn sie einen fangen. Was sie mit seiner Familie machen." Er sah zu Thomas auf, da er nun kniete, um Kin zu streicheln. „Wollen Sie einen Hund? Ich kann ihn nicht behalten, nicht hier. Jemand im Lager wird ihn töten und essen. Wir bekommen nicht so viel zu essen wie die normalen Soldaten."

„Warum haben sie dich dann überhaupt entführt? Wenn sie eine Armee aufbauen wollen, brauchen sie die besten Soldaten. Untrainierte Männer können nicht kämpfen."

„Aber sie können sterben. Das ist unsere Rolle und wir wissen es."

„Komm mit uns", sagte Jorge und sprach zum ersten Mal.

„Sie würden uns alle jagen und auch euch töten, das tun sie immer. Niemand entkommt ihnen." Er nickte mit dem Kopf in Richtung der Leichen, die sie auf den Hügel gebracht hatten. „Sie kennen das Dorf, in dem meine Freunde leben. Sie werden einen von ihnen holen, bevor sie mich töten. Euch auch. Wollt ihr so sterben wie die beiden?"

„Viele haben in der Vergangenheit versucht, mich zu

töten", sagte Thomas. „Beide Männer, die euch anführen, haben es versucht und sind gescheitert. Mich tötet man nicht so leicht."

„Das stimmt", sagte Jorge.

„Ihr versteht nicht."

„Doch, ich verstehe. Man hat dich gegen deinen Willen entführt, zweifellos geschlagen, ausgehungert, bedroht und Schlimmeres. Diese Männer haben versucht, deinen Willen zu brechen, aber das musst du nicht zulassen. Komm mit uns und wehre dich. Deine Freunde sind in Sicherheit, Jamila hat sie nach Pampaneira gebracht."

„Dorthin bringen sie alle. Dort sind sie weniger sicher als im Dorf." Luis sah zwischen ihnen hin und her, bevor sein Blick wieder auf Thomas fiel, den er als den zuverlässigeren der beiden einstufte. „Wenn ich mit euch komme und sie uns erwischen, versprechen Sie mir eine Sache?"

„Einverstanden."

„Sie wissen noch nicht einmal, was es ist."

„Trotzdem einverstanden", sagte Thomas. „Und ja, ich werde dich töten, bevor sie dich holen können. Das verspreche ich."

Luis starrte ihn an, dann schnippte er mit den Fingern und Kin kam näher. Er streichelte die Ohren des großen Hundes und seine Züge wurden weicher. „Sie planen etwas Neues, der, den sie *Den Krieger* nennen, und sein Vater – und es ist eine große Sache."

KAPITEL SIEBZEHN

Als sie sich auf den Weg nach Süden machten, versuchte Thomas, Luis weitere Details zu entlocken, doch der Junge wusste nur, *dass* etwas geplant war, aber nicht *was*. Thomas fragte sich, ob es der Grund sein könnte, warum Mandana nach Pampaneira gekommen war. Er fragte sich, ob es ein Fehler war, in die Stadt zurückzukehren, aber er wusste auch, dass Jamila, Dana und Aban an einen anderen Ort gebracht werden mussten. An einen sicheren Ort.

Sie hielten sich von allen Pfaden fern, die es hier gab, für den Fall, dass jemand Luis suchen kam, was irgendwann passieren würde. Deserteure durften nicht fliehen. Soweit Luis wusste, hatte das noch niemand getan, und Thomas sah, dass dieses Wissen ihn beunruhigte.

„Wenn du nicht weiß, was geplant ist, wie kannst du dir dann sicher sein, dass etwas vor sich geht?“ Sie hatten eine schmale Schlucht zwischen zwei steil ansteigenden Hängen erreicht. Die Aussicht gab den Blick frei auf das nach Süden abfallende Gelände, und wenn ihnen jemand folgte, würde er sie entdecken.

„Weil sie Vorbereitungen treffen."

Thomas dachte einen Moment lang nach. „Erklär mir, wie das Leben im Lager ist. Und nenn mich Thomas."

„Es ist grausam."

„Abgesehen davon. Erzähl mir, was jeden Tag dort vor sich geht."

Also erklärte Luis ihm, wie das Lager funktionierte. Einen Tag, nachdem er angekommen war, waren zwei Überfallkommandos losgeschickt werden. Luis war bereits zweimal mit von der Partie gewesen, weil sie, wie er meinte, angefangen hatten, ihm zu vertrauen. Jedes Mal wurden Männer zurückgebracht, um so lange in die Unterwerfung geprügelt zu werden, bis sie die Befehle ihres Meisters ohne zu fragen ausführten – oder starben.

„Bist du wie sie?" Jorge unterbrach ihn an dieser Stelle und Thomas wusste, warum. Luis zeigte einen Funken Rebellion, einen Anflug von Selbstüberzeugung, beides Eigenschaften, die im Widerspruch dazu standen, wie sich die Gefangenen seiner Erzählung nach verhielten.

„Ich gebe vor, so zu sein wie sie, und es gibt andere, die dasselbe tun. Wir wollen uns treffen, um unsere Flucht zu planen, können es aber nicht, aus Angst, entdeckt oder verraten zu werden. Es gibt viele Spione im Lager. Es ist nicht sicher, irgendjemandem zu vertrauen."

„Wie oft werden Männer so hart bestraft, wie wir es heute erlebt haben?", fragte Thomas.

„Was ihr gesehen habt, ist selten. Diese Art von Folter ist jenen vorbehalten, die versuchen zu fliehen und erwischt werden. Aber eine Strafe gibt es für jedes Vergehen, egal wie klein es ist."

„Sag mir, was hat sich verändert, das dich so sicher macht, dass sie etwas vorhaben?"

„In letzter Zeit gibt es mehr zu essen und die willkürlichen Prügel haben aufgehört. Guerrero und Mandana verbringen viel Zeit in ihrem Zelt. Jeder weiß, dass sie etwas planen." Luis hatte ein paar Theorien, aber sie schienen nicht Begründung genug für das zu sein, was er behauptete. Größere Raubzüge wären in diesem Land der kleinen Städte und Dörfer sinnlos. Die bestehenden Überfallkommandos würden genauso viele Männer gefangen nehmen.

„Wer hat das Kommando?", fragte Thomas. „Der Vater oder der Sohn?" Er nahm an, die Antwort zu kennen, und war daher überrascht, als Luis antwortete.

„Guerrero, natürlich. Er hört auf den alten Mann, aber es ist Guerrero, der alle Entscheidungen trifft, Guerrero, der führt."

„Da kommt jemand", sagte Jorge, der, obwohl er zugehört hatte, oben auf dem Hang gesessen und das Land unter sich beobachtet hatte.

„Zu uns?"

„Nein, da unten. Ein Dutzend Männer auf Pferden. Ich nehme an, sie suchen nach Luis."

Der Junge kroch an den Rand und spähte hinunter. Er beobachtete die Reiter einige Zeit, dann kroch er zurück.

„Sie haben keinen anständigen Fährtenleser dabei", sagte er, als er sich wieder neben Thomas hockte. Kin war die ganze Zeit über an seiner Seite geblieben. „Sie erwarten nicht, dass jemand weit kommt, geschweige denn, dass er den Verstand hat, sich auf höheres Terrain zu begeben. Sie werden eine Notiz haben, woher sie mich geholt haben, und annehmen, dass ich dorthin zurückkehre." Er hob seinen Blick, um Thomas' zu treffen. „Wohin gehen wir?"

„Ich hatte vor, dich nach Pampaneira zu bringen, wo Dana und andere aus ihrem Dorf sind, aber ich habe es mir anders überlegt."

Luis starrte Thomas weiter an. „Dann werde ich allein gehen." Er streckte die Hand aus und streichelte Kin.

„Wenn du das tust, fangen sie dich und bringen dich zurück. Schleifen dich hinter einem Pferd her oder schlimmer."

„Ich kann auf mich selbst aufpassen."

„Das bezweifle ich nicht, aber du wirst in die Richtung gehen, in der sie dich erwarten, also werden sie dich erwischen. Ich kann dich nicht zwingen, bei uns zu bleiben, und ich weigere mich, Drohungen auszusprechen. Dana wird vorerst in Sicherheit sein. Sie sind erst seit Kurzem in Pampaneira, also werden ihre Namen noch nicht registriert sein. Wenn du bei mir bleibst, sorge ich dafür, dass du zu deinem Mädchen zurückkehrst."

„Wann?"

„Das weiß ich nicht."

„Was wirst du tun?"

„Beobachten."

„Nur beobachten?"

Thomas hob eine Schulter. In Wahrheit hatte er keine klare Vorstellung davon, was er zu tun gedachte, nur dass, wenn Guerrero etwas plante, er wissen musste, was es war, und der einzige Weg, das herauszufinden, war, zu beobachten und zu warten.

„Sie sind weitergezogen", sagte Jorge vom Rande der Schneise.

„In welche Richtung?"

„Süden. Zumindest glaube ich, dass das Süden ist." Jorge zeigte in die Richtung und Thomas nickte.

„Sie werden zurückkommen. Bis dahin sind wir längst weg."

„Wohin gehen wir?", fragte Luis.

Thomas lächelte. „In die Höhle des Wolfes."

Er hatte übertrieben, aber nicht allzu sehr. Sie hatten sich viel näher an den Rand von Mandanas Lager geschlichen, als es Luis lieb war, aber er schien Thomas zu vertrauen und Jorge zu mögen. Trotzdem war sein Unbehagen deutlich zu spüren. Er hielt Kin an seiner Seite, eine Hand streichelte fast unentwegt das Fell des Hundes. Es war dunkel geworden, und die Stelle, von der aus sie die Ereignisse nun beobachteten, war kaum mehr als zweihundert Schritte von den äußersten Feuerstellen entfernt. Nah genug, um Gespräche zu belauschen. Thomas kroch ein wenig näher heran, um sie noch besser hören zu können, aber nichts, was er hörte, deutete darauf hin, worum es bei Guerreros Plänen gehen könnte. Er bezweifelte, dass irgendjemand außer dem Mann selbst und seinem Vater es wusste.

Thomas versuchte, nicht zu sehr darüber nachzudenken, was er hier tat, warum er sie alle drei in solche Gefahr brachte. Er war auf der Suche nach Rache in diese hohen Berge gekommen, aber das Gefühl hatte irgendwann nachgelassen, wie alle starken Emotionen es irgendwann tun, um durch eine tiefe Leere und den Drang, seinen Schmerz zu beenden, ersetzt zu werden. Er wusste, warum er diesem Drang nicht nachgegeben hatte.

Der Kampf um das Leben, sogar um sein eigenes Leben, war zu tief in ihm verwurzelt.

Aber er fragte sich, wenn er sich für das Leben entschieden hatte, was er dann so nahe an tausend Männern tat, von denen jeder ohne einen Moment des Bedauerns seinem Leben ein Ende setzen würde. Und Luis brachte er in noch größere Gefahr.

Thomas wusste, dass seine Wut sich abgekühlt hatte, sich verhärtet hatte zu etwas Gefährlicherem für diejenigen, die Lubnas Leben geraubt hatten. Er hatte einen neuen Grund gefunden, um leben zu wollen, und dieses Wissen löste einen kalten Schauer der Erregung in ihm aus. Wie genau er Lubna rächen würde, wusste er noch nicht, nur, dass er nicht ruhen würde, bis es vollbracht war.

Als sich die Soldaten im Lager für die Nacht einzurichten begannen, beauftragte Thomas Luis damit, Wache zu halten, während er und Jorge sich an einen sicheren Ort zurückzogen, um zu schlafen. Er überlegte, ob er dem Jungen vertrauen sollte, wusste aber, dass er nicht die ganze Nacht wach bleiben konnte, und ihn zu bitten, die erste Wache zu übernehmen, würde ihm sein Vertrauen demonstrieren. Trotzdem ließ der Schlaf lange auf sich warten, während er wach lag und darauf wartete, dass Soldaten auftauchten.

Als er erwachte, hatte sich die Luft abgekühlt und noch immer hüllte Dunkelheit das Land ein. Jorge ließ er auf dem Boden zusammengerollt zurück, während er hinabstieg zu der Stelle, an der sie Luis zurückgelassen hatten, nur dass er jetzt eng an Kin geschmiegt dalag und sie beide tief und fest schliefen. Thomas dachte gar nicht daran, ihn zu schelten, sondern ließ ihn weiter seine Träume genießen, während er sich setzte und den Schein der Feuer beobachtete, von denen kaum mehr als eine Glut übrig war. Es war nicht still im Lager, das war es in einem Lager nie, aber in diesen tiefen Stunden der Nacht stellte sich zumindest eine gewisse Stille ein. Die wenigen Stunden Schlaf hatten Thomas erfrischt und die Entscheidungen, die er am Vortag in seinem Kopf getroffen hatte, brachten ein Gefühl der Erneuerung mit sich, der Bestimmung. Er saß da und beobachtete, wie sich der Himmel im Osten aufhellte, wie die Dunkelheit zwischen den Feuern langsam erst in ein tiefes Grau und dann in einen noch helleren Farbton überging. Ein paar Männer standen auf und gingen zum Rand des Lagers, um sich zu erleichtern. Weitere erwachten. Die Feuer wurden zu neuem Leben erweckt. Und dann trat Guerrero aus seinem Zelt und Thomas erstarrte. Er drehte sich zur Seite, schüttelte Luis und legte ihm ein paar Finger über den Mund, falls er schreien sollte. Er schickte ihn los, um Jorge zu holen, und sah dann zu, wie Pferde gesattelt wurden und sich eine Gruppe von fünfzig Männern versammelte, die meisten zu Fuß – die Pferde waren für ihre Anführer und Kapitäne vorbehalten. Erst als die Gruppe bereit war, tauchte Mandana auf und ließ sich in den Sattel helfen. Luis kehrte mit Jorge zurück und Thomas führte sie in einem großen Bogen an, um den Männern voraus zu sein, immer auf der Suche nach Deckung, bis sie in einer Felsspalte kauerten und darauf warteten, dass die Truppe auftauchte.

Die Fußsoldaten kamen zuerst, wobei Guerrero und Mandana in der Mitte der Truppe geschützt waren. Sie kamen ohne Karren, was Thomas sagte, dass ihre Reise vor Tagesende vorbei sein würde. Er überlegte, wo sie sich befanden und was in der Nähe lag, und kam zu einer offensichtlichen Schlussfolgerung, obwohl er nicht genau sagen konnte, was sie zu bedeuten hatte.

Gharnatah lag einen halben Tag westlich. Thomas war zunehmend davon überzeugt, dass Muhammed seit seiner Gefangennahme durch die Spanier einige Jahre zuvor in deren Auftrag agierte. Und solange er Sultan blieb, war Gharnatah dem Untergang geweiht.

„Wir sollten los oder wir verlieren sie", sagte Luis. Er hatte sich seit seiner Desertion ihrer Sache verschrieben und plötzlich war keine Rede mehr davon, sich zu ergeben oder nach Hause zurückzukehren. Er war ein Teil ihrer kleinen Gruppe geworden. Für wie lange, war fraglich, aber Thomas wusste, dass Luis nicht mehr lange bei ihnen bleiben würde müssen.

„Würde ich sie anführen, hätte ich eine kleinere Truppe in einem Abstand von einer halben Meile, die nach jedem Ausschau hält, der sich dafür interessiert, dass wir hier durchmarschieren."

Luis lächelte. „Du überschätzt sie."

„Mandana mag wahnsinnig sein, aber er ist gerissen. Besser übervorsichtig als tot. Wir warten noch eine Weile. Außerdem weiß ich, wohin sie gehen." Thomas drehte sich um und sah Luis an, und für einen Moment weckte sein Anblick eine Erinnerung an ihn selbst im gleichen Alter, als sein ganzes Erwachsenenleben noch vor ihm lag, und ihm wurde bewusst, wie viel Zeit seither vergangen war. „Hast du im Lager Freunde gefunden?"

Luis schüttelte den Kopf. „Freundschaften sind nicht gern gesehen und es gibt Abtrünnige, die einen in Gespräche verwickeln und eine Freundschaft vortäuschen, die gar nicht existiert. Wenn dann jemand auch nur ein Anzeichen von Unzufriedenheit erkennen lässt, wird er bloßgestellt. Eine Tracht Prügel ist noch die geringste Strafe. Ihr habt ja gesehen, welche Formen das andere Extrem annehmen kann. Werden wir wirklich nichts tun, außer zuzusehen?“

„Im Moment schon. Meinst du etwa, wir sollten gegen sie kämpfen? Fünfzig Mann?“

„Jorge hat mir erzählt, dass ihr beide schon öfter stark in der Unterzahl wart.“

„Ach, hat er das?“ Thomas’ Blick wanderte zu Jorge, der im Tal unten etwas höchst Interessantes entdeckt zu haben schien. „Das Geheimnis dahinter zu kämpfen, auch wenn die Chancen auf Erfolg schwindend gering sind, ist zu wissen, wann man es besser lassen sollte.“ Schon während er diese weisen Worte sprach, wusste Thomas, dass er seinen eigenen Rat selten befolgt hatte, dass er vielmehr überrascht war, solange überlebt zu haben, wohl wissend, dass er dem Tod schon oft unangenehm nahe gekommen war. Es war mehr Glück als Können, dass er noch am Leben war, und sein Urteilsvermögen hatte keine nennenswerte Rolle gespielt.

Schließlich stand Thomas auf und begann, den Hang hinunter in Richtung Talsohle zu klettern, wo sie sich leichter fortbewegen würden können. Kin rannte voraus, aber ein einziger Pfiff von Luis brachte ihn dazu, zu ihnen zurückzutrotten.

Das Tal verbreiterte sich und die Hänge fielen immer weiter ab, bis sie nur noch eine niedrige Hügellandschaft bildeten. Vor ihnen hatten sich Mandanas Männer ausgebreitet, die Hauptkohorte marschierte immer noch voraus, eine weitere kleinere etwas versetzt dahinter. Vor ihnen wurde die Stadt Gharnatah sichtbar, die sich auf den zwei sich gegenüberliegenden Hügeln ausbreitete. Auf dem einen thronte das funkelnde Wunderwerk des al-Hamra-Palastes, auf dem anderen lagen die verwinkelten und verstreuten Gassen und

Häuser des Albayzin. Jenseits der Stadtmauern erstreckte sich fruchtbares Ackerland, soweit das Auge reichte.

Irgendwo dort unten, das wusste Thomas, lebten sein Sohn und seine Tochter. Er fragte sich, was sie gerade taten. War Will immer noch so neugierig wie immer? Immer noch zu mutig für sein eigenes Wohl? Hatte Usaden ihn weiter trainiert? Und was war mit Amal, der Tochter, die Lubna fast neun Monate lang in sich getragen, deren Geburt sie jedoch nicht mehr miterlebt hatte? Thomas wusste, wenn Jorges Geliebte Belia nicht gewesen wäre, wäre auch Amal gestorben. Er war nicht in der Lage gewesen, das zu tun, was er für andere davor getan hatte, nämlich mit der kalten Rationalität zu handeln, für die er weithin bekannt war. Es war ihm unmöglich gewesen, auf jene Gefühlslosigkeit in sich zurückzugreifen, die ihm den Namen *Qassab* eingebracht hatte: Metzger. Es war Belia gewesen, die Amal aus dem Bauch ihrer toten Mutter geschnitten hatte, um ihr noch so junges Leben zu retten.

„Wir warten hier, bis wir genau wissen, wohin sie ziehen." Thomas versuchte, seine Gedanken zu verdrängen, auch wenn er sich schuldig fühlte, dies zu tun. Er erinnerte sich an die vielen Male, die er den Leuten gesagt hatte, es sei besser, das Schlimmste zu erwarten, als in Hoffnung zu leben. Was für ein Narr er doch gewesen war.

Nun erwartete er, dass Guerreros Männer sich auf das Stadttor zubewegten, obwohl es ihm ein Rätsel war, auf welche Art von Empfang sie sich dort gefasst machen mussten. Stattdessen blieben sie hoch oben in den Hügeln, marschierten nördlich des Hauptweges entlang und arbeiteten sich vor in die ausgedehnten

Jagdländereien jenseits der al-Hamra, bevor sie schließlich zum Palast hinabstiegen.

„Was wollen sie dort?", fragte Jorge.

„Sich mit Muhammed treffen."

„Aber sie sind doch Feinde."

Thomas lächelte. „Sind sie das?"

Es dauerte einen Moment, bis Will realisierte, wer den schattigen Innenhof betreten hatte, aber als er es tat, sprintete er auf Thomas zu und setzte drei Fuß vor ihm zum Sprung an. Thomas fing ihn aus der Luft ab und zog ihn dicht an sich, atmete seinen Duft ein.

„Pa!", küsste Will sein Gesicht. „Warum weinst du, Pa? Bin ich zu wild gesprungen?"

„Nein, nicht zu wild." Thomas küsste den Scheitel seines Sohnes und blickte über ihn hinweg zu der Stelle, wo Usaden Hamid, der Söldner aus Gomeres, den er angeheuert hatte, um seinen Sohn auszubilden und ihren Haushalt zu beschützen, mit gespreizten Beinen und einem Schwert in der Hand stand. Es hatte sich zweifellos dort eingefunden, als er gehört hatte, wie sich die Hoftür öffnete. Beinahe wirkte er, als wolle er lächeln, schaffte es aber, sich zu beherrschen.

„Aiii!", brach ein Freudenschrei aus Belia heraus, als sie aus dem Haus kam, um zu sehen, was es mit dem ganzen Lärm auf sich hatte, und Jorge entdeckte. Sie rannte auf ihn zu und umarmte ihn, hielt sein Gesicht in ihren Händen, während sie es studierte. „Warum hast du keine Nachricht gesandt? Ich hätte ein Festmahl vorbereitet. Das kann ich immer noch, ich werde in die Stadt gehen und Fleisch und frische Gewürze kaufen. Du wirst mit mir kommen und beim Tragen helfen." Sie warf einen Blick zur Seite. „Wer ist der gutaussehende Mann?"

„Luis. Ist er gutaussehend? So hübsch wie ich?"

Belia küsste ihn auf den Mund. „Es gibt niemanden, der so hübsch ist wie du, und das weißt du ganz genau, also hör auf, nach Komplimenten zu fischen. Wie lange bleibt ihr?"

„Frag Thomas."

Belia blickte in seine Richtung – eine wunderschöne Frau mit glänzendem dunklem Haar und noch dunkleren Augen. Sie war nicht so schön wie Jorge, aber eine geheimnisvolle Aura umgab sie, die Thomas nie ganz verstanden hatte. Was sie, so nahm er an, zu einem solchen Mysterium machte. Sie kam zu ihm, um ihn zu umarmen, und ihr vertrauter Duft löste eine neue Welle von Gefühlen in ihm aus. Thomas fragte sich, wann er so schwach geworden war, dass ihn die Trauer so leicht in Beschlag nehmen konnte, und er wandte sich ab und hob Will auf seine Hüfte, obwohl der Junge nun schwerer war, als er ihn in Erinnerung hatte. In diesem Moment wurde ihm bewusst, dass er ihn seit einem halben Jahr nicht mehr gesehen hatte. Es war eine lange Zeit. Viel zu lange.

Will zappelte in seinen Armen und bemerkte Kin zum ersten Mal.

„Pa, ein Hund!" Ein Stirnrunzeln wanderte über seine junge Stirn. „Beißt er?"

„Nur böse Männer." Thomas stellte Will wieder auf den Boden. „Warum gehst du nicht und sagst Hallo zu ihm?"

Will sah erst zu ihm, dann zu Kin, und wirkte hin- und hergerissen zwischen dem Vater, den er liebte, und einem Hund. Einem großen Hund. Die Entscheidung war nicht schwierig, nicht für einen fünfjährigen Jungen.

Thomas setzte sich auf eine steinerne Bank, die nahe der Stelle stand, wo Usaden immer noch wartete, als könne er dort bis zum Ende der Zeit stehen, ohne Müdigkeit zu zeigen.

„Waren Sie hart zu ihm?", fragte er.

„So hart, wie Sie es von mir verlangt haben."

„Gut. Lernt er ordentlich?"

Usaden nickte. „Das tut er, und zwar schnell. Er wird eines Tages ein großer Krieger sein."

„Ich hoffe, er muss das, was Sie ihm beibringen, nie anwenden." Thomas tätschelte den Stein neben sich, um Usaden zu verdeutlichen, dass er sich neben ihn setzen sollte, und nach einem Moment kam der Mann herüber und nahm Platz. Thomas wollte ihn umarmen, wusste aber, dass das nicht im Sinn des Söldners wäre. Stattdessen reichte er ihm seine Hand. Usaden steckte sein Schwert in die Scheide und hielt ihm im Gegenzug seine hin – es war alles, was er je geben würde, und mehr, als er den meisten Männern anbot.

„Es ist besser, die Fähigkeit zu besitzen und sie nicht zu brauchen, als sie zu brauchen und nicht zu besitzen", sagte Usaden und sprach in diesem einen Satz wohl mehr Worte, als er in einer ganzen Woche benutzt hatte, um Will Befehle zuzurufen.

KAPITEL ACHTZEHN

Thomas wusste, dass es schwierig sein würde, in den Palast zu gelangen, da die meisten der Wachen ihn erkennen würden, doch er kannte jemanden, der ihm würde helfen können. Einige Jahre zuvor hatte ein Baumeister namens Britto Thomas' Haus erweitert, als Lubna dort eingezogen war, und seitdem hatte er weitere Arbeiten daran durchgeführt. Jetzt war der Mann sein Freund und wenn er immer noch im Palast arbeitete, war Thomas sicher, dass er bereit sein würde, ihm zu helfen. Nach Sonnenuntergang ging er durch die steilen Gassen des Albayzin zu Brittos Haus und lud ihn in ein Gasthaus ein. Britto nahm an, erklärte jedoch, dass er es vorzog, nicht mit toten Männern zu trinken. Thomas fragte sich, wie viele andere in der Stadt glaubten, dass er umgekommen war, und wusste, dass er zu lange weg gewesen war.

Als Thomas ihm sagte, was er wollte, lachte Britto, griff nach seiner Hand und betrachtete seine Handfläche. „Solange die Wachen diese weiche Haut nicht zu Gesicht kriegen, sollte es kein Problem sein." Er drehte Thomas'

Hand um und dann wieder zurück. „Du bist zu dünn geworden, Thomas Berrington."

Am nächsten Morgen trug Thomas zwei hölzerne Eimer, in denen Bauwerkzeuge aneinander klirrten. Er hatte sich schmutzige Sachen angezogen und sein Gesicht mit dem Ende eines Tagelmust bedeckt. Als sie sich der ersten Wache näherten, erzählte Britto einen derben Scherz und Thomas lachte, der Klang davon falsch in seinen Ohren, aber die Wache schien überzeugt. Britto nickte dem Mann zu, der Mann nickte zurück, und sie waren innerhalb der äußeren Mauer.

„Ich nehme an, du hast keine Absicht, mir beim Fliesenlegen zu helfen, oder?"

Thomas schüttelte den Kopf. „Hast du das etwa erwartet?"

„Nein, aber ein guter Lehrling ist heutzutage schwer zu finden. Alle guten wollen in den Krieg ziehen und dort ihr Glück machen."

„Dann ist es ja ein Glück, dass ich keinen guten Lehrling abgeben würde, oder? Ich begleite dich noch bis dorthin, wo du arbeitest, damit du nicht alles allein schleppen musst, aber dann gehe ich Olaf suchen. Du hast doch gesagt, er ist hier, oder?"

„Vorgestern war er es und ich hätte nichts von neuen Kämpfen gehört, also gehe ich davon aus, dass er noch immer irgendwo hier ist."

„Was hält er davon, Muhammed zu dienen?", fragte Thomas.

„Seltsamerweise verbringen er und ich wenig Zeit damit, über seine Gefühle für den Sultan zu sprechen … oder über irgendetwas anderes. Er ist der General des Sultans und ich bin ein einfacher Baumeister – was dachtest du denn?"

Sie waren fast am zweiten Tor angekommen, vor dem vier Wachen standen, die all jene, die Einlass begehrten, anhielten und ihre Kleidung und alles, was sie bei sich trugen, kontrollierten.

Thomas wandte sich an Britto. „Was, wenn sie mich erkennen?“

Britto schüttelte den Kopf. „Ich erkenne dich schon kaum, und diese Männer haben keine Ahnung, wer du bist. Fang nicht an zu glauben, dass du so wichtig bist, dass du nicht unbemerkt bleiben kannst, vor allem in diesem Aufzug. Es ist nur eine Schande, dass wir dich nicht einen Kopf kleiner machen konnten.“ Sie erreichten die Wachen, die begonnen hatten, eine junge Frau zu belästigen, die einen Korb mit Brot in den Palast bringen wollte. „Hey, Fariq, gib ihr ein paar Jahre, dann ist sie alt genug, um deine Tochter zu sein. Nach allem, was ich gehört habe, ist sie wahrscheinlich sogar deine Tochter.“

Die Wache schlug mit einer Hand nach Brittos Kopf, verfehlte ihn aber. Er lachte, was ein gutes Zeichen war.

„Nimm sie, wenn du willst. Ich mag sie mit etwas mehr Fleisch auf den Knochen.“

„Das habe ich auch gehört“, sagte Britto und gestattete Fariq diesmal absichtlich einen Schlag an die Seite seines Kopfes, während er den Arm des Mädchens nahm und sie durch das Tor und weiter zu einer Reihe von groben Stufen führte, die zum letzten Eingang hinaufführten. Thomas hatten die Wachen keines Blickes gewürdigt.

Die letzte Barriere, die ihnen Zugang zum inneren Palast ermöglichte, war am besten gesichert, mit zwei Toren aus Eisengitter in einem Abstand von acht Fuß, sodass die Eintretenden zwischen ihnen gefangen waren, bis das hintere geöffnet wurde. Zwei Wachen standen am ersten Tor. Sie nickten Britto zu, ließen ihren Blick über die Kleidung des Mädchens schweifen und gingen dann weiter zu Thomas. Er erkannte keinen der beiden, zog aber seinen Kopf ein und tat so, als ob er mit einem der Eimer kämpfte, als das äußere Tor aufschwang, um ihnen Zutritt zu verschaffen. Ihre Körper wurden in dem engen Bereich aneinandergepresst. Das äußere Tor fiel mit einem Klirren zu, aber das innere blieb verschlossen.

Thomas lehnte sich dicht an Britto, der leise mit dem Mädchen sprach.

„Dauert das immer so lange? Was, wenn einer von ihnen mich erkennt?"

„Ich habe dir doch gesagt, dass die Wachen kein Interesse an dir haben. Solange du bei mir bist, bist du nur ein weiterer schlecht bezahlter Arbeiter."

„Sie reden mit jemandem, ich kann es hören", sagte Thomas. „Was, wenn es jemand ist, der mich kennt?"

Britto schüttelte den Kopf und ging zum inneren Tor, das immer noch verschlossen blieb. Er klopfte mit einem Hammer an die Eisenstäbe, bis sich eine der Wachen umdrehte.

„Warten Sie, bis Sie dran sind."

„Ich bin dran", sagte Britto. „Ich lasse Sie dem Sultan erklären, warum ich so lange brauche, die restlichen Fliesen anzubringen. Ich sollte ihn bitten, mir hier ein Zimmer einzurichten, damit –" Britto verstummte abrupt, als eine Gestalt neben der Wache auftauchte.

Thomas wandte sich ab und hantierte mit den Eimern, als Abu Abdullah, Muhammed XIII., Sultan von Gharnatah, in das Zwielicht zwischen den Toren spähte.

„Dein Sultan ist dir dankbar für deine Arbeit, Britto, aber wir sind im Moment beschäftigt." Muhammeds Blick fiel auf das Mädchen, verweilte dort einen Moment, und wanderte dann weiter zu Thomas, der sich wieder mit den Eimern beschäftigte und versuchte, kleiner zu wirken.

„So wie ich es sein sollte, Euer Gnaden. Fliesen kleben sich nicht von selbst. Bitten Sie diese Männer, uns hereinzulassen, und ich verspreche, dass der neue Gehweg bis zum Ende des Tages fertig sein wird."

„Öffnet das Tor", sagte Muhammed. „Und gebt dem Spanier Bescheid, dass ich bereit bin, ihn im Hof der Löwen zu empfangen." Muhammed spähte wieder in das Halbdunkel der Kammer. „Wer ist das Mädchen?"

„Die Tochter eines Freundes", sagte Britto. „Die Wachen machen ihr Angst, also zieht sie es vor, mit mir hereinzukommen."

„Und dein Geselle?"

Thomas fragte sich, warum sich Muhammed auf einmal so sehr für Arbeiter interessierte.

„Der da? Der ist neu." Britto grinste. „Ihr schickt ständig meine guten Lehrlinge in den Krieg, Euer Gnaden."

„Um die Sicherheit Gharnatahs zu gewährleisten." Muhammed winkte mit einer Hand und eine Wache entriegelte das innere Tor, das daraufhin weit aufschwang.

Britto stieß einen Fluch aus und schob sich an ihm vorbei. Das Mädchen folgte, Thomas bildete das Schlusslicht. Er hielt seinen Blick gesenkt, obwohl er die Schönheit des Palastes in sich aufnehmen wollte. Selbst hier, außerhalb der inneren Gemächer, gab es märchenhafte Gärten mit Pflanzen aus der ganzen bekannten Welt, während das Wasser überall für zarte Hintergrundmusik sorgte. Jenseits der Gärten erhoben sich rosafarbene Mauern in den Himmel, durchbrochen von mit Zinnen versehenen Fenstern. Einst war dieser

Ort für Thomas fast ein Zuhause gewesen, aber diese Zeiten schienen jetzt lange vorbei zu sein, und sein Leben war seitdem in tausend Scherben zerbrochen, von denen sich nun jede in sein Fleisch und seine Seele grub.

„Du, halt!" Muhammeds Stimme schnitt durch Thomas' Gedanken und er wurde langsamer, wissend, dass das Glück ihn verlassen hatte. Er hätte tun sollen, was Britto gesagt hatte, und versuchen sollen, einen Kopf kleiner zu wirken. Er begann sich umzudrehen, als Muhammed an ihm vorbeischritt und auf das Mädchen zuging. Er nahm eines der flachen Brote heraus, die sie zweifellos an diesem Morgen selbst gebacken hatte. Während er daran schnupperte, starrte er die ganze Zeit über das Mädchen an, das zu ängstlich war, um seinen Blick abzuwenden. Muhammed ließ den Laib auf den Boden fallen und wandte sich ab.

„Mistkerl", sagte Britto, aber nicht laut genug, dass Muhammed es hören konnte.

Thomas kniete nieder und hob das Brot auf, aber als er es dem Mädchen hinhielt, schüttelte sie den Kopf. Es war unbrauchbar für sie geworden, also hielt er es weiter in der Hand, da er nicht wusste, was er sonst damit tun sollte.

„Ab in die Küche mit dir", sagte Britto und klopfte dem Mädchen auf den Hintern, woraufhin sie nickte und davon trottete. Bevor sie verschwand, warf sie noch einen Blick zurück.

„Sie ist zu jung für dich." Thomas ging neben Britto her, der auf den inneren Palast zusteuerte.

„Findest du? Du hast ja gesehen, wie sie mich angeschaut hat."

„Vielleicht muss ich deine Augen untersuchen."

„Sie hat auch dich angeschaut. Du solltest –" Wieder

unterbrach Britto sich, als ihm klar wurde, was er da beinahe gesagt hätte. „Tut mir leid, Thomas. Ich mochte Lubna."

„Jeder mochte Lubna."

Thomas wollte nicht von ihr reden, wusste aber, dass er es ohne Britto nie in den Palast geschafft hätte. Sie betraten einen Innenhof, durchquerten ihn und gelangten in einen breiten Korridor mit einer Gewölbedecke hoch über ihren Köpfen. Auf fast jeder Oberfläche, an der sie vorbeikamen, waren dieselben Worte in arabischer Schrift graviert, immer und immer wieder: *Es gibt keinen Sieger außer Allah.* Thomas fragte sich, ob die schiere Wiederholung dieser Worte die Spanier würde aufhalten können, doch gleichzeitig vermutete er, dass seine Hoffnung vergebens sein würde.

Britto blieb schließlich stehen und legte seine Werkzeuge ab. Thomas stellte die Eimer auf den Steinboden, als Britto sich zu ihm umdrehte. Einen Moment lang zögerte er, dann zog er Thomas dicht an sich heran und küsste seine Wangen, wobei Brittos dichter Bart sich grob an seiner Haut anfühlte. „Ich werde heute Abend zu Besuch kommen und mich erkundigen, wie es dir ergangen ist. Ich nehme an, Jorge begleitet dich?"

Thomas nickte, seltsam berührt dieser Bekundung von Zuneigung. Britto war einst nicht mehr als ein Arbeiter für ihn gewesen – aber seither war der Mann ihm ein Freund geworden, jemand, dem Thomas sein Leben anvertrauen würde. Jemand, dem Thomas gerade sein Leben anvertraut *hatte.* Es wäre vernünftiger von Britto gewesen, ihn vor Muhammed zu entlarven, aber so etwas hätte er niemals getan.

„Du bist mehr als willkommen in unserem Haus. Und bring deine Frau mit."

Britto verzog das Gesicht, bevor er grinste. „Vielleicht bringe ich stattdessen das Brotmädchen mit."

Thomas klopfte ihm auf die Schulter, reichte ihm das Brot, das er immer noch in der Hand hielt, und wandte sich dann ab. Er war im Inneren des Palastes. Jetzt gab es nur noch eine Person, die er sehen wollte.

Thomas dachte, er würde sich eine Rippe brechen, vielleicht auch zwei, bis Olafs Frau Fatima endlich ihren Griff um ihn löste. Dann löste sie sich von ihm, wich aber nur einen Schritt zurück, und nahm sein Gesicht in ihre Hände, drehte es von einer Seite zur anderen, als könne sie nicht ganz glauben, was sie sah.

„Du bist zu dünn", sagte sie.

Thomas nickte zustimmend.

Tränen standen Fatima in den Augen, aber sie machte keine Anstalten, sie wegzuwischen. Stattdessen legten sich ihre Finger schmerzhaft auf Thomas' Gesicht. Er versuchte nicht, ihren Griff zu lockern, und konnte den Kummer nachempfinden, der sie erfüllen musste. Lubna war Fatimas Tochter gewesen, das einzige Kind, das sie Olaf Torvaldsson geboren hatte. Seine anderen Töchter waren von seiner ersten Ehefrau, einer Frau aus dem Norden, die eine außergewöhnliche Schönheit besessen haben musste, wenn ihre Töchter ihr auch nur im Ansatz ähnlich sahen.

„Es tut mir leid", sagte Thomas. „Ich hätte es nicht zulassen dürfen." Doch noch während er die Worte sprach, spürte er erneut die Gewissheit darüber, dass Lubnas Tod seine Schuld war.

Fatima umarmte ihn wieder, hielt sein Gesicht. „Es ist nicht deine Schuld. Du hast sie mehr geliebt als jeder andere. Vielleicht sogar mehr als ich." Sie berührte seine Brust, legte ihre Hand flach über sein Herz. „Es muss so sehr schmerzen." Tränen liefen weiter über ihr Gesicht und tropften von ihrem Kinn.

Thomas legte seine Arme um Fatima und zog sie an sich, getröstet von ihrer Trauer, von der er wusste, dass sie seiner eigenen ebenbürtig war. Sie vergrub ihren Kopf an seiner Brust und er spürte, wie sie schluchzte. Er wartete, bis sie zur Ruhe kam, und dann hielt er sie noch einen Moment, bevor er seine Umarmung löste.

„Tja", sagte Fatima und wischte sich erst jetzt mit einem Arm über ihr Gesicht – ein Gesicht, das Thomas jetzt betrachtete und auf dem er nun Züge fand, die ihn an Lubna erinnerten. „Dich müssen wir erst einmal aufpäppeln."

„Belia hat bereits gestern Abend damit begonnen."

„Und ich mache heute weiter. Außerdem ist Olaf unterwegs, wir haben also viel Zeit." Sie tätschelte seinen Arm. „Setz dich und erzähl mir von Malaka, davon, wie viel meine Tochter dort gelernt hat und wie sehr du sie geliebt hast." Sie blickte in sein Gesicht. „Nur, wenn du es kannst, natürlich. Ich weiß, dass es Männern schwerfällt, das auszudrücken, was in ihren Herzen verschlossen liegt."

„Ich werde dir alles erzählen", sagte Thomas, als ihn eine plötzliche Erleichterung überkam. Er wusste, dass sie daher rührte, dass er seit ihrem Tod nicht mehr über Lubna gesprochen hatte – nicht über die echte Lubna, die Frau, die ihn zum Lachen und ekstatisch zum Schreien gebracht hatte. Fatima würde diese Lubna verstehen. Nur würde er vielleicht den Teil mit der Ekstase auslassen.

„Olaf ist also noch in Gharnatah?"

Fatima sah zu ihm, während sie zusammensuchte, was sie ihm zu essen servieren wollte. „Im Moment. Es sind keine leichten Zeiten für ihn. Er trauert auch, aber selbst mir will er es nicht zeigen." Sie schenkte ihm ein flüchtiges Lächeln. „Ich bin froh, dass du es kannst." Wieder ein Lächeln. „Und Amal sieht ihrer Mutter unglaublich ähnlich, nicht wahr?"

Thomas nickte, obwohl er nicht überzeugt davon war, dass sie es tat. Er hatte in der Nacht zuvor, während sie schlief, vor ihr gesessen und sie angestarrt, versucht, Ähnlichkeiten auszumachen, und war gescheitert. Belia sagte ihm, das sei nur verständlich. Amal war erst sechs Monate alt und würde erst in vielen Jahren ihr wahres Aussehen erlangen. Aber er hatte es trotzdem versuchen wollen, hatte verzweifelt nach einer gewissen Vertrautheit gesucht und konnte es nicht erwarten herauszufinden, wie sich seine und Lubnas Tochter entwickeln würde. Würde sie so schön, so hinterlistig, so klug und starrsinnig werden wie ihre Mutter? Er wusste, dass es keine Rolle spielte. Amal würde sowohl sie selbst als auch ein Teil ihrer Mutter und ihres Vaters sein. So wie Will ein Teil von Thomas war, obwohl Helena sich weigerte, ihm die Gewissheit zu geben, dass er sein wahrer Vater war. Wie konnten zwei Schwestern so unterschiedlich sein?

Fatima brachte das Essen und er aß, bis er nichts mehr konnte, und sie sprachen von Lubna und ihrer Liebe zu ihr, lachten und weinten. Und dann, als es Mittag wurde und schließlich Nachmittag, öffnete sich die Tür und Olaf Torvaldsson trat ein. Plötzlich fühlte sich der Raum viel zu klein an. Bei Thomas' Anblick blieb er stehen, und einen Moment lang war unklar, wie er reagieren würde. Dann hastete er vorwärts, riss Thomas von seinem Stuhl – und dieses Mal war er sich sicher, dass seine Rippen gebrochen würden.

„Wir müssen reden", sagte Thomas und rieb sich die Seite.

„Nicht hier." Olaf wandte sich ab, hielt aber inne, als seine Frau ihnen zurief, dass das Essen fertig sei. „Wir werden später essen. Thomas und ich haben etwas zu besprechen."

Thomas warf einen Blick zu Fatima, zuckte mit den Schultern und folgte Olaf hinaus in die Nachmittagssonne, wobei er laufen musste, um ihn einzuholen.

„Ist dir bewusst –" Er wurde davon unterbrochen, dass Olaf eine Hand hob.

„Nicht hier. Hast du Wein in deinem Haus? Ich nehme an, dass du dort wohnst. Ist Jorge bei dir? Und wie geht es meinen Enkelkindern?"

„Ja, ich habe Wein. Was deine Enkelkinder betrifft, so wirst du sehen, wie es ihnen geht, aber ich habe eine Ewigkeit gebraucht, um in den Palast zu gelangen, und hoffe, du kennst einen einfacheren Weg, mich wieder rauszubringen."

„Ich bin Olaf Torvaldsson. Solange du mit mir unterwegs bist, wird es niemand wagen zu fragen, wer du bist oder wohin wir gehen."

KAPITEL NEUNZEHN

Als Thomas und Olaf den Innenhof betraten, trainierte Usaden gerade Will. Olaf blieb stehen, um zuzusehen, seine scharfen Augen beurteilten jede Bewegung, jeden Stoß und jeden Konter, bis er sicher war, dass Usaden seine Sache gut genug machte. Er drehte sich um und ging ins Haus, ohne ein Wort zu sagen, und überließ es abermals Thomas, ihn einzuholen.

„Trainiert er ihn auch im Umgang mit der Axt?“, fragte Olaf, als Thomas ihm am Tisch gegenüber saß.

„Usaden ist nicht mit der Axt vertraut, aber Will übt alles, was du ihm in Malaka beigebracht hast.“

„Die Axt ist für einen Jungen einfach zu erlernen. Einfacher als das Schwert in seinem Alter.“

Thomas wies ihn nicht darauf hin, dass Will in einem verhängnisvollen Versuch, seine Mutter zu schützen, sein Schwert bereits effektiv genug eingesetzt hatte, als Pedro Guerrero und seine Männer auf dem Höhepunkt der Schlacht um Malaka den Innenhof gestürmt hatten, in dem sie Schutz gesucht hatten.

„Ich werde dafür sorgen, dass er weiter übt. Vielleicht

solltest du ihn selbst im Umgang mit der Axt unterrichten."

„Das tue ich. Ich komme so oft ich kann, um die beiden zu besuchen." Olaf schaute durch den Raum, wo Belia das Abendbrot vorbereitete. „Ist sie wach?"

Belia nickte und verließ den Raum, um einen Moment später mit Amal zurückzukehren. Sie legte sie in Olafs Arme, ein winziges Bündel, das sich an seine breite Brust schmiegte. Thomas beobachtete, wie sich eine Sanftheit auf Olafs Zügen niederließ, und fühlte, wie sich etwas in ihm regte, ohne zu wissen, was es war, bis er es als Eifersucht erkannte. Olaf kannte Thomas' Tochter besser als er selbst. Es war falsch von ihm gewesen, in die Berge zu fliehen. Seine Verantwortung war hier, in diesem Haus.

„Wir müssen reden", sagte Thomas.

„Bist du jetzt endgültig zurück?"

„Ich weiß es nicht. Zumindest im Moment, aber ich habe in den Hügeln noch etwas zu erledigen. Wenn das erledigt ist, werde ich nach Hause zurückkehren."

„Hat dieses *Etwas* mit Mandana und seinem Sohn zu tun? Ich habe gesehen, wie sie gestern eingeritten sind und wie eine Art Königspaar begrüßt wurden."

„Spricht Mohammed mit den beiden?" Thomas setzte sich auf, als Belia die Teller klappernd auf dem Tisch abstellte, um ihn wissen zu lassen, dass sie das, was sie gerade besprechen wollten, nicht guthieß. „Weißt du, warum sie hier sind?"

„Muhammed hat es mir nicht gesagt. Er hat nicht einmal erwähnt, dass sie kommen. Deshalb glaube ich, dass es ihm lieber wäre, wenn ich nichts davon wüsste."

„Dann ist er ein Narr."

Olaf lächelte und es wirkte, als ob sein Gesicht an

einen solchen Ausdruck nicht gewohnt wäre. „Da kann ich dir nicht widersprechen."

„Warum dienst du ihm dann immer noch?"

Olaf streckte die Hand aus und nahm sich einen Hähnchenflügel. „Weil sein Bruder Yusuf, den du und ich auf den Thron befördern wollten, tot ist. Jemand muss Muhammed in Schach halten. Es gibt Leute, die um ihn herumschwirren wie Fliegen um den Misthaufen, die alle versuchen, ihn dazu zu bringen, sie noch reicher zu machen, als sie es ohnehin schon sind."

„Nichts hat sich geändert. Sein Vater war gleich."

„Aber nicht al-Zagal. Er war ein bestärkender Einfluss. Es ist schade, dass er vertrieben wurde. Sag mir, warum du hier bist, Thomas. Bist du gekommen, um meine Tochter zu retten? Ich kann dir dabei helfen, wenn du mich lässt."

Thomas war sich bewusst, dass er kaum einen Gedanken an Helena verschwendet hatte, seit er seine Familie und Freunde in Malaka verlassen hatte.

„Ist sie immer noch seine Gefangene?"

Olaf nickte und nagte das Fleisch von einem Hühnerknochen, bevor er nach einem weiteren griff. Amal schmiegte sich an ihn, ein Lächeln auf ihrem süßen Gesicht. Vielleicht spürte sie, dass der Mann, der sie hielt, sein Leben für sie geben würde.

Wie ich es für Lubna hätte tun sollen, dachte Thomas und verwarf den Gedanken wieder. Er konnte diese Schuldgefühle nicht ewig mit sich herumtragen, denn sie würden ihn davon abhalten, diejenigen zu bestrafen, die sie getötet hatten. Es war Rache, die ihn jetzt erfüllte. Das bebende Chaos davon lag in der Luft, die ihn umgab, die Spannung davon wand sich in seinem Körper und wartete darauf, freigesetzt zu werden. Er wusste, dass Olaf dasselbe empfinden musste, vielleicht sogar noch stärker als er, und die Plötzlichkeit dieser Vorstellung überraschte ihn, zusammen mit dem Gedanken, dass Helena eine weitere seiner Töchter war – und zwar eine, die Thomas vielleicht befreien konnte.

„Schlägt er sie immer noch?“ Thomas erinnerte sich an die Nachricht, die ihm in Malaka überbracht worden war, als er nicht in der Lage oder nicht willens gewesen war, etwas dagegen zu unternehmen. Vielleicht hatte sich das geändert.

„Nicht da, wo man es sieht. Äußerlich ist sie so schön wie immer, aber wenn ich sie treffe, was gelegentlich der Fall ist, sehe ich eine gebrochene Frau. Körperlich ist alles in Ordnung, aber hier oben …“ Olaf tippte sich an die Stirn. „Manchmal führt Muhammed sie mir ganz bewusst vor. Er verhöhnt uns beide, weil sie weiß, dass ich in der Nähe bin und nichts tun kann.“ Sein Blick traf den von Thomas. „Aber du kannst es.“

„Warum sollte ich? Ich bin nicht ihretwegen hier.“

„Weil sie Wills Mutter ist und meine Tochter. Wenn du es nicht für sie tun willst, dann tu es für deinen Sohn – und für mich.“

„Was hat Muhammed mit Guerrero und Mandana vor?“

„Woher soll ich das wissen? Nichts Gutes, da bin ich mir sicher, aber was sie zusammen aushecken, weiß ich nicht. Also, wirst du es tun, Thomas?“

„Wie?“ Er wusste, dass die Entscheidung getroffen worden war, und er war nicht unglücklich darüber – eher unsicher, ob sie einen Plan schmieden könnten, der tatsächlich funktionierte.

Olaf neigte seinen Kopf in Jorges Richtung. „Er kann helfen. Jorge kennt den Palast besser als jeder andere. Es gibt auch noch andere. Ich habe etwas vorbereitet, wenn du bereit bist, mitzumachen." Olaf nahm sich noch etwas von dem Essen, bevor ihm auffiel, dass Amal noch in seinen Armen lag. Er hob sie hoch und hielt sie Thomas hin, der seine Tochter nahm und sein Gesicht an ihrem kleinen Körper vergrub, um ihren Duft einzuatmen. Er fühlte, wie sich etwas in ihm regte – eine erwachende Liebe, die viel zu lange eingefroren gewesen war.

„Wann?", fragte er.

„Heute Abend. Sie haben eine Art Feier für Muhammeds neue Freunde geplant. Im Palast wird Chaos herrschen, also hast du heute Abend die besten Karten."

„Fehlt er dir?", fragte Thomas. Sie befanden sich in der Nähe des Harems, der Jorges wahre Heimat war.

„Vor einem Jahr hätte ich noch Ja gesagt. Aber jetzt? Nein, ich glaube nicht. Wie du bin auch ich ein anderer Mann."

Thomas wusste, vor einem Jahr hätte er sich gegen diese Beschreibung gewehrt, aber heute nicht. Er sehnte sich nach alten Gewissheiten, sehnte sich danach, dass Lubna noch an seiner Seite war. Wenigstens konnte das, was er und Jorge taten, zumindest ein Stück weit wiedergutmachen, dass er seine Frau vernachlässigt und eine Rolle bei ihrem Tod gespielt hatte.

Olaf hatte es geschafft, sie in den Palast zu bringen. Thomas war mit Fatima in ihrem Haus geblieben, aber Jorge hatte sich davongeschlichen. Thomas fragte sich, ob er zu Bazzu, der Palastköchin, gegangen war, und ob sie die Stunden, bis er ihn getroffen hatte, in ihrem Bett verbracht hatten. Er wusste, dass Jorge Belia liebte, aber er wusste ebenso gut, dass Treue keine Lebensweise war, die er vertrat oder gar verstand. Jorge hatte Bazzu geliebt, lange bevor er Belia kennengelernt hatte, und es bestand eine tiefe Verbindung zwischen den beiden. Thomas hatte schon lange aufgehört zu versuchen, die Wege des Mannes zu verstehen, den er seinen Freund nannte.

Es war bereits dunkel, als Jorge zurückkehrte, aber sie blieben in Olafs Haus und aßen das von Fatima zubereitete Essen, während sie sie mit Palastklatsch unterhielt. Sie wusste, was sie vorhatten, aber Helena wurde mit keinem Wort erwähnt – vielleicht, weil es Unglück bringen könnte.

Von draußen tönte der Lärm der Feierlichkeiten zu ihnen herein, und als sie nach Mitternacht aufbrachen, flackernden in den Innenhöfen, an denen sie vorbeikamen, noch Fackeln und Laternen, und die Männer riefen einander mit lauten Stimmen zu. Sie sahen Frauen, jedoch keine Ehefrauen, nur Haremsmädchen und andere, die aus der Stadt und dem Albayzin gebracht worden waren. Thomas sah sich um, während sie sich ihren Weg bahnten, entdeckte aber weder Mandana oder Guerrero noch Muhammed. Sie würden sich in den inneren Gemächern aufhalten, wo man ihnen die schönsten Frauen zur Seite stellen würde – und es gab keine schönere als Helena.

„Muhammed wird Helena mit ziemlicher Sicherheit in seiner Nähe haben“, sagte Jorge, als sie einen Korridor entlanggingen, der nach Ölen aus einer nahe gelegenen Badekammer duftete.

„Wo liegt ihr Zimmer?“

„Im Harem – nein, in der Nähe des Harems. Sie wird ihn nicht mehr betreten dürfen, aber bestimmt es in der Nähe.“

„Dann müssen wir dorthin. Ich werde ihr Zimmer erkennen, wenn wir es finden."

Jorge lächelte. „Ihren Duft vergisst man tatsächlich nicht so leicht."

„So sehr ich es auch versucht habe."

Auf dem Weg in den Palast waren sie keinen Wachen begegnet, und jetzt verstand Thomas, warum. Sie waren an allen Eingängen zu den inneren Räumlichkeiten postiert. Er blieb stehen und sah sich um. Rechterhand waren Leute auf Kissen zusammengesunken, hier schien gerade eine Art von Feier zu Ende zu gehen. Thomas zog Jorge am Ärmel und in eine kleine Nebenkammer, die leer stand. Er wusste nicht, ob der Weg, der ihm vorschwebte, ihnen noch Zugang gewähren würde oder nicht, aber er hatte Britto aufgesucht und ihn befragt, welche der Gänge, die er einst benutzt hatte, noch begehbar waren. Nur wenige, hatte Britto ihm gesagt, aber er wusste, welche, da er daran beteiligt gewesen war, sie zuzuschütten. Einst hatte sich Thomas in dem Geflecht von Gängen so gut ausgekannt wie in seinem eigenen Hauses auf dem Albayzin. Er hoffte nur, dass Britto recht behalten würde und tatsächlich noch ein Durchgang existierte, der es ihnen ermöglichte, unbemerkt an dem Ring von Wachen vorbeizukommen.

Thomas begann, die Stellen zu untersuchen, hinter denen ein Zugang liegen könnte, und fuhr mit den Händen über die Steine und Fliesen, bevor er weiterging. Irgendwann ließ ein plötzliches Geräusch sie beide sich in den Schatten eines schmalen Ganges pressen, als das Lachen einer Frau in der Nähe erklang. Als sie auftauchte – sie lief, aber nicht schnell –, glaubte Thomas fast, es sei Helena. Die Frau hatte hellblondes Haar, aber als sie an ihm vorbeikam, ohne seine oder Jorges Anwesenheit zu bemerken, erkannte er, dass sie es nicht war. Einen Moment später folgten zwei Männer, die kehlig lachten.

„Ich hoffe, sie ist willig", sagte Jorge, seine Stimme noch leiser als ein Flüstern, das Urteil darin klar.

Thomas wollte gerade weitergehen, als er einen Widerstand unter seinen Fingern spürte. Er drehte sich um, ging in die Knie und untersuchte eine kleine Öffnung zwischen dem unteren gefliesten Teil der Wand und dem oberen aus Stein. Er steckte seinen Finger hinein, fand eine Verriegelung vor und zog an ihr. Aus dem Inneren der Wand ertönte ein Geräusch und ein kleiner Teil davon schwang auf. Thomas schob seine Hand hinein und fand eine zweite Verriegelung. Als er daran zog, öffnete sich ein breiterer Eingang. Er grinste und glitt seitwärts in einen engen Zwischenraum.

„Ich kann nur sagen", sagte Jorge, „es ist ein Glück, dass ich nicht alles gegessen habe, was Fatima aufgetischt hat." Er folgte Thomas, wobei er hinter ihm kaum noch Platz hatte.

Als Thomas die Tür zuzog, war der Innenraum stockdunkel.

„Woher wissen wir, wohin wir gehen sollen?" Jorge streckte eine Hand aus, suchend, fand schließlich Thomas und hielt sich an ihm fest.

„Es gibt nur einen Weg und unsere Augen werden uns hier nicht helfen. Halte dich einfach an mir fest."

Thomas wandte sich ab, seine eigenen Hände ausgestreckt, und rutschte mit seinen Füßen über den unebenen Boden. Er versuchte, nicht daran zu denken, was er damit aufscheuchen könnte, welche Spinnen und Insekten diesen dunklen Ort zu ihrem Zuhause gemacht hatten.

Der Korridor formte eine leichte Rechtskurve und

begann, allmählich abwärts zu führen. Einen Moment später kippte Thomas fast vornüber, als sein Fuß auf eine leere Stelle traf. Er lehnte sich mit dem Rücken an Jorge und wartete, während er nach Luft schnappte, bevor er mit seiner Fußspitze die Stufen zu erkunden begann, die nach unten führten. Er fand die erste, die zweite, stieg dann etwa zwanzig Stufen hinab, bis der Boden wieder eben war. Vor ihm tauchte ein Licht auf und er bewegte sich nun sicherer vorwärts, als Geräusche an sie herangetragen wurden.

Licht strömte durch eine Öffnung über seinem Kopf, zu hoch, um hindurchzusehen, aber Thomas hatte schon vor langer Zeit gelernt, wie man diese Wände erklomm. Dieses Wissen nutzte er nun und kurz darauf spähte er in einen großen Raum. Feine Wandbehänge zeigten Jagdszenen und auf dem Boden lagen Seidenkissen verstreut. Auf niedrigen Tischen standen kleine Küchlein, Weinflaschen und Wasserpfeifen. Der süße Duft von Haschisch und Opium hing schwer in der Luft. Es hätte eine Szene der Ausschweifung sein sollen, doch das war es nicht. Muhammed saß auf der einen Seite des Tisches, Pedro Guerrero und Abt Mandana auf der anderen. Es waren auch Frauen anwesend, aber sie saßen abseits der Männer und unterhielten sich untereinander. Thomas verrenkte seinen Hals, um so viel wie möglich von dem Bild aufzunehmen, das sich ihm bot, bis er die Personen fand, von der er erwartet hatte, dass sie dort sein würde.

Helena saß allein, den Kopf gesenkt, ihr weißes Haar hing bis auf den gefliesten Boden. Sie wirkte dünner, als Thomas sie in Erinnerung hatte, aber es war schon einige Jahre her, seit er sie das letzte Mal gesehen hatte, und noch länger, seit sie sein Bett geteilt hatte. Sie war ihm von dem alten Sultan, Muhammeds Vater, geschenkt worden, mehr ein Scherz als ein Geschenk. Helena hatte sich bei einem Angriff Verletzungen zugezogen, die zu unschönen Narben verheilt waren, und war als nicht mehr perfekt genug für den Harem betrachtet worden. Thomas hatte es geschafft, das meiste von ihrer Schönheit wiederherzustellen – aber für eine Rückkehr in den Harem hatte es nicht gereicht. Und doch war sie nun hier, nur hatte ihre Schönheit wenig damit zu tun. Sie in seiner Nähe festzuhalten, war Muhammeds Art, Thomas zu bestrafen. Warum er einen solchen Hass gegen ihn hegte, war Thomas ein Rätsel, aber der Mann an sich war ein einziges Mysterium. Ein maurischer Sultan, der auch ein Vasall Spaniens war. War das der Grund, warum Guerrero und Mandana hier waren – war es ein Zeichen für die Eskalation der Schlacht zwischen Spanien und al-Andalus? Oder gar der Beginn eines Endes des Krieges?

Thomas drehte seinen Kopf so, dass sein Ohr gegen die Öffnung gedrückt wurde, aber über die vielen Hintergrundgeräusche hinweg konnte er nicht verstehen, worüber die drei Männer sprachen. Er glitt auf den Boden zurück und wandte sich Jorge zu.

„Sie ist da drinnen mit Muhammed und den anderen, aber sie reden übers Geschäft."

„Sie werden sie nicht gehen lassen, bis sie fertig sind. Sie könnten sie haben wollen, wenn sie fertig sind."

Thomas nickte und wusste, dass Jorge recht hatte. Helena bedeutete ihm nichts mehr, obwohl sie immer noch Wills Mutter war, und aus diesem Grund würde er alles tun, was in seiner Macht stand, um sie zu befreien.

„Wie sieht sie aus?", fragte Jorge.

„Gebrochen."

„Das klingt nicht nach Helena."

Thomas wandte sich ab und suchte nach einem Weg

aus dem Tunnel. Sie befanden sich nun außerhalb des goldenen Zimmers. Rundherum würden Wachen postiert sein, wenn auch nicht viele, und sie würden auf Eunuchen treffen, aber nur wenige, und sie würden Jorge kennen.

Der Ausgang, den er entdeckte, mündete in einem Eingang zum Harem, was keine Überraschung war. Der Zweck dieser geheimen Gänge war es, den Zugang zu und von solchen Orten zu ermöglichen.

Der Duft, der in der Luft hing, war berauschend. Thomas drängte Jorge vorwärts. Wenn er erkannt wurde, konnte er sich wenigstens aus seiner Lage herausreden, doch er kam einen Moment später zurück, um Thomas mitzuteilen, dass der Harem leer war. Zweifellos waren die Konkubinen des Sultans an einen anderen Ort gebracht worden, fernab jeder Möglichkeit der Korruption. Jorge ging voran und sie marschierten zügig in einen angrenzenden Korridor. Von einer Seite gingen Zimmer ohne Türen ab, in denen Konkubinen untergebracht waren und wo, so versicherte Jorge ihm, Helena einen zugewiesenen Platz haben würde.

Sie gingen langsam durch den Korridor, warfen sorgfältige Blicke in jede Kammer, um die Kleidung zu überprüfen, alle Bücher oder Tagebücher, die umherliegen könnten, und atmeten tief den Geruch der Person ein, die das jeweilige Zimmer bewohnte, bis sie ein Zimmer erreichten, vor dem Thomas stehen blieb, bevor er sich darin auf das schmale Bett setzte.

„Hier", sagte er, und Jorge nickte.

„Sie ist unverwechselbar, nicht wahr?" Er setzte sich neben Thomas und tätschelte sein Bein. „Du warst ein Glückspilz."

Thomas lachte, aber es lag kein Humor darin.

Sie warteten, denn es gab nichts anderes, was sie tun

konnten. Jorge streckte sich auf dem Bett aus und schlief ein. Einige Zeit später erklang das Geräusch von nackten Füßen auf Stein und kurz darauf betrat Helena das Zimmer.

Am Eingang hielt sie abrupt inne, und einen Moment lang beobachtete Thomas, wie sich ihr fast perfekter Mund zum Schreien öffnete, doch dann erkannte sie, wer da auf ihrem Bett saß – und wer quer darüber ausgestreckt lag. Sie neigte den Kopf zur Seite und machte einen Schritt in den Raum, sah hinter sich und machte dann einen weiteren Schritt auf sie zu.

„Vielleicht kommen sie mich noch holen", sagte sie. „Ich glaube, der Junge ist noch nicht fertig mit mir."

„Es gibt wohl noch etwas Geschäftliches zu besprechen." Thomas stand unbeholfen auf. Sollte er sie umarmen? Besser nicht.

Aber Helena tat es. Sie kam auf ihn zu, legte ihre Arme um seinen Hals und drückte sich an ihn, während ihr unverwechselbarer Duft ihn in eine heimtückische Vertrautheit hüllte. Er versuchte, nicht zu reagieren, aber sein Körper hatte andere Pläne.

„Oh, ich glaube, ihr Geschäft ist abgeschlossen", flüsterte Helena ihm ins Ohr. „Muhammed hat sie mitgenommen, um ihnen die Löwen in seiner Menagerie zu zeigen. Er liebt es so sehr, mit ihnen zu prahlen. Er sagte mir, ich solle hier warten und er würde nach mir schicken, wenn sie für mich bereit sind. Ich soll ihnen beiden zum Geschenk gemacht werden, obwohl ich erwarte, dass nur einer in der Lage sein wird, seine Leistung zu erbringen."

Thomas legte seine Hände auf Helenas Taille und schob sie von sich. „Dann müssen wir jetzt gehen."

„Bist du gekommen, um mich zu retten? Oh, Thomas,

du bist solch ein Held. Wie kann ich mich je revanchieren?“ Selbst hier, selbst jetzt, musste sie sticheln.

Thomas drehte sich zur Seite, um Jorge zu wecken, doch er saß bereits auf dem Bett. Zweifellos hatte er alles mitbekommen, wie er es immer tat.

„Können wir durch den Harem aus dem Palast gelangen?“, fragte Thomas.

„Das wäre die falsche Richtung“, sagte Jorge.

Thomas dachte angestrengt nach und versuchte, sich an den Grundriss der inneren Räumlichkeiten zu erinnern, doch er war nicht so vertraut damit wie mit anderen Teilen des Palastes. Die äußeren Bereiche des Harems hatte er besucht, als er in seiner Rolle als Palastarzt Frauen behandelt hatte, aber diese tiefer liegenden Räume waren selbst ihm untersagt gewesen. Nur Personen wie Jorge, die als unfähig galten, die Bewohnerinnen zu belästigen, war der Zutritt gestattet.

„Wie weit ist es bis zur Badekammer der Sultana?“

Jorge runzelte die Stirn. „Nicht weit, aber die liegt in Richtung von Muhammeds Gemächern.“

„Wenn er gerade seine Tiere vorführt, haben wir Zeit.“ Thomas ergriff Helenas Handgelenk und zog sie in den Korridor. Einen Moment lang wehrte sie sich, doch dann besann sie sich eines Besseren und tappte neben ihm her, während Jorge sich an ihnen vorbeidrängte, um sie anzuführen.

Das tiefe Becken stand leer bis auf eine kleine Wasserlache in einer Ecke.

„Warum sind wir hier?“, fragte Helena. „Ich habe schon gebadet, es sei denn, du willst mich waschen, wie du es einst getan hast?“

Thomas ließ sie los und ging in eine Ecke. In dieser Kammer war eine Sultana gestorben und ihr Angreifer hatte sich in Schall und Rauch aufgelöst. Wie so etwas möglich war, hatte niemand sagen können, bis Thomas und sein junger Begleiter das Rätsel gelöst hatten. In einer der Ecken hatte sich eine Öffnung befunden, und genau dort ging Thomas nun hin. Er war sich sicher, dass sie versiegelt worden war, und umso mehr überraschte es ihn, dass der Entriegelungsmechanismus noch vorhanden war. Als er seinen Arm in die Öffnung steckte, um daran zu ziehen, wunderte er sich umso mehr, denn die Wand bewegte sich nun und schwang an einer Stelle auf. Als er sich wieder umdrehte, starrte Helena ihn mit offenem Mund an. Er war froh, dass er sie wenigstens noch auf eine Weise überraschen konnte.

Im Inneren der Nische, zu der sie nun Zugang hatten, verlief der Tunnel, erhellt durch hohe Öffnungen in den Wänden. Jorge betrat ihn als letzter und sie mussten sich aneinander vorbeidrücken, damit Thomas den Eingang wieder verschließen konnte. Dabei fragte er sich, wie viele dieser Geheimgänge wohl noch vorhanden waren. Er erwog, sich eine Weile darin aufzuhalten, um zu versuchen, einen Weg in Muhammeds Gemächer zu finden, damit er belauschen konnte, was auch immer besprochen wurde. Als er es ihr jedoch vorschlug, sagte Helena: „Das ist nicht nötig, ich habe jedes Wort gehört, das sie gesprochen haben. Ich kann dir genau sagen, was sie planen."

KAPITEL ZWANZIG

„Was ich wissen möchte, ist, wo sie schlafen wird." Belia klang, als stünde sie kurz davor, die Beherrschung zu verlieren, und Thomas fragte sich, ob sie sein Haus zu lieb gewonnen hatte und begann, es als ihr eigenes zu betrachten. Nicht, dass er jemals wieder eine Verwendung dafür finden würde, also konnte sie es gerne haben.

Olaf hatte sie auf denselben geheimen Pfaden, auf denen er sie hinaufgebracht hatte, vom Hügel geführt, und saß nun im Wohnraum, während sie zu dritt am Rande des Innenhofes standen und zu klären versuchten, wo Helena schlafen würde. *Als ob wir nichts Besseres zu tun hätten,* dachte Thomas.

„Sie sollte natürlich bei Thomas schlafen", sagte Jorge.

„Nein, das geht nicht." Schon die Aussicht darauf ließ Thomas einen Schauer über den Rücken laufen.

„Warum nicht? Sie hat schon oft genug dein Bett geteilt", sagte Jorge. Belia hatte die Arme vor der Brust verschränkt und starrte die beiden in Erwartung einer Entscheidung an.

„Vielleicht möchte Luis sie neben sich haben", sagte Thomas.

„Sie würde den Jungen umbringen. Es steht nur dein Bett zur Auswahl."

„Dann kann sie es gerne haben, aber ohne mich daneben. Im Arbeitszimmer steht ein Feldbett. Es wäre nicht das erste Mal, dass ich dort schlafe. Es wird sogar ruhiger sein als hier." Thomas starrte die beiden an.

Belia breitete schließlich ihre Arme aus und schob eine Hand um Jorges Taille. „Solange sie nicht versucht, sich bei uns einzunisten."

Thomas fragte sich, mit was für Märchen Jorge Belia unterhalten hatte – oder vielleicht waren es auch keine Märchen, denn er hatte viel länger mit Helena im Harem gelebt als Thomas mit ihr hier unter diesem Dach, und wusste zweifellos über einige ihrer Eskapaden Bescheid.

„Wird ihnen auffallen, dass sie weg ist?", fragte Belia, als Thomas sich abwenden wollte.

„Nicht gleich. Es dämmert bald und die meisten der Hügelbewohner werden den größten Teil des Tages verschlafen."

„Werden sie wissen, wer sie entführt hat?"

Thomas sah Belia an, bis sie den Blick senkte, was ihm einen Moment lang ein schlechtes Gewissen bereitete. „Sie wissen nicht einmal, dass ich in Gharnatah bin."

„Aber Olaf", sagte Jorge. „Zu ihm werden sie zuerst gehen, und wenn sie merken, dass er nicht da ist ..."

Thomas ließ Belia und Jorge in dem Innenhof zurück und ging ins Haus. Er fragte sich, ob es Muhammed wichtig genug sein würde, um Männer loszuschicken, die versuchen sollten, Helena zu finden.

Jetzt saß sie am Tisch neben ihrem Vater, als ob seine Anwesenheit allein sie schützen könnte. Luis, ihr gegenüber, starrte sie mit offenem Mund an, und Thomas fragte sich, ob sie vielleicht zu abweisend gegenüber Jorges Vorschlag gewesen waren. Es wäre eine Erfahrung für den Jungen, wenn schon nichts anderes. Nicht, dass es jemals dazu kommen würde. Helena ignorierte ihn, aber zu Thomas huschte ihr Blick unmittelbar, als er den Raum betrat, und sie richtete sich auf. Sie trug immer noch die Kleider des Harems, feine Seide, die sich an ihren Körper schmiegte, um die darunter liegende Figur zu betonen. Eine Figur, die Thomas einst intim gekannt hatte.

Er ging zum Kopfende des Tisches und setzte sich. Erschöpfung hatte sich in ihm ausgebreitet, aber er musste erfahren, was Helena von Muhammeds Gesprächen mit Guerrero und Mandana mitbekommen hatte, bevor überhaupt an Schlaf zu denken war.

„Erzähl mir, worüber sie geredet haben." Er beugte sich vor und richtete seinen Blick auf Helena, trotz seiner Meinung über sie. Er wusste, dass sie dankbar war, wusste, dass sie diese Dankbarkeit auf die einzige Art und Weise ausdrücken wollen würde, die ihr möglich war, aber darum würde er sich kümmern, wenn es so weit war.

„Ich bin müde", sagte sie. „Sie haben mich die ganze Nacht wachgehalten und ich habe nicht geschlafen. Wir sollten nach oben gehen, Thomas."

„Keiner von uns hat geschlafen. Du kannst ins Bett gehen, wenn du mir erzählt hast, was du gehört hast."

„Kann das nicht warten? Mir dreht sich der Kopf und mein Körper tut weh."

„Haben sie dich missbraucht?" Es war Olaf, der sprach, immer noch der besorgte Vater, obwohl er wusste, wozu seine Tochter fähig war, zu welcher Bosheit imstande war – doch väterliche Liebe schien in der Lage zu sein, alles zu verkraften. Thomas nahm an, dass er selbst es mit Will und Amal auch nicht anders handhaben würde, dass es die Rolle eines Vaters war, zu vergeben, obwohl sein eigener ihm nie etwas verziehen hatte, außer kurz vor seinem Ende.

„Muhammed hat mich jeden einzelnen Tag missbraucht. Manchmal körperlich, manchmal nur mit Drohungen, aber die können sogar das größere Übel sein. Heute Abend hat er mich geschlagen. Er stellte mich diesen Männern vor und schlug mich dann mit einem Stock. Ich konnte erkennen, dass der jüngere der beiden meine Qualen sogar genoss."

„Und Mandana?"

„Ist das der Alte?"

Thomas nickte. „Und sein Sohn ist Pedro Guerrero."

„Man hat mir ihre Namen nicht genannt. Der alte Mann ist der Vater des jungen?" Helena runzelte die Stirn. „Jetzt, wo du es sagst, kann ich es auch erkennen – sie sehen sich ähnlich, sind gleich groß. Aber der Junge … Pedro, sagtest du? Er ist grausam, wie Muhammed. Schlimmer noch. Ich wurde ihm angeboten."

„Was hat er mit dir gemacht?" Es war wieder Olaf, immer noch der Beschützer, obwohl er wissen musste, dass es dafür zu spät war.

„Nichts. Er sagte, er würde mich später genießen, wenn er weniger müde und weniger betrunken wäre. Die Art, wie er mich ansah, als er es sagte, machte mir Angst."

„Du bist jetzt in Sicherheit", sagte Thomas und Helena lächelte ihn an. Sie streckte eine Hand nach ihm aus, aber Thomas zog seine eigene zurück. Sie ließ ihre auf dem Tisch liegen, als ob es nicht ihre Absicht gewesen wäre, ihn zu berühren. „Erzähl mir, was du gehört hast."

„Muhammed wurde es leid, mich zu demütigen. Zu

diesem Zeitpunkt diskutierten sie bereits über Geschäfte und vergaßen, dass ich überhaupt anwesend war. Muhammed war betrunken und hatte geraucht. Sie sprachen über Spanien, aber auch über andere Themen. Muhammed hasst seinen Onkel. Er schmiedet mit den Männern einen Plan, um al-Zagal anzugreifen und ihn zu töten, wenn er kann."

„Muhammed hat eigene Soldaten für so etwas", sagte Thomas.

„Du kennst Muhammed", sagte Olaf. „Er sorgt sich um alles und nichts. Er wird al-Zagal erst angreifen, wenn er sich des Sieges sicher ist. Ich kann mir vorstellen, dass er es vorzieht, wenn ein anderer sich für ihn die Hände schmutzig macht."

„Wie viele Männer hat al-Zagal?", fragte Thomas.

„Nicht so viele wie einst. Seit dem Fall von Malaka ist er ein gebrochener Mann. Er wurde noch vor der Hauptschlacht besiegt, von seiner Position in Gharnatah verdrängt. Er hat sich eine Bleibe in al-Marilla geschaffen, aber weniger als tausend Mann sind bei ihm. Er herrscht über die Stadt, aber sonst nicht viel. Ich habe gehört, dass er überlegt, über das Meer nach Afrika zu segeln."

„Muhammed will seinen Onkel tot sehen", sagte Helena. „Er hat den beiden Männern tausend ausgebildete Soldaten angeboten, wenn sie al-Zagal angreifen." Sie blickte zu Olaf. „Er sagte, du würdest sie anführen." Sie starrte ihren Vater lange an, bevor sie fortfuhr, als wäre sie sich nicht sicher, ob sie ihm alles erzählen sollte, was gesagt worden war, traf dann aber ihre Entscheidung. „Er will, dass du nicht in der Stadt bist, Vater. Er traut dir nicht."

„Ich diene dem Sultan", sagte Olaf. „Ich habe immer dem Sultan gedient. Muhammed weiß das."

„Er weiß auch, dass du in jedes seiner Geheimnisse eingeweiht bist. Er war schon nicht vernünftig, bevor er Sultan wurde, und jetzt ist er noch schlimmer. Er sieht überall Gefahr. Er glaubt an Ahnungen und Zeichen. Wenn ein Vogel durch einen Hof fliegt, ohne sich in einem Baum niederzulassen, bedeutet das Unglück. Wenn der Wind an einem Tag nach Süden und am nächsten nach Norden weht, bringt er Gefahr. Er denkt nicht mehr klar." Unvergossene Tränen glitzerten in Helenas Augen, ein Anblick, den Thomas noch nie erlebt hatte – einer, von dem er geglaubt hatte, ihn nie zu sehen. Es sagte ihm, wie schlecht Muhammed sie behandelt hatte, wie tief das Geschehene sie verletzt hatte.

„Wer wird diesen Angriff anführen, wenn Muhammed dich mit tausend Mann losschickt?", fragte Thomas Olaf. „Guerrero, Mandana oder du?"

„Ich werde nicht gehen", sagte Olaf.

„Weigere dich und er wird dich verhaften."

„Muhammed sagte ihnen, dass sie das Kommando hätten", sagte Helena. „Sie sagten ihm, sie hätten bereits zweitausend eigene Männer, und mit Muhammeds Soldaten könnten sie al-Marilla in wenigen Tagen einnehmen."

„Sie haben höchstens tausend", sagte Thomas. „Nicht wahr, Luis?" Er wollte den Jungen einbeziehen, der die ganze Zeit über Helena angestarrt hatte, als hätte er noch nie eine Frau wie sie gesehen, was durchaus stimmen konnte. „Und nicht alle davon haben Kampferfahrung, richtig?"

Luis nickte, gab aber keinen Kommentar ab. Er griff nach unten und streichelte den Kopf von Kin, der die ganze Zeit neben seinem Herrn gesessen hatte.

„Damit sind es immer noch zweitausend", sagte Olaf.

„Mehr als genug, um al-Zagal zu besiegen. Es würde Muhammeds Reich erweitern und ganz al-Basharāt käme dazu, dann hätte er eine Festung an jedem Ende."

„Was würde ihm das bringen?", fragte Thomas. „Es wäre doch viel besser für ihn, seine Schlagkraft hier in Gharnatah auszubauen, anstatt sie zu breit zu streuen. Es ist diese Stadt, die die Spanier wollen, nicht die vereinzelten Dörfer im Osten, nicht einmal al-Marilla. Sie haben Malaka eingenommen, und Gharnatah wird ihre nächste Trophäe sein."

„Muhammed sieht das nicht", sagte Olaf. „Wie Helena schon sagte, er denkt nicht mehr rational."

„Haben Mandana und Guerrero diesem Plan zugestimmt?", fragte Thomas.

„Mehr als das", sagte Helena. „Sie sind es, die damit zu Muhammed kamen, nicht umgekehrt. Sie sind noch aus einem anderen Grund hier als nur der Schlacht wegen, aber was das ist, habe ich nicht gehört. Nur … Aber nein, das hat nichts damit zu tun."

„Nur was?", sagte Thomas.

Helenas Blick wanderte über den Tisch, hielt bei ihrem Vater inne und trafen dann auf den von Thomas. „Sie haben deinen Namen erwähnt. Sie beide."

„Meinen?" Thomas lachte fast auf, bis er sich an den Hass erinnerte, der Guerrero dazu angetrieben hatte, Lubna zu töten.

„Sie wollten wissen, ob du nach Gharnatah zurückgekehrt bist."

„Haben sie gesagt, warum?"

Helena schüttelte den Kopf. „Muhammed sagte, du wärst nicht hier, hättest aber noch ein Haus hier auf dem Albayzin."

„Hat er das … Und was haben sie dazu gesagt?"

„Sie fragten, wo. Und als Muhammed wissen wollte, warum sie so neugierig auf dich waren, hat der junge –“

„Guerrero“, sagte Thomas. „Mandanas Sohn.“

Helena winkte mit der Hand ab, denn sie machte sich nichts aus Namen. „Der Junge, *Guerrero*“, sie betonte das Wort absichtlich, bevor sie innehielt. „Ja, er mag der Sohn von Mandana sein, aber die Macht hat sich verschoben. Der Vater hat den Platz für ihn geräumt, so viel ist klar – oder wurde von der ersten Stelle entfernt. Es war Guerrero, der das Wort ergriff, Guerrero, der sagte, es sei egal, ob du hier bist oder nicht. Wenn das Haus dir gehört, muss es zerstört und jeder darin getötet werden. Er sagte, wenn du fliehst oder nicht hier bist, kann er dich immer noch aufspüren und später töten.“

„Und Muhammed hat zugestimmt?“ Thomas dachte darüber nach, was Helena gesagt hatte, und über andere Dinge, bevor er nickte. „Ja, vermutlich. Natürlich hat er das. Das hier ist nicht Gharnatah, es ist der Albayzin, und die beiden befinden sich so gut wie im Krieg. Es würde ihn nicht im Geringsten kümmern, wenn die beiden die Stadt in Schutt und Asche legen. Nur hat Guerrero nur fünfzig Mann bei sich, und wir bräuchten viermal so viele, um auch nur die entfernteste Chance zu haben.“

„Muhammed sagte, er würde ihnen Truppen zur Seite stellen.“

Thomas starrte Helena an. „Warum hast du das bis jetzt für dich behalten?“ Er stand auf, zögernd, unsicher, was er tun sollte, und vermisste den alten Thomas, der sich immer sicher gewesen war. „Sobald Muhammed erfährt, dass du nicht mehr da bist, wird er wissen, wer dich befreit hat. Haben sie gesagt, wann sie hierherkommen wollen?“

„Nein, aber es wird nicht heute sein. Nach der letzten

Nacht werden sie alle schlafen." Ein Stirnrunzeln legte sich auf Helenas Gesicht, ein für sie fremder Ausdruck. Es schien, als würde ihr in diesem Moment bewusst, dass sie einer Gefahr entkommen war, nur um sich in eine noch größere zu begeben. „Was wirst du tun, Thomas?"

Thomas sah Olaf an. „Gehst du zurück in den Palast?"

Olaf schüttelte den Kopf. „Heute nicht. Vielleicht nie."

„Du hast mir immer gesagt, du wärst der Mann des Sultans."

„Muhammed ist kein Sultan." In Olafs Stimme lag ein ungewohnter Ton der Abneigung. „Das war er nie, aber ich war zu sehr von meinem eigenen Gefühl der Loyalität besessen, um die Maßnahmen zu ergreifen, von denen ich wusste, dass ich sie hätte ergreifen sollen. Jetzt … schickt er Männer, um dich, Thomas, und alle anderen hier zu töten. Er hat die Grenze jeglichen zivilisierten Verhaltens überschritten."

„Was ist mit Fatima?"

„Ich werde eine Nachricht schicken. Sie ist dort, wo sie ist, vorerst sicherer. Sie ist keine Bedrohung für ihn."

„Und wenn Muhammed sie gefangen nimmt, wie er es mit Helena getan hat?"

„Das wird er nicht. Er weiß, wenn er es tut, werde ich ihn töten. Wenn ich nicht mehr auf dem Hügel bin, besteht die Möglichkeit, dass meine Männer seine Befehle befolgen. Vielleicht auch nicht, aber zumindest hat er eine Chance. Er wird es nicht wagen, diese Chance zu gefährden." Olaf stand auf. „Sie werden nicht bei Tageslicht kommen, also haben wir noch etwas Zeit, und wir alle sind erschöpft. Wir sollten etwas schlafen, und dann, nach dem Mittag, müssen wir Gharnatah verlassen." Er schaute über die am Tisch Versammelten. „Wir alle. Einverstanden?" Olaf wartete, bis alle nickten.

Thomas war der Letzte. Er war gerade erst in dieses Haus zurückgekehrt, das er liebte, und hätte gerne mehr Zeit gehabt, um die Vertrautheit der Mauern auf seine Seele wirken zu lassen. Aber er wusste, dass Olaf recht hatte. Es hieß gehen oder sterben, und tot würde er Lubna niemals rächen können.

KAPITEL EINUNDZWANZIG

Thomas konnte kaum glauben, was Guerrero vorhatte, aber er wusste, dass es ihn nicht überrascht sollte. Es war Guerrero gewesen, der ein Jahr zuvor an dem Plan beteiligt gewesen war, den Reichtum der Gilde von Malaka zu stehlen, ein Plan, der in Lubnas Tod geendet hatte. Thomas dachte, er hätte den Diebstahl verhindert, doch als er zu dem Ort zurückgekehrt war, an dem er einen der Drahtzieher der Aktion getötet hatte, waren die Holzkisten, die dort gestanden hatten, verschwunden gewesen. Kein Wunder, dass Guerrero nun ausreichende Mittel hatte, eine Armee zu finanzieren – ausreichende Mittel, um sogar einen Sultan zu bestechen.

„Du hast recht", sagte Thomas zu Olaf. „Wir sollten alle versuchen, ein wenig zu schlafen." Er stand auf und machte sich auf den Weg zur Tür in den Innenhof. Er wollte darüber nachdenken, was Helena ihm erzählt hatte, wollte über den wahren Grund dafür nachdenken, warum Guerrero und Mandana hier waren. Nicht, um ihn zu töten, trotz allem, was Helena mitangehört hatte. Die beiden mochten ihn hassen, aber niemandes Hass saß so tief. Der Sohn und der Vater waren beide irrational, aber sie waren nicht dumm. Ganz und gar nicht.

Er sah, wie Helena sich zu erheben begann, bereit, ihm zu folgen. Sah, wie Olaf eine Hand auf ihren Arm legte und den Kopf schüttelte.

Thomas ging nach draußen und atmete tief die kühle Luft ein. Das Haus barg eine Vielzahl von Erinnerungen, die sich nun in seinem Kopf überschlugen. Eine verschmolz mit der anderen, sodass er sie kaum auseinanderhalten konnte. Er fragte sich, ob er hier noch jemals mehr davon ansammeln würde, oder ob dies das letzte Mal war, dass er dieses Haus sehen würde. Er würde es vermissen, aber sein ganzes Leben lang war er von einem Ort an den nächsten gezogen, solange er sich zurückerinnern konnte. Jetzt starrte er hinüber zu al-Hamra, dann weiter zu den schneebedeckten Gipfeln des Sholayr, die die törichten Ambitionen der Menschen überragten.

Als er das kleine Arbeitszimmer betrat, lag Usaden auf dem Feldbett. Er hatte vergessen, dass hier der Gomeres schlief, und machte sich auf den Weg nach draußen.

„Wem versuchen Sie zu entkommen, Thomas?" Usaden war bei Helenas Erzählung nicht dabei gewesen, und Thomas erkannte, dass er wahrscheinlich den Großteil der Nacht geschlafen hatte, sich ihres Erfolges sicher.

Thomas lachte trotz seiner inneren Anspannung. „Vor einem Dämon, gehüllt in den Körper einer schönen Frau."

„So wie Sie es formulieren, klingt sie verlockend." Usaden erhob sich. „Ich wollte gerade aufstehen, also können Sie das Feldbett haben. Es ist erstaunlich bequem."

„Für jemanden, der es eher gewohnt ist, auf

Wüstensand zu schlafen, ist es das wahrscheinlich." Thomas klopfte Usaden im Vorbeigehen auf die Schulter, dann legte er sich auf das Feldbett, den Kopf und die Schultern an die Seite einer Bank gelehnt. Wenn überhaupt, dann barg dieser Raum mehr Erinnerungen als der Rest des Hauses, und er war froh, dass er hierhergekommen war.

Usaden zog einen dreibeinigen Hocker hervor und setzte sich darauf, als wäre es ein gepolsterter Stuhl.

„Sagen Sie mir ehrlich", sagte Thomas, „wie kommt Will mit dem zurecht, was Sie ihm beizubringen versuchen?"

Usadens dunkle Augen studierten Thomas, bevor er antwortete. „Die Wahrheit? Er wird ein großer Kämpfer sein – wenn er lernt, sein Temperament zu kontrollieren. Ich glaube, er hat ein wenig von seinem Großvater in sich, aber er kämpft auch wie Sie. Er lässt sich von seinem Instinkt leiten, besitzt aber auch die gleiche eiskalte Logik, die ich bei Ihnen sehe. Es ist eine Kombination, die ihn unverwundbar machen … oder ihn töten wird."

Thomas fragte sich, wann Usaden die Zeit gefunden hatte, ihn im Kampf zu beobachten, denn sie hatten immer Seite an Seite gekämpft und kaum Gelegenheit gehabt, sich umzusehen. „Ich bin jedenfalls noch am Leben."

Usaden lächelte fast. „Das sind Sie in der Tat."

„Wir müssen dieses Haus verlassen", sagte Thomas. „Guerrero und Mandana werden kommen, um alle hier zu töten, höchstwahrscheinlich heute Nacht, wenn sie glauben, dass wir schlafen, aber bis dahin werden wir längst weg sein. Es ist Ihre Entscheidung, was Sie tun, aber wenn Sie es wollen, würde ich Sie gerne bei uns haben."

„Warum sollte ich nicht bei Ihnen bleiben? Ich bin noch nicht fertig damit, Ihren Sohn auszubilden."

Thomas starrte den Mann an. Ein Gomeres-Söldner, der während des Sturzes von Malaka wie ein Derwisch gekämpft hatte, der Guerrero fast eingeholt hatte, und nur im letzten Moment von dem Mob kämpfender Soldaten am Eingang der Festung von Gibalfaro aufgehalten worden war. Ein Mann, der früher für Geld gekämpft hatte, was er jetzt nicht mehr tat. Thomas wusste, dass Will den Mann verehrte, und vielleicht beruhte ein wenig von dieser Verehrung, oder zumindest Freundschaft, auf Gegenseitigkeit.

„Sind Sie hierhergekommen, um der Eisfrau zu entkommen?", fragte Usaden.

„Ich dachte, Sie hätten schon geschlafen, als wir zurückkamen."

„Hatte ich auch, aber es herrschte so ein Krach, dass ich es für besser hielt, herauszufinden, was der Grund dafür war. Ich trat nicht ein, für den Fall, dass Sie es nicht als meine Angelegenheit betrachteten. Jetzt weiß ich es besser. Ich nehme an, sie ist der Dämon?" Usaden warf einen Blick auf das Licht, das den Innenhof jenseits der Tür erhellte. „Sie alle sollten jetzt schlafen und sich erholen. Ich werde Wache halten. Ich werde Sie wecken, wenn sich etwas tut."

Nachdem Usaden gegangen war, streckte sich Thomas auf der Pritsche aus, in dem Bewusstsein, dass sie sich breiter anfühlte als das letzte Mal, als er dort gelegen hatte. Er hatte zu viel Gewicht verloren, zu viel Kraft eingebüßt. Er würde sie wiedererlangen müssen, bevor er sich um Guerrero und seinen Vater kümmern konnte. Er glaubte nicht, dass die beiden hier waren, um Muhammed zu helfen – viel eher war Verrat im Spiel. Thomas dachte über die beiden nach und kam zu dem Schluss, dass sie vielleicht auf der Suche nach ihm nach Gharnatah gekommen waren. Nicht, weil er wichtig genug war, sondern weil sie beide wussten, dass er nicht eher ruhen würde, bis er sie aufgespürt und getötet hatte. Er lächelte, als er langsam in den Schlaf driftete, und der Gedanke an Rache erfüllte ihn.

„Männer kommen."

Thomas erwachte schnell und war auf seinen Füßen, bevor er wusste, wo er war. Usaden stand nicht weit von ihm entfernt und wartete geduldig – er war es gewohnt, Männer aus dem Tiefschlaf erwachen zu sehen, die sich auf den Kampf vorbereiten mussten.

„Wie viele?"

„Ich weiß es nicht. Viele, denke ich."

„Wann?"

„Wir haben noch etwas Zeit. Ich kann Kämpfe hören, also sind sie auf Widerstand gestoßen."

Thomas lächelte. „Das ist der Albayzin. Soldaten sind hier nicht willkommen, vor allem nicht die von Muhammed. Wo sind die anderen?"

„Sie können mir helfen, sie zu wecken."

Olaf war sofort bereit, ebenso wie Luis, der Wochen in Guerreros Lager verbracht hatte und seither zweifellos immer auf jegliche Art von Bedrohung vorbereitet war. Jorge brauchte länger und Thomas überließ es Belia, ihn anzutreiben. Will war wach, er hatte tagsüber zumindest ein bisschen geschlafen, und Amal lag mit einem Lächeln auf dem Gesicht in ihrem Bettchen. Thomas starrte auf sie herab. Sie war ihrer Mutter so ähnlich – dunkle Haare, olivfarbene Haut, ein sanftes Gemüt. Er hob sie hoch und nahm Wills Hand. Auf dem Treppenabsatz blieb er stehen und schaute durch das Fenster, das hier hoch genug war, um über die abfallenden Dächer auf den al-Hatabin-Platz und den Darro-Fluss zu blicken. Drei gebogene Steinbrücken verbanden den roten Hügel der al-Hamra mit dem gegenüberliegenden Hang des Albayzin, und Soldaten blockierten sie nun alle, während weitere auf dem Platz standen. Thomas ging die Treppe hinunter und übergab Amal an Belia und Will an Helena, bevor er nach draußen ging. Jorge und Luis folgten ihm.

„Sie kommen, aber langsam", sagte Usaden. „Es scheint, dass die Hälfte der Bewohner versucht, sie aufzuhalten."

„Das ist Muhammeds Werk", sagte Olaf, der aufrecht stand, sein langes blondes Haar im Nacken zu einem Zopf geflochten, der ihm über den halben Rücken hing. „Der Albayzin ist ihm ein Dorn im Auge, den er einfach nicht in Ruhe lassen kann." Er warf einen Blick zu Thomas. „Welche Route nehmen wir?"

„Du bleibst nicht hier?"

Olaf machte über den Lärm hinweg eine verwerfende Handbewegung. „Wie kann ich das?"

„Er weiß nicht, dass du hier bist", sagte Thomas.

„Das braucht er auch nicht. Es geht nicht um mich, es geht um ihn. Er hat seine eigenen Leute angegriffen und verbündet sich jetzt mit den Männern, die meine Tochter getötet haben. Ich habe genug davon. Er kann den Rest des Krieges ohne mich kämpfen. Es ist Zeit für dich und mich, Lubna zu rächen. Ich bin bei dir, egal wohin uns das führt."

Thomas wollte Olaf umarmen, wusste aber, dass es das Falsche gewesen wäre. Ein anerkennendes Nicken genügte, bevor er endlich die Verantwortung übernahm, vor der er schon zu lange versucht hatte davonzulaufen.

„Wir werden Essen und Kleidung brauchen und natürlich Waffen.“ Er wandte sich an Jorge. „Geh mit Luis in den Keller und bring etwas von dem Gold da unten, das werden wir vielleicht noch brauchen.“

„Und der Rest davon?“

„Wir können nicht alles mitnehmen. Versteckt es so gut ihr könnt, aber haltet euch nicht zu lange damit auf.“

„Das ist mein ganzes Vermögen da unten“, sagte Jorge.

„Ist es mehr wert als dein Leben?“ Thomas starrte ihn an und wartete, bis Jorge den Blick abwandte und den Kopf schüttelte. „Nimm nicht mehr mit, als du tragen kannst. Mit etwas Glück werden sie nicht danach suchen, wenn sie nicht wissen, dass es da ist. Außerdem ist es nur Geld.“

„Es ist leicht für dich, das zu sagen. Ich habe noch nie welches gehabt.“ Aber Jorge drehte sich um, Luis folgte ihm, und sie stiegen in den Keller hinab.

Thomas sah zu, wie die beiden verschwanden, bevor er sich wieder zu Olaf umdrehte. Usaden war die niedrige Mauer hinaufgeklettert und klammerte sich nun an eine Ecke des Hauses, sodass er über das Häusergewirr unter sich blicken konnte, das den steilen Abhang bedeckte.

„Sie rücken vor. Ich kann jetzt Männer erkennen. Einige tragen graue Uniformen, das sind keine maurischen Soldaten.“

„Die Männer von Guerrero und Mandana“, sagte Thomas. „Zeit zu gehen.“

Belia hatte einen Teil des Morgens damit verbracht zu packen, was sie konnte, und reichte ihnen Säcke, als sie nun das Haus betraten. Von Jorge und Luis war noch nichts zu sehen, also ging Thomas hinunter in den Keller, wo sie aus einer dunklen Ecke hervortraten.

„Wir gehen. Jetzt."

„Ich wollte sicherstellen, dass die Kisten gut versteckt sind", sagte Jorge. „Der geheime Fluchtweg, den Britto für dich gebaut hat, da haben wir sie reingestellt und die Tür verriegelt."

„Sie suchen uns, nicht das Gold." Thomas wandte sich ab und hoffte, dass Jorge endlich aufhören würde, sich um den Reichtum zu sorgen, den sie im Laufe der Jahre hatten anhäufen können. All das Gold spielte keine Rolle mehr, falls es das jemals getan hatte.

Sie verließen das Haus und betraten eine menschenleere Gasse, deren Windungen in Richtung der Hügelkuppe sie nun zu erklimmen begannen. Die meisten Leute hatten ihre Türen verriegelt, sodass sie zügig vorankamen. Das Geräusch von Kämpfen drang von unten deutlich zu ihnen herauf. Guerreros Männer stießen auf erbitterten Widerstand.

Olaf ging voran, aber Thomas wusste, dass er sich zurückhielt, damit der Rest von ihnen mithalten konnte. Trotzdem brannte Thomas der Atem in seinen Lungen und einmal mehr verfluchte er seine Schwäche, obwohl er wusste, dass Fluchen nutzlos war. Er würde etwas tun müssen, um die Kraft wiederzuerlangen, die er eingebüßt hatte. Wie konnte er planen, sich an denen zu rächen, die Lubnas Leben genommen hatten, wenn er nicht stark genug war? Er wusste, dass er sein Ziel aus den Augen verloren hatte, dass er sich von der Verlockung hatte verführen lassen, die von der Dunkelheit jenseits des Lebens ausgegangen war. Er war so in seine eigenen Gedanken vertieft, dass er Helena direkt in den Rücken lief und sie fast zu Boden warf. Doch er fing sie auf und ging an ihr vorbei zu Olaf, der an einer Ecke stehen geblieben war.

„Männer", sagte Olaf, der noch nie ein Mann der vielen Worte gewesen war.

Thomas lehnte sich um ihn herum und blickte auf einen kleinen Platz. Sie waren fast an der Spitze des Hügels angekommen, nahe dem Ort, an dem Muhammeds Mutter ihre eigene Miniaturversion des al-Hamra-Palastes unterhielt. Dahinter lagen die Stadtmauern und ihr Versprechen auf ihre geplante Flucht.

„Ich zähle vierzehn", sagte Thomas. „Und wir sind zu fünft."

Olaf nickte. „Von denen einer Olaf Torvaldsson ist und einer Usaden Hamid. Der Rest von euch kann hier warten, wenn ihr wollt."

Thomas schüttelte den Kopf und beantwortete Olafs Worte mit einem knappen Lächeln. Er hatte wahrscheinlich recht, aber er konnte die beiden nicht allein kämpfen lassen und nur zusehen.

„Es wird schneller gehen, wenn wir zusammenhalten", sagte er.

„Kann der Junge kämpfen?"

„Das werden wir gleich herausfinden."

Olaf dachte einen Moment lang nach. „Sag Jorge, er soll sich im Hintergrund halten. Ich habe ihn seltsam liebgewonnen und möchte lieber nicht, dass er getötet wird."

Thomas ließ Olaf an der Ecke stehen und ging zurück, um die anderen in den Plan einzuweihen. Usaden hielt bereits ein Schwert in jeder Hand und wippte auf seinen Zehen. Zweifellos war er begierig darauf, seine Fähigkeiten einzusetzen, und Thomas war froh, dass der

Mann beschlossen hatte, bei Will zu bleiben, um sein Training fortzusetzen, denn er wusste, dass es schwer für ihn gewesen sein musste, den Kämpfen, die sich in anderen Teilen von al-Andalus abspielten, den Rücken zu kehren. Jetzt war der Kampf zu ihm gekommen.

Thomas zog sein eigenes Schwert und hielt einen Dolch in seiner linken Hand. Er wandte sich an Luis. „Das ist nicht dein Kampf. Du kannst bleiben und die Frauen beschützen, wenn du es willst."

„Diese Männer haben mich gefangengenommen", sagte Luis. „Sie haben meine Eltern vor meinen eigenen Augen getötet." Sein Blick war kalt, seine Schultern angespannt, und Thomas hoffte, dass er genug Geschick besaß, um die Auseinandersetzung zu überleben.

Olaf kam zu ihnen zurück.

„Sie stehen nur da und warten. Sie wurden geschickt, falls wir hier entlangkommen, aber sie rechnen nicht wirklich mit uns. Wenn wir hart und schnell reingehen, ist es vorbei, bevor es begonnen hat. Sind alle bereit?"

Thomas nickte und ließ eine Wut in sich aufsteigen, die sich so anders anfühlte, eine glühende, tobende Wut, die ihm fremd war. Er fragte sich, ob es von nun an immer so sein würde, ob er sich so sehr verändert hatte. Er zuckte mit den Schultern. Wenn es so war, dann sollte es eben so sein. Er schob sich an Olaf vorbei und rannte los. Wie Usaden konnte er es nicht erwarten, sich in die Schlacht zu werfen.

KAPITEL ZWEIUNDZWANZIG

Thomas lag auf dem Bauch, während er sechs von Guerreros Männern dabei zusah, wie sie ihre Pferde einen steilen Weg hinaufführten. Er kniff die Augen zusammen und versuchte zu erkennen, ob irgendwelche Söldner zu der Gruppe gehörten, aber es sah nicht danach aus. Das gab ihm ein besseres Gefühl bei dem, was sie vorhatten.

Ein Tag war vergangen, seit sich drei von ihnen nach ihrer Flucht aus Gharnatah vom Rest der Gruppe getrennt und die anderen weiter nach Pampaneira geschickt hatten. Luis hatte nicht dorthin zurückkehren wollen, aber Thomas hatte darauf bestanden, denn der Junge kannte die Pfade besser als jeder andere. Einen Moment lang, als die Gruppe sich entfernt hatte, war Kin hin und her gerannt, offensichtlich unsicher, bei wem er bleiben sollte – dann hatte die Loyalität und er war mit Luis gegangen. Jetzt waren nur noch Thomas, Usaden und Olaf übrig, und sie hatten einen Plan, sozusagen.

„Wo gehen sie hin?" Olaf lag dicht neben Thomas, seine Stimme ein Flüstern.

„Auf die Suche nach weiteren Rekruten, nehme ich an. Muhammed hat noch keine seiner Soldaten geschickt, also wird Mandana al-Zagal nicht angreifen, bis er sich des Sieges sicher ist. Dafür braucht er mehr Männer."

Am Tag zuvor hatten sie auf einem anderen Hügel gelegen und beobachtet, wie Guerrero und Mandana ihre kleine Gruppe von Gharnatah wegegeführt hatten. Wenn sie erwartet hatten, dass Muhammeds Soldaten sich ihnen anschließen würden, waren sie enttäuscht worden. Wieder einmal hatte sich Muhammed zu zaghaft gezeigt, um sich aus Angst vor dem Scheitern auf ein Vorgehen festzulegen.

„Eingezogene Männer kämpfen nicht gut", sagte Olaf.

„Sie brauchen nicht zu kämpfen, nur zu sterben. Sie werden in den vordersten Reihen platziert, um die anderen zu schützen. Einige werden kämpfen, um sich selbst zu retten, und das ist alles, was er braucht. Sie wissen, wenn sie sich weigern, werden ihre Familien bestraft."

„Es ist eine Verschwendung von Leben."

Thomas schaute ihn an. „Glaubst du, das kümmert ihn? Glaubst du, dass es einen von ihnen kümmert?"

„Darf ich jetzt da runtergehen?", fragte Usaden. Er wirkte völlig entspannt, aber Thomas wusste, dass Usaden immer für die Schlacht bereit war. Er nickte und sah zu, wie der Gomeres davonhuschte, so sicher auf seinen Füßen wie die Steinböcke, die diese Hänge durchstreiften. Ein paar Minuten später erschien er auf dem Pfad und schlenderte den Abhang hinunter. In seinen Händen befanden sich keine Waffen, aber das konnte sich von einem Augenblick auf den anderen ändern.

„Sollen wir ihm helfen?", fragte Thomas Olaf.

„Warum sollte er Hilfe brauchen? Es sind doch nur sechs Männer."

Thomas beobachtete, wie die Reiter Usaden erspähten. Sie wurden etwas langsamer, aber nur, um sich Zeit zu verschaffen, die Situation zu beurteilen. Thomas stellte sich vor, was sie dachten: ein Mann, allein, und sie waren auf der Suche nach Männern, um ihre Truppe zu vergrößern. Ein einzelner Mann war immer noch ein zusätzlicher Mann, und genauso hatten sie schließlich ihre Streitkräfte aufgebaut.

Der Anführer zog ein Schwert und trieb sein Pferd vorwärts. Sein Fehler war es, die anderen zurückzulassen, aber Thomas bezweifelte, dass es einen großen Unterschied gemacht hätte. Usaden wartete, eine unbedrohliche Gestalt, aber irgendetwas in seinem Verhalten ließ den führenden Reiter langsam werden. Vielleicht sah er, dass Usaden keine Angst hatte. Er wurde noch langsamer, doch da war es schon zu spät.

Usaden bewegte sich schnell. Ein Sprint zur Seite, ein Sprung von einem Felsen, ein zweiter Sprung, um hinter dem Reiter zu landen, und ein Messer erschien in seiner Hand. Usaden stieß den toten Reiter aus dem Sattel und nahm seinen Platz ein. Er trieb das Pferd herum und ritt in Windeseile auf die übrigen fünf zu. Es war ein ungleicher Wettkampf.

Thomas und Olaf bahnten sich ihren Weg den Hang hinunter, um die gefallenen Männer wieder in ihre Sättel zu heben und sie mit Seilen aus ihren Satteltaschen daran festzubinden. Dann klopften sie den Pferden auf den Hintern und ließen sie den Hang hinunter galoppieren, wissend, dass sie den Weg zurück zu Guerreros Lager finden würden.

Als sie sahen, wie die Pferde verschwanden, fragte

Olaf: „Was meinst du, wie viele sie das nächste Mal schicken werden?"

„Nicht mehr als ein paar, würde ich sagen – jedenfalls im Moment. Sie könnten denken, dass dies nichts weiter war als ein willkürlicher Überfall. Also ja, sie werden mehr schicken, um herauszufinden, was passiert ist, aber nicht allzu viele."

„Wir können es mit zwanzig aufnehmen", sagte Olaf.

Thomas schaute ihn an. „Können wir das?"

„Natürlich. Wir sind zu dritt, das weißt du doch."

Thomas erkannte die Logik darin und für einen Mann, der noch vor Kurzem seinen eigenen Tod hatte herbeiführen wollen, war er überrascht von der Erregung, die ihn nun durchzuckte. Sie drei zusammen, und jeder von ihnen hatte Lubna auf seine Weise geliebt. Dies war der Beginn seiner Vergeltung für diejenigen, die Lubna ihres Lebens beraubt hatten, und er wusste, von hier an würde es nur noch blutiger werden. Er lächelte, erfreut über von dieser Vorstellung.

Thomas stellte fest, dass er sich geirrt hatte, und er fragte sich, ob Guerrero nicht vielleicht doch eine Ahnung hatte, wer seinen Spähtrupp getötet haben könnte, denn er schickte nicht zwanzig Männer, sondern mehr als doppelt so viele. Sie kamen über einen breiteren Weg, ritten in ihrem eigenen Tempo, ein kleiner Spähtrupp an der Spitze inspizierte die Route.

„Ich zähle siebenundvierzig", sagte Usaden.

Olaf nickte. „Genauso wie ich. Zu viele?"

„Für einen direkten Angriff, ja."

„Einverstanden." Olaf drehte sich zu Thomas um, der

an einen Felsen gelehnt saß und eine Orange aß, während er die Soldaten beobachtete, die sich ihren Weg nach Süden und Osten bahnten. „Sie suchen nach uns, nicht wahr?"

„Was würdest du tun, wenn sechs deiner Späher tot zu dir zurückgeschickt würden?"

„Beim nächsten Mal würde ich mehr Männer schicken."

„Nach wie vielen Männern würdest du sie suchen lassen?", fragte Thomas.

Olaf lächelte. „Nach mehr als drei. Nach mehr als sechs, wenn es meine Männer gewesen wären. Zumindest nach einem Dutzend, höchstwahrscheinlich mehr."

„Du würdest also eine Gruppe schicken, die es mit etwa zehn bis zwanzig oder mehr Männern aufnehmen könnte. Würden dir fünfzig als ausreichend erscheinen?"

„Mit Sicherheit."

„Das würde es mir auch."

„Willst du damit auf irgendetwas hinaus?", fragte Olaf.

„Was ist das Letzte, das du erwarten würdest?"

Olafs Blick huschte über den Hügel, während er nachdachte. Dann grinste er. „Ich würde erwarten, dass die Beute vor mir davonläuft."

Usaden lachte. „Dann ignorieren wir siebenundvierzig Männer und greifen stattdessen tausend an?"

„Du warst bei al-Zagal vor der Belagerung von Malaka", sagte Thomas zu Olaf. „Als er von den Spaniern aufgespürt wurde."

Olaf nickte.

„Der beste Anführer von ganz al-Andalus war bei dir und trotzdem wurdest du fast getötet. Wie haben die Spanier das geschafft? Haben sie euch direkt konfrontiert? Sich unter euch gemischt?"

„Sie hatten mehr Männer als wir", sagte Olaf.

„Aber sie haben nicht direkt angegriffen, oder?"

„Sie waren Feiglinge. Ich bin kein Feigling."

„Ist der Sieg etwas für Feiglinge?"

„Wenn er bedeutet, aus dem Schatten heraus zu kämpfen, dann ja."

Thomas hob eine Schulter und blickte Usaden an. „Was ist Ihre Meinung?"

„Sieg ist Sieg. Ich bin bei Thomas. Brennende Pfeile?"

„Und Felsbrocken", sagte Thomas.

Usaden lächelte. „Es ist eine Schande, dass wir kein Pulver haben. Ich habe gesehen, wie Maultiere mit Schwarzpulverfässern auf dem Rücken in eine Horde Männer geschickt und flammende Pfeile hinterhergeschossen wurden."

Thomas dachte an Ibrahim, an sein Schwarzpulver und seine Tapferkeit, und nickte. „Ja, es ist eine Schande."

„Nein", sagte Olaf. „Das ist die Art, wie ein Feigling kämpft. Ein Krieger konfrontiert seinen Gegner von Angesicht zu Angesicht. Ich will damit nichts zu tun haben."

„Dann bleib hier. Usaden und ich sind mehr als fähig, ihnen Angst einzujagen. Das ist alles, was ich im Moment tun will – sie nervös machen, damit sie nicht wissen, wer sie angreift. Angst ist unser bester Freund bei diesem Unterfangen." Thomas beobachtete Olaf, sah seine Hartnäckigkeit, seinen Sinn für Ritterlichkeit. Es gab noch eine andere Waffe, die er benutzen konnte, um den Mann zu überzeugen, obwohl er es vorgezogen hätte, sie nicht zu enthüllen – dabei kannte Olaf sie natürlich genauso gut wie Thomas selbst.

„Ich kenne Mandana", sagte Olaf, „aber nicht seinen Sohn. Wie ist er denn so?"

„Ich weiß mehr über ihn als früher, aber immer noch nicht genug."

„Aber du kennst den Vater. Sind sie sich ähnlich? Mandana ist eine Schlange, der man nicht trauen kann. Ist sein Sohn auch so?"

„Schlimmer, vermute ich." Thomas glaubte, dass sie nahe genug an das Thema herangekommen waren, um seinen letzten Wurf zu riskieren. „Du weißt so gut wie ich, wozu er fähig ist. Zum Abschlachten unschuldiger Frauen und Kindern." Er spürte das Stechen ungeweinter Tränen hinter seinen Augenlidern und war fest entschlossen, sie Olaf nicht sehen zu lassen. „Mit solch einem Mann kann man nicht verhandeln. Man kann nicht gegen ihn kämpfen, wie man es mit anderen Männern tun würde. Man kann ihn nur vernichten wie das tollwütige Tier, das er ist."

Olaf starrte Thomas an, aber es war klar, dass er seine Meinung nicht ändern würde.

Usaden ging ihren kleinen Waffenvorrat durch und suchte heraus, was sie brauchen würden. Lange Schwerter waren für das, was sie planten, nicht erforderlich. Stattdessen legte er zwei Bögen beiseite, zusammen mit je einem Dutzend Pfeilen, und ein langes Messer für jeden von ihnen. Aber wenn es zu einem Nahkampf kommen sollte, wusste Thomas, dass sie so gut wie tot wären.

„Bleibst du hier?", fragte er Olaf, während er das Messer in die Scheide steckte und einen Bogen über seinen Rücken hängte.

„Ich schaue mich vielleicht um und beurteile die Landschaft für den Fall, dass es zu einem richtigen Kampf kommt."

„Es hat keinen Sinn, gegen sie zu kämpfen."

„Da war die Hütte eines Ziegenhirten, an der wir vor

einer halben Stunde vorbeigekommen sind", sagte Olaf. „Ich werde dort bis zum Sonnenaufgang auf euch warten. Wenn ihr bis dahin nicht auftaucht, werde ich die anderen suchen. Pampaneira, sagtest du, heißt die Stadt, nicht wahr?"

Thomas nickte, dann drehte er sich um und folgte Usaden, der bereits hundert Schritte voraus war.

Usaden kletterte stetig, seine Füße so sicher, als würde er auf einer flachen Straße in der Stadt gehen. Thomas versuchte, ihm nachzueifern, aber er wusste, dass er diese Fähigkeit verloren hatte, zusammen mit seiner Gewissheit. Er musste beides wiederfinden, wenn er Guerrero und Mandana vernichten wollte. Er wusste, dass er sie beide töten oder bei dem Versuch selbst sterben musste.

Nach einer Weile wurde Usaden langsamer und überließ Thomas die Führung, weil er besser wusste, wohin sie gehen mussten. Sie kamen an einen Felsvorsprung, der in das Tal hinunterblickte, in dem Mandanas Truppen noch vor wenigen Tagen gelagert hatten. Jetzt war es leer, nur der auf dem Boden verstreute Müll zeugte noch von der Horde, die sich dort aufgehalten hatte. Thomas suchte sich seinen Weg nach unten und untersuchte eine Feuerstelle, die sich kalt anfühlte.

„Ich frage mich, welchen Weg sie genommen haben und wann?", sagte Usaden.

„Sie müssen ihr Lager abgebrochen haben, sobald Guerrero und Mandana sich auf nach Gharnatah gemacht hatten." Thomas blickte im Tal entlang nach Osten, dann nach Westen in die Richtung, in die Guerrero gegangen war, um Muhammed zu treffen. Er erhob sich und ging los in Richtung Osten, wo es steiler wurde. Graue

Schneeschmelze umschäumte Felsen in dem kleinen eiskalten Fluss, als sie ihn überquerten. Sie hatten nicht mehr als eine halbe Meile zurückgelegt, als er stirnrunzelnd stehen blieb. Er sah keine Anzeichen dafür, dass eine große Truppe in dieser Richtung unterwegs gewesen war, und doch hätte er erwartet, dass sie sich von Gharnatah entfernt und in Richtung al-Marilla marschiert wären.

Er drehte sich um und ging den Weg zurück, den sie gekommen waren. Er ging schneller, wollte seinen Irrtum ausmerzen. Usaden hielt Schritt, sagte aber nichts, denn er verschwendete nie Worte an eine müßige Unterhaltung. Sie passierten die Stelle, an der die Männer gelagert hatten, und gingen weiter. Hier erkannte er Anzeichen dafür, dass eine große Truppe diesen Weg passiert hatte, und Thomas verfluchte sich selbst dafür, dass er seinen Irrtum nicht früher erkannt hatte.

Der Fluss machte eine scharfe Biegung, ebenso wie das Tal, und schon bald kamen sie auf einer breiten Anhöhe des Sholayr-Gebirges heraus, wo das Land in Wellen von steilen Hängen abfiel, bis sie in der Ferne einen Blick auf das dunstbedeckte Meer erhaschten.

„Ich weiß, wohin sie gehen“, sagte Thomas, als sie an eine klar erkennbare Straße kamen, die durch Männerfüße und Pferdehufe noch ausgeprägter geworden war. „Diese Straße würde sie auch nach al-Marilla führen, aber wenn man ein wenig weiter hinten abbiegt, kommt man nach Pampaneira.“

„Ich dachte, sie würden al-Zagal angreifen. Warum sollten sie nach Pampaneira gehen? Sie haben keine Ahnung, dass Sie die anderen dorthin geschickt haben.“

Thomas wollte etwas sagen, hielt dann aber inne, als

sich die einzelnen Teile in seinem Kopf zu einem Gesamtbild fügten.

„Es sind tausend Männer, aber mehr als die Hälfte wurde aus ihrer Heimat entführt. Wie bringt man widerwillige Männer zum Kämpfen?"

„Jeder Mann wird kämpfen, wenn er seinem eigenen Tod ins Auge sieht."

„Oder wenn die, die er liebt, bedroht werden. Pampaneira ist der Ort, wo die Familien der gefangenen Männer festgehalten werden. Guerrero führt sie dorthin, damit sie ihre Lieben sehen, und dann wird er genug Männer auf sie loslassen, um sie zu töten, wenn sie sich weigern zu kämpfen." Thomas drehte sich um und blickte auf die Flanke der Sholayr. Wolken waberten um die Gipfel. „Wir müssen Olaf finden und Pampaneira erreichen, bevor sie es tun."

„Dieses Gespräch haben wir bereits geführt", sagte Usaden. „Wir können ihnen ein wenig Schaden zufügen, aber niemals genügend von ihnen verletzen. Dafür sind es zu viele."

„Aber wir können die Männer von dort wegführen, wenn wir sie überreden können, mit uns zu kommen."

„Und wenn sie sich weigern?"

„Dann holen wir nur unsere paar Leute und lassen den Rest zurück." Thomas fluchte. „Ich dachte, dort wären sie sicher – aber stattdessen habe ich sie in den Bau des Wolfes geschickt."

Usaden studierte die Wegstreckte, seine Augen folgten ihr, bis sie in der Ferne verschwand.

„Gehen Sie schon vor, ich hole Olaf. Es würde zu lange dauern, wenn wir zusammen gehen. Versuchen Sie, ihnen zuvorzukommen und Ihre Freunde zu warnen, bringen Sie sie in Sicherheit, wenn Sie können."

Thomas schaute sich um, als käme ihm dabei irgendeine Einsicht, aber nichts tat sich. „Es ist nirgendwo sicher."

„Ist die Stadt von Mauern umgeben?"

„Teilweise."

„Was bringt es, wenn man nur teilweise Mauern hat?"

„Die Stadt ist in den Hang gebaut, also muss die Mauer nicht ringsum gehen."

„Kann man sie dicht machen, sichern?"

„Ich war nur ein einziges Mal dort, aber ich glaube schon."

„Dann gehen Sie jetzt ein zweites Mal. Ich bringe Olaf nach, so schnell wir können. Halten Sie nach uns Ausschau, aber warten Sie nicht."

Usaden drehte sich um und trabte los. Thomas beobachtete ihn und merkte, wie sehr sich der Mann zurückgehalten hatte, um ihn nicht zu ermüden. Dann machte er sich selbst im Laufschritt auf den Weg, wobei er seinen Körper an seine Grenzen trieb. Es gab keinen Hinweis darauf, dass Guerreros Männer auf Pampaneira zusteuerten, aber Thomas hatte ein ungutes Gefühl bei der Sache. Es war, als würde ihm alles entgleiten, sein unsicherer Griff nach einem neuen Leben schwand bereits. Will und Amal würden bereits in Pampaneira sein. Helena, Belia und Jorge auch. Thomas trieb sich weiter an und ignorierte den Schmerz, der seinen Körper quälte, da er wusste, dass der Schmerz ihn stärker machen würde.

KAPITEL DREIUNDZWANZIG

Thomas wäre auf der Hauptroute, die sich immer weiter verbreitert hatte, je näher er Pampaneira kam, schneller gewesen, war aber gezwungen gewesen, sie zu verlassen, als er fast das Schlusslicht von Guerreros Truppen eingeholt hatte. Ihre Spuren war er immer deutlicher geworden, bis er auf einer niedrigen Anhöhe in der Ferne die hintersten Reihen erkannt und gewartet hatte. Nun hockte er sich in den Schatten eines Felsens, für den Fall, dass jemand daran dachte, nach hinten zu sehen. Die Spitze der Kolonne war dort, wo das Land in ein Tal abfiel, nicht zu sehen. Thomas war sich nicht ganz sicher, wo er sich befand, schätzte aber, dass Pampaneira nicht mehr als zwei Stunden vor ihm lag. Er überprüfte den Stand der Sonne. Es blieben noch drei Stunden Tageslicht. Da die Stadttore offen und die Mauern unbemannt waren, würde Guerrero ohne Widerstand einreiten können. Thomas wandte sich zur Seite und kletterte einen niedrigen Hang im Norden hinauf und auf der anderen Seite ein Stück weit zurück hinunter. Dann begann er, sich so schnell wie möglich vorwärts zu bewegen, zu laufen, wenn er dazu in der Lage war, verfluchte seinen eigenen Mangel an körperlicher Ausdauer und schwor, sich nie wieder so schwach werden zu lassen. Wenn er lange genug lebte, um dieses Versprechen noch zu erfüllen.

Als die Sonne sich dem Horizont im Westen näherte, der von zerklüfteten Felsen gesäumt war, kletterte er einen schmalen Ziegenpfad hinauf, bis er Guerreros Soldaten wieder sehen konnte, und freute sich, dass er es geschafft hatte, sie zu überholen. Er legte sich einen Moment lang auf den Bauch, um seine Atmung zu beruhigen, und schätzte ihre Zahl. Nicht die tausend, die man ihm genannt hatte – weniger als die Hälfte –, aber immer noch mehr als genug, um Pampaneira einzunehmen, wenn das ihre Absicht war. Er beobachtete die Truppen noch ein wenig länger und stellte fest, dass die ausgebildeten Soldaten an den Flanken der Kolonne blieben und die gefangenen Männer zwischen sich hielten.

Als Schatten sich über das Tal legten, brach auf der einen Seite ein Tumult aus, und ein Dutzend Männer kämpften sich an den Waffen vorbei. Warum genau dort, an dieser Stelle, war nicht klar erkennbar. Vielleicht waren einige aus dieser Gegend entführt worden, und die Vertrautheit hatte ein Aufflackern von Mut in ihnen ausgelöst. Vielleicht waren es auch einfach die ständigen Schläge mit Stöcken, doch hier oben konnte Thomas die bissigen Worte nicht hören. Er sah es an der Art, wie sich die Wachen bewegten, wie die Männer in ihrer Gegenwart zusammenzuckten. Was auch immer das Durcheinander ausgelöst hatte, ein Dutzend Männer riss sich los und begann zu rennen. Wären sie zusammengeblieben, hätten sie vielleicht eine Chance gehabt, aber jeder von ihnen wählte seinen eigenen Weg und ihre Bewegungen wirkten von Thomas' Position aus wie Wellen in einem Teich.

Männer auf Pferden setzten ihnen nach. Einer davon war Pedro Guerrero – seine Größe und sein Auftreten waren selbst über die Entfernung hinweg unverkennbar. Er schlug auf eine der rennenden Gestalten ein, sein Schwert schnitt in die Schulter des Mannes, er fiel zu Boden und rührte sich nicht mehr. Guerrero nutzte das Gewicht seines Pferdes, um die anderen einzusammeln, bis sieben von ihnen von berittenen Soldaten umringt waren. Die anderen Flüchtlinge vergossen die blutigen Reste ihres Lebens in den kargen Boden.

Erst als die gefangenen Männer gesichert waren, ritt Mandana an die Seite seines Sohnes. Sie wechselten ein paar Worte, ihre Köpfe berührten sich fast, dann bellte Guerrero einen Befehl. Helena hatte Thomas davon überzeugt, dass Guerrero nun der Anführer dieser Armee war, aber was er sah, sagte ihm, dass Mandana immer noch eine gewisse Macht über seinen Sohn haben könnte – zumindest im Moment.

Thomas hielt seine Position, wissend, was gleich passieren würde, aber unfähig, sich abzuwenden. Das Gespräch zwischen Mandana und Guerrero kam zu einem Ende und die beiden machten sich auf den Weg zurück an die Spitze der Kolonne. Die kleine Gruppe Gefangener blieb von den berittenen Männern umzingelt. Thomas erwartete, dass sich die Kolonne wieder in Bewegung setzen würde, und ihm war bewusst, dass er Zeit verschwendet hatte, sie zu beobachten, wurde nun jedoch überrascht, als sie auszuschwärmen begannen. Männer wurden losgeschickt, um etwas zu suchen. Vier kamen in Thomas' Nähe, machten aber keinen Versuch, den Kamm zu erklimmen, auf dem er lag. Er sah, wie sie spärliche Holzreste vom Hang einsammelten, Abschnitte von Mandel- und Olivenbäumen, die beim Winterschnitt weggeworfen worden waren. Sie und die anderen trugen das Holz zurück zum Lager und häuften sie zu Scheiterhaufen an, die vorerst nicht angezündet wurden. Erst als Thomas klar wurde, was sich in Kürze zutragen würde, wich er zurück und entfernte sich. Er hatte keine Lust, noch weitere von Guerreros Grausamkeiten mitzuerleben. Schatten umgaben ihn nun, sowohl von außen als auch von innen, als er auf die kleine Stadt zueilte. Die Dunkelheit brach herein, nur durchbrochen vom Licht der Sterne. Als Thomas aus einem kleinen Tal auftauchte und die in den Hang gebaute Ansammlung weißer Häuser von Pampaneira vor sich sah, hörte er ein Geräusch von hinten. Er wirbelte herum und zückte sein Messer. Er befürchtete, dass einige von Guerreros Männern vorausgeschickt worden waren, um Widerständische aufzuspüren, aber stattdessen entdeckte er eine dunkle Gestalt in der noch dunkleren Nacht und ging auf ein Knie, als Kin sich mit wild kreisender Rute näherte. Thomas streichelte sein weiches Fell, atmete den rauen Geruch des Hundes ein und lächelte. Dieses Tier war eine Kreatur, die nie urteilte, nie zweifelte, sich nie abwandte. Er fragte sich, wie lange er schon hier draußen war, und aus welchem Grund. Er hatte bereits miterlebt, dass Kin einer Spur folgen konnte, wie schwach sie auch sein mochte, und so vermutete er, dass er seine Fährte aufgenommen haben und auf der Suche nach ihm gewesen sein könnte. Nun blickte er über den Hund hinweg in die Dunkelheit und fragte sich, ob Luis irgendwo in der Nähe war, aber es fehlte jede Spur von ihm. Nichts regte sich und die Nacht war so still, als hielte sie den Atem an. Es gab auch weit und breit kein Zeichen von Guerreros Männern, und Thomas hielt es für möglich, dass sie für die Nacht ihr Lager aufgeschlagen hatten und am Morgen nach Pampaneira kommen würden. Würden dann weitere Lektionen erteilt werden?

„Wo sind die anderen?", flüsterte Thomas Kin zu, als ob der Hund ihn verstehen könnte. Er hoffte, dass Olaf und Usaden in der Nähe waren, denn es wäre besser, die Stadt gemeinsam zu betreten. Er entfernte sich von dem Pfad, der hier, wo er von den Männern benutzt wurde, die ihre steilen Terrassen bearbeiteten, breiter war. Thomas fand einen bequemen Felsen, sofern ein Fels jemals bequem sein konnte, und setzte sich darauf, um zu warten.

Andere Männer hätten sich mit ihrer Unterhaltung angekündigt, aber wäre Olaf nicht so groß gewesen und sein Haar nicht so blond, hätte Thomas die beiden übersehen. Selbst als er Olafs zügigen Schritten schweigend folgte, konnte er Usaden nirgendwo ausmachen und fragte sich, ob der Gomeres nicht gekommen war. Dann spürte er ein Klopfen auf seiner Schulter und lachte, als Usaden sich neben ihn setzte und ihn mit der Hüfte anschob, um Platz zu machen.

Usaden streckte die Hand aus und kraulte Kin hinter den Ohren, was Thomas überraschte. „Er ist ein guter Hund. Er hat kein einziges Mal gebellt – muss gewusst haben, dass ich es bin. Ich kann verstehen, warum man sich einen Hund halten würde, wenn er so ist wie dieser hier, aber sie sind trotzdem schmutzige Kreaturen."

Als Thomas aufblickte, stand Olaf vor ihm. Thomas erhob sich und schnippte mit den Fingern. Er hatte nicht erwartet, dass Kin ihm gehorchen würde, freute sich aber, als das Tier lostrabte und neben ihm in den Schritt fiel.

Am Stadttor sah sich Thomas nach Wachen um, entdeckte aber keine. Er würde jemanden schicken, der auf der Mauer stand und nach Guerreros Männern Ausschau hielt. In der Zwischenzeit schoben die drei das schwere Tor zu und verriegelten es mit einer Holzstange. Olaf hielt die Stange fest und rüttelte an ihrer Konstruktion.

„Das wird entschlossene Männer nicht lange aufhalten."

„Wir müssen hoffen, dass es hier einige gibt, die bereit sind zu kämpfen", sagte Thomas.

„Werden sie das?", fragte Olaf. „Haben sie etwas, wofür es sich zu kämpfen lohnt?"

„Ihre Familien, ihre Häuser, ihre Stadt. Ist das genug? Wir müssen es heute Abend herausfinden, bevor Guerrero eintrifft. Wenn sie nicht kämpfen wollen, müssen wir hier weg."

„Hast du einen Vorschlag, wohin?"

Thomas dachte darüber nach, als sie begannen, zwischen weißen Mauern den steilen Hang zu erklimmen. Zurück in Jamilas Dorf konnten sie nicht – es war zu exponiert und die Explosion würde zumindest einige der Häuser zerstört haben. Vielleicht konnten sie nach Süden ziehen, in der Hoffnung, al-Marilla und die Truppen von al-Zagal zu erreichen, aber er bezweifelte, dass sie dort wärmer empfangen würden als von Guerrero. Außerdem würde dort bald eine Schlacht stattfinden. Eine Idee keimte in ihm auf, aber Thomas behielt sie vorerst für sich. Sie war irrational, gefährlich, und er war sich nicht sicher, ob Olaf ihr zustimmen würde.

Thomas wusste nun mit Sicherheit, dass Guerreros

Männer unterwegs ihr Lager aufgeschlagen haben mussten, sonst stünden sie mittlerweile vor der Stadtmauer. Dann kam ihm ein Gedanke. Auf dieselbe Weise, wie die Frauen und Kinder in der Stadt als Geiseln gehalten wurden, um die Kooperation ihrer Männer zu gewährleisten, funktionierte es auch umgekehrt. Die Menschen in Pampaneira würden keinen Widerstand leisten, weil sie damit die Menschen außerhalb der Mauern ebenso gefährden würden wie die innerhalb. Diese Erkenntnis schrie umso lauter nach einer raschen Entscheidung. Bleiben oder gehen? Kämpfen oder fliehen?

Sie sahen nur wenige Menschen, als sie zum Stadtplatz hinaufstiegen. Thomas erwog, die anderen vorauszuschicken, während er sich mit Don Domingo unterhielt, aber er war müde, sein Körper schmerzte, und eine oder zwei Stunden würden nun auch keinen großen Unterschied mehr machen.

Auf dem Platz hielten sich mehr Leute auf, einige kehrten gerade von ihrem Gebet in der Moschee zurück, andere saßen an Tischen, aßen und tranken, warm eingepackt gegen die Kälte. Niemand beachtete die drei Männer, als sie nun den Platz überquerten und einen weiteren steilen Anstieg zu dem Haus in Angriff nahmen. Thomas hoffte, dass Jamila und die anderen noch dort waren, obwohl er wusste, dass mit der Ankunft von Belia, Jorge, Helena und Luis der Platz knapp werden würde. Vermutlich würden Helena und Belia sich das Zimmer mit Jamila und Dana teilen können und Luis könnte bei Aban schlafen. Olaf und Usaden würden einfach irgendwie in dem engen Raum mit Thomas und Jorge liegen müssen. Nicht, dass er vorhatte, lange mit ihnen in der Stadt zu bleiben.

Als die Gasse endlich abflachte, gab Kin ein einzelnes Bellen von sich und lief voraus.

„Er muss darauf erpicht sein, zu seinem Herrn zurückzukehren“, sagte Usaden.

Sie waren fast am Haus, als Thomas Kin wieder erblickte. Er stand steifbeinig da, das Fell im Nacken aufgerichtet, ein tiefes Grollen ertönte in seiner Brust. Zwei Gestalten standen sich nahe dem Eingang zu einer kleinen Gasse gegenüber: Luis und Aban. Ihre Körperhaltung machte deutlich, dass sie sich stritten und dass der Streit kurz davor war, in Gewalt zu eskalieren.

Thomas eilte vorwärts und ließ Olaf und Usaden hinter sich. Etwas glitzerte in dem schwachen Licht der spärlich verteilten Fackeln, dann stürzten sich die beiden Gestalten aufeinander. Kin raste los und sprang auf sie zu. Thomas erwartete, dass der Hund Aban angreifen würde, aber stattdessen schlossen sich seine kräftigen Kiefer um Luis’ Handgelenk und ein Messer klapperte auf das Kopfsteinpflaster. Aban schlug auf den nun bewegungsunfähigen Luis ein, aber Thomas war nahe genug, um seine Arme um den Jungen zu legen und ihn wegzuziehen.

„Was ist hier los!“, verlangte er zu erfahren.

„Ich habe ihm gesagt, dass Dana mit mir zusammen sein will“, erwiderte Aban.

Thomas drehte sich zu Luis, der sich das Handgelenk massierte. Der Hund saß da und schaute zu Luis auf, die Loyalität seinem Herrn kehrte zurück, nun, da die Gefahr vorüber war.

„Erzähl mir deine Seite der Geschichte“, sagte Thomas.

„Er will uns drei auseinanderbringen. Das Kind ist genauso meins wie seins. Sie gehört ihm nicht, genauso wenig wie mir.“

Thomas schaute zwischen ihnen hin und her, verstand schließlich die Beziehung zwischen den dreien und fragte sich, wer von den beiden diesen Streit ausgelöst hatte. Oder war es Dana selbst gewesen? Er wusste, er würde Jorge fragen müssen.

„Du kannst nicht einfach auftauchen und denken, dass alles wieder so wird, wie es war." Aban machte einen Schritt vorwärts, aber Luis wich nicht zurück. Thomas kannte den Sieger, sollte es zu einem Kampf kommen. Nur eines verstand er nicht: Wenn sie zu dritt in dieser Beziehung waren, warum dann dieses plötzliche Zerwürfnis? Es sei denn, Dana war der Meinung gewesen, dass Luis niemals zurückkehren würde, und hatte Aban ein Versprechen gegeben.

„Lasst uns reingehen, um das zu besprechen. Ich bin müde und hungrig, und meine Freunde sind es auch. Ist Jorge da drin?"

„Die Eisfrau auch", sagte Luis mit einem seltsamen Gesichtsausdruck, den Thomas entweder auf Lust oder Angst zurückführte. Helena war exotisch genug, um Männer zu verwirren, die noch nie eine Frau wie sie gesehen hatten. Er hatte es im Laufe der Jahre viele Male erlebt und wusste, dass Helena es genoss, sowohl die Lust als auch die Unsicherheit, die sie in Männern auslösen konnte, zu fördern.

Thomas wandte sich ab und dachte an alte Zeiten, als er, wie diese beiden, in der Hitze seiner Jugend gefangen gewesen war – obwohl er nie Erfahrungen mit einer Beziehung gesammelt hatte, wie diese beiden sie mit Dana zu führen schienen.

Er nickte Olaf zu, der die kurze Auseinandersetzung mit einem schwachen Lächeln beobachtet hatte. Als Thomas Usaden erreichte, hörte er einen Schrei von hinten und wirbelte herum, bereit, zuzuschlagen. Luis hatte eine Hand um Abans Kehle gelegt. Die andere, an seiner Taille, war dem Griff eines zweiten Messers gefährlich nahe. Thomas handelte schnell. Er erreichte Luis und schlug ihm auf das Handgelenk, sodass er seine Hand von Abans Hals zurückziehen musste.

Luis drehte sich schnell um, sein Gesicht in einer Fratze wutverzerrt. Er verpasste Thomas einen Schlag, den dieser noch härter erwiderte. Er drückte seinen Unterarm gegen Luis' Brust und stieß ihn gegen die Hausmauer, wobei ihm klar wurde, dass der Junge stärker war als er.

„Geh jetzt, solange du noch kannst", sagte er zu Aban, dann wandte er sich wieder an Luis. „Was ist los mit dir? Warst du zu lange mit Guerrero zusammen? Aban ist dein Freund. Mehr als nur ein Freund."

Thomas erwartete, dass Luis klein beigeben würde, aber alles, was er in den Augen des Jungen sah, war eine Wut, die jede Vernunft zu ersticken drohte. Thomas verringerte den Druck gegen die Brust des Jungen, zog aber seine Hand noch nicht zurück. Er öffnete den Mund, um wieder zu sprechen, als er plötzlich beiseite gestoßen wurde. Einen Moment lang dachte er, Aban sei zurückgekehrt, aber dann, während er rückwärts taumelte, sah er, dass Usaden seinen Platz eingenommen hatte und Luis' Handgelenk ergriff, unter dem er ein Messer in der Hand hielt.

„Er wollte Sie erstechen", sagte Usaden, ohne den Blick abzuwenden. „Was soll ich mit ihm machen?" Er verdrehte Luis' Handgelenk, bis dieser keine andere Wahl mehr hatte, als das Messer fallenzulassen.

„Lass ihn gehen", erwiderte Thomas und entschied,

dass für formelle Höflichkeiten kein Platz mehr zwischen ihm und diesem ehrenhaften Mann war.

„Er wollte dich umbringen", sagte Usaden und schien einverstanden zu sein, ihre Freundschaft auf diese neue Ebene der Vertrautheit zu heben.

„Bessere Männer haben es versucht und sind gescheitert." Noch während Thomas die Worte sprach, wurde ihm bewusst, wie sehr sich sein Leben verändert hatte. Vor einem halben Jahr hätte er niemals zugelassen, dass jemand ihn mit einem Messer bedrohte. Er hätte die Situation allein gelöst. Jetzt wusste er nicht, ob er das Richtige tat, als er Usaden bat, Luis freizulassen, aber der Gomeres gehorchte seinem Befehl und trat aus der unmittelbaren Reichweite eines weiteren Angriffs zurück.

Thomas sah, dass Olaf sich keinen Zentimeter bewegt hatte und darauf vertraute, dass Usaden die Situation im Griff hatte. Luis schaute zwischen den dreien hin und her. Sein Gesichtsausdruck änderte sich und die Wut, die in den letzten Minuten spürbar gewesen war, verschwand. Thomas sah, wie er sich bemühte, weniger feindselig zu wirken, aber in seinen Augen loderte noch immer ein Feuer, das im Widerspruch zu dem stand, was er ihnen vorzumachen versuchte. Er hob das Messer auf und drängte sich mit der Klinge in der Hand an Thomas vorbei, aber sowohl er als auch Usaden beobachteten ihn sehr genau.

„Guerrero hat ihn verändert", sagte Olaf. „Wo ist das Essen, das du uns versprochen hast? Und ein Bett. Ich würde heute Nacht gerne in einem Bett schlafen."

„Das ist vielleicht nicht möglich. Ich muss erst mit jemandem reden, bevor wir entscheiden, wie lange wir hier bleiben."

„Falls wir wirklich weiterziehen, sollten wir diesen Jungen besser nicht mitnehmen", sagte Olaf.

„Er behauptet, der Vater des Kindes zu sein, das Dana austrägt."

Olaf winkte abweisend mit einer Hand. „Du machst dir zu viele Gedanken über Leute, die nicht zu deiner Familie gehören." Olaf schüttelte den Kopf und ging. Thomas sah ihm nach und wusste nicht, was mit ihnen allen los war. Er warf einen Blick auf Usaden, der geduldig und emotionslos dastand, aber ob das besser war, wusste Thomas nicht.

KAPITEL VIERUNDZWANZIG

Thomas war erleichtert, als er feststellte, dass sie alle es sicher nach Pampaneira geschafft hatten. Er umarmte Belia und Jorge und ignorierte Helena, obwohl er sich dessen bewusst war, dass sie ihm mit ihren Augen folgte. Er wusste, dass sie etwas erwartete, was er ihr nicht geben wollte. Trotz ihrer Schönheit übte sie keine Anziehungskraft auf ihn aus, falls sie das jemals getan hatte. Manchmal fragte er sich, wie er es ihr hatte erlauben können, ihn zu verführen, und war erstaunt, wie sehr er sich seit jenen Tagen – jenen Nächten – verändert hatte. Diese Zeit war noch nicht allzu lange her, doch seine Gefühle für sie waren nun von Grund auf andere.

Jamila war damit beschäftigt, das Essen für sie alle vorzubereiten. Thomas beobachtete Aban, der neben Dana saß. Ein kleiner Abstand war zwischen ihnen, aber sie beide waren deutlich angespannt und sehnten sich offensichtlich danach, diese Lücke zu schließen. Noch etwas, das sich verändert hatte, seit Thomas sie das letzte Mal gesehen hatte, und er fragte sich, ob die Veränderung von Dana oder Aban ausgegangen war. Hatte der Junge endlich seinen Mut entdeckt?

Thomas fragte sich, wie Aban sich bei der Aussicht fühlte, das Kind eines anderen aufzuziehen, – wenn das Kind in Danas Leib tatsächlich von Luis war –, und wenn nicht, wie sie es wissen sollten. Die beiden jungen Männer sahen sich so ähnlich, dass jede Unterscheidung schwierig wäre. Thomas war sich bewusst, dass Helena ihm nie den Trost der Gewissheit geschenkt hatte, Wills Vater zu sein. Nicht, dass es ihn noch interessierte, falls es das jemals getan hatte. Was ihn anging, war Will sein Kind, und er wusste, dass Will ihn als seinen Vater sah und sich das niemals ändern würde. Jetzt entdeckte er seinen Sohn, der bereits auf Olafs Schoß saß, während der große General Amal an seine Brust drückte. Olafs Ausdruck hatte jede Spur von Strenge verloren. Usaden blieb draußen und Thomas wusste, dass er Wache halten und sie alle beschützen würde, und es gab niemanden, der diese Aufgabe besser erfüllen konnte.

Thomas ging auf Jamila zu, beunruhigt durch die Sicherheit, dass sie sich ihm hingeben würde, wenn er nur die geringste Andeutung machte. Er legte ihr eine Hand auf die Schulter, nur, um Helena zu ärgern, obwohl sie nicht einmal im Raum war, aber er war überrascht von der Wärme, die diese Berührung mit sich brachte.

„Wie lange dauert das Essen noch?"

„Wir arbeiten so schnell, wie wir können. Geh und sprich mit den anderen." Sie stieß ihn nicht weg, aber er spürte, wie sie sich unter seiner Hand anspannte.

„Ich wollte dich nicht drängen. Es gibt etwas, das ich tun muss, und ich dachte, ich könnte es jetzt tun, falls noch etwas Zeit bleibt."

„Es wird noch eine Stunde dauern", sagte sie mit

kühler Stimme. „Helena schläft in deinem Zimmer, falls du zu ihr gehen willst. Ich rufe dich, wenn das Essen fertig ist."

Thomas gab auf und verbuchte diesen Versuch als vergeblich. Er fragte sich, mit wem Jamila gesprochen hatte, aber er wusste, dass es jeder von ihnen gewesen sein könnte – aber wahrscheinlicher Helena selbst, die ihr erzählt haben würde, wie Thomas und sie einst zueinander gestanden hatten. Er wandte sich ab und ging zu Olaf.

„Ich muss jemanden in der Stadt sprechen. Kannst du sie beschützen, während ich weg bin?"

Olaf schaute auf, sagte jedoch nichts, wohl wissend, dass Thomas die Antwort kannte.

Draußen hatte Thomas die Stufen erreicht, die zum Stadtplatz hinabführten, als Usaden an seiner Seite erschien und neben ihm herging.

„Ich kann das auch sehr gut allein", sagte Thomas. „Ich besuche nur einen alten Freund, jemanden, der vielleicht bereit ist, uns zu helfen."

Usaden nickte und wandte sich ab. Thomas fragte sich, wie lange sie zu dritt zusammen sein mussten, bevor Olaf oder Usaden ein weiteres Wort sagten. Er vermutete, dass er beim Warten alt und grau werden würde.

Das Haus des Gouverneurs der Stadt sah genauso aus wie beim ersten Mal, als Thomas es gesehen hatte, Fackeln brannten zu beiden Seiten der breiten Eingangstür und gedämpftes Licht schien im Inneren. Er klopfte und wartete, drehte sich um, um die Straße zu studieren, entdeckte aber nichts. Heute Nacht störte kein Wildschwein die Stille. Das Gasthaus, in dem er und Jorge verdorbenen Wein getrunken hatten, war dunkel, die Fensterläden geschlossen. Als Thomas hörte, wie die Tür geöffnet wurde, drehte er sich um. Don Domingos Dienerin stand da und beobachtete ihn, ein schwaches Lächeln auf den Lippen.

„Er erwartet Sie nicht", sagte sie.

„Ich bin mir nicht sicher, ob ich mich selbst erwarte. Aber er ist zu Hause, richtig? Wird er mich empfangen?"

Sie trat aus dem Weg, um ihn passieren zu lassen. Während sie es tat, fragte sich Thomas, warum er hier keine anderen Dienerinnen gesehen hatte. Das Haus war groß genug und Don Domingos Position wichtig genug, um mehr als eine Bedienstete zu rechtfertigen, egal wie schön diese eine war.

Don Domingo hielt sich in dem großen Zimmer auf, das über die dunkle Terrasse hinausblickte, in dem sie zuletzt gesprochen hatten. Er schien von Thomas' unerwarteten Besuch nicht überrascht zu sein, erhob sich und reichte ihm die Hand.

„Ich habe mich schon gefragt, ob du zurückkehren würdest. Wie ich höre, hast du einige deiner eigenen Leute hierher geschickt. Bist du sicher, dass das klug ist?"

„Damals schien es das zu sein, aber jetzt nicht mehr. Ich muss dich etwas fragen und dir etwas sagen, und du musst eine Entscheidung treffen."

Don Domingo deutete auf einen Stuhl. „Setz dich. Frag, was du willst, auch wenn ich dir vielleicht keine Antworten geben kann."

„Das allein könnte für mich schon ausreichen, um eine Entscheidung zu treffen." Thomas nahm den Stuhl. Er war gut gepolstert, und die Gemütlichkeit, die er ausstrahlte, ließ seinen Körper zum gefühlt ersten Mal seit Tagen entspannen. „Waren Mandana oder sein Sohn bei dir, seit ich das letzte Mal hier war?"

Don Domingo schüttelte den Kopf. „Hast du bewerkstelligen können, was du vorhattest?“

„Ich bin mir nicht sicher. Ich habe Helena befreit, aber vielleicht im Gegenzug in ein Wespennest gestochen.“ Thomas starrte Don Domingo an. „Wusstest du, dass Muhammed, Guerrero und Mandana planen, gemeinsame Sache zu machen?“

Jede Antwort, die Don Domingo hätte geben können, wurde von der Dienerin unterbrochen, die mit einem Tablett mit Kaffee und einem Teller mit kleinen Köstlichkeiten hereinkam. Sie stellte es auf dem niedrigen Tisch zwischen ihnen ab, verbeugte sich leicht und verließ den Raum, nur ihr Duft verweilte.

„Bedien dich, ich habe schon gegessen.“

Thomas streckte die Hand aus und versuchte, nicht zwei der winzigen Häppchen auf einmal in seinen Mund zu stopfen.

Don Domingo lächelte, dann verlor sein Ausdruck jede Spur von Humor. „Natürlich weiß ich, dass sie zusammenarbeiten. Das ist einer der Gründe, warum ich hier in dieser traurigen Ausrede einer Stadt gelandet bin, aber Bittsteller haben kaum eine Wahl, und ein Bittsteller ist nun einmal das, was ich bin.“

„Du bist nicht glücklich mit deiner Situation, oder?“ Thomas sprach mit einem Bissen weichem Fleisch im Mund, das von Teig umhüllt war, und griff nach einem weiteren, bevor er den ersten hinuntergeschluckt hatte.

„Natürlich nicht, aber sie ist besser als die Alternative. Wenn ich tue, was man von mir verlangt, dann findet sich vielleicht eine bessere Position für mich.“

„Muhammed hat nur noch wenig Zeit zum Regieren, das weißt du doch bestimmt.“

Don Domingo quittierte die Worte mit einem sanften Nicken.

„Danach kann ich den Spaniern von Nutzen sein. Frag mich, was du wissen willst. Soll ich mehr Essen bringen lassen?"

Thomas blickte nach unten, wo in jeder seiner Hände eine kleine Köstlichkeit lag, dann schüttelte er den Kopf. „Ich habe nur seit einiger Zeit nichts mehr gegessen."

„Das kann ich sehen. Also, was willst du?"

„Guerrero und Mandana werden bis zum Vormittag an der Stadtmauer sein. Oder wusstest du das auch?"

Don Domingo setzte sich aufrechter hin. „Nein, das ist mir neu. Mandana besucht mich alle vier oder fünf Wochen, aber bis zum nächsten Mal ist noch Zeit – wie du selbst wissen müsstest, da du ihn erst kürzlich hier gesehen hast."

„Diesmal wird er von über fünfhundert Mann begleitet. Es wird Ärger geben. Ich glaube, sie kommen, um ein Exempel zu statuieren, um diejenigen zu motivieren, die sie von ihren Familien gestohlen haben. Er wird zweifelsohne deine Aufzeichnungen einsehen wollen. Hat er das schon einmal getan?"

Don Domingo sank zurück in seinen Stuhl. „Nur einmal."

Thomas starrte ihn an und wusste, dass es keinen Grund gab, zu fragen, was passiert war. Er konnte es deutlich an Don Domingos Gesichtsausdruck ablesen.

„War es jemand, der geflohen ist?", fragte er.

Don Domingo nickte. „So wurde es mir gesagt. Sie haben eine Frau und zwei Kinder weggebracht. Ich war nicht mutig genug, nach dem Grund zu fragen, aber sie hätten ihn mir sowieso nicht genannt. Mir wurde auch gesagt, ich solle ihre Namen aus den Akten streichen." Er hob den Blick, um Thomas' zu begegnen. „Solange du selbst keine Armee mitgebracht hast, gibt es nichts, was wir tun können. Wenn sie kommen, werde ich ihnen die Namen geben, die sie haben wollen."

„Diesmal nehmen sie vielleicht alle mit", sagte Thomas und Don Domingo machte ein Geräusch. „Und nein, ich habe keine Armee hinter mir, aber Pampaneira ist durch starke Mauern und steile Hänge geschützt. Schon eine kleine Truppe könnte die Stadt lange Zeit halten. Länger als Guerrero sie belagern würde."

„Sie haben Männer innerhalb der Mauern", sagte Don Domingo.

„Wie viele? Ich habe nicht mehr als zwei Dutzend gesehen. Es braucht nicht viele, um Frauen und Kinder unter Kontrolle zu halten. Meine Freunde und ich können uns um zwei Dutzend kümmern. Sind es mehr? Würden die alten Männer kämpfen?"

„Das Schicksal, das anderen Städten widerfahren ist, ist uns erspart geblieben. Niemand würde dir glauben, wenn du ihnen erzählst, dass sie in Gefahr sind."

„Ich möchte, dass du sie auf jeden Fall fragst", sagte Thomas. „Auf mich werden sie nicht hören."

„Auf mich auch nicht. Ich bin sicher, sie halten mich für einen schlechten Witz. Der Gouverneur vor mir war ein Bauer, der hier sein eigenes Land bewirtschaftete. Er war einer von ihnen. Er sprach ihren Dialekt und wurde im Umkreis von einer Meile von hier geboren. Ich bin ein Außenseiter und werde nicht vermisst werden, wenn ich gehe. Also nein, sie werden nicht kämpfen, wenn ich sie darum bitte, und gehorchen werden sie auch nicht. Wie viele Männer hast du, Thomas? Kannst du überhaupt irgendeinen Widerstand leisten?"

„Wir sind zu sechst, aber nur vier von ihnen traue ich es zu, dass sie kämpfen."

„Sechs? Grundgütiger, dann habt ihr schon verloren, aber es ist noch Zeit für euch, die Stadt zu verlassen. Ich mag dich, Thomas Berrington, das habe ich immer, aber deine Angewohnheit, Menschen zu helfen, hat dich schließlich in mehr Schwierigkeiten gebracht, als du verkraften kannst."

„Was wirst du tun, wenn sie kommen?"

„Was immer sie verlangen."

„Wirst du ihnen sagen, dass ich hier war?"

Don Domingo schenkte ihm ein Lächeln. „Warst du das? Ich kann mich nicht daran erinnern."

Als Thomas den Stadtplatz überquerte, bemerkte er die Männer, die zur Bewachung der Einwohner postiert worden waren. Sie standen in Türöffnungen oder saßen vor kleinen Etablissements, in denen die Mittel zum Vergessen oder Träumen angeboten wurden. Er sah lediglich zwei Frauen, beide trugen ein Kopftuch und bewegten sich zügig vorwärts, ohne die Beleidigungen zu beachten, die ihnen nachgerufen wurden.

Im Haus löste der Duft von Gekochtem einen Schmerz in Thomas' Magen aus. Die von Don Domingo angebotenen Häppchen hatten kaum mehr bewirkt, als seinen Hunger zu verstärken, und nun saß er Olaf am Tisch gegenüber und wartete darauf, dass das Essen serviert wurde. Will versuchte, über den Tisch zu ihm zu klettern, aber Olaf verlangte, dass er den Tisch umrundete. Thomas hob seinen Sohn auf seinen Schoß, überrascht darüber, wie schwer er geworden war. Größer als damals, als er ihn nach Lubnas Tod in Jorges und Belias Obhut zurückgelassen hatte, und stärker von Usadens Training. Thomas wusste, dass er als Vater versagt hatte, als er sowohl Will als auch Amal in die Obhut anderer übergeben hatte.

„Wo bist du gewesen, Pa?“, fragte Will.

„Unterwegs.“

„Nimm mich das nächste Mal mit. Dieses Haus ist voller Frauen.“

Thomas versuchte, nicht zu lachen. „Ich nehme an, sie verwöhnen dich, nicht wahr?“

„Ich bin zu alt, um verwöhnt zu werden.“

Thomas sah sich um, fand aber den, den er suchte, nicht. „Weißt du, wo Jorge ist?“

„Er schläft. Das tut er die ganze Zeit. Schlafen und sich mit Belia im Bett herumwälzen.“

„Du bist zu jung, um solche Dinge zu wissen“, sagte Thomas.

„Warum?“

„Du bist es einfach.“ Er stellte Will zurück auf den Boden. „Geh ihn suchen und sag ihm, dass wir reden müssen.“

„Was ist, wenn sie sich wälzen?“

Thomas versuchte, ein Lächeln zu verbergen. „Klopf erst an die Tür.“

„Kann ich auch plaudern? Und kann ich mit Kin spielen?“

„Natürlich, das kannst du beides. Aber hol erst Jorge.“

Thomas sah zu, wie Will davonlief, dann wandte er sich wieder an Olaf. „Sobald wir gegessen haben, müssen wir eine Entscheidung treffen.“

„Dein Freund hat dich also abgewiesen, ja?“

„Er kann uns nicht helfen und ich verstehe seine

Gründe dafür." Thomas blickte auf, als Belia und Jamila Platten aus Ton mit gewürztem Eintopf hereinbrachten. Dana folgte mit Fladenbrot. Thomas betrachtete sie einen Moment lang. Ihre Taille war immer noch schlank, zeugte kaum von dem Kind, das sie in sich trug. Er fragte sich, wie weit fortgeschritten ihre Schwangerschaft war, und seine Ausbildung löste eine Reihe von Fragen aus, die er beiseiteschob. Ihre Geburt war noch Monate entfernt und ging ihn zweifellos nichts an. Er griff nach dem Brot und stopfte den Eintopf in eine Kerbe, die er mit seinem Daumennagel formte. Das Essen war gut und eine Zeit lang verlor er sich in dem einfachen Vergnügen, seinen Bauch zu füllen. Jorge kam herunter und wirkte hellwach. Will ging quer durch den Raum zu Kin, der sich mit der Hand kleine Häppchen aus Fleisch und Taube füttern ließ.

Jamila nahm einen Platz am Kopfende des Tisches in Thomas' Nähe ein und nickte Helena zu, die heruntergekommen war und nun am anderen Ende Platz nahm und aß, ohne den Blick zu heben. „Stimmt es, was Jorge mir erzählt hat, dass sie einmal deine Frau war? Ich würde es verstehen, wenn sie es wieder wird. Sie ist außergewöhnlich schön."

„Eine Schönheit, die nur an der Oberfläche liegt", sagte Thomas. „Und nein, sie ist nicht meine Frau, nicht mehr. Schon lange nicht mehr, und ich wünschte, sie wäre es nie gewesen." Er fragte sich, warum er seine Antwort relativieren musste, wenn ein einfaches Nein genügt hätte.

Als der Tisch abgeräumt war, versammelten sich die Männer an einem Ende, während die Frauen Amal hinausbrachten. Aber als sie versuchten, Will ins Bett zu bringen, wehrte er sich, und Thomas sagte, es sei in Ordnung, wenn er bliebe.

„Wir haben eine Wahl", sagte Thomas. „Die Stadtmauern sind stark, aber sie brauchen Männer, die sie schützen. Ich mache mir auch Sorgen um die Männer, die hier die Straßen patrouillieren. Selbst wenn wir genug andere finden, die bereit sind zu helfen, werden die, die Guerrero zurückgelassen hat, versuchen, uns aufzuhalten."

„Wie viele sind es?", fragte Usaden. „Ich habe sie gesehen, aber es sind nur wenige. Zwanzig, vielleicht ein oder zwei mehr." Er sah sich zu ihnen um, zu Thomas, Olaf, Jorge, Luis und Aban. „Unsere Zahl reicht aus, um sie zu töten, vor allem, wenn sie nicht mit einem Angriff rechnen."

„Wir könnten einige von ihnen ausschalten, aber nicht alle. Und wir müssten sie erst einmal aufspüren. Ich denke, wir sollten verschwinden, bevor Guerrero und Mandana eintreffen."

„Olaf Torvaldsson läuft nicht vor einem Kampf weg", sagte Olaf.

„Wir würden nicht weglaufen. Wir würden einen vernünftigen Rückzug antreten. Ich habe immer noch die Absicht, die beiden zu töten, aber wie sollen wir fünf gegen hundertmal so viele ankommen?"

„Einen nach dem anderen, natürlich", sagte Olaf.

„Ich stimme Thomas zu", sagte Jorge. „Jetzt ist nicht die Zeit, unser Leben wegzuwerfen. Weggehen, planen, zurückkehren."

„Auch dann werden es immer noch nur wir fünf sein", sagte Olaf. „Ich sage, wir konfrontieren sie jetzt. Die Frauen und Kinder schicken wir fort. Der Rest von uns bleibt. Diese Stadt ist ein guter Ort, um uns zu verteidigen, nachdem wir die Verräter getötet haben."

„Was, wenn es noch weitere gibt, die wir nicht gesehen

haben?", fragte Thomas. „Die Hälfte der Männer in der Stadt könnte unter Guerreros Kontrolle sein. Es braucht nur ein paar von ihnen, um die Stadttore zu öffnen, und seine Armee wird hereinstürmen und jeden töten, den sie findet."

Olaf schüttelte den Kopf, sagte aber nichts.

„Wir müssen abstimmen", sagte Thomas. „Wer meint, wir sollten gehen?"

„Keine Abstimmung", sagte Olaf. Er hob seinen Blick und starrte Thomas an. „Du bist unser Anführer. Die Entscheidung liegt bei dir. Sag uns, was du willst, und wir werden gehorchen." Er ließ seinen Blick über die anderen wandern und wartete auf irgendwelche Einwände, aber es kam keiner. Die Frauen waren gekommen, um sich zu ihnen zu setzen, und jede einzelne von ihnen nickte, sogar Helena, die normalerweise gegen alles Einspruch erhob.

Thomas fühlte sich nicht wie ein Anführer und er wollte mit Sicherheit nicht die Verantwortung tragen. Er fragte sich, warum Olaf diese Rolle nicht selbst übernommen hatte. Er war der General des Sultans – ein wahrer Anführer von Männern und weitaus besser dafür geeignet. Selbst als Thomas noch stark gewesen war, hätte er sich von Olaf führen lassen. Und in diesem Moment verstand er, warum Olaf es gesagt hatte. Wäre dies Olafs Entscheidung gewesen, hätte er ihnen befohlen zu kämpfen, ihnen befohlen, sich in einem letzten Sturm sinnloser Tapferkeit zu opfern. Das lag in seiner Natur. Olaf war als Nordmann geboren und sah es als Teil seines Schicksals an, ehrenvoll zu sterben, damit seine Kinder und Enkelkinder noch lange in der Zukunft seine Sage am Kaminfeuer erzählen konnten. Nur, dass keines seiner Kinder, alles Mädchen, dies tun würde. Lubna hätte es getan, aber Lubna war nicht mehr. Thomas erkannte, dass die Aufgabe nun auf ihn, Will und Amal übergehen würde.

Er hob seinen Blick und musterte die Anwesenden der Reihe nach, bis er wieder Olaf ansah. „Wir brechen so schnell wie möglich auf. Jamila, du und die anderen Frauen bereitet Essen zum Mitnehmen vor, das zumindest für ein paar Tage reicht. Der Rest von uns wird hinausgehen und so viele wie möglich warnen, dass Mandana kommt. Was sie mit der Information machen, bleibt ihnen überlassen."

Luis stand auf und schob seinen Stuhl zurück. „Ich will kämpfen. Wenn ihr nicht wollt, dann bleibe ich und kämpfe allein." Er drehte sich um und verließ den Raum.

Als er weg war und geräuschvoll die Treppe hinaufstapfte, berührte Jamila Thomas' Arm. „Er trauert um seine Eltern. Du musst Rücksicht auf ihn nehmen."

„Wir alle trauern um jemanden." Thomas schob sich an Jamila vorbei und folgte Luis die Treppe hinauf. Er hatte einen Vorschlag zu machen. Er würde gefährlich sein, könnte aber auf einen frustrierten Jugendlichen ansprechend wirken.

KAPITEL FÜNFUNDZWANZIG

Thomas kletterte durch die Dunkelheit zum höchsten Punkt der Stadt, dann weiter zum höchsten Punkt der Mauer. Von dort aus starrte er nach Süden, bis er das fand, von dem er wusste, dass es dort lag. Es war nicht genau dort, wo er es erwartet hatte, denn dieses Land war so verwinkelt, dass es schwer war, festzustellen, was in welcher Richtung lag, aber schließlich erblickte er in der Ferne den Schein der Feuer an jener Stelle, an der Guerreros Armee ihr Lager aufgeschlagen hatte. Der Anblick davon bestärkte ihn in seinem Entschluss zu gehen. Sie waren zu viele an der Zahl und er hatte ihre Brutalität in Aktion gesehen, sowohl während des Falls von Malaka als auch danach. Sie waren gut trainiert, kannten keine Gnade und kümmerten sich wenig um ihr eigenes Leben, wenn es bedeutete, dass sie die Leben anderer nehmen konnten. Es war an der Zeit aufzubrechen, auch wenn er kein Ziel vor Augen hatte, nur eine grobe Vorstellung und einen nicht minder groben Plan.

Als er zum Haus zurückkehrte, waren die anderen bereit. Behelfsmäßige Rucksäcke warteten darauf, dass sie sie sich um die Schultern schnallten. Luis stand abseits, vielleicht noch gedanklich bei dem Gespräch, das Thomas mit ihm geführt hatte. Alle Gesichter waren Thomas zugewandt, abgesehen von dem seiner Tochter, die in einem Leinentuch an Belias Brust gewiegt lag. Einen kurzen Moment lang fragte sich Thomas, ob er das Richtige tat, sie alle mitzunehmen. Es würde kräftezehrend und gefährlich werden, aber er wusste, dass es unmöglich war, auch nur einen von ihnen zurückzulassen, nicht jetzt, wo Guerrero und Mandana kamen. Denselben Fehler hatte er schon zuvor begangen und der Schmerz, den die Konsequenzen mit sich gebracht hatten, würde ihn auf alle Zeit begleiten.

Es war still in der Stadt, als sie sich auf den Weg zum Nordtor machten. Die Morgendämmerung war noch ein paar Stunden entfernt, aber ein Viertelmond sorgte für genügend Licht auf ihrem Weg. Eine gute Straße führte über die Flanke des Sholayr-Gebirges durch zwei höher gelegene Städte, hinter denen nur kleine Dörfer wie das von Jamila und kahle Berghänge lagen.

Thomas blieb am hinteren Ende der Gruppe, Wills Hand in der seinen, und genoss die Berührung. Während sie aufstiegen, wurde er ab und zu langsamer, um zurückzublicken, und die Ausbreitung von Mandanas Truppen wurde mit jedem Mal deutlicher. Sie passierten die stille einzige Straße, die durch Bubion führte, und durchquerten kurz darauf Campaneira. Als die Straße die nächste Serpentine zog, zeigte Jamila ihnen einen Weg, der sie nach Westen führen würde. Thomas fragte sich, wo sie sich am Ende dieses Tages, der gerade erst begonnen hatte, befinden würden. Sie brauchten einen Zufluchtsort, der sicher, trocken und warm war. Während sie liefen, versuchte er zu überlegen, wohin sie gehen sollten, aber sein Verstand war wie benebelt von seiner Erschöpfung, und er fand sich immer wieder in einem Zustand frei von Gedanken, lediglich einen Fuß vor den anderen setzend – Wills Hand in seiner, die Rücken seiner Freunde vor seinen Augen. Das erste graue Licht der sich ankündigenden Dämmerung warf seine Schatten, die sich silbern von den schneebedeckten Gipfeln des Sholayr abhoben, und dennoch blieb Thomas' Geist leer. Und dann erreichte eine Stimme ihn, so klar, als würde Lubna ihren Mund an sein Ohr legen.

Geh nach Hause, mein Liebster. Geh dahin, wo du hingehörst.

Es war nicht nötig, dass die unwirkliche Stimme aussprach, welchen Ort sie meinte. Es kam nur einer infrage. Wills Finger legten sich enger um seine und er sagte: „Wer hat das gesagt, Pa?" Thomas blieb stehen und sah auf seinen Sohn hinunter.

„Hier sind nur du und ich."

Will schüttelte den Kopf. „Ich habe jemanden gehört. Nicht Belia, sie ist zu weit vorne. Es klang wie …" Wills Augen glitzerten, als ihm die Tränen aufstiegen, und er schüttelte den Kopf.

„Wir sind beide müde", sagte Thomas. „Unser Verstand spielt uns einen Streich, das ist alles."

„Du hast Ma also auch gehört?"

Thomas ging weiter und grübelte bereits über die Worte, die zu ihm gesprochen worden waren – und ob es tatsächlich ihre Worte gewesen waren oder nichts weiter als Einbildung. Er hatte über diese Sache nachgedacht, seit sie sich das erste Mal auf dem Berghang zugetragen hatte. Er wusste, wenn er daran glaubte, dass Lubna immer noch zu ihm sprach, würde ihm das einen gewissen Trost spenden, aber seine Vernunft verwarf den Gedanken. Thomas zog es eher vor zu glauben, dass sein Geist die Worte heraufbeschworen hatte – als Erinnerungen an die Frau, die er geliebt hatte, die Frau, die er immer noch liebte. Die Worte waren seine eigenen, gehüllt in den Klang ihrer Stimme. Nur … wenn das stimmte, wie hatte Will sie dann auch hören können?

Er ging schneller, überholte Helena, die neben Luis herging, und schritt weiter, bis er Olaf erreichte.

„Wir müssen zurückgehen", sagte Thomas.

Olaf sah ihn an, sein Ausdruck unverändert, nur die Neigung seines Kopfes verriet die Frage in seinem Kopf. „Zurück? Wir sind doch gerade erst losgegangen."

„Nicht dahin zurück. Wir brauchen einen Ort, an dem wir uns verteidigen können, einen Ort, den wir kennen. Gharnatah liegt nicht weit von hier."

„Wir sollten zu al-Zagal gehen", sagte Olaf. „Uns mit ihm zusammentun und kämpfen, ihn vielleicht sogar wieder auf den Thron setzen. Ihn wieder zum Sultan machen. Diesem Land wieder Hoffnung geben."

Jorge, der bisher mit Belia auf der einen und Jamila auf der anderen Seite marschiert war, fiel nun zu ihnen zurück.

„Seine Kraft ist aufgebraucht", sagte Thomas. „Er war einst stark, aber als er besiegt wurde, brach etwas in ihm. Es hat ihn verändert und nicht zum Besseren."

„Wessen Kraft ist aufgebraucht?" Jorge ging nun im Gleichschritt neben ihnen her. Als er seine Hand ausstreckte, nahm Will sie, hielt sie jetzt beide an den

Händen und trug ein Lächeln auf seinem Gesicht, bei dem Thomas sich fragte, ob sein Sohn Jorge möglicherweise mehr liebte als seinen eigenen Vater. Und wenn er es tat, dann war es eben so – er hatte seinen eigenen Vater gehasst und das hatte ihn nur stärker gemacht.

„Al-Zagal. Er hockt in al-Marilla und tut nichts."

„Aber wir stünden unter seinem Schutz", sagte Olaf. „Al-Marillas Mauern sind hoch und stark und über das Meer könnten wir jederzeit fliehen."

„Ich dachte, er gibt dir die Schuld für seine Niederlage in Malaka", sagte Jorge.

„Das hat er, aber die Stadt ist nichtsdestotrotz ein geeigneter Zufluchtsort. Und wir müssten ihm nicht einmal sagen, dass wir da sind."

„Die Leute dort kennen dich", sagte Thomas. „Es würde sich herumsprechen, dass Olaf Torvaldsson gekommen ist. Ich vertraue lieber auf mich, auf dich und einen Ort, den ich kenne."

„Und Muhammed?", fragte Jorge. „Glaubst du, er wird nichts von deiner Rückkehr erfahren? Er hasst dich, Thomas, das weißt du. Ich glaube, er will dich tot sehen. Was du getan hast, um diesen Hass in ihm zu wecken, weiß ich nicht, aber du kannst nicht leugnen, dass er in ihm existiert."

Usaden erschien wie ein Geist. Er war an einer Seite der Straße entlanggegangen und nun ganz plötzlich wie hinter einem Vorhang aufgetaucht. Er hielt sich ein wenig abseits, schwieg, aber Thomas wusste, dass er mitangehört haben würde, was sie sprachen. Wahrscheinlich hatte er die ganze Zeit über zugehört.

„Wir könnten uns genauso in den Schutz der spanischen Königin begeben", sagte Jorge. „Isabel hat Malaka kurz nach dem Fall der Stadt verlassen, aber ich bin sicher, wir würden sie in Ixbilya, Qurtuba, Alcala de Real oder irgendwo noch weiter nördlich finden."

„Im Norden schneit es", sagte Thomas und Jorge lachte.

„Und sie wird ein großes Feuer entfacht haben, an welchem Kamin auch immer sie sitzt. Spanien ist für uns jetzt sicherer als al-Andalus."

„Du vergisst, dass Mandana Fernandos Mann ist", sagte Thomas. „Ich glaube nicht, dass Fernando alles weiß, was hier vor sich geht, aber ich traue ihm auch nicht so ganz. Wenn er zwischen mir und Mandana wählen müsste, auf wessen Seite würde er sich stellen?" Er wollte, dass Lubna wieder in seinen Gedanken zu ihm sprach, aber sie blieb stumm, falls sie überhaupt jemals da gewesen war. Thomas vermisste die alten Gewissheiten, vermisste die Sicherheit, die er einst in seiner eigenen Vernunft besessen hatte.

„Wir könnten natürlich nach Hause nach Gharnatah gehen", sagte Jorge.

Thomas lächelte. „Ja, ich denke, das könnten wir."

„Du hast ein schönes Haus auf dem Albayzin mit genug Platz für uns alle, und wenn nicht, habe ich auch noch ein schönes Haus. Olaf kann nach Fatima schicken, denn ich bin sicher, sie vermisst ihn. Es ist das Letzte, was sie vermuten würden, und wir wären von Leuten umgeben, die dich kennen – die für dich kämpfen würden."

„Ich möchte niemanden mehr in Gefahr bringen", sagte Thomas.

„Das hast du bereits", sagte Jorge. Er hob eine Hand, um auf ihre kleine Gruppe zu deuten, von der jeder Einzelne langsam besser erkennbar wurde, als der Himmel hinter ihnen langsam heller zu werden begann.

„Werden wir jemals wirklich sicher sein? Auf der Flucht vor fünfhundert Männern, von denen jeder gerne sehen würde, wie wir an den Fersen aufgehängt und als Zielscheibe benutzt werden? Für die Frauen wäre es noch schlimmer."

„Ich habe niemanden gezwungen, mitzukommen", sagte Thomas, wohl wissend, dass diese Aussage selbst in seinen eigenen Ohren gereizt klang.

„Das musstest du auch nicht. Die Leute folgen dir. Sie folgen dir, weil sie dich lieben und weil sie dir vertrauen." Jorge klopfte sich auf die Brust. „Ich bin der Hübsche, aber du bist es, der Loyalität anzieht. Nutze ihr Vertrauen weise. Wirf nicht ein einziges Leben weg, wenn du es retten kannst."

Thomas warf einen Blick hinter sich, mehr um sich Zeit zum Nachdenken zu verschaffen als zu einem anderen Zweck. Der Tag brach an und Mandanas Lagerfeuer in der Ferne waren immer schwieriger auszumachen, nicht einmal aufsteigender Rauch verriet nun den Ort, an dem die Männer die Nacht verbracht hatten. Vermutlich waren sie bereits unterwegs, auf dem Weg nach Pampaneira. Ein plötzliches Gefühl der Dringlichkeit erfüllte ihn. Mandana befehligte treue Soldaten auf schnellen Pferden. Es gab nichts, was ihn daran hinderte, sie Thomas hinterherzuschicken, der die Gefahr durch ein Vibrieren um sich herum wahrnahm.

„Du hast recht", sagte er, drehte sich um und akzeptierte das Unvermeidliche, das Lubnas Stimme mit sich gebracht hatte. „Es gibt keinen anderen Ort für uns. Ich habe uns in diese Situation gebracht. Wir sind allein. In Gefahr. Verwundbar. Wie weit ist es bis Gharnatah?" Er blickte zu Olaf, der es besser als jeder andere wissen würde.

„Der Fußmarsch würde einen halben Tag dauern, wenn es nur wir vier wären", sagte Olaf. „Eher einen ganzen mit uns allen."

„Das ist zu lang."

„Ich kann sie nicht zwingen, schneller zu gehen."

„Aber ich kann sie bitten", sagte Thomas. „Ich war ein Narr, uns von der Stadt wegzuführen."

„Nein, das warst du nicht", sagte Olaf. „Oder hast du vergessen, dass Männer geschickt wurden, um dich zu töten? Und den Rest von uns auch, als klar war, dass wir zusammengehören. Aber Jorge hat recht. Sie glauben, du wärst geflohen und werden nicht damit rechnen, dass du zurückkehrst. Und es wird gut sein, dass Fatima wieder an meiner Seite schläft."

„Es ist immer gut, eine schöne Frau an seiner Seite zu haben. Oder unter sich …" Jorges Stimme verhallte, als Thomas vorausging und Will bei ihm zurückließ. Ein Gefühl der Frustration braute sich in seiner Brust zusammen. Sie waren aus Gharnatah geflohen, nur um nun dorthin zurückzukehren. War er ein Narr, sie dorthin zurückzuführen? Allein die Tatsache, dass sie alle wieder vereint waren, schenkte ihm ein wenig Zuversicht. Hätten sie Gharnatah nicht verlassen, wären Jamila und die anderen immer noch in Pampaneira und wüssten nichts von der Gefahr, die im Begriff war, über die Stadt herzufallen.

Er holte die Frauen ein und ermutigte sie, schneller zu gehen. Er ermutigte sie, alles zurückzulassen, was sie mitgebracht hatten. In Gharnatah würde es Nahrung und Kleidung geben, und je weniger sie zu schleppen hatten, desto eher würden sie in Sicherheit sein.

Helena beschwerte sich, was zu erwarten gewesen war. Ihre Füße schmerzten. Ihr Rücken tat weh. Thomas ignorierte sie, nahm Jamila am Arm und zog sie zur Seite.

„Seid ihr gewillt, mit uns nach Gharnatah zu kommen?“, fragte er. „Du, Aban und Dana?“

„In dein Haus?“

„Wenn es noch steht. Wenn nicht, wird es ein anderes Haus geben. Ich habe immer noch Freunde dort, die uns helfen werden.“

„Ja“, sagte Jamila, „ich werde mitkommen. Wo soll ich denn sonst hingehen? Mir ist nichts geblieben. Uns allen. Man hat uns unser Zuhause genommen und du bietest uns einen Zufluchtsort, also kommen wir natürlich mit.“

Olaf kam mit Will auf den Schultern nach vorne und redete auf Helena ein, mit dem Jammern aufzuhören. Jamila sprach mit ihrer kleinen Gruppe und alle gingen nun doppelt so schnell, es war noch kein Laufen, aber kein Gehen mehr. Thomas wusste, dass keiner von ihnen das Tempo lange durchhalten würde – außer Usaden, der wieder einmal nirgendwo zu sehen war, wahrscheinlich, um ihre Flanken auszukundschaften.

Thomas suchte nach Luis und schloss zu ihm auf. Er nahm das Handgelenk des Burschen, bis sie beide langsamer wurden und die anderen sie überholten.

„Hast du darüber nachgedacht, worüber wir gesprochen haben?“, fragte Thomas.

Luis nickte, sein Gesicht war ernst. „Ich hatte die Idee selbst in Erwägung gezogen, bevor wir darüber gesprochen haben. Es ist ein guter Plan, Thomas.“

„Heißt das dann, dass du mitmachst? Die Sache ist nicht ungefährlich. Ganz und gar nicht.“

„Sie haben meine Eltern getötet“, sagte Luis und Thomas ließ sein Handgelenk los und ging voraus, zurück zu den anderen.

Das Land stieg entlang der breiten Flanke eines Bergrückens weiter an und als sie ihn erklommen hatten, schlängelte sich der Pfad unter ihnen entlang, immer wieder nach links und rechts, wie der Körper einer Schlange, um einen fast senkrecht abfallenden Abhang passierbar zu machen. Dahinter lag die üppig bewachsene Vega-Ebene, die Gharnatah umgab, in einen Nebel gehüllt, der geschmeidig höher stieg und erkennen ließ, wo der Darro-Fluss noch verborgen lag. Die ersten Sonnenstrahlen fingen den Palast von al-Hamra ein, der wie ein glitzerndes Juwel wirkte, winzig und perfekt. Und dann ertönte von hinten das Geräusch eines galoppierenden Pferdes. Thomas wirbelte herum, sein Schwert bereits in der Hand. Olaf stand auf der einen Seite neben ihm, Jorge auf der anderen, und Thomas wünschte sich, Usaden wäre auch hier.

Ein schwarzes Pferd kam in Sicht, wurde immer noch nicht langsamer, und Olaf sagte: „Thomas, ich nehme das Pferd, du tötest den Reiter."

Thomas nickte. „Es werden weitere dicht dahinter sein." Er schaute sich um und überlegte, ob sie einen Hinterhalt legen konnten, aber es war zu spät. Er sah in Richtung der anderen und war erfreut zu sehen, dass sie ihren Weg fortsetzten und ihr Tempo noch weiter beschleunigten.

Das Pferd kam auf sie zu, wurde immer größer, und bremste sich dann bis zum Stillstand ein, bevor Usaden von seinem Rücken sprang. Er hielt einen Krummsäbel in der Hand, dessen Klinge rot gefärbt war.

„Das habe ich von einem Mann erworben, der es nicht mehr benötigt hat. Setzt die Frauen und Kinder auf das Pferd, so viele, wie es tragen kann." Er blickte zurück. „Da sind noch mehr, wenn du willst, dass ich sie hole."

Olaf lachte und klopfte Usaden auf den Rücken. Thomas hätte der Schlag umgehauen, aber Usaden bewegte sich kaum. Thomas schickte Aban mit dem Pferd und Anweisungen zurück los – er sagte ihm, er solle mit Luis und den anderen zurückkehren.

„Wie viele?“, fragte er.

„Zwanzig. Vorreiter, nichts weiter. Einer von ihnen hielt an, um zu pissen.“ Er hob eine Schulter. „Ich ließ ihn fertigmachen, bevor ich ihn tötete. Das war das Mindeste, was ich tun konnte.“

„Es wird ihnen auffallen, dass er fehlt. ”

„Das wird es, aber nicht sofort. Deshalb musst du diejenigen, die nicht kämpfen können, vorausschicken, während wir die anderen aufhalten.“

Thomas sah sich um. Vier, plus Luis und Aban. Sechs gegen zwanzig, und er wusste nicht, wie die Jugendlichen sich in einem Kampf schlagen würden, oder ob Aban überhaupt bereit dazu war zu kämpfen. Und Jorge war nie viel mehr als eine kurzweilige Bedrohung. Also drei gegen zwanzig.

„Unsere Zahl gefällt uns nicht“, sagte er.

„Ich nehme an, dass die Zahlen so oder so nicht viel ausmachen“, sagte Olaf. „Sie sind, was sie sind, und wir sind, wer wir sind.“ Er klopfte sich auf die Brust. „Olaf Torvaldsson, *Hvirfla!* Ich werde sie alle töten.“ Er sah jeden von ihnen an. „Und wir haben auch noch den Hund.“

Thomas lachte und eine Kälte breitete sich in ihm aus, die ihm die Welt scharf und rau erscheinen ließ, wie er es nicht mehr erlebt hatte, seit Lubna ihm genommen worden war. Dies war die Wahrnehmung des Thomas von früher, und er begrüßte die einst vertraute Kraft – akzeptierte sie als Zeichen dafür, dass er sich in den

Mann zurückzuverwandeln begann, der er einst gewesen war.

„Lass uns auch welche übrig“, sagte er. Dann sah er Luis und Aban auf sie zulaufen. Dahinter ritten Helena, Dana und die Kinder auf dem erbeuteten Pferd, während Jamila es im Laufschritt führte und sich am Sattelknauf festhielt, sodass ihre Zehen kaum den Boden berührten. Er wandte sich wieder an Olaf. „Wie willst du es angehen? Verstecken wir uns oder legen wir einen Hinterhalt?“

Olaf schritt vorwärts, bis er an einer Stelle stand, wo ein großer Felsen vom Hang herabgestürzt war und auf der einen Seite eine Barriere bildete, während das Land auf der anderen Seite steil anstieg.

„Wir bilden hier eine Linie. Sie werden an uns vorbei müssen, anstatt um uns herum. Mehr als drei passen nicht auf einmal durch, so müssen wir sie nicht alle auf einmal töten.“ Er nickte. „Ja, das ist ein guter Ort zum Sterben, so gut wie jeder andere auch.“

Thomas fragte sich, ob er damit die Männer meinte, die kommen würden, oder sie selbst. Er wusste, dass Olaf seine eigene Sterblichkeit nie infrage stellte. Er fragte sich auch, was *Hvirfla* bedeutete. Er würde Will bitten, es ihm zu erklären, denn er beherrschte die Sprache des Nordens fast so gut wie Arabisch. Wenn sie so lange lebten.

Er sah zu Jorge hinüber, der aufrecht dastand, das Schwert in der Hand. Jeder, der ihn nicht kannte, würde vielleicht Angst bekommen, was für den Moment ausreichend war. Luis' Gesicht wirkte verbissen, während Aban blass aussah, sodass Thomas sich fragte, ob er jemals zuvor ausgebildeten Soldaten gegenübergestanden hatte, anstatt sich nur vor ihnen zu verstecken. Es mochte vielleicht einen besseren Zeitpunkt geben, um die Antwort herauszufinden, aber dieser Zeitpunkt war nicht jetzt. Also lehnte er sich dicht an Luis und flüsterte ihm ins Ohr: „Bring sie dazu, dir zu glauben."

Luis nickte, gerade als die ersten der Reiter auftauchten. Ihr Anführer entdeckte die sechs auf dem Pfad stehen, grinste und trieb sein Pferd an.

KAPITEL SECHSUNDZWANZIG

Olaf übernahm die Mitte und seine Axt schwang sanft an dem Lederriemen, der um sein Handgelenk gebunden war, als ob er vergessen hätte, dass sie überhaupt da war. Thomas stand zu seiner Linken, Usaden zu seiner Rechten und etwas weiter außen, damit Olaf Platz zum Schwingen hatte. Beide hielten eine Klinge in jeder Hand. Jorge stand etwas zurückversetzt links von Thomas, Aban hinter Jorge, während Luis rechts von Usaden stand. Thomas wusste nicht, wie die anderen sich schlagen würden, aber wenn sie schon nicht ausreichend Erfahrung mitbrachten, so waren sie mit ihnen zumindest zahlenweise überlegen, und er wusste, dass die drei, die in der Mitte ihrer Reihe standen, den meisten Schaden anrichten würden. Es kam ihm nicht in den Sinn, dass er seit einem halben Jahr nicht mehr gekämpft hatte und nun schwächer war. Ein weiteres Mal war er mit jener Kälte erfüllt, die er nach Lubnas Tod verloren zu haben glaubte und deren Rückkehr ihm die Gewissheit gab, unverwundbar zu sein.

Thomas besah sich die Männer, um zu beurteilen, ob

es sich um Berufssoldaten oder neue Rekruten handelte, und stellte fest, dass Ersteres der Fall war. Das würde den kommenden Kampf umso interessanter machen.

„Meinst du, der Große in der Mitte ist ihr Anführer?“, fragte Olaf.

„Mehr als wahrscheinlich. Er hat das beste Pferd und trägt ein Kettenhemd.“

„Dann werde ich ihn zuerst töten.“

Thomas lächelte. „Mach du das. Ich nehme den Stämmigen auf meiner Seite, der sieht aus, als wüsste er, was er tut.“ Er blickte Olaf an. „Meinst du, wir müssen sie alle töten?“

„Das hoffe ich doch.“

Als Thomas ein Würgegeräusch hörte und sich umdrehte, übergab Aban sich am Wegesrand. Als er in Luis' Richtung sah, erblickte er einen entschlossenen jungen Mann mit starrem Gesicht. Neben ihm schien Usaden vom Warten gelangweilt zu sein.

„Wir warten, bis sie uns angreifen“, sagte Thomas.

„Natürlich“, sagte Olaf. Er schwang seinen Arm, sodass die daran hängende Axt nun einen weiteren Bogen machte, während er sich auf das vorbereitete, das zu tun, wozu er geboren worden war –seine Feinde zu töten.

Der Anführer ritt noch einige Schritte weiter, bevor er langsamer wurde. Thomas begann, die Männer hinter ihm zu zählen, ließ es aber dann sein. Es hatte sowieso wenig Sinn. Die Zahl würde schlagartig kleiner werden, sobald Olaf und Usaden begannen.

Der Anführer brachte sein Pferd zum Stehen und nahm sich Zeit, die sechs Männer zu mustern, die ihm gegenüberstanden.

„Wer von euch ist Thomas Berrington?“

Niemand sagte ein Wort.

Der Anführer bewegte sich in seinem Sattel, sodass das Leder leise knarzte.

„Keiner von euch? Wenn dem so ist, dürft ihr eure Reise fortsetzen. Wir sind nur auf der Suche nach Berrington."

„Er ist es."

Thomas drehte sich beim Klang von Luis' Stimme schnell zu ihm um. Der Jugendliche streckte seinen Arm aus und deutete direkt auf ihn.

„Er ist derjenige, den Sie suchen, aber Sie werden auch die anderen töten müssen. Sie sind dummerweise loyal." Luis begann, auf den berittenen Mann zuzugehen. „Ich erkenne Sie, erinnern Sie sich an mich?"

Der Anführer verengte seine Augen und starrte Luis lange Zeit an.

„Das wird langsam langweilig", sagte Olaf, seine Stimme so leise, dass sie nur zu Thomas und Usaden drang.

„Ja, ich kenne dich", sagte der Anführer. „Ich habe gehört, dass du wie ein Feigling gerannt bist."

„Ich hatte eine Aufgabe zu erfüllen, das ist alles. Und jetzt habe ich Thomas Berrington hierher geführt, damit ihr ihn töten könnt."

Usaden ging drei Schritte auf Luis zu und hob sein Schwert.

„Lass ihn", befahl Thomas. „Du hast doch gesehen, was sie mit Deserteuren machen." Usaden nickte und trat einen Schritt zurück.

Der berittene Soldat wackelte mit seinem Schwert und bedeutete Luis damit, sich hinter ihn zu stellen, doch Luis blieb, wo er war, und drehte sich langsam zu Thomas und den anderen um.

Töricht und mutig, dachte Thomas. *Jung und eigensinnig, so wie ich einst war.*

Er seufzte. „Wir sollten besser anfangen, sie zu töten, bevor es Zeit für das Mittagessen ist."

Olaf grinste. „Wir warten auf sie. Sie sind fast bereit. Manche Männer ignorieren die Aussicht auf den Tod, andere müssen ihn aus ihren Köpfen verdrängen."

Als ob er das geflüsterte Gespräch mit angehört hätte, brüllte der Anführer der Truppe einen Befehl und trieb sein Pferd zum Galopp an.

Thomas, Olaf und Usaden warteten in ihrer Formation. Aban drehte sich um und lief davon. Jorge machte einen einzelnen Schritt rückwärts und sein Schwert zitterte in seinen Händen, aber er blieb standhaft.

„Tanzt für sie!", brüllte Thomas. Er duckte sich unter einem kraftvollen Schwung hinweg, einen Moment bevor er das Pferd des Anführers inbrünstig schrie, als Olafs wirbelnde Axt es in die Brust traf. Das Tier stürzte wie eine gefällte Eiche zu Boden und schleuderte seinen Reiter aus dem Sattel. Thomas packte ihn unter dem Arm, nahm die wütenden und gequälten Schreie um ihn herum wahr, ignorierte sie aber. Sie bedeuteten nichts – es war die Musik der Schlacht und er hoffte, dass Jorge dazu tanzte, wie er es tat. Andere stürzten sich auf sie, um zu sterben, die meisten durch Olafs Axt, aber Usaden war so gnadenlos wie die Klingen, die er schwang, und schnell, unfassbar schnell.

Thomas fühlte, wie der Atem in seiner Lunge brannte – fühlte, wie sein Arm müde wurde, wie seine Beine schwer wie Blei wurden. Er tötete einen Mann, der von links auf ihn zukam, stieß ihn weg, konnte kaum die Kraft dazu aufbringen. Aus dem Augenwinkel sah er, wie Jorge eine Klinge abwehrte und dann selbst zustach, den Stoß jedoch im letzten Moment abschwächte, sodass er nicht tötete, sondern nur verstümmelte, doch der Angreifer fiel rückwärts zu Boden und umklammerte seine Schulter.

Nur noch die Hälfte der Soldaten war übrig, der Rest hielt sich im Hintergrund, nicht bereit, sich zu opfern, nun, da ihr Anführer getötet worden war. Dann schwang sich Luis in den Sattel eines nun reiterlosen Pferdes und trieb es in einen Galopp. Er ritt direkt auf Thomas zu, das Schwert in einer lachhaften Geste seines Mutes über den Kopf gehalten. Thomas stach in die Flanke des Pferdes, sprang zurück und wich Luis' schwungvollen Schlag mit Leichtigkeit aus. Doch er stolperte in jemanden hinein, stieß gegen ihn, spürte im nächsten Moment einen Schlag in seinen Rücken und taumelte wieder vorwärts. Er wirbelte herum, um einem verängstigten Mann gegenüberzustehen, der bereits zurückwich, doch dann prallte er erneut mit jemandem zusammen und ging in die Knie. Er schaffte es, sich rechtzeitig umzudrehen, um einen trägen Schwung von Luis' Schwert abzuwehren. Er erwiderte den Stoß, vorsichtig, um den Jungen nicht zu verletzen. Seine Kräfte verließen ihn, strömten aus seinem Körper wie durch ein Sieb, und er riskierte einen Blick nach unten, während er sich auf die Beine rappelte, da er befürchtete, von einem Schwert erwischt worden zu sein, entdeckte aber keine Wunde, kein Blut. Er schüttelte den Kopf und versuchte, seine Sinne wiederzuerlangen, bevor er Luis schnell und überraschend angriff. Der Junge war gut, geschickt, aber Thomas hatte seine eigenen Fähigkeiten über Jahrzehnte verfeinert und wusste, dass er ihn jederzeit besiegen konnte. Nur packte ihn in diesem Moment jemand, und er fuhr herum und hätte Olaf fast die Hand am Handgelenk abgehackt, hätte seine

Axt die Klinge nicht aufgehalten. Olaf sah zu ihm hinunter, zuckte verhalten mit den Schultern und schritt an Thomas vorbei, die Augen auf Luis gerichtet, der inzwischen die Richtung gewechselt hatte und auf Aban zuhielt.

„Geh und sieh nach Jorge", sagte Olaf, „ich glaube, er ist verletzt. Ich kümmere mich um den hier."

„Lass ihn. Lass ihn leben." Thomas trat sechs Schritte zurück und versuchte, mehr Luft in seine Lungen zu saugen, als sie aufnehmen konnten. Usaden stand in der Mitte eines Kreises von toten und verletzten Männern. Sein Schwert hing lose an seiner Seite, während er darauf wartete, dass die anderen sich entschieden, ob sie seinen Zorn riskieren sollten oder nicht, aber schon zogen sich die Männer zurück, sahen weg, schauten dorthin, wo ihre Gefährten warteten. Luis wich vor Olaf zurück und stellte sich zu den anderen Soldaten, nun, da er sich bewährt hatte.

Der Kampf war vorbei.

Thomas drehte sich um und sah, dass Jorge sich auf ein Knie gesenkt hatte, die Hand an seine Seite gepresst. Blut lief zwischen seinen Fingern hindurch und sammelte sich auf dem Boden.

„Ich muss besser tanzen", sagte Jorge mit bemerkenswert ruhiger Stimme.

„Oder lernen, besser zu kämpfen." Thomas ging auf beide Knie und zog Jorges Hand von der Wunde. Das Blut trat pulsierend aus und stand auf, packte Jorge unter den Achseln, schleppte ihn an den Rand des Weges und lehnte ihn gegen einen Felsen. Dann schnürte er die Lederweste auf, die seinem Freund nicht genug Schutz geboten hatte, und riss Jorges Hemd auf, um die Wunde freizulegen. Tief unten, ein einzelner Schwerthieb. Thomas drehte Jorge um und fand eine kleinere Wunde in seinem Rücken, wo die Klinge wieder ausgetreten war. Aus der hinteren Wunde floss weniger Blut, also drehte er ihn wieder um.

„Ich glaube, ich habe zwei Männer getötet", sagte Jorge. „Wie viele hast du erwischt?"

„Sei still."

Jorge lächelte. „Also nicht so viele wie ich."

„Das ist nicht still. Willst du leben oder nicht?"

„Leben", sagte Jorge. „Wenn es eine Wahl gibt. Ja, leben. Kannst du mich heilen, Thomas?"

„Halt die Klappe."

Thomas versuchte sich zu erinnern, wie viele er getötet hatte, und konnte es nicht, ihre Zahl verblasste bereits zusammen mit der all der anderen Männern, denen er den letzten Atemzug abgerungen hatte. Zu viele Männer. Zu viele Kämpfe. Er wurde zu alt für solche Heldentaten.

Nun fertigte er einen groben Verband an, indem er Jorges Hemd in Streifen riss. Er polsterte die Wunde mit einem Fleck aus Leder, den er mit der Klinge seines eigenen Schwertes aus Jorges Weste schnitt, und wickelte den Verband so fest wie möglich um seinen Körper. Schließlich hockte er sich vor ihn, hielt eine Hand hoch, damit Jorge sich nicht bewegte, und wartete. Ein wenig Blut sickerte unter dem Verband durch, aber nicht so viel, wie noch kurz zuvor.

„Wie fühlst du dich? Schwindelig?"

Jorge schüttelte den Kopf. „Aber es tut weh. Richtig weh, Thomas."

„Das wird es, bis wir nach Gharnatah kommen. Ich habe dort Kräuter und Tränke, die helfen werden, aber wir müssen dich erst hinbringen. Bleib hier. Rühr dich nicht vom Fleck."

Thomas hob sein Schwert auf und erhob sich wieder, sein Körper schmerzte, aber er wusste, dass der Kampf noch nicht zu Ende war. Er hörte Olafs Brüllen, während er kämpfte, das Klappern von Schwert, Axt und Messer, die Schreie der Sterbenden, das Wiehern der Pferde. Als er sich umdrehte, sah er Olaf über einem gefallenen Mann stehen. Usaden schritt langsam auf ihn zu. Die verbliebenen Angreifer hatten sich zurückgezogen und versuchten nun, einen Anschein von Ordnung wiederherzustellen. Ein paar warfen einen Blick auf ihre gefallenen Kameraden, dann bestiegen sie ihre Pferde und ritten davon.

Thomas suchte zwischen den Leichen nach Aban, fand ihn aber nicht. Luis, das wusste er, war mit ihren Angreifern geflohen.

„Sie werden zurückkommen, sobald sie Verstärkung bekommen", sagte Olaf.

„Wie lange wird das wohl dauern?", fragte Thomas.

„Die anderen werden in Pampaneira sein, also nicht lange. Ein paar Stunden, nicht mehr – schneller, wenn sie galoppieren. Und das nächste Mal werden es mehr sein. Vielleicht zu viele für uns drei."

Usaden kam auf sie zu. Er hatte vier Pferde eingesammelt, die nun gefügig waren, und führte sie. Thomas betrachtete sie und fragte sich, ob Jorge in der Lage war, auf einem Pferd zu reiten. Er sah sich noch einmal um, überfragt, wohin Aban verschwunden war, und befürchtete, er sei verletzt worden und habe sich irgendwo versteckt. Er fragte Usaden, ob er ihn gesehen habe, denn er wusste, dass dem Gomeres-Söldner wenig entging.

„Er hat die Seiten gewechselt", sagte Usaden. „Er hat sich seinem Freund angeschlossen, dem, der Luis heißt.

Sie sind auf dasselbe Pferd gestiegen und mit den anderen losgeritten."

„Der Junge ist ein Narr", sagte Thomas und wusste, wen er meinte, auch wenn die anderen es nicht taten.

„Ist Jorge schwer verletzt?", fragte Usaden.

„Vielleicht ist er es. Ich muss ihn nach Gharnatah bringen, damit ich ihn behandeln kann."

„Kann er reiten?"

„Das glaube ich nicht."

Usaden nickte und ließ die Zügel eines der Pferde los, das ziellos davon trottete. Usaden schwang sich mit einer einzigen geschmeidigen Bewegung in den Sattel eines anderen. Olaf hatte während ihres Gesprächs seine Axt gesäubert, die Klinge untersucht und berührte nun die eine oder andere Kerbe mit der Fingerspitze.

Thomas nahm eines der Pferde an den Zügeln und führte es dorthin, wo Jorge nun lag. Seine Haut war blass geworden und als Thomas die Farbe seiner Lippen sah, empfand er einen Moment der Angst, wie es ihm nicht einmal im Kampf passiert war. Olaf half ihm, Jorge in den Sattel zu heben, dann kletterte Thomas hinter ihm hinauf. Er ergriff die Zügel, drückte seine Arme fest zusammen, um Jorge an Ort und Stelle zu halten, trieb dann das Pferd in den Schritt und wartete ab, wie es Jorge dabei erging. Er schwankte von einer Seite zur anderen und Thomas musste ihn stützen. Er sah, wie Olaf auf das größte Pferd aufstieg und ihm folgte. Usaden blieb hinter ihm, sah über die gefallenen Männer hinweg, dann lächelte er und folgte ihnen.

„Wie viele?", fragte Thomas, als er sich zu ihnen gesellte.

„Mehr als ein Dutzend. Olaf hat fast die Hälfte von ihnen getötet." Usaden erhob keinen Anspruch für sich selbst, aber Thomas wusste, dass er nicht weit dahinter liegen würde. Was bedeutete, dass er nicht so viele getötet hatte, wie er gedacht hatte – nicht, wenn Jorge wie behauptet zwei erledigt hatte –, aber Usaden sagte: „Ich habe gesehen, wie du drei zu ihrem Gott geschickt hast, wer auch immer das sein mag."

Nicht, dass es darauf ankam, dachte Thomas. Für die meisten Männer war der Kampf kein Wettbewerb, zumindest nicht für diejenigen, die lange leben wollten. Er fing Jorge auf, als er begann, zur Seite zu rutschen, und zog ihn wieder in eine aufrechte Position, bevor er das Pferd in den Galopp trieb. Geschwindigkeit war wichtiger als Komfort und er machte sich Sorgen um seinen Freund. Jorge war gekommen, um ihn zu retten, um sein Leben zu retten, und er hoffte, dass er diesen Gefallen nun erwidern konnte.

KAPITEL SIEBENUNDZWANZIG

Thomas wusste, dass sie beim Betreten von Gharnatah mehr Vorsicht hätten walten lassen sollen, aber die Zeit reichte nicht. Das Licht begann zu schwinden, als er durch das östliche Tor ritt, und er hoffte, dass es ihnen zumindest ein wenig Deckung bieten würde, obwohl Olaf eine schwer zu übersehende Erscheinung war. Sie ließen die gestohlenen Pferde auf dem al-Hatabin-Platz zurück – ein Geschenk für denjenigen, der sie fand – und legten den Rest des Weges zu Fuß zurück. Olaf trug Jorge in seinen Armen, als ob er leicht wie eine Feder wäre. Thomas erinnerte sich daran, wie Olaf vor weniger als einem Jahr selbst dem Tod nahe gewesen war. Jetzt gab es keine Anzeichen für die Verletzungen, die er in der Schlacht erlitten hatte, die al-Zagal nach Osten in die Stadt al-Marilla hatte eilen lassen.

Thomas war unsicher, was ihn erwartete, als er sich der Eingangstor zu seinem Haus näherte. Hatten Muhammeds Soldaten das Haus zerstört, es gar niedergebrannt? Von außen sah es unverändert aus, obwohl ihm nicht entging, dass die meisten der teuren

Glasscheiben zertrümmert worden waren – die zerbrochenen Scherben lagen noch auf den Steinplatten. Olaf drehte sich zur Seite, um das Haus betreten zu können, ohne Jorge absetzen zu müssen.

„Nein, bring ihn hier durch."

Thomas ging in sein Arbeitszimmer und Wut flammte in ihm auf, als er sah, was Guerreros Männer getan hatten. Fast jedes Gefäß war aus den Regalen geworfen worden und auf dem Steinboden zerbrochen. Ein paar wenige waren unversehrt geblieben, aber der Rest der Flüssigkeiten war ineinander geronnen und unbrauchbar geworden. Bücher, die Thomas im Laufe der Jahre erworben hatte, und seine Notizen waren in einer Ecke gestapelt. Jemand hatte versucht, sie anzuzünden, aber aus irgendeinem Grund hatte sich das Feuer nicht richtig ausgebreitet und nur ein paar Blätter versengt.

„Leg ihn hier drauf." Thomas klopfte auf den Arbeitstisch, der als Behelfsbett für Patienten diente. Er ging zu einem Schrank und öffnete eine Schublade, um erleichtert festzustellen, dass die Instrumente darin alle noch vorhanden waren. Er wählte aus, was er brauchte, und sah dann die Flaschen durch, die noch intakt waren, konnte aber nicht finden, was er benötigte.

Jorge begann zu stöhnen. Auf der Fahrt war er ruhig gewesen, nur halb bei Bewusstsein, aber jetzt, mit einer gewissen körperlichen Entspannung, steigerte das Bewusstsein über seinen Schmerz dessen Intensität.

Thomas wandte sich an Olaf, der immer noch in der Tür stand. „Geh und hol Belia", sagte er, und dann, als der große Mann sich abwenden wollte, „und Helena. Ich brauche sie beide."

Thomas riss einen Streifen Leinen entzwei und band ihn um Jorges Handgelenk.

„Was machst du da?“ Jorge hielt seine Augen geschlossen und seine Stimme war kaum hörbar.

„Ich will nicht, dass du um dich schlägst. Wie stark sind die Schmerzen?“

„Was meinst du denn, wie stark!“ Jorges gefauchte Reaktion war Antwort genug.

„Es wird noch schlimmer werden. Wenn ich dich nicht festbinde, kann ich nicht arbeiten.“

„Was passiert, wenn du die Wunde so lässt, wie sie ist?“

Thomas starrte auf Jorges blasses Gesicht, seine klamme Haut, der Schweiß stand ihm auf der Stirn. „Wenn du denkst, es tut jetzt weh, warte drei Tage. Und wenn du denkst, dass es dann weh tut, warte drei weitere. Noch zwei Tage länger und der Schmerz wird aufhören.“

„Na, dann.“

„Weil du tot sein wirst.“ Thomas drehte sich beim Klang von Schritten um. Belia trat zuerst ein. Sie warf einen Blick auf Jorge und Thomas erkannte, dass sie zu ihm gehen wollte, also trat er zur Seite, um es ihr zu ermöglichen. Sie eilte auf ihn zu, nahm Jorges Hand und hielt sie vor ihren Brüsten. Helena blieb in der Tür stehen und vermied es, ihren Blick durch den Raum schweifen zu lassen.

Thomas ging zuerst zu ihr, weil er wusste, dass seine Bitte an sie die einfachere war. „Erinnerst du dich daran, wo Da'ud wohnt?“, fragte er und meinte damit den Arzt, mit dem er früher zusammengearbeitet hatte, aber schon seit einiger Zeit nicht mehr.

„Natürlich weiß ich das.“

„Geh hin und sag ihm, dass ich Haschisch und Mohnschnaps brauche – er wird beides haben. Bring die Sachen so schnell wie möglich her.“

Helena starrte Thomas einen Moment lang an. Er

erwartete halb, dass sie ablehnen würde, aus keinem anderen Grund als dem, dass sie es konnte, aber wieder einmal zeigte sie, wie sehr sie sich verändert hatte oder wie sehr Muhammed sie verändert hatte. Denn sie nickte nur, drehte sich um und ging schweigend hinaus.

„Wird er überleben?“, fragte Belia.

„Wenn er mich ihn versorgen lässt.“

Belia sah wieder zu Jorge. „Dann tu es, mein Liebster.“ Sie küsste seine Knöchel, wo sie vom Kampf geprellt waren, dann wandte sie sich an Thomas. „Was kann ich tun?“

„Ich brauche Honig und Eiweiß gegen die Infektion. Das ist das Beste, was wir im Moment haben. Ist noch irgendetwas im Garten übrig?“

Belia schüttelte den Kopf. „Nichts, was nicht ausgegraben worden wäre, und sie haben alle Hühner getötet und liegen gelassen, aber da sind noch ein paar Eier, die wir verwenden können. Ich habe gerettet, was ich konnte. Ein bisschen Weidenrinde ist auch noch da. Den Holzapfelbaum haben sie ignoriert und ich denke, ich kann den Fenchel und den Wegerich verwenden. Sie trocknen in der Küche, und wir können morgen früh andere Kräuter vom Markt holen, wenn wir sie brauchen. Im Keller sind noch ein paar Töpfe mit Salben, die sie nicht zertrümmert haben.“

„Ich brauche jetzt gleich etwas. Wir werden mit dem auskommen müssen, was wir haben.“ Thomas fragte sich, ob er selbst zu Da’ud al-Baitar hätte gehen sollen, anstatt Helena zu schicken. Da’ud hatte vielleicht einige der Kräuter zu Hause, die er brauchte, aber er würde gut genug wissen, was Thomas benötigte, und es besorgen, wenn er konnte.

Nachdem Belia gegangen war, um ihre Kräuter

vorzubereiten, wandte Thomas sich wieder Jorge zu, der sich widerstandslos Hand- und Fußgelenke mit weichen Leinenstreifen an jedes der vier Tischbeine fesseln ließ.

„Vielleicht sollte ich Belia dazu bringen, das gelegentlich mit mir zu machen. Erst, wenn ich gesund bin, natürlich."

„Das wird jetzt weh tun." Thomas lehnte sich nahe heran, kniete fast, und schnitt die notdürftigen Verbände auf, die inzwischen an Jorges Wunde klebten. Thomas schnitt weiter, dann benutzte er Wasser und einen Lappen, um mehr von dem verschmierten Blut wegzuwaschen, damit er besser sehen konnte.

Mit den Fingerspitzen drückte er leicht gegen das Fleisch um die Eintrittswunde, die blau anzulaufen begann und weiterhin Blut abgab. Er blickte auf und sah, wie Jorge sein Gesicht vor Schmerzen zusammenkniff.

Thomas lehnte sich nahe heran, dann drückte er fest zu, sodass sich der Riss in Jorges Haut ein wenig öffnete, und bevor er sich zur Seite winden konnte, hielt er seine Nase dicht an das Fleisch und atmete tief ein. Er fluchte über das, was der Geruch ihm verriet.

„Ich werde dich jetzt kurz auf dieser Seite losbinden."

„Sind wir fertig?"

Thomas sagte nichts und seine Finger arbeiteten an den gerade erst gebundenen Knoten.

„Warum mich fesseln, nur um mich dann wieder loszubinden? Du willst mich reizen, nicht wahr? Du gierst nach meinem Körper und das ist der einzige Weg für dich, ihn zu kriegen. Nun, ich habe dir oft genug gesagt –"

„Du hast mehr als genug gesagt." Thomas schob kräftig und Jorge schrie auf, als er auf die Seite gerollt wurde. Thomas hielt ihn mit einer Hand fest, während er die Austrittswunde säuberte und wieder an der Wunde roch.

Diesmal nichts, was gut war, aber er würde Jorges Körper trotzdem öffnen müssen, um ihn von innen zu reinigen. Er war sicher, dass die Darmwand beschädigt worden war. Mit Glück war es nicht mehr als ein Kratzer. Ohne Glück war der Schaden irreparabel, selbst ein winziger Schnitt konnte gefährlich sein. Die Wunde und der umliegende Bereich mussten vollständig gereinigt und Belias Kräuter aufgetragen werden.

Er ließ Jorge wieder auf den Rücken kippen, richtete sich auf und versuchte, den tiefen Schmerz in seinem Körper zu lindern, von dem er allerdings wusste, dass nur Zeit und ein weiches Bett ihn heilen würden. Und nur eines davon war verfügbar. Als er sich umdrehte, erblickte er eine schlanke Gestalt, die in der Türöffnung stand.

„Wie lange stehst du da schon?"

„Nur kurz", sagte Dana. „Wird er überleben?"

„Das wird er, solange ich hier das Sagen habe."

„Gut. Ich mag Jorge."

„Die meisten Frauen tun das."

„Ich bin immer noch da", sagte Jorge. „Du kannst kommen und meine Hand halten, wenn du einem verletzten Helden Trost spenden willst."

Dana schenkte ihm ein schüchternes Lächeln, blieb aber, wo sie war, was Thomas für das Beste hielt. Jorge brauchte im Moment keine schönen Frauen in seiner Nähe.

„Was machen die anderen?", fragte Thomas nicht besonders interessiert. Ihm wäre es lieber, das Mädchen wäre weg, aber er wollte sie nicht ohne Grund fortschicken.

„Jamila kocht, wie immer. Die Männer reden."

„Worüber?"

„Über das Kämpfen, nehme ich an. Das ist es doch, was ihr alle tut, nicht wahr?" Sie neigte den Kopf zur Seite. „Weißt du eigentlich, was du mit Jorge machen musst? Solltest du nicht nach einem Arzt schicken?"

„Ich bin Arzt", sagte Thomas und hörte, wie Jorge ein Geräusch von sich gab, das verdächtig nach einem Lachen klang.

Danas Gesicht blieb ausdruckslos. Es war offensichtlich, dass sie ihm nicht glaubte.

„Ich dachte, Aban oder Luis könnten hier drin sein", sagte sie.

„Sie sind nicht mit uns zurückgekommen."

Dana starrte ihn an, während ihr Gesicht blass wurde. „Sind sie tot? Du kannst es mir sagen, wenn es so ist." Sie biss sich auf die Lippe.

„Nicht tot, aber sie … haben beschlossen, da draußen zu bleiben." Er sah die Angst in Danas Augen. „Es ist nicht so, wie du denkst. Ich werde es später allen erklären."

„Wir lieben uns", sagte Dana. „Ich weiß, dass das, was wir teilen, nicht üblich ist, besonders nicht in diesem Land – eine Frau mit zwei Männern –, aber so ist es nun mal. So sind wir." Sie legte eine Hand auf ihren Bauch, der sich noch nicht wölbte, aber sowohl Thomas und sie wussten, was darin verborgen lag. „Das Kind, das ich in mir trage, könnte von jedem der beiden gezeugt worden sein, aber es spielt keine Rolle, von wem. Wir werden immer zusammen sein." Sie legte den Kopf schief und sah Thomas an. „Schockiere ich dich?"

„Thomas ist immer gleich schockiert", sagte Jorge von hinten. „Aber mich schockierst du nicht. Lieben sie dich so sehr, wie du sie liebst?"

Dana nickte.

„Dann wird alles gut werden. Falls sie zurückkommen, wird alles gut."

Thomas erinnerte sich an die Zeichnung, die Luis von ihr angefertigt hatte, und fragte sich, welche er noch gefunden hätte, wenn er sich die Zeit genommen hätte, die anderen Bücher durchzusehen. Für den Moment hatte er eine Aufgabe für Dana. Er hob den Eimer mit Wasser auf, den er benutzt hatte, um Jorges Wunde zu reinigen, und hielt ihn ihr hin. „Nimm ihn und schütte den Inhalt weg, dann geh und sieh nach, ob du noch mehr Wasser auftreiben kannst – aber dieses Mal heißes."

Dana sah den Eimer an, und kurz war Thomas überzeugt, dass sie sich weigern würde, doch dann kam sie auf ihn zu.

„Nein, stopp!", rief er und Dana blieb abrupt stehen. Er schloss die Lücke zwischen ihnen, wohl wissend, dass ihre Füße nackt waren und der Boden voll war von den Scherben von zerbrochenem Ton und Glas. Er reichte ihr den Eimer und sie nahm ihn, musste allerdings beide Hände benutzen. Sie drehte sich um und tappte in den dunklen Innenhof hinaus.

Thomas fand weitere Öllampen und zündete sie an, sodass der Tisch und Jorge in Licht getaucht waren.

„Sie mag mich", sagte Jorge, „aber ich glaube, sie hat gleichermaßen Angst und fühlt sich außerdem auch zu dir hingezogen."

„Warte, bis du anfängst zu schreien."

Jorge starrte Thomas an. „Werden die Schmerzen schlimm sein?"

„Nur, wenn Da'ud keinen Mohn hat, und der ist ihm noch nie ausgegangen. Ich glaube nicht, dass Dana mich noch mag. Was meinst du, sollte ich besorgt sein?"

„Du?" Jorge entspannte sich auf dem Tisch, als wäre er

die bequemste mit Federn gestopfte Matratze. „Wann hat es dich jemals interessiert, was die Leute von dir denken? Was wirst du tun, Thomas, nachdem du mir all diesen Schmerz zugefügt hast?"

„Olaf und Usaden schmieden Pläne, also muss ich abwarten, was ihnen einfällt. Im Moment mache ich mir nur um dich Sorgen, um nichts anderes."

Jorge lächelte. „Und ich liebe dich auch, mein Bruder, aber du weißt, dass weder Guerrero noch Mandana ruhen werden, bis sie dich getötet haben."

„Versucht haben, mich zu töten, meinst du."

„Natürlich. Und all jene, die dir geholfen haben." Jorge stieß einen frustrierten Atemzug aus. „Wir sind zu viert. Was können wir gegen hundertmal so viele Männer ausrichten? Nicht einmal Olaf kann so viele niederstrecken."

„Er wird sich etwas einfallen lassen."

„Zum Beispiel so weit wegzulaufen wie möglich. Das klingt für mich nach einer vernünftigen Idee."

„Wann habe ich das letzte Mal das getan, was vernünftig gewesen wäre?"

Da'ud al-Baitar kam, obwohl er nicht eingeladen war. Er sah älter aus, als Thomas ihn in Erinnerung hatte, aber immer noch kräftig genug für das, was nötig war. Er mischte einen starken Likör aus Mohn, Haschisch und Alkohol und half Thomas dann, ihn Jorge einzuflößen, der zunächst wirkte, als würde er alles sofort wieder hochwürgen. Aber schon nach kurzer Zeit wurde er ruhig und seine Augen glasig, während Thomas sich mit Holzkohle in einer kleinen Schale beschäftigte. Er benutzte den Blasebalg, um die Kohlen zum Glühen zu bringen, und ließ sie dann eine Zeit lang ruhen. Nacheinander stieß er drei Eisenstangen in die Kohlen – zwar hatten alle einen angesengten Holzgriff, in der Größe unterschieden sie sich jedoch und jede einzelne diente einem bestimmten Zweck.

„War es ein sauberer Schnitt?", fragte Da'ud, der neben Thomas stand und Jorge inspizierte.

„Fast. Sein Darm ist beschädigt, ich kann es riechen. Ich muss die Wunde öffnen und reinigen, bevor ich es reparieren kann."

Da'ud starrte Thomas an. „Wenn jemand anderes behaupten würde, ihn retten zu können, würde ich ihm nicht glauben. Wie schlimm ist der Schaden in seinem Inneren?"

„Das weiß ich erst, wenn ich ihn aufschneide." Thomas zog an den Leinenbändern, um sicherzustellen, dass jedes einzelne Jorge gut fixierte. Erst trug er die Schale mit den glühenden Kohlen heran, dann legte er seine Instrumente an die Seite des Tisches.

„Geh auf die andere Seite und benutze dein Gewicht, um ihn niederzudrücken", sagte Thomas. „Ich traue mich nicht, mehr Mohn zu verwenden, und es wird sehr schmerzhaft sein."

Sobald Da'ud in Position war, benutzte Thomas eine kleine Klinge, um die Wunde in Jorges Seite zu erweitern. Er zog das Gewebe zurück und sobald er das tat, erfüllte ein übler Gestank die Luft.

„Wie schlimm?", keuchte Da'ud und wandte all seine Kraft auf, um Jorge ruhig zu halten, der zwar nicht aufgewacht war, dessen Körper aber dennoch gegen das ankämpfte, was ihm zugefügt wurde.

„Ich kann noch nichts sehen."

Thomas führte eine Lampe näher an die Wunde und neigte sie so, dass Licht in Jorges Bauchhöhle schien. Darin war zu viel Blut, um etwas zu sehen, also stellte er die Lampe ab und befeuchtete ein Tuch mit warmem Wasser. Vorsichtig tupfte er in die Öffnung und reinigte, was er konnte, bis er sah, woher der Gestank kam, und seufzte.

„Ich glaube, ich kann es nähen", sagte er.

„Und die Wunde säubern?"

„Es wird dauern, aber ja, ich glaube schon."

Da'ud schüttelte den Kopf, sagte aber nichts.

Thomas arbeitete weiter, tupfte, goss Wasser in die Wunde und wischte es dann weg. Langsam ließ der Gestank nach, aber nur, weil er die aus dem perforierten Darm austretende Masse entfernte. Die Wunde selbst musste noch geschlossen werden, wenn Jorge überleben sollte.

Thomas führte wieder die Lampe näher heran, damit er den Schnitt in der Darmwand untersuchen konnte. Die Klinge des Schwertes hatte nur eine Seite eröffnet. Jorge hatte Glück gehabt. Nicht so viel Glück, dass er unverletzt geblieben war, aber genug, um zu überleben, hoffte Thomas. Er warf Da'ud einen Blick zu.

„Darm oder Feuer – was würdest du benutzen?"

„Ich würde beides nicht benutzen. Ich könnte nicht tun, was du tust, Thomas, du weißt, dass ich es nicht könnte."

„Dann den Darm, denke ich. Feuer könnte mehr Schaden anrichten und der Darm wird in ein paar Monaten zersetzt sein, was bedeutet, dass wir ihn heute Abend noch nähen können." Thomas ging zu seinen Schränken, begann zu suchen, was er brauchte, und fluchte, als er es nicht finden konnte. Einen Moment lang betrachtete er den Boden, schüttelte aber dann den Kopf. Selbst wenn er ein Stück Darm gefunden hätte, hätte er ihn nicht benutzen können.

„In meiner Tasche", sagte Da'ud. „Ich dachte mir schon, dass du ihn vielleicht brauchen würdest."

Thomas öffnete Da'uds Ledertasche und kramte darin herum, fand ein kleines Bündel aus Wachstuch, öffnete es und zog ein Stück feuchten, aufgerollten Darm heraus. Er benutzte die Schale mit den Kohlen, um eine Nadel zu erhitzen, und wartete dann, bis sie abgekühlt war, bevor er den Darm durch das Öhr fädelte. Er war von guter Qualität, wie er es von Da'ud erwarten würde – aus den Resten eines Stiers hergestellt, wie er urteilte. Er hielt eine lange Klemme in der linken Hand, um die Ränder von Jorges Darm zusammenzudrücken, und eine weitere in der rechten, um die Nadel damit hindurch und auf der anderen Seite wieder herauszuschieben. Es war eine mühevolle Arbeit, und für einen kurzen Moment hatte Thomas eine Vision davon, wie Lubna sie viel besser verrichten würde, als er es konnte, und eine Welle der Trauer ließ ihn fast in Ohnmacht fallen. Er zögerte, atmete tief durch und wusste, dass Da'uds Augen auf ihn gerichtet waren – wenn er nicht weitermachte, würde Jorge sterben, das wusste er. Also nahm er seine Arbeit wieder auf und schob alle anderen Gedanken beiseite.

KAPITEL ACHTUNDZWANZIG

Olaf und Usaden saßen auf gegenüberliegenden Seiten des Tisches, die Köpfe dicht beieinander, als würden sie etwas aushecken, doch Thomas war zu müde, um sich zu fragen, was es sein könnte. Er fühlte sich besiegt. Jorges Verletzung hatte ihn geschwächt. Sie waren zu eng miteinander verbunden, jedes Jahr, das verging, schweißte sie noch enger zusammen. Thomas hatte sie beide für unverwundbar gehalten, trotz Jorges mangelnden Kampfgeschicks, und hatte immer angenommen, er könne ihn vor jeder Bedrohung retten.

Er ging zu Belia, die neben Jamila am offenen Kochfeuer stand, und berührte ihre Schulter, erstaunt wie immer über ihre seltsame Schönheit, als sie sich ihm zuwandte.

„Ich habe getan, was ich momentan tun kann. Du kannst zu ihm gehen und dich zu ihm setzen, wenn du willst, aber er schläft. Morgen musst du alles besorgen, was du brauchst, und Salben vorbereiten."

Sie starrte ihm in die Augen, es war ein Blick, von dem

er sich nicht abwenden konnte, er war darin gefangen und fasziniert von ihrer Liebe zu Jorge.

„Wird er überleben?"

„Solange wir beide uns um ihn kümmern. Aber es wird Zeit brauchen. Die Wunde hat ihn innerlich beschädigt und ich musste sie reparieren. Da'ud ist bei ihm, bis du ihn ablöst, also mach ruhig erst noch hier fertig, wenn du willst."

Belia schüttelte den Kopf und ging aus dem Zimmer. Thomas hatte nichts anderes erwartet.

Er ging durch den großen Raum im Erdgeschoss zur Treppe und nahm kaum etwas um sich herum wahr. Er ignorierte den reichhaltigen Duft von gutem Essen, den Geruch von Wein, und begann, die Stufen hinaufzusteigen, die ihm nach fast zwei Jahren Abwesenheit aus diesem Haus noch vertraut waren. Er blieb in der Tür jenes Zimmers stehen, das er als seines und Lubnas betrachtete. Dana lag auf ihrer Seite, klein auf dem großen Bett, das Haar wie eine dunkle Flamme um ihren Kopf ausgebreitet. Thomas fragte sich, ob, wenn Luis und Aban hier wären, sie sich alle drei dieses Bett teilen würden, und er kannte die Antwort.

Nun wich er zurück und erinnerte sich, dass er hätte fragen sollen, wer wo schlafen würde. Die Frauen waren zuerst angekommen und hatten sich offensichtlich Zimmer ausgesucht, die ihnen logisch erschienen. Thomas ging den Korridor weiter bis ans Ende, duckte sich durch eine niedrige Tür in den Anbau, den Britto für ihn gebaut hatte, und ging weiter zu dem Zimmer, das für Lubna hinzugefügt worden war, als sie nicht mehr als eine Dienerin gewesen war. Nur, dass sie für Thomas immer mehr als eine Dienerin gewesen war.

Dort stand ein schmales Feldbett für ihn bereit. Er war

an anderen, größeren Zimmern vorbeigegangen und wusste, dass dieser kleine Raum der Ort war, an dem er schlafen wollte. Hier hatte Lubna jede Nacht ihr Haupt gebettet, mehr als ein Jahr lang, nachdem sie damals in seinen Haushalt gekommen war. Damals hatte er sein Bett mit ihrer Schwester Helena geteilt. Dies war das Zimmer, in dem Lubna auch geschlafen hatte, als Thomas mit Jorge zu Königin Isabels Sohn nach Qurtuba gereist und zum ersten Mal mit Abt Mandana aneinandergeraten war.

Thomas lag auf dem Bett. Es war hart und zu schmal, aber er hatte monatelang auf Stein und Moos geschlafen und so fühlte es sich dennoch an wie das bequemste Bett, in dem er je gelegen hatte. Er schloss die Augen, mit der Absicht, sich nur kurz auszuruhen und dann hinunterzugehen und mit Olaf zu besprechen, was sie als Nächstes tun sollten. Stattdessen überfiel ihn der Schlaf wie eine dunkle Wolke und stürzte ihn in die Besinnungslosigkeit.

Der Traum, als er kam, war ihm fast willkommen.

Lubna saß rittlings auf ihm, wie sie es in diesem Zimmer nie getan hatte, erst später, als sie ein Bett geteilt hatten. Thomas griff nach ihr, berührte ihre Brüste, ihren Bauch, der schlanker war, als er ihn in Erinnerung hatte, weil sie im Jahr zuvor ihr Kind ausgetragen hatte. Er war hart in ihr und wusste, dass er Tränen vergoss, denn selbst als der Traum ihn einhüllte, war ihm bewusst, dass er nicht real war. Er würde nie wieder mit Lubna schlafen. Nie wieder spüren, wie ihre Hitze ihn umgab. Nie wieder parfümierten Duft einatmen, die gemurmelten Worte ihrer Lust vernehmen …

Thomas erwachte ruckartig und schrie erschrocken auf.

Er erwartete, dass niemand außer ihm in dem Zimmer

sein würde, doch statt Lubna saß Helena nun auf ihm, die eine Schwester statt der anderen. Sie war nackt immer noch so prächtig, wie er sie in Erinnerung hatte, und ihre Bewegung auf ihm wurde durch seinen Schrei unterbrochen.

Thomas legte seine Hände um ihre Taille und schleuderte sie zur Seite.

„Was machst du da?"

Helena fiel auf den kalten Boden und zog sich langsam in eine sitzende Position hoch. Wenn sie verärgert oder enttäuscht über seine Reaktion war, zeigte sie es nicht.

„Selbst du musst doch wissen, was wir da getan haben, Thomas, oder hast du das Gefühl von mir so schnell vergessen?"

„Nicht wir, du. Warum?"

„Musst du das wirklich fragen?"

Helena stand auf, griff nach ihrem Kleid, das sie auf den Boden geworfen hatte, hielt es aber in einer Hand, anstatt es anzuziehen. Groß, schlank und so exquisit schön, wie sie war, hätten die meisten Männer sie auf ihr Bett gezogen, anstatt sie davon hinunterzustoßen.

„Zwischen uns ist nichts mehr." Thomas setzte sich auf und zog an der einzelnen rauen Decke, um sich dort zu bedecken, wo Helena ihn entblößt hatte, wobei ihm unangenehm bewusst war, dass die Erregung, die sie ausgelöst hatte, weiter anhielt.

„Warum hast du mich dann gerettet?"

„Du bist Wills Mutter. Dachtest du, ich würde dich diesem Mann überlassen?"

„Wenn ich dir nichts bedeuten würde, dann hättest du es getan."

„Du musst an jemanden denken, der weniger Pflichtgefühl hat", sagte Thomas.

„Du trägst keine Sanftheit in deinem Herzen, nur Berechnung und Logik."

Thomas erwog, vom Bett aufzustehen und Helena durch die Tür hinauszuwerfen, aber es gab kein Schloss und er bezweifelte, dass sie draußen bleiben würde.

„Was willst du von mir?"

Helena schmunzelte. „Ich dachte, es war ziemlich klar, was ich wollte. Ein paar Augenblicke länger und ich hätte dich zum Höhepunkt gebracht." Sie neigte den Kopf zur Seite, sodass ihr weißes Haar einen Teil ihres Gesichts verdeckte. „Wie lange ist es her, dass du dich in einer Frau entleert hast?" Dann sah sie in sein Gesicht, machte einen Schritt zurück und hob eine Hand. „Es tut mir leid. Ich vergaß."

„Du *hast vergessen*? Sie war deine *Schwester* – wie konntest du das vergessen?" Schon während er sprach, wusste Thomas, dass Helena Lubna nie als echte Schwester betrachtet hatte. Sie war von Olafs zweiter Frau, Fatima, einer Maurin, geboren worden. Lubna sah ihren älteren Schwestern nicht im Geringsten ähnlich, was Thomas bewunderte und bevorzugte, aber er wusste, dass er nicht wie andere Männer war. „Und ich warte immer noch darauf, dass du mir sagst, was du willst, abgesehen vom Offensichtlichen. Ich hoffe, du hast das bisschen Vergnügen genossen, das du vielleicht davon hattest."

„Das tue ich immer", sagte Helena. Sie ging ein paar Schritte auf das Bett zu, blieb wieder stehen. „Ich muss dir etwas sagen, wenn du zuhören willst. Etwas Wichtiges. Ich hatte es bis heute vergessen. Es kam mir in den Sinn, als wir den Berghang hinunter flohen."

„Zieh dich zuerst an. Wenn es so wichtig ist, warum hast du dann bis jetzt damit gewartet?"

„Ich wollte es dir sagen, wenn wir allein sind." Helena hob die Arme und das Kleid glitt an ihrem Körper entlang, um ihre Nacktheit zu bedecken. Sie sah sich um, als ob sie einen Stuhl suchte, aber in dem winzigen Zimmer stand nichts außer dem Bett. Thomas erinnerte sich, dass einmal ein kleiner Tisch und ein Hocker hier drin gewesen waren, aber sie waren entfernt worden, als der Raum nicht mehr genutzt wurde. „Du kannst es den anderen später erzählen, aber beim ersten Mal musst du es allein hören."

Thomas schüttelte den Kopf. „Du redest wirres Zeug. Ich habe keine Geheimnisse vor Jorge, das weißt du."

„Aber er ist krank –"

„Nicht krank. Er ist verletzt."

Helena winkte mit einer Hand ab, uninteressiert am Unterschied. „Was immer du sagst, Thomas, denn du hast immer recht. Es geht um diesen Mann – den Abt, seinen Sohn und Muhammed."

„Du mir bereits gesagt, dass sie sich verschwören, um al-Zagal zu besiegen." Er lehnte sich in die Ecke der Wand und schlug die Beine übereinander. Als hätte er eine Einladung ausgesprochen, bewegte sich Helena zum Fußende des schmalen Bettes und setzte sich so weit weg von ihm, wie sie konnte, darauf. Sie starrte Thomas eine Zeit lang an und er wusste, dass sie darauf wartete, dass er sie wieder vom Bett warf, aber für den Moment erlaubte er ihr, zu bleiben, wo sie war.

„Dann erzähl es mir, damit ich weiterschlafen kann. Allein."

„Ich habe dir vorhin nur einen Teil davon erzählt, aber nicht alles."

„Warum nicht?"

„Wenn du nicht gekommen wärst, als du es getan hast,

hätte Muhammed mich schon bald getötet. Er wurde immer gewalttätiger. Ich glaube, er hat mich geschlagen, weil er dich nicht schlagen konnte." Helena starrte einen Moment lang auf ihre gefalteten Hände, dann hob sie ihren Blick. „Ich will ihn tot sehen und die beiden sprachen davon, ihn zu ermorden."

Thomas starrte Helena an. „Du hast doch gesagt, sie wollten seine Männer an ihrer Seite haben, damit sie al-Zagal besiegen können."

„Das ist es, was sie Muhammed erzählt haben. Als er gegangen und ich mit ihnen allein war, sprachen sie frei heraus und nahmen an, dass ich kein Spanisch verstehe. Aber ich habe die Sprache gelernt." Es war nicht nötig, dass Helena ihm erklärte, aus welchem Grund. Jeder wusste, dass die Fähigkeit, Spanisch zu sprechen, schon bald unverzichtbar werden würde.

Thomas wartete und seine Augen wanderten über Helenas Gesicht. Er suchte nach der Narbe, die sie damals als beschädigtes Geschenk in sein Haus gebracht hatte, konnte aber keine Spur mehr davon erkennen. Er nickte ihr zu, weiterzusprechen

„Ich wollte dir bisher nicht alles sagen, wegen dem, was sie getan haben. Ich habe mich geschämt. Muhammed bot mich den beiden an. Ich glaube, er hielt es für eine lustige Vorstellung, dass Vater und Sohn mich gleichzeitig besteigen, aber Mandana konnte nicht. Sein Sohn hingegen schon. Er war brutal. Er genoss es, mir Schmerzen zuzufügen. Aber selbst als er in mir war, sprach er über dich. Er wollte wissen, was du mit mir im Bett gemacht hast. Er machte Dinge mit mir, die du dich nie getraut hättest, und lachte darüber. Und dann warf er mich weg wie ein schmutziges Tuch." Helenas Augenlider zuckten, als sie sein Gesicht absuchte. „Ich konnte vorhin nicht beichten, was sie mir angetan haben, also konnte ich dir auch nicht alles erzählen, was ich gehört habe. Jetzt kann ich es, weil du mich gerettet hast.Ich kroch in eine Ecke, weil ich nicht entlassen worden war. Diese Lektion habe ich gelernt, nachdem ich von Muhammed gefangen genommen wurde. Ich tue nur noch, was mir deutlich gesagt wird. Ich habe keinen eigenen Verstand mehr, sondern befolge nur noch Befehle. Nach einer Weile vergaßen sie, dass ich auch noch da war. Ich glaube, sie wussten, dass ich nicht mehr lange zu leben hatte. Ich bin mir sicher, dass Guerrero hoffte, mich töten zu dürfen, und der Gedanke erschütterte mich bis ins Mark, weil ich wusste, dass er sich damit Zeit lassen würde. Aber das ist nicht das, was du wissen musst. Als sie bei Muhammed waren, sprachen sie davon, al-Zagal zu besiegen, und Muhammed gefielen ihre Worte. Er hasst seinen Onkel jetzt noch mehr als vorher. Aber als sie allein waren, sprachen sie von al-Zagal als einem Freund. Muhammed hasst ihn zwar, aber nicht halb so sehr, wie al-Zagal seinen Neffen hasst. Er wird niemals vergessen, wie Muhammed Truppen nach Malaka schickte und seine eigenen Soldaten aus dem Hinterhalt angriff."

Thomas nickte und widmete seine ganze Aufmerksamkeit ihren Worten, denn er wollte den Rest hören. Er wusste sehr wohl um die Feindschaft zwischen al-Zagal und Muhammed – aber war das genug für al-Zagal, um die Seiten zu wechseln? Glaubte er, dass Muhammed dadurch besiegt werden könnte und er die Position des Sultans, die er einst innehatte, zurückerobern würde? Thomas wusste, dass Helena das sagte, was in ihren Augen die Wahrheit war, aber war es die tatsächliche Wahrheit? Was, wenn Guerrero und Mandana wussten, dass sie ihnen zuhörte, dass sie ihre

Sprache verstand? Es könnte ein weiteres Täuschmanöver sein – aber gegen wen? Nicht gegen Thomas selbst. Guerrero mochte ihn hassen, aber er spielte insgesamt keine Rolle. Er wusste auch, dass er einen Preis für die Informationen zahlen würde, die Helena ihm mitteilte.

„Sie haben über Muhammed gelacht", sagte Helena. „Sie halten ihn für einen Narren, einen schwachen Narren noch dazu. Sie haben kein Interesse daran, an seiner Seite zu kämpfen, sondern nur daran, seine Armee zu besiegen und ihn zu töten."

„Hat Fernando sie geschickt, um das zu tun?", fragte Thomas.

„Der spanische König? Vielleicht. Sie erwähnten seinen Namen, aber ich glaube, sie arbeiten für sich selbst. Sie wollen Muhammed für ihre eigenen Zwecke tot sehen, nicht für Spanien, selbst wenn sein Tod diesen Krieg beenden würde. Das wäre doch eine gute Sache, oder nicht?"

„Sag mir genau, was gesprochen wurde." Thomas hoffte, er würde noch etwas erfahren, das Helena ausgelassen hatte.

„Erwartest du, dass ich mich an jedes einzelne Wort erinnere?" Einen Moment lang flackerte in Helena etwas von ihrer alten Boshaftigkeit auf, bevor ihr Gesicht wieder weicher wurde. „Aber ich kann dir ihren Plan verraten. Das kann ich tun." Sie starrte Thomas an und er wusste, dass sie im Begriff war, ihre Bedingungen dafür zu nennen.

Er schüttelte den Kopf. „Nein. Ich habe dir das Leben gerettet, sei dankbar dafür. Hier gibt es keinen Platz für dich. Sag mir, was du weißt, und ich sorge dafür, dass ein Platz für dich gefunden wird. An einem sicheren Ort."

Helena erwiderte seinen Blick und Thomas glaubte,

dass es die längste Zeit gewesen sein könnte, die sie ihn je angesehen hatte.

„Wir können ein anderes Mal darüber reden, was ich will. Sie baten Muhammed um Soldaten. Zumindest eintausend, mehr, wenn er sie schicken kann. Sie sollen zu denen stoßen, die Guerrero und sein Vater bereits anführen. Vereint werden sie nach Osten ziehen, um al-Zagal zu konfrontieren. Das haben sie zumindest Muhammed gesagt, aber es ist nicht ihre Absicht. Tatsächlich werden sie die Soldaten mitnehmen und sie dann angreifen, sie alle töten. Dann werden sie nach Gharnatah zurückkehren und den Palast angreifen. Sie haben keine Details genannt, zweifellos gibt es sie schon, aber ich weiß, dass sie sich des Sieges sicher sind. Sie waren im Inneren der al-Hamra, man hat ihnen die Mauern und Kerker gezeigt und ihnen erlaubt, die Verteidigungsanlagen zu besichtigen. Sie sind zuversichtlich, Muhammed und die zurückgebliebenen Wachen zu besiegen."

„Ich glaube nicht, dass sie in der Lage sind, tausend von Muhammeds Soldaten zu töten. Er mag ein Idiot sein, aber Olaf ist es nicht, und er war es, der diese Männer ausgebildet hat. Ich habe Guerreros Streitkräfte gesehen. Er hat nicht genug Männer, um eintausend Krieger zu töten."

Helena winkte abweisenden. „Ich bin kein Soldat, aber sie waren sicher, dass die Männer getötet werden können. Jeder einzelne."

Thomas starrte ins Leere. Könnte Guerrero über weitere Streitkräfte verfügen, die er nicht gesehen hatte? Und dann fiel es ihm wie Schuppen von den Augen, die Antwort war so offensichtlich, dass er nicht nachvollziehen konnte, warum er nicht schon früher daran gedacht hatte.

Helena legte den Kopf schief, als hätte sie die Erkenntnis auf Thomas' Gesicht ablesen können. „Sie waren sich des Sieges noch sicherer, nachdem mein Vater den Hügel für seinen Kampf verlassen hatte. Du hast ihnen dabei geholfen."

„Er ist nicht im Exil", sagte Thomas, aber er fragte sich, wie lange Guerrero und Mandana ihren Schachzug schon geplant hatten. „Haben sie sich schon zuvor mit Muhammed getroffen?"

Helena nickte. „Regelmäßig, bevor ich gefangen genommen wurde. Sogar schon bevor Malaka fiel."

„Fernando ist ein kluger Schweinehund", sagte Thomas mit leiser Stimme und fragte sich, ob Isabel auch an dem Komplott beteiligt war. Wenn Muhammed erst beseitigt war, würde Gharnatah fallen und mit ihm al-Andalus. Dieser lange und kostspielige Krieg würde enden und Spanien würde als Sieger daraus hervorgehen. Früher hätte ihn eine solche Vorstellung erschreckt, aber jetzt war sich Thomas nicht mehr so sicher. Es könnte sogar die beste Lösung sein. Sie würde weitere Jahre des Kämpfens verhindern, mehr Gefallene, und er wusste, dass das Ende unausweichlich war. Al-Andalus war dem Untergang geweiht, umso mehr, seit Muhammed Sultan geworden war und auf dem roten Hügel saß.

„Wann?", fragte Thomas.

„Bald. Nicht innerhalb von Tagen, aber bevor ein Monat um ist." Helena starrte Thomas an. „Was wirst du tun?"

„Was ich von Anfang an vorhatte", sagte Thomas. „Die beiden töten."

Helena lachte. „Natürlich. Einen Moment lang habe ich vergessen, wer du bist.“ Helena erhob sich, stellte sich vor ihn und ihr Duft erfüllte die Luft. „Und keine Sorge, ich werde dich nicht wieder behelligen, nicht heute Abend. Aber wenn du es dir anders überlegst, brauchst du nur zu fragen, und ich werde wieder dir gehören. Und dieses Mal bringe ich nicht nur meinen Körper, sondern auch mein Herz mit.“

Sie drehte sich um und huschte aus dem Zimmer. Thomas legte sich auf die Pritsche und schloss die Augen. Er versuchte, die Gedanken zu beruhigen, die in seinem Kopf herumwirbelten.

KAPITEL NEUNUNDZWANZIG

Thomas wachte nach ein paar kurzen Stunden des Schlafes auf und ging zuerst zu Jorge, der allein in der Mitte jenes Bettes lag, in dem er immer schlief, wenn er in diesem Haus zu Gast war. Belia lag zusammengerollt in einer Ecke des Zimmers auf einem Stapel von Kissen, den Kopf in einem unbequemen Winkel. Jorge wachte auf, als Thomas die Bandagen um seine Mitte löste, sagte aber nichts, bis er ihn fertig gewaschen hatte, und hielt seine Augen geschlossen, als wolle er sich wieder in den Schlaf flüchten.

Die Wunde war noch frisch und rot – die Naht, obwohl sauber, immer noch hässlich. Thomas beugte sich nahe heran und schnupperte, versuchte, irgendeinen Hinweis auf Verderbnis wahrzunehmen, doch vergeblich. Er war sicher, dass er die Wunde vollständig ausgereinigt hatte, auch um die Oberfläche herum, und der Honig und das Eiweiß würden helfen, ebenso wie Belias Salben.

„Werde ich überleben?"

„Mehr als wahrscheinlich."

„Ich bin froh, dass du eine so sichere Diagnose stellst."

„Ich bin ein Mensch, nicht Gott."

„Ich habe wenige Ergebnisse gesehen, wenn es Gottes Bemühungen allein waren", sagte Jorge, „und ich weiß, dass du nicht gläubig bist, so wie ich." Er warf einen Blick in die Ecke des Raumes. „Belia huldigt ihre eigenen Götter, aber ich frage nie danach, und sie spricht nie freiwillig darüber. Ich weiß nur, dass sie diesem Land fremd sind."

„Zu schweigen ist das Beste für Menschen wie dich und mich. Lubna war fromm, hat aber nie versucht, mich zu ihrem Glauben zu bekehren."

„Weil sie wusste, dass du ein hoffnungsloser Fall bist." Jorge öffnete die Augen, als Thomas seinen Kopf anhob und ihn einen kleinen Schluck Wasser trinken ließ.

„Eine Woche lang keine feste Nahrung. Drei Tage lang überhaupt kein Essen."

„Willst du mich umbringen?" Jorge lag wieder auf den Kissen, die Augen geschlossen. „Wie lange können wir hier bleiben, in diesem Haus?"

„Das kommt darauf an, wer darüber Bescheid weiß, dass wir in Gharnatah sind. Wenn uns niemand gesehen hat, so lange, wie wir wollen. Ich werde Jamila und Dana auf den Markt schicken, denn niemand kennt die beiden hier. Wir anderen werden in der Nähe des Hauses bleiben, bis du dich erholt hast."

„Du musst nicht wegen mir bleiben." Jorges Stimme war leiser geworden, nun, da der Schlaf ihn umgarnte. „Belia und Da'ud können sich um mich kümmern, wenn du etwas erledigen."

„Ich bleibe, bis du wieder gehen und ein Schwert benutzen kannst."

Jorge schenkte ihm ein halbherziges Lächeln. „Dann wirst du bis in alle Ewigkeit bleiben."

„Dann eben, bis du ein Schwert schwingen kannst. Das dauert höchstens einen Monat. Wir können …“ Aber Thomas sah, dass Jorge eingeschlafen war. Als er sich aufsetzte, beobachtete ihn eine wachsame Belia. Sie stand auf, als er es tat, und folgte ihm aus dem Zimmer, wo sie im Korridor stehen blieb und ihm eine Hand auf den Arm legte.

„Wird er sich vollständig erholen?“ Ihr hintergründiges Gesicht war zu seinem angehoben und es lag ein Flehen in ihren Augen.

„Die Wahrheit, von mir zu dir? Ich glaube schon.“

Sie nickte. „Gut. Ich werde auf den Markt gehen und frische Kräuter besorgen und eine spezielle Salbe herstellen.“

„Mach eine Liste und gib sie Jamila mit. Sie kennt sich mit Kräutern aus – nicht so gut wie du, aber gut genug – und sie wird niemand erkennen.“

Belia wirkte, als wollte sie widersprechen, doch dann wandte sie sich ab. Ohne Zweifel würde sie seinen Rat ignorieren, und Thomas fragte sich, ob es eine Rolle spielte. Belia lebte schon seit über einem Jahr in diesem Haus. Ihr Anblick war den Bürgern vertraut und hatte nichts zu bedeuten.

Das untere Stockwerk war leer, aber als Thomas in den immer noch dunklen Hof hinausging, fand er Usaden, der wie eine Statue dastand und zu dem Palast oben auf der al-Hamra hinaufstarrte. In den vielen Fenstern war Licht zu sehen und Fackeln brannten an den Mauerkronen.

„Ich kenne euren Sultan nicht“, sagte Usaden. „Ich habe einiges über ihn gehört, wenn du und Jorge geredet habt, oder Olaf, aber ich würde gerne wissen, wie er ist. Ist er so schlimm, wie du sagst?“

„Schlimmer. Er ist schwach, wankelmütig und ein Tyrann. Du hast Yusuf, seinen Bruder, in Malaka getroffen. Sie sind sich überhaupt nicht ähnlich. Hätte er überlebt, säße er jetzt auf dem Hügel und Muhammed wäre nur noch ein bitterer Nachgeschmack."

„Und dieser Mandana – ihr kennt euch schon lange, nicht wahr?"

Thomas stellte sich neben Usaden und starrte, wie er, zum Palast hinauf. Ohne Grund begann ein Hund zu bellen, was weitere anstachelte. Dann hörte Thomas das Geräusch von Kins Krallen auf den Steinplatten. Der Hund ging zum Garten hinüber und hob sein Bein, um seine scheinbar riesige Blase zu entleeren. Dann kam er zurück und legte sich neben Thomas, den Kopf auf seinem Fuß abgelegt. Thomas lächelte, froh darüber, dass der Hund bei ihm geblieben war, anstatt mit Luis zu gehen.

„Ja, wir haben eine gemeinsame Vergangenheit. Und du kennst auch seinen Sohn, Pedro Guerrero." Thomas fühlte seine Trauer in seiner Kehle aufsteigen und schluckte sie schnell hinunter. Er konnte sich nicht erlauben, nach seinen Gefühlen zu handeln, egal wie stark sie sein mochten. Nur Logik konnte die beiden Männer zerstören, obwohl ihm erst jetzt, nachdem Helena ihm weitere Informationen offenbart hatte, langsam klar wurde, auf welche Weise er das würde bewerkstelligen können. „Du hast mir erzählt, dass es Guerrero war, der Lubna getötet hat. Manchmal …" Thomas winkte mit einer Hand ab, ausnahmsweise unfähig, deutlich zu sprechen.

„Dein Kummer wird mit der Zeit verblassen", sagte Usaden. „Wir wollen es nie glauben, aber es ist immer so. Sie beide zu töten wird helfen." Zum ersten Mal drehte er den Kopf und sah Thomas an. „Du willst sie doch töten, nicht wahr?“

Thomas nickte und wusste, dass Usaden die Bewegung in der langsam aufkommenden Dämmerung sehen würde.

„Mit deinen eigenen Händen?“

Thomas nickte wieder.

„Dann werde ich dir helfen, nah genug heranzukommen, dass du es tun kannst“, sagte Usaden, „aber der tödliche Stoß muss von dir kommen.“

„Das muss er. Und ich danke dir, mein Freund. Wenn Olaf aufwacht, werden wir uns unterhalten, wir drei.“

Usaden gab einen Laut von sich, der Belustigung hätte sein können. „Drei gegen eine Horde. Selbst für uns drei könnte sich das als interessant erweisen.“

„Wir werden mehr Männer auftreiben“, sagte Thomas.

„Werden wir das?“

„Natürlich. Sobald ich Olaf gesagt habe, was ich weiß.“

Thomas war froh, dass Usaden nicht weiter nachfragte, denn die Fäden begannen erst langsam, sich in seinem Kopf zu verbinden, und er war sicher, dass seine Idee dumm klingen würde, wenn er versuchte, sie zu artikulieren, bevor er sie in Gedanken klar sehen konnte.

Thomas ließ Olaf schlafen, bis seine Ungeduld zu groß wurde und er Will nach oben schickte, um seinen *Morfar* zu wecken. Der große Nordmann kam die Treppe hinunter und wischte sich mit der Hand über das Gesicht, während er sich an den Tisch setzte und darauf wartete, bedient zu werden.

Fatima brachte ihm Fleisch, Soße und Fladenbrot, noch

heiß vom Rost. Jamila und Dana hatten sich auf die Suche nach Belias Kräutern gemacht – Belia selbst arbeitete im Garten und versuchte, das Chaos, das Guerreros Soldaten hinterlassen hatten, zu beseitigen. Thomas hatte sich vorhin einen Überblick über die Lage verschafft und nichts als mutwillige Zerstörung gesehen, aber Belia behauptete, dass unter der Oberfläche Wurzeln verblieben waren, die wieder austreiben würden. In ein paar Monaten würden sie wieder eine eigene Ernte haben. Die Hühner würden jedoch nicht wieder aufwachen, also hatte sie vor, neue zu kaufen.

Olaf hörte auf zu essen und sah zu Thomas und Usaden auf.

„Was ist?"

„Wir müssen reden."

„Ja, natürlich. Aber kann ich erst zu Ende essen?"

„Kannst du nicht beides gleichzeitig?", fragte Thomas.

„Ich bin ein einfacher Mann, aber ich werde es versuchen. Worum geht es? Wird mich das Thema langweilen oder geht es ums Töten?"

„Würde ich dich mit etwas weniger Interessantem behelligen? Helena kam gestern Abend zu mir."

Olaf blickte wieder von seinem Teller auf, sodass von dem halb an seinen Mund gehobenen Stück Fladenbrot Soße auf den Tisch tropfte.

„Sie ist ein schwieriges Mädchen, ich weiß, aber ich würde nicht wollen, dass du sie tötest", sagte Olaf. Er legte den Kopf schief. „Hast du mit ihr geschlafen?"

Thomas behielt den Vorfall für sich, unsicher, ob Olaf so etwas gutheißen würde oder nicht.

„Nein, ich habe nicht mit ihr geschlafen." Noch während er die Worte sprach, spürte Thomas, wie ihm die Röte ins Gesicht stieg, und hoffte, Olaf würde es nicht bemerken. Zumindest sagte er teilweise die Wahrheit, denn er war kein aktiver Teilnehmer gewesen. „Sie kam zu mir und erzählte mir von etwas, bei dem sie Guerrero und Mandana belauscht hatte."

„Ich dachte, das hätte sie dir schon erzählt." Das Fladenbrot setzte seine Reise fort und Olaf kaute, bevor er nach einem weiteren Stück griff.

„Sie wurde den beiden für eine Nacht geschenkt, zweifellos ein Scherz von Muhammed. Sie behauptet, dass sie einiges von dem, was sie weiß, ausgelassen hat, weil sie sich für das schämte, was man ihr angetan hat." Thomas bewegte sich zur Seite, als Fatima eine Schüssel mit dicker Soße und einen Korb mit Brot zwischen ihn und Usaden stellte.

„Helena hat sich geschämt?" Olaf schüttelte den Kopf über die Seltsamkeit eines solchen Gedankens.

„Wurdest du vom Hügel verbannt?", fragte Thomas und Olaf unterbrach sein Essen erneut.

Er runzelte die Stirn. „Das ist eine gute Frage. Ich hatte es angenommen, aber …" Er hob eine Schulter. „Vielleicht weiß Muhammed nichts von meiner Rolle bei dieser ganzen Sache. Nicht, dass ich auf den Hügel zurückkehren wollte. Ich habe meine Wahl getroffen."

„Ich will, dass wir zu ihm gehen", sagte Thomas. „Wir beide, zusammen."

„Was ist mit Jorge? Er kennt den Hügel noch besser als ich. Und er kennt auch Muhammed."

„Ich will es heute tun", sagte Thomas. „Ich weiß nicht, wann Guerrero und Mandana beabsichtigen, den Plan, von dem Helena mir erzählt hat, in die Tat umzusetzen, aber ich vermute, je früher wir zu ihm gehen, desto besser."

„Ich nehme an, es geht nicht um ihren Angriff auf al-Zagal“, sagte Olaf.

„Mandana arbeitet immer noch für die Spanier, das ist es, was Helena mitbekommen hat. Sie wollen Muhammed töten. Da Yusuf tot und al-Zagal im Exil ist, gibt es niemanden, der Muhammeds Platz als Sultan einnehmen kann. Deshalb wird Gharnatah fallen und der Krieg wird enden.“

„Heuchler gibt es überall.“ Olaf hatte aufgehört zu essen. Thomas hatte nun seine ungeteilte Aufmerksamkeit.

„Al-Rashid und seinesgleichen, natürlich, aber sie sind alle gierige Männer. Die Stadt wird ihnen nicht erlauben, den Thron zu besteigen. Al-Andalus wird zerfallen und Spanien wird siegen.“

„Ich hätte nie gedacht, dass ich dich mal sagen höre, dass Muhammed an der Macht bleiben soll“, sagte Olaf. „Du hasst ihn. ”

„Nicht so sehr, wie ich al-Andalus liebe.“

Olaf winkte mit einer Hand, die immer noch ein Stück Brot hielt. „Es ist ein Ort. Das Land wird bleiben, nur der Name wird sich ändern, und es gibt noch andere Orte auf der Welt. Ich habe oft daran gedacht, in den Norden zurückzukehren, wenn dieser Krieg zu Ende ist. Wenn ich dann noch lebe, natürlich.“

„Ich bin mir da nicht so sicher. Die Menschen machen das Land zu dem, was es ist, und die Spanier sind anders. Sie beten zu einem anderen Gott. Ihre erste Handlung wird es sein, die Moschee in eine Kathedrale zu verwandeln.“ Thomas schüttelte den Kopf. „Wahrscheinlicher ist, dass sie sie abreißen. Sie werden nicht denselben Fehler wiederholen, den sie in Qurtuba gemacht haben.“

Thomas sah Olaf an, wissend, dass sie vom eigentlichen Thema abgekommen waren. „Ich will mit einem Plan zu Muhammed gehen. Wenn er mich tötet, dann soll es so sein. Es ist noch nicht so lange her, dass ich meinen eigenen Tod gesucht habe, um zu vergessen."

„Aber das tust du nicht mehr", sagte Olaf.

„Du hast recht. Ich habe eine neue Bestimmung gefunden. Aber ich werde Lubna dennoch nie vergessen."

„Und so sollte es auch sein. Außerdem würde ich es nicht erlauben. Also, wann gehen wir? Ich hoffe, er richtet dich nicht auf der Stelle hin."

„Oder lässt uns beide enthaupten."

Olaf hob eine Schulter. „Er kann es ja versuchen. Aber wie du weißt, sind wir beide schwer zu töten."

„Wir sind alle drei schwer zu töten", sagte Usaden, der schweigend dagesessen und alles mit angehört hatte. „Deshalb werden wir auch zu dritt gehen."

Thomas nickte. „Einverstanden. Wir drei." Er begann zu essen, denn er hatte einen Bärenhunger. „Wir gehen später. Ich brauche zuerst noch etwas Schlaf, denn ich wurde letzte Nacht gestört. Mein Geist muss für die Konfrontation wach sein und es fühlt sich an, als hätte ich seit Lubnas Tod kaum geschlafen."

KAPITEL DREISSIG

Zu viert wanderten sie durch die Gassen des Albayzin hinunter zum Ufer des Flusses Darro. Nachdem sie die Bogenbrücke überquert hatten, verließ Fatima sie, um zu ihrem Haus neben der Kaserne zu gehen. Sie wollte ein paar persönliche Dinge holen, unsicher, ob sie nach ihrem Gespräch mit dem Sultan jemals wieder einen Fuß auf den Hügel würde setzen dürfen.

Am äußeren Tor verschaffte ihnen Olafs Anwesenheit Zutritt, aber als sie das dritte Tor erreichten, weigerten sich die Wachen, sie einzulassen.

„Ihr wisst doch, wer ich bin?", fragte Olaf.

„Natürlich, General, aber man hat uns gesagt, dass Sie nicht länger General sind. Ich erkenne auch Thomas, aber nicht den anderen."

„Ich bitte um eine Audienz bei Muhammed", sagte Thomas.

Die Wache, die scheinbar das Sagen hatte, lachte. „Wo ist dein Haustier, der Eunuch? Er hat bessere Chancen darauf als du. Und jetzt verpiss dich, bevor ich mich vergesse."

Thomas sah Olaf an, von dem er sich einen gewissen Widerstand erwartete, doch er zuckte nur mit den Schultern und wandte sich ab.

Als sie zum Darro zurückkehrten, blieb Thomas stehen. „Kennst du einen anderen Weg hinein?"

„Nein", sagte Olaf. „Zumindest keinen, der unbewacht sein wird. Aber noch ist nicht aller Tage Abend. An den meisten Nachmittagen geht Muhammed gerne auf die Jagd und außerhalb des Palastes gibt es keine Wachen."

„Er wird aber nicht allein sein, oder?"

„Er nimmt normalerweise ein Dutzend Männer mit, nicht mehr. Er erntet gerne die Lorbeeren für die erlegten Tiere."

Thomas blickte in den Himmel. „Wir könnten jetzt in sein Jagdgebiet aufbrechen und eine Stelle finden, von der aus wir ihn beobachten können, aber das Gebiet ist groß. Woher sollen wir wissen, dass wir richtig sind?"

„Muhammed ist ein Gewohnheitstier. Er denkt, es bringe Glück, sich immer auf demselben Weg anzunähern. Der Pfad ist so breit, dass selbst Jorge ihn dort aufspüren könnte. "

„Können wir in der Nähe in Deckung gehen?"

„Ja. Aber wir wollen doch, dass er uns sieht, nicht wahr?"

„Was ist, wenn er seinen Männern befiehlt, uns anzugreifen?"

„Ich sagte doch, es werden nicht mehr als ein Dutzend sein. Selbst Muhammed ist nicht so dumm zu glauben, dass das reicht, um uns drei zu besiegen."

Olaf führte sie hinaus in die Vega jenseits des Malaka-Tors. In der Nähe bearbeiteten Männer Gemüsefelder entlang der Ufer des Darro, wo der Boden feuchter war. Dahinter erstreckten sich dichte Maulbeerbüsche, so weit das Auge reichte, eingerahmt von den Gipfeln, die emporragten. Frauen arbeiteten mit Körben und bewegten sich langsam vorwärts, während sie Seidenraupen von den Blättern pflückten.

Olaf durchwatete den Darro an einer seichten Kreuzung und führte sie einen ansteigenden Hang hinauf, der sie zu einer Stelle oberhalb des Palastes brachte. Ockerfarbene Gräser wiegten sich hier in der Brise. Anderswo sprießte grünes Kraut aus dem Unterholz und kleine gelbe Blumen schwangen in der warmen Brise.

„Da drüben wäre gut", sagte Thomas und zeigte auf eine Gruppe von Felsen, die ein geeignetes Versteck boten.

„Das wäre es, wenn Muhammed jemals hier entlangkäme. Wir müssen noch höher hinauf."

Thomas warf einen Blick auf Usaden, der wie immer nichts sagte, bis er etwas zu sagen hatte. Vielleicht würde sich die Gewohnheit auf ihn übertragen, wenn Jorge genügend Zeit mit ihm verbrachte. Man durfte schließlich noch hoffen.

Die Sonne wärmte Thomas' Rücken und er begann zu schwitzen. Fliegen sammelten sich um ihn herum, doch er schüttelte sie beiseite. Olaf und Usaden zogen sie entweder nicht an oder ignorierten ihre Anwesenheit. Thomas fragte sich, warum er diese Stadt, die er liebte, je verlassen hatte, fragte sich, was er zu erreichen gehofft hatte, als er ins Hochgebirge geflohen war. Ja, er hatte währenddessen Guerrero und Mandana gefunden, aber jetzt wusste er, dass er dasselbe hätte erreichen können, wenn er hier geblieben wäre mit denen, die von seiner Familie übrig geblieben waren. Er hielt sich für einen Narren.

Sie erreichten einen Baumbestand, eine Mischung aus

Kiefern, Korkeichen und vernachlässigten Olivenbäumen, die so lange nicht zurückgeschnitten worden waren, dass einige ihrer Äste bereits den Boden berührten und nun Wurzeln schlugen.

„Wir hätten Essen mitbringen sollen“, sagte Usaden. „Wie lange werden wir warten müssen?“

Olaf blickte in den Himmel. „Nicht lange.“ Er setzte sich auf ein Bett aus Kiefernnadeln, schlug seine Knöchel übereinander und lehnte sich an den Stamm eines Baumes. Dann schloss er die Augen und öffnete sie kurz darauf wieder. „Wer hält Wache?“

Usaden nickte und ging an den Rand der Baumgrenze.

„Ruf mich, sobald du etwas siehst – egal was. Sie werden aus dem Süden kommen. Ein Dutzend von ihnen.“ Olaf blickte zu Thomas hinüber. „Du solltest dich auch ausruhen.“ Dann schloss er wieder seine Augen.

Thomas ging an einer Seite tiefer in das Wäldchen hinein, seinen Blick suchend auf den Boden gerichtet. Er sah essbare Pilze, andere, die wilde Visionen hervorriefen, wie er selbst einmal ausprobiert hatte. Er sah Ameisenstraßen, die Pfade in den Lehm formten. Er hörte Vogelgezwitscher, eine ständige Hintergrundbegleitung. Als er eine Lücke zwischen den Bäumen entdeckte, ging er darauf zu und wurde mit einem prächtigen Blick über die gesamte Stadt Gharnatah und darüber hinaus, bis zu dem aufsteigenden Gewirr weißer Häuser des Albayzin, belohnt.

Er fragte sich, ob er den Einbruch der heutigen Nacht noch erleben würde, und zum ersten Mal seit vielen Monaten wurde ihm klar, dass er das wollte. Er fürchtete den Tod mehr als das Leben, ohne zu wissen, wann oder warum diese Veränderung eingetreten war. Doch mit dieser Erkenntnis begann auch die Angst, sich in sein Bewusstsein zu schleichen.

Thomas versuchte, sie wegzuschieben. Angst war vernünftig, logisch, aber in der Vergangenheit hatte er sich von ihr nie beeinflussen lassen. Eine weitere Veränderung, dachte er, aber ob zum Besseren oder nicht, konnte er nicht sagen.

Eine Bewegung lenkte seine Aufmerksamkeit auf den Berghang unter sich. Er sah eine Kolonne von Männern hinter der al-Hamra hervorreiten. Er machte sich nicht die Mühe, sie zu zählen – es waren knapp ein Dutzend, wie Olaf vorhergesagt hatte, und sie konnten keine anderen sein als jene Reiter, die Muhammed zur Jagd begleiteten. Thomas drehte sich um und ging schnell zurück zu Olaf, um ihn zu warnen, doch als er dort ankam, hatte Usaden die Männer bereits erspäht und die beiden standen im Schatten einer Kiefer, um sie zu beobachten.

Plötzlich ertönte ein knallendes Geräusch von rechts, schreiende Stimmen und mindestens zwei Trommelschläge.

„Ah", sagte Olaf, „die anderen habe ich ganz vergessen. Sie treiben die Vögel und das Wild in Muhammeds Richtung. Das ist nicht gerade sportlich, aber es garantiert einen Abschuss."

„Werden sie kämpfen, wenn es dazu kommt?", fragte Thomas.

„Ich bezweifle es. Die Hälfte von ihnen sind Bettler, die eine Kupfermünze bezahlt kriegen, um diese Arbeit zu erledigen – andere dürften niedrige Palastdiener sein. Aber kämpfen werden sie nicht. Muhammeds Wachen kennen mich." Olaf warf noch einmal einen Blick auf die Männer, dann trat er hinaus in den späten Schein der

Sonne. Nach einem kurzen Augenblick folgten Thomas und Usaden ihm.

Sie waren hundert Schritte gegangen, bevor jemand sie entdeckte, nicht Muhammed, sondern einer seiner Reiter, der seinem Pferd die Sporen gab und auf sie zu trabte und mit viel Wirbel vor ihnen stehenblieb.

„General“, sagte der Mann. „Haben Sie sich verlaufen?“

Olaf antwortete nicht.

Thomas trat vor. „Wir haben Neuigkeiten für den Sultan“, sagte er. „Ich glaube, er ist in Gefahr.“

Der Reiter sah sich um. „Ich sehe keine Gefahr. Es sei denn, sie geht von Ihnen aus, Thomas Berrington.“

Thomas fragte sich, ob es irgendeine Wache gab, die seinen Namen nicht kannten.

„Die Gefahr geht nicht von uns aus, aber ich werde nur mit dem Sultan darüber sprechen.“

Der Mann schaute zwischen ihnen hin und her und ignorierte Usaden, was, wenn es zu einem Kampf käme, eine Dummheit gewesen wäre.

„Warten Sie hier.“ Der Mann drehte sein Pferd herum und ritt gleich imposant davon, wie er gekommen war.

Thomas beobachtete, wie er neben Muhammed anhielt, sah, wie sich sein Kopf drehte, aber die Entfernung war zu groß, um seinen Gesichtsausdruck lesen zu können. Dann kehrte der Reiter zurück.

„Der Sultan muss wissen, welche Gefahr gemeint ist. Er weiß von keiner Gefahr. Außerdem sind wir alle fähige Männer – der General weiß das, denn er hat die meisten von uns selbst ausgebildet.“

Thomas überlegte sich seine Antwort, denn er wusste, wenn er falsch urteilte, würde Muhammed einfach zum Palast zurückreiten oder seine Männer schicken, um sie zu töten.

„Sagen Sie ihm, es geht um einen Abt und um Verrat."

Der Reiter starrte Thomas eine Weile ausdruckslos an, dann drehte er sich noch einmal um und trieb sein Pferd in einen Galopp. Dieses Mal, als er die Nachricht erhielt, wendete Muhammed und begann, auf sie zuzureiten. Die Hälfte seiner Männer ritt voraus, die anderen folgten ihm hinterher, um ihren Herrn zu schützen. Thomas fragte sich, wo im Falle eines Kampfes die Loyalität der Wachen liegen würde – bei Muhammed oder Olaf?

Muhammed ritt gemächlich heran und blieb im Sattel, als er sie erreichte. Sein Nicken ließ die vorderen beiden Wachen seitlich ausschwärmen, sodass nichts zwischen ihm und den drei Männern stand.

„Man sagte mir, du wärst es, Thomas Berrington, aber ich konnte es nicht glauben. Willst du so dringend sterben, dass du so vor mich trittst?"

Thomas hob eine Schulter. „Ihr werdet von meinem Verlust gehört haben."

Muhammed nickte knapp, zeigte aber kein Mitgefühl.

„Es lässt einen Mann Leben und Tod in einem neuen Licht betrachten. Manche Dinge sind weniger wichtig als andere."

„Ich nehme an, deine kryptische Nachricht betrifft Abt Mandana?"

Thomas warf einen Blick auf die Soldaten, die Muhammed begleiteten. „Wenn wir offen reden wollen, müsst Ihr Eure Männer wegschicken. Nicht weit, nur außerhalb der Hörweite."

„Damit du mich töten kannst? Ich glaube nicht."

„Ich garantiere für Eure Sicherheit, Sultan", sagte Olaf.

„Ich glaube, Sie sind nicht mehr mein General."

„Das mag wahr sein, aber ich bin immer noch loyal,

und keiner dieser beiden Männer wird Euch etwas antun. Selbst nach dem, was Ihr meiner Tochter angetan habt."

Muhammed lehnte sich in seinem Sattel nach vorne und sein Gesicht zeigte das erste Anzeichen von Wut. „Ich hatte nichts mit dem Tod Ihrer Tochter zu tun."

„Diese habe ich auch nicht gemeint", sagte Olaf.

„Helena kam freiwillig zu mir."

„Wenn Ihr es sagt."

Muhammed musterte sie der Reihe nach.

„Warum sollte ich dir glauben?" Die Frage war an Thomas gerichtet.

„Weil Ihr Euch im Hinterkopf schon länger fragt, was die beiden von Euch wollen", sagte Thomas. „Ich weiß, was sie Euch erzählt haben, aber was haben die beiden davon, wenn al-Zagal verbannt oder getötet wird? Er ist keine Gefahr für Euch oder Spanien."

„Ich sitze dort, wo er einst saß. Er wird immer eine Gefahr für mich sein, solange er lebt." Es war eindeutig, dass Muhammeds Sorge nur sich selbst galt, denn bisher war ihm nicht in den Sinn gekommen, warum Guerrero und Mandana ihm ihre Hilfe angeboten hatten.

„Euer Onkel ist ein gebrochener Mann", sagte Olaf. „Ich war dabei, als er besiegt wurde. Er hat noch nie einen solchen Verlust erlitten. Das hat ihn verändert."

„Verändert oder nicht, er sitzt weiterhin in al-Marilla und stellt weiterhin eine Bedrohung für mich dar."

„Genau darüber möchte ich mit Euch sprechen." Thomas erkannte, wie sich eine Gelegenheit für ihn auftat und war dankbar, dass Muhammed das Gespräch selbst in diese Richtung gelenkt hatte.

„Über meinen Onkel?"

„Und über die Männer, die versprechen, Euch dabei zu helfen, ihn zu besiegen."

Thomas stand entspannt da, die Arme locker an den Seiten hängend, während er auf Leben oder Tod wartete, weil er wusste, dass die Entscheidung bald gefällt werden würde. Er warf einen Blick auf Muhammeds Männer. Gute Soldaten, daran bestand kein Zweifel, denn sie waren seine Leibgarde – aber Thomas, Olaf und Usaden hatten gegen hartgesottenere Männer gekämpft, und gegen mehr von ihnen, und waren siegreich gewesen. Also würde der Tod ihn heute wohl nicht ereilen. Noch nicht.

Dann kam Muhammed zu einer Entscheidung, und es war die richtige. Er wandte sich an die drei Wachen, die ihm am nächsten waren. „Steigt ab. Gebt eure Pferde diesen Männern." Er wandte sich an Thomas. „Hier draußen können wir nicht reden. Folgt mir in den Palast." Damit wandte er sich um und trieb sein Pferd in den Galopp.

Thomas nahm die Zügel des nächstbesten freien Pferdes und schwang sich in den Sattel des Tieres, wobei er den Blick auf dem Gesicht des Reiters, dem es gehörte, ignorierte. Es war ein langer Weg zurück in den Palast. Er gab dem Pferd die Sporen, da er wusste, dass die anderen dicht hinter ihm bleiben würden. Eigentlich erwartete er, dass Usaden an ihm vorbeireiten würde, doch das tat er nicht.

Muhammed war bereits abgestiegen und wartete auf sie, als Thomas in den großzügigen Kasernenhof ritt, der neben den Ställen lag. Auf der einen Seite befand sich Olafs Haus und Thomas fragte sich, ob Fatima noch dort war, und wenn ja, ob sie ihren Mann neben dem Sultan den Palast betreten sehen würde.

Sie folgten Muhammed und Thomas war sich bewusst, dass umso mehr Wachen zwischen ihnen und ihrer

Freiheit standen, je tiefer sie in den Palast vordrangen. Er wünschte, Jorge wäre gesund genug gewesen, um an diesem Treffen teilzunehmen, denn er beherrschte die Kunst der Überzeugung viel besser als der Rest von ihnen.

Muhammed ging um eine Ecke in einen lichtdurchfluteten Innenhof, das Geräusch von Vögeln immerwährend, untermalt vom Flüstern von Wasser. Er wandte sich ihnen zu und bot ihnen weder Erfrischung noch einen Platz zum Sitzen an. Ein Dutzend Wachen positionierten sich an jedem Ausgang, die Schwerter bereits gezogen. Thomas war sicher, dass weitere dahinter warteten. Wenn Muhammed sie töten wollte, war dies seine Gelegenheit, denn man hatte ihnen ihre Waffen abgenommen, als sie den Palast betreten hatten.

„Also, was ist das für eine Nachricht, die so wichtig sein soll, dass du dein Leben riskierst, um sie mir zu überbringen?“ Während er sprach, flackerte sein Blick zu Olaf, bevor er zu Thomas zurückkehrte.

„Ihr sprecht mit Abt Mandana und seinem Sohn“, sagte Thomas. Mit jemand anderem hätte er das Thema vielleicht etwas lockerer angehen können, aber er wusste, dass Muhammed keine Geduld hatte und sie wahrscheinlich hinauswerfen würde, bevor sie zum Kern der Sache kommen würden.

„Woher willst du das wissen?“ Muhammed lächelte. „Ah, ich verstehe. Helena. Ja, natürlich. Und wenn dem so ist? Es geht dich nichts an.“ Sein Blick wanderte zur Seite. „Und Sie auch nicht, Olaf Torvaldsson. Sie sollten da draußen sein und meine Soldaten ausbilden, hätten Sie mir nicht den Rücken gekehrt.“

„Trainiert Ihr sie für einen Angriff auf Euren Onkel?“, fragte Thomas.

„Natürlich tue ich das. Ich habe dir bereits gesagt, dass er eine Gefahr für mich ist, und er hat viele Männer. Zu viele, als dass ich meine eigenen Truppen riskieren würde. Ich würde nicht die Hälfte von ihnen abschlachten lassen, wenn unser Sieg nicht sichergestellt ist. Und Guerrero kann das sicherstellen."

„Ich bin froh, dass Ihr Euch so sehr um die kümmert, die einst unter meinem Kommando standen", sagte Olaf.

Muhammeds Augen ließen nicht von Thomas ab.

„Sie bieten an, zweitausend gut ausgebildete Kämpfer mitzubringen, die meine Streitkräfte verdoppeln. Wie viele hat mein Onkel? Kennst du die Antwort darauf, Thomas?" Er wartete einen Moment lang. „Nein, natürlich nicht. Aber meine Spione tun es. Er hat zwischen ein und zweitausend. Sie sind der Rest derer, die er von Gharnatah aus gegen die Spanier in die Schlacht geführt und aufgrund seines mangelnden Talents nicht effektiv eingesetzt hat. Es ist nur eine Schande, dass er nicht zusammen mit den anderen gestorben ist."

„Was auch immer er behauptet, Guerrero hat keine tausend ausgebildeten Männer", sagte Thomas.

„Dann wird meine Vereinbarung mit ihm ungültig werden. Ich bin nicht so dumm, ihm einfach ohne jeden Nachweis zu glauben. Ich will seine Armee sehen, bevor ich meine eigene verpflichte."

„Bis dahin könnte es zu spät sein. Guerrero und Mandana sprachen miteinander, als Helena bei ihnen war. Sie –"

„Männer sprechen normalerweise nicht viel, wenn sie mit Helena zusammen sind." Ein wissendes Lächeln zeigte sich auf Muhammeds Gesicht. „Das ist der Grund, warum ich sie ihnen zum Geschenk gemacht habe. Es hat mich amüsiert, es zu tun. Noch mehr amüsiert es mich, dass sie dir davon erzählt hat. Ich hoffe, sie hat dir keine Details vorenthalten."

„Sie wussten nicht, dass sie Spanisch verstand, und sie gab vor zu schlafen, damit sie frei sprechen konnten. Al-Zagal ist ihnen egal und war ihnen nie wichtig. Sie haben eine viel größere Beute im Sinn. Gharnatah selbst. Und Euren Platz als dessen Herrscher."

„Das habe ich auch in Betracht gezogen, natürlich habe ich das. Ich wäre ein Narr gewesen, es nicht zu tun. Aber du hast gerade gesagt, dass Guerrero weniger als tausend Männer hat, von denen nicht alle so gut ausgebildet sind, wie er behauptet. Welche Gefahr ist er dann überhaupt für mich?"

„Er wird Eure Soldaten in Richtung al-Marilla führen, in dem Glauben, dass sie gegen al-Zagal kämpfen werden, aber Helena sagte mir, dass dies nur als Ablenkung gedacht ist. Eigentlich planen sie, Eure Soldaten von Gharnatah weg und dann in einen Hinterhalt zu locken. Es ist ein kühner Plan und nicht ungefährlich, aber das Element der Überraschung wird ihnen einen Vorteil verschaffen. Und dann, sobald Eure Armee aus dem Weg geschafft ist, werden sie in Gharnatah einmarschieren."

„Wo ich noch andere Männer haben werde", sagte Muhammed, aber er klang nun weniger sicher als noch kurz zuvor.

„In der Tat. Aber eine weitere Armee wartet dann bereits auf das Signal, dass der Großteil eurer Streitkräfte ausgelöscht wurde. Ihr wisst, dass Fernando in Malaka weilt, zusammen mit der Hälfte seiner Armee. Sechstausend, als wir sie zuletzt gezählt haben. Sobald sie davon erfahren, werden sie nach Norden marschieren und Gharnatah vom Osten her angreifen."

Muhammed schüttelte den Kopf. „Das klingt viel zu

komplex, um Erfolg zu haben. Schlachten sind simple Unterfangen, die man nicht mit List gewinnt. Frag Olaf, er wird mir zustimmen.“ Muhammeds Aufmerksamkeit wechselte zu Olaf. „In der Tat würde ich gerne mit Ihnen allein sprechen, General, ohne die Ablenkung, die von diesem Mann ausgeht.“ Er wandte den Kopf. „Wachen!“

Sechs Männer kamen herbei, als ob dieser Schachzug abgesprochen gewesen wäre.

„Bringt die beiden weg.“

Muhammed drehte sich uninteressiert zur Seite. Er schnippte mit den Fingern und eine schlanke Dienerin trottete zu ihm und er beugte sich nach vorne, um ihr weitere Befehle zu erteilen.

Eine Wache packte Thomas am Arm, eine andere Usaden, der Thomas fragend ansah. Thomas schüttelte den Kopf. Jetzt war nicht der richtige Zeitpunkt. Er würde auf Olaf vertrauen müssen.

Usaden wiederum hob eine Schulter und Thomas lächelte, sicher, dass der Mann davon überzeugt war, dass sie jederzeit fliehen konnten, wenn sie es wollten. Es war das Beste, ihm seine Täuschung für den Moment zu lassen.

KAPITEL EINUNDDREISSIG

Thomas war schon einige Jahre zuvor im Palastkerker festgehalten worden, als Muhammeds Vater noch Sultan gewesen war. Diesmal fühlte es sich anders an – sowohl besser als auch schlechter. Dieser Kerker war relativ komfortabel im Vergleich zu jenem ersten, der feucht und kalt gewesen war. In diesem Verlies standen sogar ein paar Pritschen und Thomas streckte sich auf einer davon aus. Er wusste, dass das Problem jetzt Muhammed und seine launischen Entscheidungen waren. Sein Vater, der alte Sultan Abu al-Hasan Ali, hätte einen Mann entweder getötet oder ihn verschont, und Thomas war immer zuversichtlich gewesen, verschont zu werden. Nun konnte er sich nicht mehr sicher sein. Seine einzige Hoffnung war, dass Olaf Muhammed von der Sinnhaftigkeit ihres Plans überzeugen konnte.

Usaden schritt eine Weile in der kleinen Zelle umher, bevor er beschloss, dass auch er sich seine Kraft sparen sollte, auch wenn er sich immer noch nicht hinsetzte

„Wenn sie kommen, werde ich mich hinter der Tür verstecken. Ich ziehe den ersten Mann rein, schnappe mir sein Schwert, und wir kämpfen uns den Weg nach draußen frei."

Thomas nickte. „Den ganzen Weg an hundert Wachen vorbei?"

„Ich habe beim Hereinkommen keine hundert gesehen. Wir werden uns um sie kümmern, wie immer, einen nach dem anderen. Es ist besser, nicht an das zu denken, was schiefgehen könnte, meinst du nicht?"

„Muhammed würde es lieben, wenn wir kämpfen. Es würde ihm den Vorwand liefern, den er braucht, um uns hinzurichten. Mich hinzurichten. Es tut mir leid, er weiß nicht einmal, wer du bist, aber du wirst das gleiche Schicksal teilen."

„Also tun wir einfach nichts?"

Thomas stellte seine Füße auf den Boden und stützte sich die Ellbogen auf die Knie. „Muhammed versucht, uns Angst zu machen, nur weiß er nicht, dass man dich nicht ängstigen kann."

„Aber dich schon? Weiß er das?"

Thomas lächelte. „Nein, er weiß, dass es bei mir nicht funktioniert. Er mag jetzt Sultan sein, aber ich kenne ihn, seit er als Baby in den Armen seiner Mutter lag – oder besser gesagt, in den Armen seiner Amme. Ich glaube nicht, dass seine Mutter so viel mit ihm zu tun haben wollte, bis er das Erwachsenenalter erreicht hatte."

„Und Yusuf?", fragte Usaden. „Ich mochte Yusuf."

„Genau wie ich. Er war so ein lieber Junge, ganz anders als sein Bruder. Aber sie hatten unterschiedliche Mütter. Aixa, Muhammeds Mutter, ist eine böse, intrigante Schlampe. Ich bin nur froh, dass sie nicht in diesem Innenhof war, sonst hätte man meinen Kopf bereits aufgespießt, obwohl sie zweifellos von ihren Spionen alles über unser Gespräch erfahren wird."

„Wie kannst du an einem Ort wie diesem leben? Mein Leben ist sehr einfach – ich verkaufe mein Schwert an jeden, der dafür bezahlt, und ich töte Männer im Kampf."

„Ähnlich wie Olaf."

„Nur, dass er seinem Herrn loyal ist, und ich nicht."

Thomas schaute Usaden an und wusste, dass der Mann nicht ganz die Wahrheit sagte. Warum war er sonst noch bei ihnen? Zwischen ihnen allen hatte sich in Malaka etwas entwickelt, das Usaden vielleicht noch nie zuvor gespürt hatte.

Als hätte er seine Gedanken gelesen, sagte Usaden: „Du bezahlst mich gut dafür, dass ich deinen Sohn ausbilde."

„Und wenn ich aufhöre, dich zu bezahlen?"

„Ich mag Will", sagte Usaden und Thomas wusste, dass es die einzige Antwort war, die er bekommen würde.

Nach einiger Zeit erhob sich Thomas und schlich an den Wänden entlang, klopfte an Steine.

„Ich versuche zu schlafen", sagte Usaden, der sich schließlich auf einer anderen Pritsche ausgestreckt hatte.

„Und ich suche nach einem Ausweg."

„Die Tür ist der Weg nach draußen. Wir haben uns bereits auf einen Plan geeinigt. Jetzt sollten wir uns ausruhen, bis wir ihn ausführen können."

Thomas klopfte auf einen weiteren Stein und legte den Kopf schief. Hatte es an dieser Stelle gerade etwas anders geklungen als bei den bisherigen?

„Habe ich dir jemals von dem Tunnelsystem in diesem Palast erzählt?"

Usaden seufzte und setzte sich auf. „Nein. Aber ich erwarte, dass du es jetzt tun wirst."

„Die meisten der Tunnel werden inzwischen zugeschüttet worden sein, aber ich weiß, dass zumindest ein paar noch intakt sind. Wir haben einen davon benutzt, um Helena zu retten." Er klopfte wieder auf den Stein und schüttelte den Kopf. Nein, das Geräusch war das gleiche wie bei allen anderen. Es mochte noch ein paar weitere Tunnel geben, aber wenn dem so war, bot keiner von ihnen einen Ausweg aus diesem Verlies. „Das letzte Mal, als ich im Palast eingesperrt war, hat eine Freundin den Zugang zu einem Tunnel geöffnet und uns einfach weggezaubert." Er lächelte. „Du hättest sie gemocht."

„War sie hübsch, wie Helena?"

„Nein, nicht wie Helena. Niemand ist wie Helena – aber hübsch, ja, wenn auch zu jung für dich." Eine Traurigkeit überkam Thomas. „Obwohl sie jetzt alt genug wäre, wenn sie noch leben würde. Sie wäre jetzt …" Er rechnete in seinem Kopf, überrascht darüber, wie viele Jahre vergangen waren, seit er neben dem Mädchen durch finstere Gänge geschlichen war. „Prea wäre jetzt zwanzig Jahre alt."

„Sie ist tot?"

Thomas nickte. „Und es war mein Werk."

„Du hast sie getötet?"

„Mehr oder weniger. Ich habe ihr nicht zugehört, sie nicht ausreichend gewarnt, und am Ende wurde sie von jenem Mann getötet, den wir gesucht haben." Thomas saß jetzt wieder auf dem Bett und ein Gefühl der Verzweiflung erfüllte ihn. Es hatte im Laufe der Jahre so viele Todesfälle gegeben, sowohl vor als auch nach Prea – zu viele, um sie noch zu zählen –, und er hatte zu viele Menschen verloren, die er gemocht hatte, einige wenige, die er geliebt hatte. So wie er Lubna verloren hatte. Bei dem Gedanken an sie vertiefte sich seine Verzweiflung, sodass er, als sich die Tür ohne Vorwarnung öffnete, kaum bemerkte, dass Usaden sich blitzschnell erhob, aber da war es schon zu spät, etwas zu tun.

Sechs Wachen traten ein, alle ihre Schwerter gezogen. Sie forderten Thomas und Usaden auf, ihnen aus der Zelle zu folgen. Draußen warteten weitere sechs.

Thomas sah Usaden an, erkannte eine gut verborgene Spannung in ihm, und schüttelte den Kopf. Es hatte keinen Sinn, etwas zu versuchen, bevor sie nicht wussten, was Muhammeds Absichten waren.

Er war überrascht, als die Wachen sie durch den Palast zum äußeren Tor führten, ihnen ihre Waffen aushändigten und sie gehen ließen.

„Heißt das, Olaf war überzeugender als du?", fragte Usaden.

„Oder Muhammed traut ihm mehr als mir. Wir sind Männer, die unterschiedliche Wege gehen. Muhammed hat mich nie gemocht, auch nicht, als ich ihn nach der Schlacht zusammengeflickt und ihm ermöglicht habe, wieder zu kämpfen."

„Du hast im Laufe der Jahre viele Männer geheilt, nicht wahr?"

„Und auch einige verloren. Das Schlachtfeld ist ein miserabler Arbeitsplatz für einen Arzt, aber es ist eine Arbeit, die getan werden muss."

„Und du machst sie gut. Ich habe dich bei der Arbeit gesehen und wenn ich jemals verletzt werde, hoffe ich, dass du dann an meiner Seite bist."

Thomas lachte und der Klang davon überraschte ihn, denn er war ein Zeichen dafür, dass sich etwas in ihm zu verändern begonnen hatte, etwas, von dem er nicht wusste, ob er es begrüßen sollte oder nicht, wenn es bedeutete, dass er Lubna vergessen würde. Doch das würde nie geschehen. In seiner Trauer hatte er dem Leben den Rücken gekehrt, aber das Leben hatte immer noch viel zu bieten – auch wenn er weniger Zeit übrig hatte, als er bereits gelebt hatte. Vielleicht noch viel weniger, wenn der Plan, den er ersonnen hatte, in einer Katastrophe endete. Er wusste, dass weder Guerrero noch Mandana auch nur einen Moment zögern würden, wenn sie die Gelegenheit bekämen, ihn zu töten. Und umgekehrt würde er selbst auch nicht zögern.

Als sie Thomas' Haus auf dem Albayzin erreichten, neigte sich der Tag bereits der Nacht zu. Der große Hauptraum war erfüllt von Gesprächen und dem üppigen Geruch der gekochten Speisen. Will erhob sich vom Spiel mit Kin und lief zu Thomas, der ihn an seine Brust hob, während er zum Tisch ging.

„Wie lange bist du schon hier?", fragte er Olaf.

„Mehrere Stunden. Seid ihr erst jetzt freigelassen worden?"

„Muhammed", sagte Thomas und schüttelte den Kopf. „Seine Strafen waren schon immer lachhaft. Worüber habt ihr geredet?"

„Du hast ihn überredet." Olaf streckte die Hand aus, um Amal von Belia zu nehmen. Thomas' sieben Monate alte Tochter war schlecht gelaunt aufgewacht und Olaf schien sie immer trösten zu können, wenn andere es nicht zustande brachten. Vielleicht war es seine Stärke. Seine Liebe.

„Es hat sich nicht so angefühlt." Thomas nahm einen Becher Wein von Jamila entgegen und leerte die Hälfte davon in einem großen Schluck. „Ich habe keinen Zweifel, dass du ihm bei seiner Entscheidung geholfen hast."

„Du weißt, wie er ist", sagte Olaf. „Zu ängstlich, um zu handeln, zu ängstlich, es nicht zu tun. Heute hat er ausnahmsweise mal die richtige Entscheidung getroffen.

Aber wer weiß – bis morgen früh hat er seine Meinung vielleicht schon wieder geändert."

„Gibt es einen Plan?"

„Den, den du angedeutet hast. Ich soll eine Kohorte von fünfhundert statt der geforderten tausend anführen, angeblich, um Guerreros Armee aufzustocken, aber sobald wir nah genug dran sind, schlagen wir sie nieder."

Es überraschte Thomas nicht, dass Muhammed nur die Hälfte der zugesagten Männer schicken würde. Er hoffte nur, dass es genug sein würde, um ihnen zum Sieg zu verhelfen.

„Wann?"

„Nicht so bald. Guerrero behauptet, noch nicht bereit zu sein, und Muhammed ist zufrieden damit, bis in alle Ewigkeit zu warten, wenn es bedeutet, dass er nicht handeln muss."

„War Aixa da, nachdem wir weggebracht wurden?" Thomas wollte wissen, ob Muhammeds Mutter aufgetaucht war, denn er war sich sicher, dass sie es war, die auf dem Hügel regierte, und nicht ihr Sohn.

„Nein, aber sie wird noch früh genug erfahren, was passiert ist."

„Wird sie einverstanden sein? Sie wird es schließlich sein, die entscheidet."

„Sie befürwortet alles, was Muhammed in einem guten Licht erscheinen lässt, und das wäre der Fall. Sie können so tun, als hätten sie einen Angriff gegen eine Bande spanischer Abtrünniger gestartet und sie besiegt."

„Können wir sie besiegen?"

„Wie viele von diesen tausend Männern, die Guerrero anzuführen behauptet, sind echte Soldaten?"

Thomas schüttelte den Kopf und setzte sich aufrecht hin, als Jamila das Essen auf den Tisch stellte. Sie sagte nichts, ihr Gesichtsausdruck verärgert, und Thomas war sich sicher, dass sie ihm die Schuld dafür gab, dass Aban fort war.

„Etwa die Hälfte, aber ich kann es nicht genau sagen. Ich hoffe, dass einige der anderen, der entführten Männer, uns helfen werden, wenn der Angriff erst einmal begonnen hat. Hast du eine Ahnung, wie lange Guerrero uns gestatten wird, unter ihnen zu verweilen, bevor er sich gegen uns wendet?"

„Das wird schwierig werden. Meinen eigenen Männern wird man sagen müssen, dass sie sich in Gefahr begeben, wenn sie schnell genug reagieren sollen, sobald die Zeit gekommen ist. Aber sie können und dürfen sich nichts anmerken lassen. Sie müssen Guerrero in dem Glauben wiegen, dass wir keine Ahnung von seinem Plan haben. Was den Zeitpunkt angeht, … ich kann es nicht sagen."

„Und wenn du es wärst?" Thomas streckte die Hand aus und riss einen Fetzen Fleisch von einem Kapaun.

„Ich würde mich niemals zu solchen billigen Tricks herablassen."

„Dessen bin ich mir bewusst. Aber angenommen, du tätest es – was würdest du tun?"

„Ich würde in der ersten Nacht angreifen, in der unsere Armeen aufeinandertreffen. Je länger wir dort sind, desto größer ist die Gefahr, dass sie herausfinden, dass nicht alles so ist, wie es scheint. Ich traue meinen eigenen Männern zu, ein Geheimnis zu bewahren, aber kann Guerrero das auch behaupten? Und dann sind da noch die, die er ihren Familien entrissen hat. Gestohlene Männer lieben ihre Entführer nicht." Olaf tippte mit einem Finger auf den Tisch, als ihm etwas einfiel. „Es ist eine Schande, dass wir nicht einen oder zwei Männer unter ihnen haben, die Zwietracht säen und unseren Plan unter den Entführten verbreiten, damit, wenn die Zeit kommt, wenigstens ein paar von ihnen mit anstatt gegen uns kämpfen."

„Ja", sagte Thomas. „Das ist wirklich schade, nicht wahr?"

Olaf starrte ihn an.

Thomas hielt seinem Blick so lange wie möglich stand und hoffte, dass Olaf ihn das Offensichtliche fragen würde, aber als er es nicht tat, wusste Thomas, dass er es ihm selbst sagen musste.

„Luis ist zu ihnen zurückgekehrt, aber als unser Mann auf ihrer Seite. Ich hatte es seit seiner ersten Flucht so geplant, wusste aber nicht, ob er zustimmen würde. In Pampaneira hat er mir dann zugesagt. Seine Wut und sein Angriff gegen uns waren nur gespielt, damit du es ihm abkaufst. Hast du bemerkt, dass er nur mich attackiert hat?"

„Und Aban?"

Thomas sah zu Jamila hinüber, aber sie war mit Kochen beschäftigt. Er senkte seine Stimme, für den Fall, dass sie trotzdem zuhörte. „Er hätte eigentlich nicht abhauen sollen. Hast du gesehen, was mit ihm passiert ist?"

„Ich war zu beschäftigt." Olaf blickte zu Usaden. „Was ist mit dir?"

„Ich sah, wie er sich zur Seite schlich und sich hinter einem Felsen versteckte. Erst hielt ich ihn für einen Feigling, aber jetzt …" Usaden sah Thomas an und nickte ihm zu. „Vielleicht haben er und Luis die Sache besprochen und er wollte sich beweisen. Es ist ein guter Plan, wenn er funktioniert. Die beiden stehen sich nahe. "

„Näher, als ihr vielleicht denkt", sagte Thomas.

Usaden tat es Thomas nun gleich und blickte dorthin, wo Jamila an der Feuerstelle werkelte, bevor auch er seine Stimme senkte. „Seine Mutter hält ihn an einer zu kurzen Leine. Ein Junge kann nicht zum Mann werden, wenn er die ganze Zeit am Rockzipfel seiner Mutter hängt. Wenn sie sich so nahestehen, wie du behauptest, könnte er denken, Luis könne ihn beschützen und für ihn bürgen."

„Ich verstehe, warum Jamila es tut", sagte Thomas. „Sie hat schon zu viel verloren und will ihn nicht auch noch verlieren."

„Und doch ist es jetzt passiert", sagte Usaden. Er wandte sich ab und machte deutlich, dass die Angelegenheit damit für ihn beendet war.

Thomas überlegte, ob er weiter darauf herumreiten sollte, wusste aber, dass es wenig Sinn hatte. Luis war mehr als willig gewesen, die ihm gestellte Aufgabe zu übernehmen. War Aban ebenso willig gewesen oder war er gefangen genommen worden? Wenn das, was Dana ihm erzählt hatte, stimmte, konnte er sich gut vorstellen, dass die beiden Burschen einen gemeinsamen Plan ausgeheckt hatten. Er wusste, dass er darüber mit Jorge würde sprechen müssen, sobald es ihm gut genug ging. Würde ihre Beziehung von den beiden Männern bestimmt werden oder von ihnen dreien gemeinsam? Thomas brauchte Ablenkung, bevor er sich in dem endlosen Strudel seiner eigenen Gedanken verlor. Er wandte sich an Olaf, der dem Gespräch ausdruckslos gelauscht hatte.

„Guerrero und Mandana werden zurückkommen, wenn Muhammed nicht die versprochenen Soldaten schickt, und verlangen, dass er Wort hält. Wenn sie kommen, hast du dann einen Plan?"

„Ich habe eine Idee und möchte, dass du mir hilfst, sie umzusetzen."

„Ich?"

Olaf nickte. „Ihr beide, wenn ihr wollt. Usaden?"

„Ich soll helfen, ein Gemetzel zu veranstalten? Natürlich."

Thomas fragte sich, warum der Gomeres-Söldner wirklich bei ihnen blieb. Er behauptete, es sei, weil Thomas ihn weiterhin dafür bezahlte, Will zu trainieren, aber das war nur eine Ausrede, kein Grund. Er hoffte, dass Usaden vielleicht ein Teil der Großfamilie werden würde, die sich um Thomas herum geformt hatte. Wenn dem so war, war er mehr als willkommen. Thomas mochte die ruhige Bestimmtheit des Mannes, ganz zu schweigen von seinem überirdischen Geschick im Umgang mit Waffen. Er hätte keinen Besseren finden können, um Will auszubilden, selbst wenn er viele Jahre lang gesucht hätte.

„Es wird ein guter Plan sein müssen", sagte Thomas. „Wir alle haben gesehen, wozu Guerreros und Mandanas Männer fähig sind, als sie in Malaka gekämpft haben. Sie waren wie Dämonen, die keine Gnade walten ließen; weder Mann, Frau noch Kind gegenüber. Sie sind niedrige Kreaturen der schlimmsten Sorte."

Thomas sah, wie Usadens Mundwinkel zuckten, als sich dazwischen etwas formte, das möglicherweise die leiseste Andeutung eines Lächelns hätte sein können, und sie beide wussten, dass die gleiche Beschreibung auch auf ihn zutreffend war.

„Wir werden morgen über den Plan sprechen und gemeinsam durchspielen", sagte Olaf. „Heute Abend essen und trinken wir und feiern unsere Freiheit. Du, Thomas, wenn wir Erfolg haben wollen, musst wieder zu Kräften kommen. Du hast gut genug gekämpft, aber nicht so, wie ich es von dir kenne."

„Muhammed weiß jetzt, wo ich bin. Was, wenn er mich trotzdem töten will?"

„Er hätte dich im Kerker töten können, wenn er es gewollt hätte. Er gab mir sein Wort, dass er dir nichts tun würde."

„Und du glaubst ihm?"

„Natürlich nicht – deshalb halten wir heute und in jeder Nacht, in der wir hier sind, Wache."

Thomas wollte gerade sagen, dass sie immer noch verwundbar seien, wurde aber von Belia unterbrochen, die die Treppe heruntergerannt kam.

„Thomas, du musst sofort kommen. Ich glaube, Jorge liegt im Sterben."

KAPITEL ZWEIUNDDREISSIG

Jorge lag auf dem Rücken, die Arme ausgebreitet, die Augen geschlossen. Seine Brust hob und senkte sich in flachen Atemzügen und Schweiß befleckte das dünne Laken, das ihn bedeckte.

„Wie lange ist er schon in diesem Zustand?“ Thomas ging zum Bett und zog das Laken zurück, um Jorges nackten Körper zu enthüllen. Er suchte nach Anzeichen von Flecken unter seiner Haut und war erleichtert, keine zu sehen.

„Mittags ging es ihm besser, da schaffte er es sogar, ein wenig Brühe zu schlucken. Dann sagte er, er sei müde, und schlief wieder ein. Ich ließ ihn liegen, weil ich dachte, es sei das Beste. Als ich gerade hochkam, sah er so aus.“ Sie blickte zu Thomas. „Er stirbt, nicht wahr?“

„Er hat Fieber, gewiss, aber er stirbt noch nicht – nicht, solange ich da bin. Oder du. Ich möchte, dass du etwas gegen sein Fieber vorbereitest.“ Thomas wusste, wenn jemand etwas zaubern konnte, um Jorge zu helfen, dann war es Belia, und die Arbeit würde sie ablenken.

„Ich habe in deinem Arbeitszimmer gesucht, aber es ist nicht mehr viel übrig. Die Weide ist ein Anfang, aber das hier ist kein gewöhnliches Fieber, oder?"

„Nein." Thomas wusste, dass er ihr keine falschen Hoffnungen zu machen brauchte. Belia kannte die Vorgänge des Körpers so gut wie er, so gut wie Lubna sie gekannt hatte. Sie waren ein hervorragendes Team gewesen, sie drei, die sie Seite an Seite gearbeitet hatten, und schnell schob er seinen Kummer beiseite, bevor dieser eine Chance hatte, Fuß zu fassen.

„Musst du die Wunde noch einmal eröffnen?"

Thomas nickte. „Zuerst müssen wir sein Fieber senken, also geh in die Stadt und treib auf, was immer du kannst. Weidenrinde für den Anfang, Lindenblüten und Zitronen. Du weißt besser als ich, was du brauchst. Und lass dich von Helena zu Da'uds Haus bringen, er wird alles haben, was du suchen könntest. Ich werde bei Jorge bleiben." Als Belia zur Tür ging, sagte Thomas: „Sag den anderen nichts. Noch nicht."

Als sie gegangen war, schnitt Thomas die Verbände um Jorges Taille auf, verzog das Gesicht, als er die fortgeschrittene Entzündung um die Wunde herum sah, und verspürte ein Gefühl der Verzweiflung, als er Verderbnis roch. Es juckte ihn in den Fingern, sofort zu handeln, aber er wusste, dass er auf die Rückkehr von Belia warten musste. In der Zwischenzeit wischte er Jorges Körper mit kaltem Wasser ab und reinigte ihn, so gut er konnte. Es war ein Körper, den Thomas fast so gut kannte wie seinen eigenen. Ein Körper, den er misshandelt hatte, als Jorge kaum mehr als ein Junge gewesen war, als er ihn auf Wunsch eines Sultans entmannt hatte – nicht auf den Wunsch Muhammed, nicht einmal auf den seines Vaters hin, sondern auf den eines Sultans, der nun bereits den vierten Nachfolger zählte. Jorge war kaum dreizehn Jahre alt gewesen, Thomas war nur etwas mehr als doppelt so alt gewesen, aber er war stark genug, sich der Aufforderung zu widersetzen, ihn nach den alten Methoden zum Eunuchen zu machen – Methoden, die viele Schnitte und heiße Kohlen beinhalteten. Stattdessen hatte er den Jungen stark betäubt und nur das herausgeschnitten, was entfernt werden musste, um sicherzustellen, dass Jorge niemals Kinder zeugen konnte. Übrig geblieben war seine Männlichkeit, von der Jorge behauptete, sie funktioniere nicht weniger gut als die anderer Männer. Tatsächlich prahlte er sogar damit, dass seine besser funktioniere als die der meisten Männer, und den Geräuschen nach zu schließen, die Thomas hörte, wenn er und Belia sich liebten, hatte er keinen Grund, daran zu zweifeln.

Nun starrte er auf die glatte Haut zwischen Jorges Schenkeln, auf seinen schlaffen Schwanz, der auf einer Seite lag, und fragte sich, ob er es bedauerte, nie Kinder zeugen zu können. Er vermutete es. Thomas erinnerte sich daran, wie Jorge ihn gefragt hatte, ob er mit Belia schlafen würde, um einen Samen in ihren Bauch zu pflanzen, und er hatte abgelehnt, obwohl Lubna ihnen ihren Segen gegeben hatte. Jetzt beschloss er, dass er zustimmen würde, wenn man ihn erneut bitten würde. Jorge würde ein guter Vater sein, auch wenn er anders war als andere Männer. Vielleicht sogar noch mehr, genau *weil* er anders war als andere Männer.

Jorge war Thomas' engster Freund. Sein Gefährte. Er würde ihn nicht sterben lassen. Wenn er ihn nicht retten konnte, dann wusste er, dass es niemand konnte.

Thomas legte zwei Finger an Jorges Bauch und drückte leicht dagegen. Jorge rührte sich, wachte aber nicht auf, und Thomas verringerte den Druck. Er fragte sich, ob es möglich war, diesen Mann zu retten, den er mehr als jeden anderen liebte, und hatte keine Antwort darauf. Jetzt stand er auf und ging nach unten in sein Arbeitszimmer, öffnete und schloss Schubladen, die repariert und ausgetauscht worden waren. Britto würde am Morgen kommen, um die anderen Schäden am Haus zu begutachten und Thomas zu sagen, was er tun konnte. Freundschaften, dachte Thomas und war erstaunt, dass er in der Lage zu sein schien, sie einzugehen, und noch erstaunter, dass er sie aufrechterhalten konnte.

Er legte ein paar Dinge auf die Arbeitsfläche, die sich als nützlich erweisen mochten, und ging dann hinaus in den Garten, der jenseits des Hofes den Hang hinunterlief. Belia hatte neu eingesetzt, was nicht abgestorben war, aber die wenigen Pflanzen, die wuchsen, sahen spärlich aus im Vergleich zu dem, was zuvor dort üppig ausgetrieben hatte. Thomas blickte zu dem über der Landschaft thronenden Palast hinauf und fragte sich, inwieweit man Muhammed trauen konnte. Wenn seine Männer den Schaden hier nicht angerichtet hatten, dann durften es zumindest andere tun. Der Mann hatte Helena gefangen genommen, sie Schlägen und Schlimmerem ausgesetzt und sie dann wie eine Delikatesse auf einem Teller an Guerrero weitergereicht. Thomas fröstelte trotz des lauen Abends und hörte dann, wie die Tür von der Straße her geöffnet wurde. Als er sich umdrehte, sah er, dass Belia zurückgekehrt war. Er verdrängte jeden Gedanken an Versagen und folgte ihr zurück in den Raum, in dem Jorge lag und auf ihre Fähigkeiten wartete.

Als Thomas die Wunde erneut öffnete, sah er die Ursache für Jorges Fieber. Zwei Stiche hatten sich gelöst, und frische Materie sickerte heraus. Thomas ignorierte den Gestank, wie er es immer getan hatte, wissend, dass er auch Belia nichts ausmachen würde. Abwechselnd wuschen sie die Wunde aus, wischten sie sauber und wuschen noch mehr.

„Ich werde die Wunde für ein oder zwei Tage offen lassen", sagte Thomas, als sie fertig waren. Er hatte den Schnitt an Jorges Darm neu genäht und noch mehr Eiklar gemischt mit Honig in die Wunde gefüllt, und Belia hatte eine Tinktur vorbereitet, deren Zutaten nur sie kannte. Sie trug sie nun auf die Nähte auf und wiederholte den Vorgang zweimal pro Stunde, während sie warteten. Fatima brachte ihnen Essen und dann die beschmutzten Tücher weg, um sie zu verbrennen, wobei sie ihren Blick von der Öffnung in Jorges Körper abwandte.

Sie hatten Jorge einen Likör aus Weidenrinde und Mohn eingeflößt und er schlief jetzt friedlicher. Thomas wusste, dass er ihn sediert halten musste, bis er seine Bauchdecke wieder geschlossen hatte, aber er war nicht bereit, dies zu tun, bis er wusste, dass die inneren Nähte diesmal an Ort und Stelle bleiben würden.

Die Nacht war unruhig und er schreckte immer wieder aus dem Schlaf hoch.

Mit der Morgendämmerung kam ein kaltes Licht, das Thomas nutzte, um Jorges Wunde zu untersuchen. Die Naht hielt, aber er wusste, dass es noch zu früh war, um zu hoffen. Eine Woche würde vielleicht nicht ausreichen, aber ein weiterer Tag, höchstens zwei, würden ihm erlauben, das Fleisch an Jorges Bauch zusammenzunähen.

„Seine Narbe wird größer sein", sagte Thomas zu

Belia, die sich an ihn lehnte, ihre Erschöpfung gleich groß wie seine eigene.

„Das wird ihn beunruhigen, aber nicht mich. Ein Mann sollte ein paar Narben besitzen." Sie lächelte. „Wie du."

Thomas dachte daran, wie Will seine Narben gerne berührte und ihn fragte, woher er sie hatte. Wie Lubnas Finger sie liebevoll nachgezeichnet hatten und jede als Vorwand genutzt hatte, um ihre Finger an andere Orte wandern zu lassen. Die Erinnerung an Lubna schmerzte, aber nicht mehr so sehr wie früher, und Thomas wusste nicht, ob das ein Fortschritt war oder der Verlust von etwas, das er nicht verlieren wollte.

Nach einer Weile erwachte er aus seinem kaum entspannenden Schlaf, als er das Klirren von Metall auf Metall hörte, und stand auf, um durch das schmale Fenster zu sehen.

Usaden trainierte Will, und als er zusah, sah Thomas, wie sehr sich sein Sohn innerhalb dieses halben Jahres verbessert hatte. Er war zu jung, um zu kämpfen, aber manchmal verhinderte ein junges Alter nicht, dass man von einem Kampf heimgesucht wurde. So wie es Thomas passiert war. Älter als Will war er gewesen, gewiss, aber nicht merklich. Er war dreizehn Jahre alt gewesen, als sein Vater John Berrington John Talbot, den Earl of Shrewsbury, über das Meer begleitet hatte. Sie hätten den Franzosen eine Lektion erteilen sollen. Nur war es an jenem Tag anders gelaufen – es war eine Schlacht gewesen, um einen Krieg zu beenden, der viel zu lange gedauert hatte, nur hatte er in der Vertreibung der Engländer aus einer Region Frankreichs resultiert, die sie jahrhundertelang beherrscht hatten.

John Berrington hatte die ersten Stunden der Kämpfe

überlebt, aber am späten Nachmittag hatte ihn ein französischer Ritter von seinem Pferd gestoßen, das über ihn gestürzt war und seine Beine zertrümmert hatte. Der Ritter war weitergeritten auf der Suche nach weiterem Ruhm. Thomas hatte seinen Vater erst nach mehreren Stunden gefunden, als er bereits vor Schmerzen nicht mehr ansprechbar war. Es hatte nichts gegeben, was er noch hätte tun können, abgesehen von einer letzten Gnade – einer Gnade, die Thomas selbst ihm erwiesen hatte. Als er sich nun an diesen Tag zurückerinnerte, wurde ihm bewusst, dass es vielleicht das erste Mal gewesen war, dass sein Vater ihn in diesem letzten Moment seines Lebens angelächelt hatte, seine Hand um Thomas' Hand gelegt, die wiederum ein Messer hielt. Er hatte es seinem Vater in die Brust gestoßen und dabei seine eigenen Augen geschlossen. Als er sie wieder geöffnet hatte, hatte sein Vater seelenlos in einen grauen Himmel gestarrt, alles Leben verflogen. Thomas hatte die Augen seines Vaters geschlossen und ihm dann mühsam die Stiefel ausgezogen. Er nahm sie mit, zusammen mit seiner Kettenhemdweste, aber sonst nichts. Er hatte nichts empfunden, nicht einmal Freude. Er hatte seinen Vater mit jeder Faser seines Seins gehasst und er wusste, dass es seinem Vater mit ihm gleich ergangen war, weil er nicht mehr wie sein älterer Bruder war, der andere John, der in ihrem Herrenhaus in Lemster gestorben war, zusammen mit ihrer Mutter. Sie zumindest hatte Thomas geliebt. Und dann war er allein gewesen. Für eine lange Zeit.

Er drehte sich um und sah Jorge an.

Nicht mehr allein.

Er hatte Menschen, die ihn liebten, und Menschen, die er genauso liebte. Das Eis, das sein Herz ein halbes Jahr lang in einem eisernen Griff gehalten hatte, begann langsam zu schmelzen.

Das Leben begann sich wieder in ihm zu regen.

Thomas stieß seinen Atem so laut aus, dass Belia sich zu ihm umdrehte, um zu sehen, was los war.

Er schüttelte den Kopf und wischte die Tränen fort, die seine Augen füllten. Nichts war los. Die Erinnerungen riefen ihm nun an all die Menschen ins Gedächtnis, die ihm nahegestanden hatten und die gestorben waren, und nach ihrem Tod hatte er weitergemacht. Er hatte seit seinen Erlebnissen auf jenem Schlachtfeld viel erlebt und wusste, dass noch mehr auf ihn wartete, wenn er nur die Zügel des Lebens wieder in die Hand nehmen könnte.

Er durchquerte den Raum und setzte sich neben Belia, nahm ihre Hand und küsste sie auf die Handfläche. Sie sah ihn stirnrunzelnd an, aber Thomas sagte nichts, und nach einem Moment verwandelte sich ihr Stirnrunzeln in ein Lächeln und ihre Finger verschränkten sich mit seinen. Sie lehnte sich an ihn, als ob sie in all die geheimen Gedanken eingeweiht wäre, die seinen Kopf erfüllten.

Drei Tage später schloss Thomas die Wunde an Jorges Seite.

Es verging eine Woche, bevor er zum ersten Mal wieder stehen konnte, seit er in das Schlafzimmer getragen worden war.

Innerhalb von zwei weiteren Tagen konnte er die Treppe bewältigen und sie ohne Hilfe hinabsteigen, um mit ihnen zu essen, anfangs nur kleine Mahlzeiten, aber die Stiche an der Oberfläche waren bereits verheilt und Thomas war sich sicher, dass auch die in seinem Inneren verheilt waren.

Das Fieber kehrte nicht zurück.

Es war an der Zeit, über die Zukunft zu sprechen. Olaf war geduldig gewesen, aber Thomas konnte sehen, dass er die Dinge zu Ende bringen oder zumindest damit beginnen wollte.

Erst gingen sie zu Muhammed.

Und dann zogen sie in den Krieg.

KAPITEL DREIUNDDREISSIG

Thomas war wie ein gewöhnlicher Fußsoldat gekleidet, umgeben von fast fünfhundert anderen. Wie er waren nur wenige dieser Männer in al-Andalus geboren worden. Sie formten eine bunte Mischung aus Nordafrikanern, Franzosen und Deutschen, Italienern und Engländern, andere kamen aus weiter entfernten östlichen Ländern, einige aus dem hohen Norden wie Olaf, der rittlings auf einem großen weißen Hengst an der Spitze ihrer Truppe saß. Thomas wünschte, er könnte neben ihm reiten, wusste aber, dass dies unmöglich war. Guerrero und Mandana erwarteten Olaf. Thomas hingegen würden sie nicht erwarten, und wenn sie ihn sahen, würden sie den Verrat sofort wittern. Also ertrug Thomas die Enge des ledernen Wamses, das er trug, und versuchte, sich nicht zu sehr bei Usaden zu beschweren, der neben ihm herging, als wäre ihr Marsch nichts weiter als ein frühmorgendlicher Spaziergang. Kin blieb dicht bei Thomas. Er hatte den Hund zu Hause bei Jamila lassen wollen, bis Olaf ihm gesagt hatte, dass andere Männer auch ihre Hunde mitbringen würden. Nun war er froh, dass er an seiner Seite war. Kins bedingungslose Loyalität war ein Mysterium, das Thomas begrüßte.

Muhammed war gekommen, um zuzusehen, wie sie Gharnatah verließen, aber niemals hätte er seine Soldaten begleitet. Stattdessen saß er rittlings auf einem hohen Pferd und sah zu, wie die Kolonne an ihm vorbeizog. Noch bevor der letzte Mann die Stadtmauern hinter sich gelassen hatte, war Muhammed in den Palast zurückgekehrt, zweifellos, um seine Zeit damit zu verbringen, seine Entscheidung anzuzweifeln. Thomas hoffte nur, dass der Mann keinen Rückzieher machen und eine Nachricht an Guerrero schicken würde, in der er ihm mitteilte, was geschehen war.

Eine Stunde, nachdem sie Gharnatah verlassen hatten, tauchte eine kleine Gruppe von Reitern an einem Pass auf, der in die Ausläufer des Sholayr führte. Zehn Reiter, nicht mehr. Sie warteten, während die acht Mann breite Kolonne den Hang erklomm. Eine Viertelmeile entfernt ritt Olaf voran und sprach mit ihnen. Thomas nahm an, dass zumindest einer der Männer Arabisch konnte, denn Olafs Spanischkenntnisse waren wirklich schrecklich.

Die zehn Reiter wichen zur Seite, als die ersten Männer sie erreichten. Olaf übernahm wieder die Führung.

„Meinst du, sie sind verdächtig?“, fragte Usaden, nicht im Geringsten außer Atem, obwohl Thomas es war, selbst, nachdem er ein Monat lang seine Kräfte gesammelt hatte. Es war nicht nötig, leise zu sprechen, denn das Geräusch so vieler Füße verhinderte, dass ihre Worte weitergetragen wurden.

„Ein Empfangskomitee, mehr nicht“, sagte Thomas und sparte sich seinen Atem für den Fall, dass er etwas Wichtiges zu sagen hatte. Er wusste nicht, ob er die

Wahrheit sprach oder nicht, nur dass, wenn Guerrero sie angreifen wollte, er mehr als zehn Männer geschickt hätte.

Sie hielten kurz nach Mittag an einer Stelle, an der ein kleiner Fluss ihren Weg kreuzte. Thomas war versucht, seine Stiefel auszuziehen und seine Füße zu baden, bemerkte aber, dass niemand sonst es tat. Sie tranken Wasser, aßen die spärlichen Vorräte, die sie mitgebracht hatten, und innerhalb einer Stunde formierten sie sich und machten sich wieder auf den Weg.

Der Nachmittag hätte überall sonst Hitze und Fliegen mit sich gebracht, doch sie bewegten sich durch ein tiefes Tal, in welches das Sonnenlicht nicht vordringen konnte. Stattdessen schimmerte es nur entlang der steilen Hänge darüber. Der Weg wurde steiler, überquerte einen Pass und fiel dann in einer Reihe von gewundenen Serpentinen ab. Thomas ließ sich durch die Reihen der Männer zurückfallen, bis er sich am Ende ihres Konvois befand. Von hier aus konnte er über die Köpfe der anderen hinweg sehen und erkennen, was vor ihnen lag.

Das Lager von Guerrero und Mandana wirkte, als hätten sie es schon vor Monaten in dieser Talsohle aufgeschlagen. Haufenweise Müll lag um das Lager herum und selbst bei Tageslicht stiegen verwilderte Hunde, Wölfe und Füchse in die Schlucht hinab, um sich verstreute Essensreste und menschliche Abfälle zu schnappen, die die Luft mit ihrem Gestank erfüllten. Auf einem erhöhten Plateau an einer Seite waren drei große Zelte errichtet worden, offensichtlich der Ort, an dem Mandana und Guerrero ihr Hauptquartier aufgeschlagen hatten, zweifellos zusammen mit einem oder mehreren ihrer Generäle. Thomas hatte Mandanas Männer – eine Mischung aus Priestern und Soldaten – im Laufe der

Jahre oft genug gesehen, um einige von ihnen zu erkennen. Loyale Männer, die auf ihre eigene, fehlgeleitete Weise ihrer Vorstellung von Gott treu und Mandana gegenüber noch loyaler waren. Thomas fragte sich, ob Guerrero selbst auch solche Männer um sich scharte, bezweifelte es aber. Guerrero war hier der unbestrittene Anführer, jung und charismatisch, aber Thomas war nicht sicher, wer von ihnen die Entscheidungen traf, wenn die beiden allein miteinander sprachen. Er erinnerte sich an seine erste Begegnung mit Guerrero im Jahr zuvor in Malaka, als er seine bereits im Sterben liegende Frau in den Armen getragen hatte. Guerrero war geschickt worden, um die Verteidigungsanlagen der Stadt auszuspionieren, aber er hatte Thomas die Schuld dafür gegeben, dass dieser seine Frau nicht hatte retten können, obwohl er und Lubna es geschafft hatten, zumindest ihr Baby zu retten. Dieser Hass hatte in Guerreros Seele geschwelt, bis er zu Lubnas Tod geführt hatte. Zweifellos brannte dieses Feuer noch immer in ihm und Guerrero fütterte die Glut, damit sie nicht ausging. Mandana würde die Kohlen seines eigenen Hasses hinzufügen, da war sich Thomas sicher.

Er wusste, dass er sie entweder töten oder von einem der beiden Männer getötet werden würde, bevor sein Plan ausgeführt war. Mandana oder sein Sohn. Er wollte sie beide vernichten für das, was sie ihm angetan hatten. Was sie ihm genommen hatten. Und wenn es ihm nicht gelingen sollte und sie es waren, die ihn vernichteten, wusste Thomas wenigstens, dass sein Schmerz endlich ein Ende haben würde. Zwei Monate zuvor wäre es ihm egal gewesen, was mit ihm geschah. Jetzt schmolzen die Kälte und das Eis, das ihn fest im Griff gehabt hatte, dahin. Er wollte, dass sein Leben weiterging. Wollte zusehen, wie

Will und Amal zu Erwachsenen heranwuchsen. Wollte dabei sein, wenn Jorge und Belia aus ihrem gemeinsamen Leben etwas Neues und Einzigartiges schmiedeten.

Er stolperte über einen Stein und wäre gestürzt, hätte Usaden nicht eine Hand ausgestreckt, um ihn zu stützen.

„Dort", sagte er und deutete auf die andere Seite des Tals.

Thomas war so in seine eigenen Gedanken vertieft gewesen, dass er kaum bemerkt hatte, dass sie angekommen waren. Olafs Truppen blieben zurück und warteten, bis man ihnen sagte, was sie tun sollten. Der Nordmann stieg ab und ging durch die Reihen von Guerreros Männern in Richtung der Zelte. Noch bevor er sie erreichte, wurde die Plane zur Seite gezogen und Mandana trat heraus. Einen Moment später folgte Guerrero ihm hinterher. Beide trugen sie makellos weiße Gewänder, frisch gewaschen. Mandanas Körper war stärker gebeugt als das letzte Mal, als Thomas ihn aus der Nähe gesehen hatte, und er fragte sich, wie es dem Stumpf der Hand ging, die er fünf Jahre zuvor an die Wölfe verloren hatte – er hoffte, dass er entzündet und schmerzhaft war. Aber selbst verwundet, vielleicht sogar mit fortschreitender Erkrankung, war Mandana kein Mann, den man unterschätzen durfte. Was Guerrero betraf, so wusste Thomas bereits, dass der Sohn schlimmer war als der Vater. Er hatte Lubna vorsätzlich und, laut Usaden, mit seiner eigenen Klinge getötet. Guerrero würde nach seinem Vater sterben, versprach Thomas sich, allein und um eine Gnade flehend, die ihm niemals gewährt werden würde.

Als Olaf sich ihnen näherte, kam Mandana auf ihn zu, um ihn zu begrüßen, während sein Sohn sich im Hintergrund hielt. Der alte Abt umarmte Olaf, der ihm an

Größe fast ebenbürtig war, wenn auch keineswegs ebenbürtig an Stärke, dafür aber umso mehr an Verschlagenheit. Thomas fragte sich, wie es Olaf dabei ging, mit den beiden über Taktiken zu diskutieren, wo doch einer von ihnen seine Tochter ermordet hatte. Guerrero mochte sich dieser Tatsache nicht bewusst sein, aber Mandana war es mit Sicherheit. Hielten sie Olaf für schwach, weil er auf Muhammeds Befehl zu ihnen kam?

Ein Mann stand an einer Seite und übersetzte in beide Richtungen. Thomas juckte es, dabei zu sein, zu erfahren, was gesagt wurde, mitanzuhören, wie viel des Gesagten in der Übersetzung entweder durch Unwissenheit oder reine Absicht verloren ging. Ohne bewusst darüber nachzudenken, bewegte er sich durch die Reihen der Soldaten in Richtung der kleinen Versammlung. Er wusste, dass er sich nicht zu weit annähern durfte, denn wenn er bis auf zwanzig Schritte herankam, würde Mandana ihn sofort erkennen.

Thomas sah sich um, als er sich seinen Weg durch die Männer bahnte, vorbei an rauchenden Feuern, auf dem Boden liegenden Decken, kleinen Stapeln von Lebensmitteln: Fleisch, Brot, Gemüse – nichts Ausgefallenes, aber genug, um eine Weile davon zu leben. Für ihn war offensichtlich, welche die entführten Männer waren und welche diejenigen, die schon länger und freiwillig bei Guerrero und Mandana waren. Die Entführten mieden seinen Blick, da sie wussten, dass er zu der neuen Armee gehörte, die gekommen war, um sich ihnen anzuschließen, und sich für ihre Schwäche schämten, weil sie gefangen genommen und zum Kampf gezwungen worden waren. Thomas wollte sich hinknien und mit einigen von ihnen sprechen – sie fragen, wo ihre Familien waren, fragen, wie es ihnen selbst ging –, aber er wusste, dass er keine Aufmerksamkeit auf sich ziehen durfte, indem er es tat. Stattdessen ging er weiter und versuchte, ihr Elend zu ignorieren. Seine Augen schätzten ihre Zahl, suchten nach Luis und Aban, fanden aber keinen der beiden.

Er blieb in großem Abstand stehen, noch zu weit entfernt, um zu hören, was geredet wurde. Es schien keinen Streit zu geben. Mehrmals drehte sich Guerrero um und zeigte auf Positionen, die Olaf einnehmen sollte. Nach einer Weile wandten sich sowohl Guerrero als auch Mandana ab. Thomas erwartete, dass Olaf zurückkehren würde, aber stattdessen folgte er ihnen in das Zelt.

Thomas widerstand erneut dem Drang, näherzukommen. Er griff nach unten, um das weiche Fell und den harten Knochen von Kins Schädel zu berühren. Ein halbes Dutzend Männer mit steinernen Mienen stand in der Nähe der Zelte und ihre Augen bewegten sich ständig, sodass Thomas erkannte, dass Mandana Angst vor den Männern hatte, die er gefangen genommen hatte, auch wenn sein Sohn diese Sorge nicht teilte. Sie brauchten sie, um ihre Truppe zu verstärken, aber es war klar, dass sie ihnen nicht über den Weg trauten.

Thomas kehrte langsam zu dem Bereich zurück, in dem Olafs Truppen nun ihr Lager aufschlugen, nur wenige Meter von den anderen entfernt. Es waren zwar nur ein paar Fuß, aber dennoch gab es einen deutlichen Unterschied zwischen den beiden Truppen. Olafs Männer ordneten sich automatisch in Kader von einem Dutzend ein, legten ihre Decken um eine kleine freie Fläche und machten sich dann auf die Suche nach Anzündholz und Feuerholz. Thomas wusste, dass sie eine gewisse Strecke zurücklegen mussten, um fündig zu werden, und fragte sich, was passieren würde, wenn sie die anderen um Hilfe bäten. Es würde sich als guter Test für ihre Absichten erweisen, aber niemand tat es, vielleicht absichtlich. Sie würden unter sich bleiben, bis sie genau wussten, wie die anderen ihnen gesinnt waren.

„Wenn du es wärst“, fragte Thomas Usaden, der sich ein Stück weit entfernt von den anderen aufgehalten hatte, als wolle er mit keiner der beiden Gruppen in Verbindung gebracht werden, „wie lange würdest du warten, bevor du angreifst?“

„Das Vernünftigste wäre, wenn sie in den frühen Morgenstunden über uns herfallen würden.“

„Heute Nacht?“

Usaden nickte. „Bevor wir uns zum Schlafen gebettet haben und noch müde von unserem Marsch sind.“

„Aber wir werden doch Wachen aufstellen, oder?“

„Natürlich. Aber Wachen werden auch müde. Du weißt, wie sie ist, diese eine dunkle Stunde vor dem ersten Schimmern der Dämmerung. Da driften die Männer zwischen diesem Leben und ihren Träumen hin und her.“

„Nicht, wenn sie vorgewarnt werden.“

Usaden lächelte. „Auch dann. Du weißt, dass ich recht habe.“

Das tat Thomas.

„Vielleicht kommen sie nicht heute Nacht“, sagte Usaden. „Vielleicht wollen sie unsere Kräfte tatsächlich vereinen, wie sie es gesagt haben, und es ist gar keine Intrige im Spiel.“

„Aber daran glaubst du nicht, oder?“, fragte Thomas.

„Natürlich nicht.“

„Du sagtest, heute Nacht anzugreifen wäre die vernünftigste Wahl, aber das ist nicht das, was du tun würdest, oder?“

„Nein, denn sie werden einen gewissen Respekt vor uns haben und wissen, dass wir so etwas erwarten."

„Nur, sofern wir ihnen ihre Geschichte nicht abkaufen."

„Zwei Armeen, die sonst natürliche Feinde sind? Da werden beide Seiten wachsam sein."

„Was wäre also dein Plan?", fragte Thomas.

„Jetzt angreifen, sofort, bevor wir uns niederlassen können. Oder dann angreifen, wenn wir uns versammeln, um nach Osten in Richtung al-Marilla zu reiten. Das wird bald der Fall sein. Morgen oder übermorgen. Übermorgen wäre am besten, wenn wir uns eingelebt haben und nicht mehr so wachsam und misstrauisch sind."

„Ungeachtet dessen, was sie Muhammed erzählt haben, haben sie nicht die Absicht, nach al-Marilla zu reiten, oder?", fragte Thomas.

„Ich stimme zu."

„Wird Olaf auch so denken wie du?"

„Natürlich. Er ist ein guter General. Und er ist am Leben, genau wie du. Stimmst du mir nicht zu, Thomas?"

„Das tue ich."

„Warum haben wir dann die ganze Zeit mit müßigem Geschwätz vergeudet?"

„Nicht vergeudet", sagte Thomas. „Sie beobachten uns. Du hast sie gesehen, genau wie ich. Überall sind Männer aufgestellt, um zu beobachten, was wir tun." Er seufzte und schüttelte den Kopf. „Und manche werden bemerkt haben, dass wir hier stehen und miteinander reden. Wir sind jetzt gebrandmarkte Männer, weil sie sich fragen, worüber wir geredet haben. Wenn Olaf zurückkommt, sollten wir sie sofort angreifen."

„Was ist mit deinem Spion?", fragte Usaden. „Glaubst

du, Luis hat es geschafft, Zwietracht oder gar Hoffnung unter den gefangenen Männern zu säen?" Er drehte sich um und sah über die versammelte Truppe hinweg, und Thomas bemerkte, dass Usadens suchender Blick nicht unbemerkt geblieben war. „Wie viele echte Soldaten hat Mandana? Es sind zwar fast tausend Mann hier, aber wie viele sind bereit zu kämpfen? Und noch wichtiger, wie viele sind bereit zu töten?"

Thomas ließ seinen Blick über die Köpfe schweifen. Männer aus aller Herren Länder. Manche dunkelhäutig, andere hellhäutig, und jede Schattierung dazwischen war vertreten. Groß und klein, dick und dünn. Der Unterschied zwischen den kämpfenden Männern und denen, die ihren Familien gestohlen worden waren, war deutlich zu erkennen, ebenso wie die Organisation beider Seiten. Jede Gruppe von zehn oder zwölf Männern wurde von vier streng dreinblickenden Soldaten begleitet. Jede Andeutung von Rebellion würde sofort bestraft werden. Thomas wusste, dass die Bestrafung, die sie vermutlich erwartete, in die Seelen der Gefangenen eingebrannt war. Er hatte gesehen, wie sie vor aller Augen vollzogen worden war. Ihm fiel auf, dass das Verhältnis von echten Soldaten zu Gefangenen im ganzen Lager gleich war – auf jeden Soldaten kamen drei Entführte.

„Sie haben nicht mehr als vierhundert ausgebildete Männer", sagte Thomas.

Usaden nickte. „Auch da stimme ich zu. Und wir haben fünfhundert." Er grinste. „Ein fairer Kampf, ausnahmsweise." Sein Grinsen wurde noch breiter. „Was es natürlich zu einem unfairen Kampf machen wird."

„Unterschätze sie nicht. Sie kämpfen seit Jahren mit Mandana gegen erfahrene Gegner. Ich würde einen ausgeglichenen Kampf erwarten."

„Nur haben wir mich und Olaf.“ Usaden sah Thomas an. „Und dich natürlich.“

Thomas wusste, dass er ihm Honig ums Maul schmierte, gab aber keinen Kommentar ab.

„Du solltest versuchen, Luis zu finden“, sagte Usaden. „Herausfinden, was er weiß und welche Befehle erteilt wurden. Je mehr wir wissen, desto mehr werden wir vorbereitet sein.“

„Was ist mit dir?“

„Ich? Ich dachte, ich könnte mich auf meiner Decke hier neben meine neuen Freunde legen und ein wenig schlafen. Wenn man mich in den frühen Morgenstunden angreift, muss ich völlig ausgeruht sein.“

Thomas wandte sich ab – er war amüsiert, wollte aber nicht, dass Usaden es bemerkte. Außerdem war es ein guter Vorschlag. Er würde Luis suchen, und Aban auch, und sie beide davor warnen, was auf sie alle zukam.

KAPITEL VIERUNDDREISSIG

Thomas wanderte zwischen den Männer umher, ihre Anwesenheit umhüllte ihn, zusammen mit dem Klang von Gesprächen, einem gelegentlichen Streit, der schnell beigelegt wurde, dem Geruch von Schweiß und ungewaschener Kleidung, dem Gestank von Latrinengruben und dem süßen Duft von harzigem Rauch, der von den hundert Lagerfeuern kam. All das war ihm vertraut und weckte Erinnerungen, die sich über sein gesamtes Leben erstreckten. Er sah Olafs Männer mit Feuerholz zurückkehren, einige von ihnen trugen die Kadaver von Kaninchen, einer hatte sogar einen Steinbock über seiner Schultern hängen, was bedeutete, dass ein paar Männer heute Abend gut essen würde.

Das Sonnenlicht hob nun die höchsten Gipfel hervor, aber Schatten breiteten sich zwischen den Gruppen von Soldaten aus und die Flammen ihrer Feuer wurden höher, als der Tag sich dem Ende zuneigte. Thomas ging immer noch zwischen ihnen umher, mit suchendem Blick, sich der Blicke der Männer auf ihm bewusst. Ab und zu nickte er dem einen oder anderen zu, als würde er ihn erkennen, und manche nickten sogar zurück.

Er fand weder Luis noch Aban, unsicher, ob Jamilas Sohn überhaupt noch am Leben war. Nach allem, was Dana ihm über ihre Dreiecksbeziehung erzählt hatte, hatte er keinen Zweifel daran, dass Luis Aban alles über ihren Plan erzählt haben würde, und es würde ihn nicht überraschen, wenn sie gemeinsam die Seiten gewechselt hätten und Aban seinem Freund loyal gewesen wäre … oder gar seinem Liebhaber?

Thomas schüttelte den Kopf. Er wusste nicht warum, aber hier in diesem äußeren Bereich des Lagers hatte er sie erwartet. Er hatte nicht vorgehabt, weit zu gehen, da er zurückkehren wollte, um zu hören, was Olaf bei seinem Gespräch mit Guerrero und Mandana erfahren hatte, aber er war immer noch im Zelt gewesen, als Thomas seine langsame Suche begonnen hatte. Hier, auf der anderen Seite des Lagers, folgte er nun einem kleinen Fluss, der sich durch das Tal schlängelte, von einer Seite zur anderen. Felsbrocken, die herabgestürzt waren, als der Fluss mehr Wasser geführt hatte, machten den Boden unter ihren Füßen zu einem tückischen Untergrund. Kin streifte voraus und steckte seine lange Schnauze in jeden Winkel und Zwischenraum. Langsam ließ er die Männer hinter sich und Thomas lauschte dem beruhigenden Rauschen des Wassers über Steine, beobachtete, wie kleine Fische vor ihm davonhuschten, und lächelte, als leuchtend zinnoberrote Frösche in die Luft sprangen, wenn Kin sich auf sie stürzte. Ihr Quaken wurde lauter, wo das Wasser tiefer war, und verklang, als er sich entfernte. Thomas folgte einem Trampelpfad, der von Männern auf der Suche nach Holz oder Wild breitgetreten worden war. Er stieg an der nördlichen Flanke des Tals an und er ließ sich davon leiten, ohne ein Ziel vor Augen zu haben, als Erinnerungen in ihm wach wurden. Die Männer, gegen die er gekämpft hatte … Länder, die er durchquert hatte … Freunde, die er gefunden hatte … Frauen, die er geliebt, und Lektionen, die er gelernt hatte.

Er hatte aufgehört, nach Luis und Aban zu suchen, als Kin plötzlich zweimal bellte und seine Aufmerksamkeit auf eine kleine Lichtung zu seiner Linken lenkte. Er machte zwei Gestalten aus und wusste, dass er sie übersehen hätte, wenn der Hund sie nicht angezeigt hätte. Als er realisierte, was er auf der Lichtung vor sich sah, entfuhr ihm ein Schrei. Er hatte sowohl Luis als auch Aban gefunden.

Luis war gefesselt und an ein Kreuz genagelt worden – es war stabil stand in einem tiefen Loch und wurde mit Steinen aufrecht gehalten. Ein zweites Kreuz stand gleich daneben, aber es war leer. Aban hockte vor Luis' Körper, die Arme um sich selbst geschlungen, als wollte er verhindern, dass sein Körper in tausend Stücke zersplitterte. Kin lag auf dem Boden, seinem Herrn zu Füßen, und ein leises Winseln war zu hören.

Thomas sah sich um.

Warum hier? Warum nicht vor den anderen Männern? Dann sah er, dass der harte Boden von vielen Füßen aufgewühlt war. Es hatte also doch Zeugen gegeben, musste also eine weitere von Guerreros und Mandanas Lektionen gewesen sein.

„Sag mir, was passiert ist." Thomas ging neben Aban auf ein Knie. Als seine Hand die Schulter des Jungen berührte, zuckte dieser zusammen, wandte aber den Blick nicht von seinem Freund ab.

„Er hat es herausgefunden.“ Abans Stimme war kaum mehr als ein Flüstern.

„Mandana?“

„Nein, der Krieger.“

„Luis hat mit dem falschen Mann gesprochen?“

Aban schüttelte den Kopf mit solcher Vehemenz, als könne er nicht mehr damit aufhören. „Nein. Ich war es. Luis hat mich gebeten zu helfen, aber ich war dumm. Ich bin immer dumm. Und ein Feigling. Der Krieger nannte mich einen Feigling und sein Vater lachte mich aus. Ich war sicher, sie würden mich ans andere Kreuz nageln, aber das taten sie nicht. Sie schlugen mich, aber nicht fest genug, um mich zu töten. Sie ließen mich hier, zu Luis’ Füßen, als Strafe, … als ob sie es gewusst hätten. Ich hatte erwartet, dass jemand zurückkommen würde, also habe ich mich versteckt. Erst als lange niemand auftauchte, kam ich heraus, um auf ihn aufzupassen. Um die Vögel fernzuhalten.“ Er sah Thomas an. „Sie wollten ihm die Augen auspicken, also habe ich sie mit Steinen beworfen, um sie fernzuhalten. Ich bin so müde. Ich habe mehr als einen ganzen Tag nicht geschlafen.“

Thomas ging zu Luis’ Körper und untersuchte die Nägel, die ihn an dem Brett fixierten. Er musste dort heruntergeholt werden. Also zog Thomas seinen Dolch, schob ihn hoch nach oben und unter einen der Nagelköpfe, um ihn zu lösen. Er sagte nichts, aber nach einem Moment kam Aban und begann, ihm zu helfen. Sie trugen Luis’ Körper zu einer flachen Stelle neben einem schmalen Bach.

„Begrabe ihn“, sagte Thomas. „Und wenn du fertig bist, sprich die Gebete, die du kennst, und geh dann zu deiner Familie. Dana wird jemanden brauchen, der sich um sie kümmert.“

„Sie braucht keinen Feigling."

Thomas versuchte, nicht die Beherrschung zu verlieren. „Du bist bei ihm geblieben. Das war nicht die Handlung eines Feiglings. Es wird eine Zeit kommen, in der du für die, die du liebst, kämpfen wirst müssen, und wenn es so weit ist, wirst du schon den Mut dazu finden. Erinnere dich an Luis' Liebe und bewahre sie in deinem Herzen, damit er nie wirklich fehlt."

Aban begann, mit seinen Händen in der losen Erde zu graben. Thomas sah ihm eine Weile zu und wandte sich dann ab. Aban würde zum Mann werden, mit oder ohne ihn. Es war seine Entscheidung … und vielleicht Danas.

Thomas begann schneller zu gehen, als sich die Nacht über das Land zu legen begann. Nach einer Weile holte Kin ihn ein, und ihm wurde bewusst, dass der Hund jetzt ihm gehörte. Diese Verantwortung machte ihm nichts aus. Er stolperte über Felsen und folgte dem Fluss, bis er schließlich zurück in das Lager stolperte. Aus Versehen stieß er gegen einen Mann, der es ihm übel nehmen wollte, aber Thomas schlug ihn mit einem einzigen Schlag nieder und ignorierte seine Kumpanen, die ihm nachsetzten und den restlichen Weg bis zu Usaden folgten.

„Wo ist Olaf?", fragte Thomas.

„Immer noch bei ihnen. Dir ist klar, dass hinter dir Männer stehen, die auf eine Schlägerei aus sind, oder?"

„Ignorier sie."

Usaden hob eine Schulter. „Wenn du es sagst, aber vielleicht solltest du es *ihnen* sagen."

„Olaf ist schon zu lange weg." Thomas schob sich an Usaden vorbei, hörte, wie er aufholte, hörte, wie die Männer, die ihm folgten, ebenfalls hinterherkamen. Er erwog, weitere von Olafs Männern um sich zu versammeln, wusste aber, dass dies nur einen Konflikt auslösen würde, der früh genug von allein kommen würde. Dann lieber zu einem Zeitpunkt ihrer Wahl.

„Was ist passiert?“, fragte Usaden, als Thomas’ Unruhe ihn endlich darauf schließen ließ, dass etwas nicht stimmte.

„Luis ist tot.“

„Du wusstest, dass es ein Risiko war.“

„Er wurde gekreuzigt.“

„Was ist mit dem anderen? Auch tot?“

„Lebendig, aber sie haben ihn gezwungen, zuzusehen.“ Thomas warf einen Blick auf Usaden. „Sie waren Liebhaber. Die drei.“

Usaden reagierte nicht. Stattdessen blieb er stehen und drehte sich zu den Männern um, die ihnen weiter folgten. „Wir werden diesem Haufen eine Lektion erteilen müssen.“

Thomas blickte hinter sich. Sechs Männer, drei von ihnen hielten Waffen. Als er das letzte Mal nachgesehen hatte, waren ihre Hände leer gewesen. Dass er sie ignoriert hatte, hatte sie mutig gemacht.

Er blickte sich um. Sie standen auf einer freien Fläche zwischen den Zelten der Anführer und dem Rand des Lagers, aber Guerreros Armee war nah. Zu nah.

Thomas drehte sich zu Usaden und verpasste ihm einen Schlag. Dieser erwischte den Gomeres an der Wange und schleuderte seinen Kopf zurück, bevor er sich zu wehren begann, nur dass es seinen Schlägen an jeder Kraft fehlte, und Thomas tat so, als würde er sich wehren, erleichtert, dass Usaden seine Absichten so schnell begriffen hatte. Er schlang seine Arme um Usaden und hob ihn von den Füßen, drehte sich herum und schleuderte ihn zur Seite. Usaden taumelte rückwärts und streckte einen Arm von sich, als wolle er seinen Körper ausbalancieren, doch plötzlich funkelte etwas Silbernes in seiner Hand und einer der Männer, die ihnen gefolgt waren, griff sich an den Hals und stürzte zu Boden. Usaden wirbelte herum, als Thomas auf ihn zustürzte, wich im letzten Moment aus und Thomas erledigte einen weiteren Mann. Und dann war es vorbei. Sechs von Mandanas Männern lagen auf dem Boden, tot oder im Begriff zu sterben, und der Kampf war zum größten Teil stillschweigend abgelaufen.

„Ich glaube nicht, dass sie Olaf hätten gefangen nehmen können, ohne dass jemand etwas mitbekommen hätte", sagte Usaden und atmete normal. „Er ist nicht leicht zu überwältigen."

„Mandana hat Jorge und mich einmal unter Drogen gesetzt. Wir wären fast gestorben – hätten sterben sollen. Ich bin sicher, er hat diese Fähigkeiten nicht verlernt. Aber wenn Olaf noch lebt, ist er in ihrem Zelt. Sie könnten nicht riskieren, ihn wegzutragen, sodass unsere Männer sehen, was sie getan haben."

„Wie viele der Wachen sind mit hineingegangen? Nicht mehr als zehn, wenn ich mich recht erinnere, also müssten sie tatsächlich eine Art Droge benutzt haben, um ihn zu überwältigen."

„Wir gehen von vorne rein, keine Spielchen. Ich verlasse mich darauf, dass du so viele wie möglich tötest, während ich Olaf finde."

„Und Guerrero und Mandana?"

„Die gehören beide mir. Du kannst sie verwunden, aber sie müssen am Leben bleiben. Sie werden durch meine Hand sterben."

Usaden wurde langsamer, blieb stehen, seine Hand

griff nach Thomas' Ärmel. „Das schaffen wir nicht zu zweit."

„Zehn Männer, dazu noch Guerrero und Mandana? Ich denke doch."

„Sie werden Lärm machen. Guerreros Männer werden kommen und das ist das Ende davon."

Thomas starrte Usaden an. „Wir müssen etwas unternehmen. Sofern Olaf noch am Leben ist, ist er es vielleicht in einer Stunde schon nicht mehr."

„Ich stimme zu." Usaden sah sich um. Er lächelte kaltherzig. „Es ist so weit, Thomas. Der Moment ist gekommen. Wir können nicht warten, bis sie uns in der Nacht angreifen. Es geht schneller, als mir lieb ist, aber wenn sie Olaf haben, ist jetzt unsere einzige Chance, ihn zu befreien."

„Du willst also, dass wir jetzt angreifen?"

„Die Männer, ja. Du und ich werden tun, wie du gesagt hast, und Olaf befreien. Wir werden ein paar Mann mitnehmen, denn wir werden sie brauchen, um ihn hinauszutragen, falls er betäubt wurde." Usaden begann, den Weg zurückzulaufen, den sie gekommen waren.

Thomas holte ihn an der Stelle ein, wo die Männern lagen, die sie getötet hatten, und ging an ihnen vorbei, ohne einen weiteren Blick an sie zu verschwenden. Usaden kannte Olafs Kommandanten, einen anderen Nordmann namens Buri Bolverkesson, der Olafs Zwilling hätte sein können, wenn er nicht gut zwanzig Jahre älter gewesen wäre. Usaden erlaubte Thomas, die Situation zu erklären.

Thomas erwartete, dass Buri Einwände erheben würde, doch er tat nichts dergleichen.

„Ich habe mir selbst schon Sorgen gemacht", sagte er, wobei sein Akzent noch stärker war als der von Olaf, sodass sein Arabisch fast unverständlich war. „Sag mir, was ist dein Plan?“

„Meiner?“

Buri nickte. „Natürlich deiner. Olaf hat mir gesagt, wenn ihm etwas zustößt, soll ich dich als unseren Kommandant betrachten, nicht mich. Er sagt, du bist klug, und er weiß, dass ich es nicht bin. Sollten sie ihm allerdings etwas angetan haben, wird kein einziger von ihnen überleben.“

Thomas blickte zu Usaden, der seine stumme Frage mit einem Nicken beantwortete.

Er erklärte Buri, was er wollte.

Thomas und Usaden hockten vierzig Fuß vor dem Eingang zu Guerreros Zelt. Hinter ihnen wartete ein Dutzend von Olafs besten Soldaten in aller Stille. Keiner von ihnen sprach, während sie auf das warteten, was vereinbart worden war.

Es wurde immer dunkler, als hinter ihnen ein Schrei ertönte, unerwartet und laut, gefolgt von dem Geräusch, das ein Mann macht, wenn man ihm ein Messer in den Bauch rammt. Das war das Signal.

Thomas erhob sich und lief auf das Zelt zu. Davor standen keine Wachen, aber sobald er eintrat, stand er zweien gegenüber. Sein Schwert erledigte die zu seiner Rechten und er rannte weiter, da er wusste, dass Usaden sich um die andere kümmern würde. Vom Lager her ertönten das Klirren von Schwertern und die Schreie von Männern. Sie hatten begonnen – sowohl das Ablenkmanöver als auch die letzte Schlacht.

Thomas drängte sich durch einen weiteren Vorhang

aus Segeltuch in einen zweiten leeren Raum. Er ging weiter und fragte sich, wo die übrigen Wachen geblieben waren. Der Anblick, der sich ihm im nächsten Raum bot, ließ ihn innehalten.

Olaf Torvaldsson lag nackt da, gefesselt an ein Holzgestell. Lange Seilstränge hingen von seinen Hand- und Fußgelenken – dieselbe Art von Fesseln, die Thomas an jenem Mann gesehen hatte, der hinter einem Pferd hergezogen worden war.

„Halte Ausschau." Thomas bewegte sich auf den Tisch zu. Er nahm sein Messer und schnitt die Fesseln durch, aber selbst als er wieder frei, bewegte Olaf sich nicht.

Thomas legte eine Hand auf die Brust des großen Mannes und zwang sich zu warten, länger zu warten …

Er spürte Olafs Herzschlag. Fühlte, wie sich sein Brustkorb hob und senkte. Der Mann war am Leben, aber immer noch betäubt.

Thomas packte Olafs Kiefer und drückte in fest zusammen, drehte seinen Kopf von einer Seite zur anderen. Doch Olaf zeigte keine Anzeichen, dass er etwas spürte.

„Hol die anderen", sagte Thomas und Usaden stürmte aus dem Raum.

Thomas verpasste Olaf eine Ohrfeige, stach ihm mit der Messerspitze in den Arm und erstarrte, als er hinter sich ein Lachen hörte.

„Ich wusste, dass du kommen würdest." Abt Mandana stand neben seinem Sohn. Beide hielten sie Schwerter, Guerrero außerdem ein Messer in seiner anderen Hand – in der, die seinem Vater fehlte.

„Die anderen werden gleich hier sein. Viele Männer."

„Oh, das tut mir leid, Thomas", sagte Mandana. „Ich habe ein paar von meinen Leuten losgeschickt, um sich um sie zu kümmern.“ Er warf seinem Sohn neben sich einen Blick zu. Thomas fragte sich, wie lange die beiden schon Seite an Seite sowohl gegen al-Andalus als auch gegen Spanien arbeiteten, denn nun erkannt er, dass das die Wahrheit war. Mandana war nie wieder unter Fernandos Fittiche zurückgekehrt, er hatte den König nur in diesem Glauben gelassen.

Von jenseits der Zeltwände hörte Thomas das Klirren von Schwert auf Schwert, das Brüllen von Männern, die um ihr Leben kämpften. Er lächelte, denn er wusste, dass Usaden dort draußen war und den Weltuntergang herbeiführte.

Mandana erwiderte Thomas’ Lächeln, da er es falsch interpretierte.

„Du hast mich jahrelang auf Trab gehalten, Thomas Berrington, aber es ist nun an der Zeit, dass das endet. Wir haben jetzt größere Pläne.“ Er blickte seinen Sohn an. „Halt ihn fest, Pedro, während ich es zu Ende bringe.“

Guerrero grinste und bewegte sich vorwärts, leichtfüßig, seine ganze Aufmerksamkeit auf Thomas gerichtet, der zurücktrat. Er wusste, dass er trotz sechs Wochen guten Essens und harten Trainings noch nicht wieder so stark war wie einst.

Guerrero stieß mit seinem Schwert zu und lachte, als Thomas zurückzuckte.

„Soll ich dir erzählen, wie deine hübsche Frau geschrien hat, als ich sie erstochen habe? Wie sie deinen Namen rief? Aber du warst nicht da, um sie zu beschützen, nicht wahr? Du hast sie im Stich gelassen.“ Guerrero warf den Kopf zurück und stieß einen durchdringenden Schrei aus, der in schallendes Gelächter überging. „Sie hat gequietscht, genauso. Aber das Lachen war meines, wie du sicher weißt.“

Als Thomas einen weiteren Schritt rückwärts machte, sprach wieder Lubnas Stimme zu ihm, so klar wie bei jedem Mal, als sie ihm erschienen war.

Er lügt, sagte sie. *Und jetzt räche mich.*

Etwas setzte sich in seinem Körper fest – eine Gewissheit, eine Ruhe, die Kälte, die er einst im Kampf begrüßt und für immer verloren geglaubt hatte. Die kalte Stärke, auf die er sich immer verlassen hatte, denn sie hatte ihn nie im Stich gelassen.

Thomas beugte sich vor, seine Augen auf Guerrero gerichtet, der den plötzlichen Machtwechsel spüren konnte. Auf einmal war sich der Mann nicht mehr sicher, als hätte auch er Lubnas Stimme gehört, und wäre es so gewesen, hätte sie ihm Obszönitäten entgegengeschrien, denn Thomas wusste, dass sie über ein großes Repertoire davon verfügte, das sie aufbewahrte für Momente großer Gefahr oder großer Leidenschaft. Dieser Moment würde von Leidenschaft gekennzeichnet sein. Von blutiger Leidenschaft.

Er machte einen Satz auf Guerrero zu, ließ sein Schwert durch die Luft schneiden und hatte vor, ihm in den Hals aufzuschlitzen, doch der Mann drehte sich schneller zur Seite, als Thomas es erwartet hatte, und sein erhobenes Schwert wehrte den Schlag im letzten Moment ab. Dann wirbelte er mit boshafter Absicht herum und Thomas konnte den Gegenangriff kaum abblocken.

Er wich zurück und spürte jeden rauen Atemzug scharf in seiner Brust.

Guerrero war jung, gesund und stark. Vielleicht war der Moment gekommen, in dem Thomas nicht über den anderen Mann triumphieren würde.

Guerrero griff wieder an, der Schlag zielte auf seine Hüfte, doch er konnte ihn leicht parieren. Das Messer in seiner linken Hand hingegen traf Thomas hart und er spürte einen schmerzhaften Stich in seiner Seite, der ihn zur Seite taumeln ließ, wo nun Mandana stand.

Er sah zu Olaf hinüber, der nun wieder bei Bewusstsein war und seine Hand ausstreckte. Thomas rief: „Nein – er gehört mir!"

Guerrero sprang zur Seite und drehte sich um, um sich von einem Angriff von hinten zu schützen.

Thomas drehte sich zu Mandana, während Olaf eine Hand um Guerreros Handgelenk legte und seine Flucht vereitelte. Guerrero stach mit dem Messer in seiner anderen Hand zu, doch das Einzige, was er damit erreichte, war, dass Olaf nun auch noch sein zweites Handgelenk umklammerte.

Olaf warf seinen Kopf von einer Seite zu anderen, um die letzte Benommenheit abzuschütteln.

„Töte ihn, und zwar schnell."

Thomas wusste nicht, welchen der beiden er meinte, doch die Entscheidung wurde ihm abgenommen, als Mandana ihn attackierte.

Er wich seitlich aus und die Klinge des Schwertes verfehlte ihn nur um Haaresbreite. Mandana holte erneut aus, war so unerbittlich wie eh und je. Aber nun war er auch älter und kränker, und als Thomas herumwirbelte, versenkte er sein Messer in Mandanas Hals.

Mandana ging in die Knie und sein Stumpf wanderte nach oben, wo das Blut aus seinem Körper spritzte. Thomas stemmte ihm einen Fuß gegen die Brust und schob ihn nach hinten, erhob sich über ihn und sah zu, wie das Leben dem Mann entglitt. Als er tot war, waren Mandanas Augen noch geöffnet, und Thomas beließ es dabei. Sollte er in die Feuer der Hölle blicken, denn dorthin würde er nun gehen.

Thomas stieß einen Schrei der Wut und Frustration aus. *Das reicht nicht!*

Er empfand keine Vergeltung, keinen Sinn für Gerechtigkeit. Wie sollte er auch? Dieser Mann hatte jahrelang sein Leben gestört. Sein Sohn hatte Lubna getötet und die Lücke, die ihr Tod hinterlassen hatte, würde niemals gefüllt werden. Mandanas Tod sollte doch viel mehr hinterlassen als nur dieses Gefühl der Leere.

„Wie ich sehe, läufst du wieder zu deiner alten Höchstform auf." Olaf versuchte, sich aufzusetzen, scheiterte aber und plumpste zurück auf den Tisch. Dabei löste sich Guerrero aus seinem Griff.

Thomas näherte sich ihm, doch Guerrero zögerte nicht und legte sein Schwert quer über Olafs Hals und schnitt in die dünne Haut, bis eine feine blutige Linie sichtbar wurde, und Thomas blieb stehen. Sie starrten einander mit purem Hass an. Thomas wusste, wenn er jetzt angriff, würde Olaf sterben. Guerrero wusste, wenn er Olaf tötete, würde Thomas ihn im nächsten Atemzug genauso umbringen. Thomas fragte sich, wer von ihnen als Sieger aus der Sache hervorgehen würde. Guerrero war nicht alt wie sein Vater. Er war jung, stark und niederträchtig.

Die Entscheidung wurde ihm abgenommen, als Usaden in die Kammer platzte. Im Bruchteil einer Sekunde drehte sich Guerrero um und floh. Thomas wollte ihm nachlaufen, aber Olaf packte sein Handgelenk, so wie er das von Guerrero gepackt hatte, und nutzte seinen Schwung, um sich aufzurichten.

„Lass ihn laufen, wir werden ihn finden. Besorg mir eine Axt oder ein Schwert – da draußen tobt ein Kampf und wir müssen ihn zu Ende bringen."

KAPITEL FÜNFUNDDREISSIG

„Wie viele Männer haben wir verloren?“ Thomas hatte irgendwo einen Schemel gefunden und hockte sich darauf, unsicher, ob er in der Lage war, zu stehen. Er hatte Olaf von der Steinplatte geholfen, an die er gefesselt gewesen war, und der große General war schnell wieder zu sich gekommen. Draußen hatte Olaf ein Schwert gefunden und sich in den Kampf gestürzt, immer noch nicht wieder ganz bei Sinnen, aber selbst ein geschwächter Olaf war jedem anderen Mann noch überlegen. Es war ein bizarrer Anblick gewesen, denn er hatte sich nicht die Mühe gemacht, sich anzuziehen, aber zweifellos war das zu seinem Vorteil gewesen. Er war nackt in die Schlacht geschritten, ein Anblick, der jeden Gegner verunsichert hätte – umso mehr, als sich seine Haut mit dem Blut seiner Feinde rot färbte.

Jetzt saß er im Schneidersitz neben Thomas, wieder vollständig bekleidet. Er sah müde aus.

„Einhundert“, sagte er.

„Zu viele.“

„Ihre Männer haben besser gekämpft, als ich erwartet

hatte, aber jeder von meinen war freiwillig hier. Sie waren gute Männer." Olaf wischte sich mit der Hand über das Gesicht, aber das half nicht, die Blutspritzer zu entfernen. Er hob seinen Blick, um den von Thomas zu treffen. „Das ist es, was ich tue, Thomas. Was Männer tun. Wir kämpfen. Manche überleben. Andere sterben."

„Selbst für einen Meister, den du nicht respektierst?" Er sprach von Muhammed und Olaf wusste es.

Olaf starrte ihn an und nach einer Weile sah Thomas weg, unfähig, seinem Blick länger standzuhalten. Olafs Loyalität war weiterhin unerschütterlich, so beständig wie die Berge, die sie umgaben. Sie definierte ihn und würde es immer tun. Selbst einem unwürdigen Meister wie Muhammed legte er seine stete Treue zu Füßen. Genauso wie er Thomas, der ihm mehr ein Sohn war, als er es je seinem eigenen Vater gewesen war, die gleiche Treue schenkte.

Um sie herum wurden die Gefangenen nun in Gruppen zusammengetrieben und Bogenschützen standen neben Schwertkämpfern Wache. Die meisten der Gefangenen waren jene, die aus ihren Häusern entführt worden waren, deren Geist erst von Guerrero und Mandana gebrochen worden war und dann erneut von der Schlacht, die sie durchgestanden hatten. Viele waren getötet worden, da Olafs Männer nicht in der Lage gewesen waren, in der Hitze des Gefechts zwischen Freund und Feind zu unterscheiden. Einige der Überlebenden hatten darum gebeten, zu ihren Familien zurückkehren zu können. Jeder einzelne von ihnen war befragt worden, um sicherzustellen, dass es sich nicht nur um Guerreros Männer handelte, die die nächste Intrige planten, und dann in einer bewachten Gruppe zusammengesammelt worden. Nicht, dass Guerreros

Soldaten jemals hätten vorgeben können, solch gebrochene Seelen zu sein. Sie unterschieden sich in jeder Hinsicht von diesen Männer und ihre Arroganz blitzte in jeder Lüge auf, die sie erzählten. Was genau mit ihnen geschehen würde, wusste Thomas nicht. Gharnatah war nicht dafür ausgestattet, Hunderte von Gefangenen aufzunehmen. Er wusste, dass ihr Schicksal in Muhammeds Hand lag – was bedeutete, dass jeder einzelne dieser Soldaten hingerichtet werden würde, als Lektion, um andere zu entmutigen. Wem diese Lektion gelten sollte, war weniger klar, aber Thomas konnte nichts gegen dieses Vorgehen einwenden, denn er wusste, wenn diese Männer nach Spanien zurückgebracht wurden, würden sie irgendwann in der Zukunft wieder gegen sie kämpfen müssen. In einer Zukunft, die durch diese Schlacht ein wenig weiter in die Ferne gerückt war, doch die Bedrohung blieb bestehen. Hätten Guerrero und Mandana gesiegt, wäre Muhammed gefangen genommen worden oder tot, und Gharnatah wäre an Spanien gefallen. Diese kleine Schlacht würde al-Andalus vielleicht ein weiteres Jahr, vielleicht zwei, schenken, obwohl das Ende unausweichlich war.

„Wirst du ihn aufspüren?", fragte Olaf und Thomas drehte sich wieder zu ihm um.

„Natürlich."

„Und ihn töten." Es war keine Frage.

„So langsam, wie ich kann."

„Gut. Nimm Usaden mit. Ich kann ein paar mehr Männer entbehren, wenn du willst, aber ich brauche die meisten hier, um mit diesen Wahnsinnigen fertig zu werden, die ich jetzt am Hals habe."

„Nimm die Gefangenen", sagte Thomas. „Setze die Männer ein, die aus ihren Häusern entführt wurden.

Bewaffne sie und lasst sie die Gefangenen bewachen." Thomas ließ seinen Blick über das Schlachtfeld schweifen. „Jetzt, wo ich darüber nachdenke ..."

Olaf wartete, und fragte dann: „Jetzt, wo darüber nachdenkst, ... was?"

„Überlass das Schicksal der Soldaten diesen Männern. Kehre mit deinen eigenen Männern nach Gharnatah zurück. Überlasse das Schicksal derer, die am Leben geblieben sind, jenen, die sie gefangen genommen und gefoltert haben."

Olaf starrte Thomas an. „Du weißt doch, was das bedeutet, oder?"

„Was hätten sie mit uns gemacht?"

„Das ist nicht ritterlich."

„Zur Hölle mit Ritterlichkeit!" Thomas sah, wie Olaf zusammenzuckte, aber er widersprach nicht, nicht in dieser Sache. „Sie sind Guerreros Männer. Du hast gesehen, wozu sie fähig sind. Sie sind schlimmer als Skorpione und man darf ihnen niemals trauen. Ich danke dir, aber ich werde ihn allein verfolgen. Du musst nach Gharnatah zurückkehren. Was aus denen wird, die wir hier zurücklassen, liegt in den Händen der Götter."

Olaf lächelte kurz. „Meiner Götter oder deiner?"

„Ich habe keine Götter, also sind es besser deine." Thomas wusste, dass Olafs Götter rau sein konnten. Er stand auf, versuchte, den Schmerz aus seinen Knochen zu schütteln, scheiterte aber. Er wusste, dass er schlafen sollte, aber jeder Moment, den er in diesem Tal blieb, steigerte Guerreros Chancen, davonzukommen.

Thomas hielt Olaf eine Hand hin und der Nordmann nahm sie und tat so, als würde er sich von ihm auf die Beine helfen lassen. Die beiden umarmten einander. Thomas küsste Olaf auf die Wange und wandte sich dann ab. Er ging gerade an einer Gruppe von Gefangenen vorbei, als er eine Stimme hörte, die laut „Aban!“ rief.

Thomas drehte sich um, suchte nach dem jungen Burschen und sah, wie er mit gesenktem Kopf umherging.

„Aban, hier!“ Der Ruf erklang erneut und dieses Mal blickte der Jugendliche auf.

Thomas sah zu, wie Aban jemanden zu erkennen schien und zu laufen begann. Thomas lief ebenfalls los und sah, wie sich eine der Wachen mit erhobenem Schwert umdrehte.

„Halt, er gehört zu mir“, rief Thomas.

Aban blieb stehen und atmete schwer. Ein groß gewachsener Mann stand auf der anderen Seite der Wachen und sah ihn an, und als Thomas die Ähnlichkeit zwischen den beiden bemerkte, erschauderte er und ging auf den älteren der beiden zu.

„Biorn?“ Der Mann sah von Aban zu Thomas. „Sind Sie Jamilas Ehemann?“

Der Mann runzelte die Stirn. Aban kam näher und Thomas ergriff seinen Arm. Er führte den Jungen durch die Reihe von Wachen, von denen die meisten Thomas kannten, bis er vor seinem Vater stand. Einen Moment lang geschah nichts, die beiden starrten sich nur an, doch dann umarmte der Ältere den Jüngeren und presste seinen Kopf an seine Schulter.

Biorn hob seinen Blick und sah Thomas in die Augen. „Sie kennen meine Frau?“, fragte er.

„Jamila lebt. Nehmen Sie Aban und gehen Sie nach Gharnatah. Fragen Sie nach dem Haus von Thomas Berrington, und jemand wird Ihnen den Weg beschreiben. Sie finden Ihre Frau dort.“ Thomas drehte sich zu den Wachen. „Dieser Mann ist frei.“ Er wartete, bis zwei der Männer einen Schritt zur Seite machten.

Biorn brauchte keine weitere Ermutigung. Er ergriff den Arm seines Sohnes und schritt zwischen den zwei Wachen hindurch. Als er Thomas erreichte, blieb er stehen. „Was macht mein Sohn hier und woher kennen Sie ihn?"

„Aban wird Ihnen alles erklären. Bringen Sie ihn fort von hier und möge Ihr Gott mit Ihnen sein."

Biorn nickte und grinste. „Götter. Wir Nordmänner haben einen Haufen Götter."

Als sie sich abwandten, rief Thomas ihm nach. „Wenn Ihnen langweilig wird, fragen Sie nach Olaf Torvaldsson. Sagen Sie ihm, dass ich Sie geschickt habe." Er hob eine Hand und wandte sich ab. Gerade hatte er den Rand des Schlachtfelds erreicht, als der Klang erhobener Stimmen ihn veranlasste, sich umzudrehen.

Ein weißer Hengst ritt den Pfad hinunter, dem sie gefolgt waren, um dieses Tal zu erreichen, und im ersten Moment stellte Thomas die unlogische Vermutung an, es sei Muhammed, der gekommen war, um ihren Sieg zu bezeugen, nur wusste er, dass der Sultan sich niemals auf diese Weise in Gefahr bringen würde.

Thomas verengte die Augen und konnte nicht glauben, wer es war, der da rittlings auf dem Pferd saß, als er die Gestalt endlich ausmachte.

Sie hatten Jorge in dem Haus auf dem Albayzin zurückgelassen. Er hatte sich erholt, würde aber noch ein oder zwei Monate Ruhe brauchen, bevor er vollständig genesen war. Man hatte ihm aufgetragen, den Frauen zu helfen und sie zu beschützen, auch wenn sie alle wussten, dass es nur ein nett gemeinter Versuch war, ihn zu beschäftigen. Und nun war er hier, gekleidet wie nur Jorge es vermochte, in fließender Seide, aufrecht im Sattel sitzend, das Schwert in der Scheide an seiner Seite.

Er beobachtete, wie Jorge Olaf erreichte und sich hinunterbeugte, um mit ihm zu sprechen. Als er aufblickte, sah Thomas, wie seine Augen das Wirrwarr an Männern nach ihm absuchten. Einen Moment lang blieb Thomas reglos stehen und widerstand dem Drang, seinen Arm zu heben, unsicher, warum er in der Menge verborgen bleiben wollte. Dann lächelte er und ging den Weg zurück, den er zurückgelegt hatte, denn er wusste, dass er ausgerechnet Jorge niemals den Rücken kehren würde. Waren sie nicht Brüder? Waren sie nicht mehr als das?

Usaden kam schließlich mit ihnen, da weder Thomas noch Jorge geübte Fährtenleser waren. Es war eine weitere Fähigkeit, die Usaden besaß, neben einer Vielzahl von anderen. Thomas hatte das Gefühl, dass auch Olaf sie begleiten wollte, aber die Pflicht zwang ihn, bei seinen Männern zu bleiben. Am Ende hatte er schließlich Thomas' Vorschlag zugestimmt. Guerreros gefangene Soldaten blieben im Tal, zusammen mit dem Rest derer, die sie ihren Häusern entrissen hatten – zweihundert Mann, bewacht von fünfhundert. Thomas wusste, dass es eine riskante Strategie war, dass, wenn es den Gefangenen gelang, zu kämpfen und ihre Waffen zurückzuerlangen, das Kräfteverhältnis im Nu umschlagen würde. Er wusste auch, dass diejenigen, die in die Kompanie gezwungen worden waren, irgendeine Art von Gerechtigkeit erfahren mussten, aber als sie in die Ausläufer des Sholayr ritten, verbannte er sie schließlich aus seinen Gedanken. Es gab nur eine einzige Person, an die er denken wollte: an Pedro Guerrero … und an seinen Tod.

„Es sind mindestens acht", sagte Usaden und erhob sich von dort, wo er sich hingekniet hatte, um die Überreste eines kleinen Lagerfeuers zu untersuchen. „Sie haben etwa sechs Stunden Vorsprung und wiegen sich in Sicherheit. Warum sonst sollten sie ein Lager aufschlagen und ein Feuer machen?" Er griff nach dem Sattelknauf seines Pferdes und zog sich daran hoch.

„Welche Richtung?", fragte Thomas.

Usaden trieb sein Pferd in den Schritt und umrundete den Fleck Erde, an dem Guerrero und seine Männer ihr Lager aufgeschlagen hatten. Er hielt auf der gegenüberliegenden Seite an, ohne ein Wort zu sprechen. Als er sich in Bewegung setzte, trieb Thomas sein eigenes Reittier hinterher. Kin rannte voraus, an ihnen beiden vorbei, die Schnauze auf dem Boden, während er einer Fährte folgte.

„Was wirst du tun, wenn wir ihn einholen?", fragte Jorge.

Thomas vermutete, dass die Reise nach seiner Verletzung ihren Tribut fordern würde, aber wenn es so war, weigerte sich Jorge, sich etwas anmerken zu lassen. Thomas sah es als angenehme Abwechslung, dass er nicht ständig jammerte, aber er erwartete nicht, dass dieser Zustand von Dauer sein würde.

„Ihn töten, natürlich." Thomas kümmerte sich kaum darum, dass noch andere Guerrero begleiten würden. Sie würden natürlich auch sterben müssen, aber er schenkte ihnen weniger Beachtung als einer Fliege, die um seinen Kopf schwirrte.

„Du willst also Richter und Henker zugleich sein?"

„Das Urteil ist bereits gefällt, das weißt du. Also bin ich nur noch der Henker."

„Wie willst du es angehen?"

Thomas lächelte. Jorge hatte die Entscheidung akzeptiert und war gedanklich schon beim nächsten Schritt. Es schien, als würden sie sich alle verändern.

„Mandana ist viel zu schnell gestorben. Diesen Fehler werde ich nicht noch einmal machen."

„Das wirst du vielleicht müssen, wenn er sich wehrt. Die Hitze des Gefechts, der ganze männliche Stolz … er ist nicht so alt wie sein Vater. Der Mann kann kämpfen."

„Das kann ich auch. Ich werde ihn Stück für Stück zerlegen. Ich weiß am besten, wie man einen Mann aufschneidet und trotzdem am Leben erhält. Am Ende werde ich ihn töten, aber zuerst wird er leiden, als Buße für seine Sünden … seine *Sünde*."

„Erinnere mich daran, dich nie zu verärgern", sagte Jorge.

„Ich würde dich niemals töten", sagte Thomas. „Und wenn ich es müsste, würde ich es schnell tun."

„Es ist schön zu wissen, dass du mich immer noch liebst."

Thomas trieb sein Pferd in den Galopp, um weitere Gespräche zu vermeiden. Er wusste, dass Jorge versuchte, seine Entschlossenheit aufzuweichen, ein gewisses Maß an Menschlichkeit in ihm wiederherzustellen, und es gefiel ihm nicht. Später, wenn die Tat vollbracht und Guerrero tot war, würde er sich von Jorge weichklopfen lassen, solange er wollte, aber noch nicht jetzt. Später würde er es sich auch erlauben, wieder zu fühlen. Er würde seinen Schmerz und seine Trauer annehmen, anstatt davor wegzulaufen, wie er es nach Malaka getan hatte. Thomas wusste, dass er nie wirklich um Lubna getrauert hatte. Ihr Tod hatte ihn in diese Berge getrieben, aber alles, was er dort getan hatte, war, vor der Trauer davonzulaufen, und nun wusste er, dass er sie als Teil des Prozesses akzeptieren musste. Er wollte Lubna, die er immer lieben würde, so in Erinnerung behalten, wie sie es verdient hatte.

Auf der Spitze einer niedrigen Anhöhe holte er Usaden ein und sie beide brachten ihre Pferde zum Stehen. Eine Meile entfernt, auf der anderen Seite eines steilen Tals, folgten neun Männer auf Pferden einem gewundenen Pfad einen Hang hinauf, der deutlich von den Strahlen der untergehenden Sonne erhellt wurde. Guerrero war selbst über die Distanz hinweg deutlich zu erkennen, seine weißen Gewänder jetzt staubig und fleckig, aber immer noch unverkennbar.

Thomas schaute zum Himmel, versuchte abzuschätzen, wie viele Stunden Tageslicht noch übrig waren, und war enttäuscht.

„Sie werden heute Nacht kein Lager aufschlagen", sagte Usaden. „Sie können uns genauso gut sehen wie wir sie. Ich vermute, sie wissen schon seit einer Weile, dass wir kommen."

„Dann folgen wir ihnen durch die Nacht", sagte Thomas. Er wusste, dass nicht der Mond, sondern nur die Sterne ihnen den Weg erhellen würden. Er war schon zuvor in tiefer Dunkelheit durch das Land gezogen und würde es zweifellos wieder tun, wenn es nötig war. „Wir sollten zügig reiten und sie einholen, so schnell wir können."

„Es wäre besser, sie ihren Vorsprung ausbauen zu lassen, damit sie glauben, dass sie uns verlieren. Wenn wir uns zu schnell nähern, werden sie umdrehen und kämpfen. Besser, wir lassen sie laufen, bis sie müde sind."

„Neun gegen uns? Neun gegen dich?“

„Guerrero wird nur die Besten bei sich haben. Ich habe gesehen, wie die anderen gekämpft haben – die, die er ausgebildet hat und die ihm treu ergeben sind. Neun gegen uns beide würden mir normalerweise kein Kopfzerbrechen bereiten, aber das wird ein harter Kampf werden.“

„Neun gegen drei“, sagte Jorge, der sie eingeholt und das Gespräch mitbekommen hatte.

„Das habe ich natürlich gemeint“, sagte Usaden, aber ein Blick zu Thomas sagte etwas anderes.

Thomas wünschte sich, dass Jorge nicht hier wäre. Nicht für das, was als Nächstes kommen musste. Trotzdem fand er Trost in seiner Anwesenheit und in der Freundschaft, die ihn hierhergeführt hatte, um an seiner Seite zu sein.

Er saß auf seinem Ross und beobachtete die Gestalten auf der anderen Seite des Tals. Sie hielten nicht an, wurden nicht einmal langsamer – sie kletterten immer weiter, versuchten, vor einer Gefahr zu fliehen, von der sie wissen mussten, dass sie ihr nicht entkommen konnten. Er sah, wie Guerrero schließlich doch langsam wurde und sich umdrehte, auf die Distanz nur noch an seinem Gewand erkennbar. Der Mann setzte sich auf, hob eine Hand, um seine Augen vor der Sonne abzuschirmen, und blickte zu ihnen zurück. Für Thomas war es, als ob über die Distanz hinweg eine Verbindung geschmiedet wurde, die sie verband.

Er hob einen Arm zum Gruße und freute sich, als Guerrero sich umdrehte und sein Pferd wieder in Bewegung setzte.

Bald, versprach sich Thomas.

Sie ritten in das Tal hinab, überquerten ein trockenes

Flussbett und begannen, die andere Seite zu erklimmen. Guerrero und seine Männer waren schon vor einiger Zeit aus ihrem Blickfeld verschwunden, und schon wurde das tiefe Tal in das Licht einer frühen Abenddämmerung getaucht. Die schneebedeckten Gipfel des Sholayr-Gebirges funkelten unter den letzten Strahlen der Sonne, aber bald würden auch sie von der Dunkelheit erfasst werden.

Als er kam, war der Angriff aus dem Hinterhalt unerwartet und plötzlich. Kin war der Erste, der anzeigte, dass Gefahr drohte, indem er ein scharfes Bellen ausstieß, das Usaden dazu veranlasste, sein Pferd abrupt zum Stehen zu bringen. Er trat mit dem Tier den Fersen in die Flanken, sodass es zurückwich, Bruchteile einer Sekunde, bevor rechterhand ein Felsbrocken herabfiel und direkt über die Stelle rollte, an der es einen Moment zuvor noch gestanden hatte. Thomas legte seine Hand an den Griff seines Schwertes und erwartete weitere Felsbrocken. Stattdessen kamen Männer von links auf sie zu, waren schon sehr nah und hatten ihre Waffen gezogen. Sie gaben keinen Laut von sich, hatten es nicht nötig zu schreien oder zu drohen, wie es manche taten. Diese Männer waren die Besten der Besten, sonst hätte Guerrero sie nicht als seine Begleiter auserwählt.

Thomas zog sein Schwert und schlug nach dem nächsten Mann. Er nahm kaum das Klirren von Metall auf Metall wahr, als Usaden zum Gegenangriff ansetzte. Thomas' Schlag wurde abgewehrt und er wusste, dass dieser Kampf hart und heftig werden würde und nicht die Gewissheit barg, dass sie siegen würden. Er schlug erneut zu und glitt aus seinem Sattel. So hoch oben zu sitzen, war nicht hilfreich, und er klopfte dem Tier auf den Hintern und ließ es weggaloppieren. Aus dem

Augenwinkel sah er, dass Jorge immer noch auf seinem Pferd saß, das Schwert gezogen, sich aber aus dem Kampf zurückhielt.

Die drei Männer waren ein eingespieltes Team, zwei kamen direkt auf Thomas zu, der dritte von der Seite. Thomas wehrte die Klinge des ersten ab und wich ruckartig zur Seite aus, um auch der zweiten zu entgehen. Alles war in schattige Finsternis gehüllt, nur das Klirren von Klinge auf Klinge war zu hören, bis einer der Männer aufschrie, als Usaden ihn erwische.

Ein eisiges Gefühl erfüllte Thomas, die vertraute Kälte, deren Rückkehr er nun begrüßte. Er ließ sie durch sich fließen, ihm Kraft verleihen, ihn unverwundbar machen. Von einer Sekunde auf die andere wurde er zu einem Derwisch, wirbelte herum, schlug wild um sich. Er erwischte einen der Männer im Gesicht und schlitzte ihm die Wange auf, und als er instinktiv die Hand hob, stieß Thomas ihm ein Messer in die Brust. Er wandte sich ab, hob sein Schwert, um einen tödlichen Schlag abzuwehren, duckte sich dann darunter hindurch und bohrte das Messer in seiner linken Hand durch Rippen, um ein Herz zu durchbohren. Kin knurrte und bellte inmitten des Handgemenges, schnappte nach ihren Feinden und wich ihren Schlägen aus. Thomas hatte keine Ahnung, wie Usaden sich schlug, denn es war keine Zeit, um an die anderen zu denken. Thomas hatte zwei getötet, doch noch immer standen ihm drei Männer gegenüber, und er schüttelte den Kopf, als wolle er seine Sicht klären. Diesmal kamen sie zu dritt und im Schulterschluss auf ihn zu. Thomas holte zu einem furchterregenden Schlag aus, der auf den Mann zu seiner Rechten abzielte. Zwar wurde er abgewehrt, doch es brauchte sowohl das Schwert des Mannes selbst als auch das seines Begleiters, um dies zu bewerkstelligen. Als sein Schwert auf die seiner Gegner prallte, wanderte einen Schock von Thomas' Arm aus in seinen Körper. Kurz war er wie betäubt und in diesem Moment stieß der dritte Mann seine Klinge vorwärts. Thomas wollte ausweichen, war aber zu langsam. Er spürte ein Brennen in seiner Seite und wusste, dass er getroffen worden war.

Die drei nahmen sich einen Moment Zeit, beobachteten ihn, um seine Verletzungen einzuschätzen, und Thomas holte tief Luft, als er selbst versuchte, herauszufinden, wie schlimm es war. Schlimm genug, entschied er. Er würde nicht an der Verletzung sterben, aber sie verlangsamte ihn, und er wusste, dass drei Männer in diesem Zustand zu viel für ihn waren. Trotzdem blieb ihm nichts anderes übrig als zu kämpfen oder zu sterben, also stählte er sich, während sein Verstand die Bewegungen durchspielte, die er ausführen würde. Er machte einen Schritt auf sie zu und holte mit seinem Schwert aus, doch der Schlag wurde mit Leichtigkeit pariert. Der Mann setzte ihm nach, schloss schnell zu ihm auf und Thomas wich einen Schritt zurück, noch einen, und stieß mit einer Gestalt zusammen, die aus der anderen Richtung kam. Er schrie auf und versuchte, sein Schwert einzusetzen. In diesem Moment wirbelte Jorge an ihm vorbei, seine Gewänder tanzten um seinen schlanken Körper, sein eigenes Schwert blitzte auf. Jorge brachte Thomas' Widersachern tanzend den Tod. Einen richtete er auf der Stelle hin, dann drehte er sich um und erwischte den zweiten am schlugen sie gemeinsam auf den letzten von ihnen ein, ihre Schwerter durchbohrten ihn im selben Moment – eines von rechts, das andere von links. Die Beine des

Soldaten gaben nach und er ging zu ihren Füßen zu Boden.

Thomas senkte den Kopf und atmete schwer. „Wo zum Teufel hast du gelernt, so zu kämpfen?"

„Ich fand, du siehst aus, als könntest du etwas Hilfe gebrauchen. Usaden hat mir ein paar Tricks beigebracht, als er Will trainiert hat."

Bei der Erwähnung seines Namens drehte sich Thomas um und sah, wie Usaden sein Schwert aus dem Körper des letzten Mannes zog. Vier Männer lagen zu seinen Füßen, die Arme und Beine ineinander verschlungen, so gierig waren sie darauf gewesen, Usaden zu töten.

„Wo ist er?", fragte Thomas. „Ich sagte doch, er gehört mir!"

„Er ist nicht hier." Usaden trat mit dem Fuß gegen einen der Männer, um sein Gesicht zu sich zu drehen, und tat dasselbe mit einem weiteren. Thomas erkannte, dass Guerrero nicht unter den Gefallenen war.

Er ließ seinen Blick über den Hang gleiten, aber es war bereits dunkel. Sein Feind konnte hundert oder tausend Schritte entfernt sein und er würde es nie erfahren.

Er drückte eine Hand an seine Flanke und verfluchte den Schmerz. Als er sie wegzog, war sie feucht von Blut, schwarz in der Dunkelheit. Und dann übermannte eine andere Dunkelheit ihn und Thomas fiel zu Boden, bevor Jorge an seiner Seite war.

KAPITEL SECHSUNDDREISSIG

Der Himmel war dunkel, als Thomas erwachte, aber ein Feuer ließ flackernde Lichtfetzen über die umliegenden Felsen tanzen. Thomas rollte seinen Kopf auf eine Seite und sah nichts, rollte ihn auf die andere und fand Jorge, der neben Usaden saß. Beide lehnten sich in Richtung des Feuers, über dem auf ein paar Stöcken ein Kaninchen hing, das fast fertig zu sein schien. Kin lag in der Nähe des Feuers und beobachtete das bratende Fleisch.

Thomas versuchte, sich aufzusetzen, doch der Schmerzen warf ihn zurück und sein Stöhnen lockte Usaden an seine Seite. Er legte eine Hand auf Thomas' Brust und drückte ihn auf den Boden zurück.

„Die Wunde ist nichts Ernstes, aber du musst dich ausruhen. Ich werde dir Essen bringen, wenn es fertig ist. Jorge hat den Schnitt verbunden. Er sagt, er hat es gelernt, als er dir dabei zugesehen hat, wie du es für ihn getan hast."

„Wer hat sie als nichts Ernstes beurteilt, du oder Jorge?"

Usaden lächelte fast. „Ich war das."

Thomas nickte zufrieden. Er legte sich auf das Bett aus Gräsern und feinen Ästen, das für ihn hergerichtet worden war, und wusste, dass er es ebenso Usaden zu verdanken hatte. Nun sah er, wie der Gomeres zum Feuer zurückkehrte, sah, wie Jorge den Blick hob und ihn ansah, aber sein Ausdruck war ungewöhnlich ernst. Einen Mann zu töten konnte das auslösen, aber Thomas wusste, dass ohne Jorges Eingreifen er es gewesen wäre, der sein Leben gelassen hätte. Thomas schloss seine Augen und versuchte, das andere Feuer zu ignorieren – jenes, das in seiner Seite brannte. Es waren nur Schmerzen und daran war er gewöhnt.

Er wachte auf, als Usaden kam, um ihm das beste Stück Fleisch von dem Kaninchen zu bringen. Thomas versuchte wieder, sich aufzusetzen, scheiterte wieder, und nun kam Jorge zu ihm herüber. Er setzte sich hinter ihn und schlang seine starken Arme um Thomas' Brust. Als Thomas sich aufrichtete, rutschte Jorge näher heran, stützte seine Beine seitlich an seinem Körper ab und gab ihm mit den Armen besseren Halt. Thomas lehnte sich in die Wärme des Mannes, der ihn hielt, und nahm das Fleisch, das Usaden ihm fütterte, Stück für Stück an. Als er aufgegessen hatte, ließ Jorge ihn wieder auf den Rücken sinken, aber anstatt sich zu entfernen, blieb er dicht bei ihm liegen und hatte wieder seine Arme um Thomas gelegt, um ihn vor der Kälte zu schützen. Nach einer Weile kam Kin und legte sich auf seine andere Seite, der muffige Geruch seines Fells ein Trost.

„Guerrero?", fragte Thomas, als er so eingehüllt dalag.

„Weitergeritten. Usaden sagt, er kann seine Spur aufnehmen, und dieser Hund läuft ständig fort und kommt winselnd wieder – ich bin überzeugt, dass er weiß, wo dieser Teufel sich versteckt. Keine Sorge, er wird uns nicht entkommen. Du kannst ihn töten, sobald du dich erholt hast."

„Das wird zu lange dauern."

„Dann werde ich ihn für dich töten", sagte Usaden.

„Nein."

Usaden sah zu und wartete. „Ich habe Lubna auch geliebt", sagte er schließlich. „Nicht so, wie du sie geliebt hast, aber auf meine eigene Weise habe ich sie geliebt. Wie jeder, der sie kannte."

„Nicht jeder."

„Nein, da hast du recht. Aber du sollst wissen, dass du das nicht alleine machen musst. Guerrero wird am Ende den Tod finden, ob durch dein Schwert oder meines."

„Es muss meines sein", sagte Thomas und Usaden nickte. Das Thema war besprochen.

Es dauerte zwei Tage, bevor Thomas sich ohne Hilfe aufsetzen, drei, bevor er aufstehen konnte, vier, bis er es schaffte, sich rittlings auf sein Pferd zu hieven. Jeden Tag war Usaden weit um ihr Lager umhergestreift, Kin an seiner Seite, bis er eines Abends zu ihrem Lager zurückgekehrt war, um zu verkünden, dass er Guerrero gefunden hatte. Der Mann war nun zu Fuß unterwegs und kletterte immer höher, als könnten die Berge ihn beschützen.

„Warum zieht er nicht in Richtung spanischen Territoriums?", fragte Jorge.

„Weil er weiß, dass er dort auch nicht sicher wäre", sagte Thomas. „Nicht nach dem, was sie getan haben. Er denkt, wenn er es schafft, den Sholayr zu überqueren, könnte ich bei meiner Verfolgungsjagd sterben."

„Also will er immer höher hinauf", sagte Usaden. „Was willst du tun, wenn er die höchsten Gipfel überquert?"

„So weit wird er es nicht schaffen. Da oben liegt eine

dicke Schneedecke, es gibt tiefe Schluchten aus Eis – es ist unmöglich für einen Mann, so hoch zu klettern. Selbst für ihn." Thomas bewegte sich ein wenig, um den Schmerz in seiner Seite zu lindern, und mittlerweile war es nur noch ein Schmerz, keine lodernde Flamme mehr, und er wusste, dass sie fast ausreichend verheilt war für das, was er zu tun hatte. „Morgen werden Jorge und ich ihm nachgehen. Ich möchte, dass du nach Gharnatah zurückkehrst und den Haushalt beschützt." Thomas sah Usaden in die Augen. „Es ist jetzt auch dein Haushalt, nicht wahr?"

„Wenn ich denn dort willkommen bin."

„Natürlich bist du das." Thomas lächelte. „Außerdem hast du meinen Sohn schon zu gut ausgebildet. Wenn ich versuchen würde, dich hinauszuwerfen, würde er gegen mich kämpfen – und wahrscheinlich gewinnen."

„Noch acht Jahre und ja, er könnte dich locker schlagen", sagte Usaden.

Thomas hatte mehr Widerstand erwartet, aber Usaden umarmte stattdessen jeden von ihnen in der kalten Morgendämmerung, achtete darauf, keinen Druck auf Thomas' Wunde auszuüben, schwang sich auf sein Pferd und ritt ohne einen Blick zurück davon.

„Vielleicht sollten wir ihn mitnehmen. Guerrero ist gefährlich."

Thomas schüttelte den Kopf. „Du und ich, wie es sein sollte. Die beiden Männer, die Lubna am meisten liebte und die sie ebenso liebten."

„Erwähne das nicht gegenüber Belia, auch wenn es die Wahrheit ist."

„Sie weiß es schon." Thomas trieb seine Fersen in die Flanken des Pferdes und es fiel in einen langsamen Schritt, der für den Moment schnell genug war – selbst das gleichmäßige und sanfte Schaukeln zerrte an der heilenden Haut an seiner Seite. Kin trottete von einer Seite des Weges zur anderen, ohne sie dabei je aus den Augen zu lassen.

Am späten Nachmittag sagte Jorge: „Ich kenne diese Gegend."

Thomas sah sich um. Sie befanden sich an einem flachen Abhang, Bäume zu ihrer Rechten, Felsen vor ihnen, und dahinter thronte das beeindruckende Massiv des Sholayr.

„Woran erkennst du sie? Hier sieht es ganz genau gleich aus wie überall sonst auch, seit wir losgeritten sind."

„Ich bin hier vorbeigekommen, als ich nach dir gesucht habe." Jorge zeigte in eine Richtung. „Jamilas Dorf liegt in dieser Richtung, einen halben Tagesritt entfernt. Dort habe ich das Brot gekauft, das wir gegessen haben."

„Altbackenes Brot."

„Nun, es tut mir leid. Beim nächsten Mal kannst du ja dein eigenes backen."

„Es wird kein nächstes Mal geben."

Eine Stunde später, gerade als das letzte Licht der Sonne schwand, stießen sie auf die Überreste eines kleinen Feuers. Thomas stieg ab und berührte mit den Fingern über die Reste der Holzkohle. Sie waren kalt, aber trocken.

„Dies war sein Lager letzte Nacht", sagte er. „Ich dachte, würden Gefahr laufen, ihn zu verlieren, aber er flieht in einer geraden Linie und hält direkt auf die Berge zu." Er blickte zu Jorge hoch, der immer noch auf seinem Pferd saß. „Was hältst du davon, die Nacht durchzureiten?"

„Ich freue mich auf das Abenteuer. Wird der Mond scheinen?“

„Sag du es mir. Hat er letzte Nacht geschienen?“

„Ich habe letzte Nacht geschlafen.“

„Wir haben Neumond, aber er wird erst in ein paar Stunden aufgehen. Wir werden so weit reiten, wie wir können, solange noch Licht am Himmel ist, und dann rasten, bis er am Himmel steht.“ Thomas verspürte eine Aufregung, ein Gefühl der Entschlossenheit aufkommen. Bis zu diesem Moment war die Vorstellung davon, Guerrero zu schnappen, kaum mehr als ein Traum gewesen. Jetzt wurde er endlich wahr. Er rappelte sich auf und schwang sich in den Sattel, wobei er vor Schmerzen das Gesicht verzog.

Als sie wieder zu klettern begannen, fing er an zu überlegen, wie er Guerrero das Leben nehmen würde.

Als Jorges Pferd in der Dunkelheit stolperte und ihn fast auf ein paar zerklüftete Felsen schleuderte, entschied Thomas, dass sie warten würden, bis der Mond aufgegangen war. Er stieg behutsam ab und sah sich nach einem gemütlichen Plätzchen um, an dem sie sich ausruhen konnten, während sie warteten. Als er zu den hohen Gipfeln hinaufblickte, sah er in seinem Augenwinkel etwas aufflackern, das er nur erspähen hatte können, weil die Nacht jetzt tiefschwarz war. Thomas kniff die Augen zusammen und starrte auf die Stelle, aber je länger er hinschaute, desto unsicherer wurde er sich, ob er überhaupt etwas gesehen hatte. Er sah nach Osten, aber obwohl ein schwacher Schein bereits andeutete, wo der

Mond aufgehen würde, war er ihm in diesem Moment noch keine Hilfe.

„Ich glaube, da oben hat jemand ein Feuer gemacht“, sagte Jorge und zeigte in dieselbe Richtung. „Ich dachte, ich hätte mich geirrt, aber wenn man nicht direkt hinsieht, kann man es erkennen.“

„Jemand?“, fragte Thomas.

Jorges Zähne hoben sich blitzend weiß von der Dunkelheit ab. „Guerrero. Hier draußen sind unmöglich noch andere Idioten als du und ich und er. Du weißt, wo er hingegangen ist, nicht wahr?“

„Woher sollte ich das wissen? Ich weiß nicht einmal, wo wir sind.“

„Du musst doch schon einmal hier entlanggekommen sein.“

„Muss ich das?“

„Diese erbärmliche Ausrede von einem Bauernhaus, in dem du gehaust hast, als ich dich aufgespürt habe, liegt ganz in der Nähe. Dort hat er sein Lager aufgeschlagen, genau wie damals du.“

Thomas sah sich um, sah dann wieder zurück zu der Stelle, an der kaum merklich ein roter Fleck aufloderte, jetzt, wo er wusste, wo er hinsehen musste, und lachte. „Nun, zumindest wird ihm dort eiskalt sein. Vielleicht erfriert er ja und verweigert mir die Genugtuung.“

„Du hast die Kälte überlebt – nur die Götter wissen wie, aber du hast es geschafft. Dich bringt nichts so schnell um, Thomas Berrington.“

„Aber schneller als einst.“

Als der Mond aufging, traf Thomas die Entscheidung zu bleiben, wo sie waren. Er hatte da eine Idee. Außerdem wollte er es hinauszögern, Guerrero entgegenzutreten. Das würde es umso lohnender machen, ihn zu töten.

Als sie am nächsten Morgen die Überreste der Hütte erreichten, war Guerrero nicht mehr dort, doch sein Feuer war noch warm. Im frischen Schnee konnten sie mit Leichtigkeit die Richtung ausmachen, in die er geflohen war.

„Du hast mich schon einmal hier gefunden", sagte Thomas zu Jorge. „Könntest du es noch ein zweites Mal tun?"

„Warum sollte ich so etwas Dummes tun wollen?"

„Aber du kennst den Weg."

Jorge schien einen Moment lang darüber nachzudenken, bevor er nickte. „Ich denke schon."

„Gut. Dann kannst du auch den Weg zurück nach Hause finden. Nimm Kin mit, wenn er dir folgen will. Ich gehe von hier aus alleine weiter."

Jorge schüttelte den Kopf. „Du hast gesagt, wir machen das zusammen."

„Das habe ich, aber ich habe meine Meinung geändert. Diese Sache betrifft mich und Guerrero, niemandem sonst. Und so sehr ich dich auch liebe, ich will dich zurück in Gharnatah wissen, an der Seite deiner schönen Frau, wo du sicher bist."

Die Diskussion dauerte eine Stunde. Die ganze Zeit über war Thomas bewusst, dass Guerrero sich immer weiter von ihm entfernte. Er vermutete, dass Jorge am Ende nur zustimmte, weil auch er nicht wollte, dass der Mann seinem gerechten Schicksal entkam.

Thomas sah ihm nach, als er den Hang hinunterritt, die Zügel eines zweiten Pferdes, das neben seinem eigenen herging, locker in der Hand. Kin trottete neben ihm her, hielt aber immer wieder an, um zu ihm zurückzusehen. Der Berg stieg vor ihm steil an und

Thomas wusste, dass er den Rest des Weges zu Fuß zurücklegen musste.

Er wartete, bis er Jorge nicht mehr sah. Er drehte sich ein letztes Mal zu ihm um, winkte ein letztes Mal, und dann war er verschwunden. Thomas atmete tief ein, die eisige Luft scharf und stechend in seiner Lunge. Dann drehte er sich um und begann, hinter Pedro Guerrero herzuklettern.

KAPITEL SIEBENUNDDREISSIG

Die ganze Welt war weiß. Fast durchgehend verdeckte eine tief hängende Wolke die Sicht auf alles außer den Untergrund direkt vor ihm. Wenn sie sich doch gelegentlich lockerte, konnte Thomas die höchsten Gipfel ausmachen, einige zerklüftet, andere weitläufig. Er war in einer Welt aus Eis. Einer Welt des Schmerzes. Pedro Guerreros Fußabdrücke waren deutlich erkennbar. Er hatte sein Pferd am Tag zuvor zurückgelassen, als er endlich verstanden hatte, dass es ihn einbremste. Seine Fußspuren verliefen von einer Seite zur anderen. An einer Stelle entdeckte Thomas eine größere Fläche, an der der Schnee niedergedrückt worden war – hier musste er gestürzt sein, oder einfach zusammengebrochen.

Die Luft war dünn. Kalt. Thomas war einst in diese Höhen vorgedrungen, um zu sterben, aber jetzt begrüßte er die Kälte wie einen Freund.

Der Schnee lag unergründlich tief und manchmal war Thomas sich bewusst, dass er seine Füße auf Schneebretter setzte, die der Wind wie vermeintliche Felsvorsprünge geformt hatte, unter denen jedoch nichts lag als tausend Fuß klare Luft. Doch er konnte keinen anderen Weg wählen, denn Guerreros Spur führte ihn.

Er holte den Mann am dritten Tag ein, nachdem er die Hütte hinter sich gelassen hatte, am dritten Tag, nachdem er Jorge und Kin in die Wärme tieferer Lagen zurückgeschickt hatte – allerdings war der Hund zu ihm zurückgekehrt und blieb jetzt in seiner Nähe.

Guerrero saß gekrümmt da, hatte sein Gewand eng um seinen Körper und die Kapuze tief in sein Gesicht gezogen.

„Ich dachte, du würdest mich früher erreichen", sagte er.

„Ich habe die Reise zu sehr genossen, um zu hetzen."

„Werden wir kämpfen?"

„Das hängt von dir ab."

„Oh, ich töte dich nur zu gern."

Thomas lachte. „Dann werden wir wohl kämpfen." Seine Finger zuckten, aber er zwang sich, sie an seinen Seiten zu halten. Er sah sich um und setzte sich dann, wobei er sich mit kleinen kreisenden Bewegungen einen erstaunlich gemütlichen Platz im Schnee formte. „Kann ich dich etwas fragen?"

Guerrero lächelte, aber es lag nichts Menschliches darin. „Wenn es sein muss. Solange du keine Antwort erwartest."

„Wann hast du erfahren, dass Mandana dein Vater ist? Ich kenne ihn seit vielen Jahren und er hat nie einen Sohn erwähnt."

Guerrero starrte hinaus in die Leere, in die dünne Luft, in der Schneeflocken wirbelten und wehten und gelegentlich einen Blick auf das ferne Meer und die Wärme weit unten freigab. Thomas hatte sich bereits damit abgefunden, den Mann ohne eine Antwort zu töten, als er sprach.

„Wir sollen also wie zivilisierte Männer miteinander reden? Also gut. Mein Vater war ein Abt, wie du weißt – ein Mann Gottes, wie ich. Er war nicht dazu bestimmt, das Bett einer Frau zu teilen."

„Aber du hattest eine Frau." Thomas sah eine Zornfalte auf Guerreros Stirn aufsteigen und wusste, dass er Thomas immer noch die Schuld an ihrem Tod gab.

„Ich bin kein Abt."

„Und deine Mutter?"

Ein Kopfschütteln. „Die kenne ich nicht – niemand tut es. Sie war irgendeine Frau, mit der er schlief und der er einen Samen in den Bauch pflanzte." Guerreros Atem formte sich zu einer Wolke, die langsam um seinen Kopf herum aufstieg. „Ich habe meinen Vater erst mit dreizehn Jahren kennengelernt."

Du hast deinen Vater in demselben Alter gefunden, in dem ich meinen eigenen verloren habe, dachte Thomas. Er wusste, dass Guerrero seine Geschichte erzählen wollte, und dass er sie hören wollte. Er wollte hören, was ihn zu dieser Zeit an diesen Ort geführt hatte, um zu sterben. Denn sterben würde er.

„Und davor?"

„Zuerst war ich in der Obhut von Nonnen, später dann von Mönchen. Es gab keinen großen Unterschied zwischen ihnen – außer dass die Nonnen mich öfter schlugen und die Mönche härter."

„Deine Mutter?"

„Ich sagte doch, ich weiß nichts über sie, aber ich vermute, dass sie höchstwahrscheinlich auch eine Nonne war."

„Und dein Vater wusste nicht, wer sie war?"

Guerrero löste seinen Blick von dem wirbelnden Schnee. „Es muss so gewesen sein, denn er sagte mir, dass er mich zu denen gebracht habe, die sich um mich hätten kümmern sollen und es nicht taten, aber er sagte mir nie, wer sie war. Ich träumte immer, dass sie eine Duquessa gewesen war, die von einem Mann geschändet wurde. Ich träumte zwar auch, dass sie eigentlich ein Liebespaar waren, dessen Liebe vereitelt wurde. Aber ich vermute, die Wahrheit war viel banaler." Ein Lächeln umspielte seine Lippen und verschwand fast so schnell, wie es gekommen war. „Es waren Träume, wie ein Junge sie eben hat. Es muss eine Frau in seinem näheren Umfeld gewesen sein, sonst hätte er nicht gewusst, dass sie schwanger war, aber es hätte jede sein können."

„Was ist mit dreizehn passiert?"

„Er kam mich holen. Oh, er war beeindruckend damals, auf dem Höhepunkt seiner Kräfte, bevor er in Ungnade fiel."

„Fernando hat ihn zurückgenommen", sagte Thomas.

„Dann ist Fernando ein Narr."

„Da werde ich nicht widersprechen. Hast du ihn geliebt, deinen Vater?"

„Was denkst du? Liebst du deinen?"

Thomas schüttelte kurz den Kopf. Er fragte sich, wie lange er das Gespräch noch weiterlaufen lassen würde. Er wollte nicht anfangen, Mitleid für Guerrero zu empfinden, doch es fühlte sich langsam so an, als liefe er Gefahr, genau das zu tun.

„Nein, natürlich nicht", sagte Guerrero. „Meiner war ein strenger Meister. Er schickte mich in den Kampf, sagte mir, das würde einen Mann aus mir machen. Zuerst in Frankreich, später dann für Spanien – aber nie an seiner Seite, egal wie oft ich darum bat. Erst in Málaga erlaubte er mir, in seiner Nähe zu bleiben." Guerrero lächelte, ein echtes Lächeln dieses Mal, und in seinen Augen lag eine List. „Und du weißt ja, wie das ausgegangen ist."

Thomas schlug zu. Es war kein tödlicher Stoß, die Spitze seines Messers schnitt Guerrero nur die Wange auf. Der Mann reagierte blitzschnell und seine eigene Waffe blitzte unter seinem Gewand hervor. Thomas hatte ihn für erschöpft gehalten, aber das war nur eine List gewesen. Guerrero stürzte sich auf ihn und sie rollten gemeinsam durch den Schnee. Kin bellte und versuchte, Guerrero zu beißen, aber in dem Wirrwarr aus Gliedmaßen erwischte er ihn nicht.

Thomas trat um sich, landete einen Glückstreffer, und Guerrero rollte weg in Richtung des verschneiten Abgrunds. Thomas schaute zu und wartete darauf, dass der Boden unter ihm nachgab, aber Guerrero rappelte sich zu weit von der Kante entfernt schon wieder auf.

„Also kämpfen wir auf Leben und Tod, ja?"

„So war es immer vorgesehen", sagte Thomas und Guerrero nickte.

„Ich hätte sie ficken sollen, bevor ich sie erstochen habe", sagte er. „Damit sie erfährt, wie sich ein richtiger Mann zwischen ihren Beinen anfühlt, bevor sie stirbt."

Thomas ließ den Spott an sich vorbeiziehen – jenseits der Wut, eins mit dem Eis. Er blickte auf die zerklüfteten Gipfel, schwarz zwischen den Schneebänken, und wartete. Guerrero konnte nirgendwo hin. Hinter ihm gähnte ein endloser Abgrund. Vor ihm stand Thomas. Er wusste, wenn er selbst es wäre, würde er den Abgrund wählen.

Guerrero war nicht er. Er griff an, die Hände hektisch, Schwert und Messer blitzten auf.

Thomas trat zur Seite, sah die Welt in vollkommener Klarheit, während er andere Mann sich bewegte wie durch Wasser, und Thomas wählte eine Stelle und ließ seinen Arm nach vorne schnellen.

Guerrero blieb stehen und schaute zu Boden, Verwirrung auf seinem Gesicht.

„Das kannst du nicht", sagte er.

„Habe ich aber."

„Niemand hat mich je besiegt." Guerrero sank auf die Knie, sein Blut färbte bereits den Schnee um ihn herum.

„Es gibt immer jemanden. Eines Tages werde auch ich besiegt werden, aber nicht heute – und nicht hier." Thomas neigte den Kopf zur Seite. „Tut es weh?"

Guerrero schien einen Moment zu brauchen, um über die Frage nachzudenken, bevor er den Kopf schüttelte.

„Das ist eine Schande. Aber eine, die ich beheben kann."

Thomas ging auf Guerrero zu, die menschliche Anatomie im Hinterkopf – die Nervenpunkte, die weichen Stellen –, doch dann blieb er stehen, als Lubna zum allerletzten Mal zu ihm sprach, obwohl er das zu diesem Zeitpunkt noch nicht wusste.

Nein, mein Liebster – werde nicht wie er.

Guerrero drückte seine Stirn in den Schnee.

Kin kam und stellte sich neben Thomas, der heftig zu zittern begann.

Guerrero sprang auf, brüllte los und stürzte sich auf Thomas, der den Angriff mit seinem Schwert beantwortete, das er in seinem Körper versenkte. Er hielt ihn daran hoch, als er spürte, wie das Leben aus ihm wich, dann legte er ihn in den Schnee und ging.

Es reichte nicht.

Er schrie zum Himmel, nur um zu hören, wie seine

Schreie immer wieder zurückhallten, während der Berg sie auffing und zurückwarf.

Es reichte nicht annähernd.

Er marschierte los, ohne zu wissen, in welche Richtung, ohne zu wissen, ob er sein Zuhause oder den Tod finden würde. Er marschierte, bis seine Beine nachgaben und er auf sein Gesicht fiel. Er wäre dort liegen geblieben und im Schnee erstickt, wenn nicht Kin sanft an seiner Schulter geknabbert hätte.

Thomas rollte sich auf den Rücken.

Er zog seinen Gehrock eng um sich, lockerte ihn dann und machte ein schnalzendes Geräusch mit seiner Zunge. Kin kam, legte sich zu ihm, und Thomas wickelte den Gehrock um sie beide, bevor er seine Augen schloss.

Er wartete darauf, das Lubna ihn holen kam.

Als Jorge an einer halb im Schnee versunkenen Leiche vorbeikam, dachte er zuerst, es müsse Thomas sein, kniete nieder und kratzte den Schnee vom Gesicht des Toten, bis er Guerrero erkannte.

Als er Thomas fand, hielt er ihn für ebenso tot, sein Körper in einen grauen Mantel gehüllt, die Kapuze verdeckte sein Gesicht. Es hatte stark geschneit, sodass kaum zu erkennen war, dass dort überhaupt jemand lag. Erst als Jorge sich hinkniete und Thomas schüttelte, immer fester schüttelte, drang ein Fluch unter dem Mantel hervor, gefolgt von einem Knurren, als Kins Kopf zum Vorschein kam. Jorge lachte auf und ließ sich in den Schnee fallen.

HISTORISCHE ANMERKUNG

Ich fasse mich kurz.

Obwohl die Kämpfe im übrigen Spanien weitergingen, war die Zeit nach dem Fall von Málaga für die spanischen Monarchen eine Zeit der Erholung und des Wiederaufbaus, nachdem sie bei der Einnahme der Stadt auf unerwarteten Widerstand gestoßen waren. Anstatt nach Granada vorzurücken, wie es vielleicht ursprünglich geplant gewesen war, nahmen sie sich Zeit, um ihren nächsten Schritt zu planen.

In dieser Geschichte geht es weniger um die Geschichte des Jahres 1488 und mehr um Thomas' Rache. Daher sind die meisten der Ereignisse, die auf diesen Seiten geschildert werden, frei erfunden. Sie sind nicht passiert, … aber sie hätten passieren können.

Abu-Abdullah, Muhammed XIII (den Spaniern als Boabdil bekannt), wusste, dass er verwundbar war, aber es wird behauptet, dass er Jahre zuvor einen Pakt mit Spanien geschlossen hatte, als er gefangen genommen und fast ein Jahr lang festgehalten worden war. In vielen Berichten wird davon ausgegangen, dass er während der meisten Zeit seiner kurzen Herrschaft für die Spanier und nicht für al-Andalus gearbeitet hat. Dieser Pakt beeinflusst den zentralen Abschnitt von *Das Versprechen auf Schmerz* und schlüsselt die Verschwörungen von Guerrero und seinem Vater Mandana auf.

Bis zum Fall Granadas am 1. Januar 1492 verbleiben noch zwei weitere Romane mit Thomas Berrington, und in diesen Büchern gibt es eine Menge Geschichte abzudecken.

Wenn Sie die Abenteuer von Thomas und Jorge genossen haben, fürchten Sie sich nicht. Der Fall von Granada wird nicht das Ende ihrer Geschichte bedeuten, aber es wird eine kurze Pause geben, bevor sie in der Gesellschaft von Katharina von Aragon nach England zurückkehren. Stellen Sie sich nur Jorge in den englischen Shires vor. Ach herrje …

ÜBER DEN AUTOR

David Penny ist der Autor der Thomas-Berrington-Reihe historischer Krimis, die im maurischen Spanien am Ende des 15. Jahrhunderts spielt. Derzeit arbeitet er am nächsten Buch der Serie.

Erfahren Sie mehr über David Penny
www.davidpenny.com

Printed in Poland
by Amazon Fulfillment
Poland Sp. z o.o., Wrocław

90951471R00251